Ernst Ludwig Rochholz

Neue Schweizersagen

Salzwasser

Ernst Ludwig Rochholz

Neue Schweizersagen

1. Auflage | ISBN: 978-3-84608-499-1

Erscheinungsort: Paderborn, Deutschland

Erscheinungsjahr: 2015

Salzwasser Verlag GmbH, Paderborn.

Nachdruck des Originals von 1862.

Naturmythen.

Neue Schweizersagen

gesammelt und erläutert

von

Ernst Ludwig Rochholz.

Leipzig,
Druck und Verlag von B. G. Teubner.
1862.

Sr. Majestät

dem

König von Bayern Maximilian II.

dem

großmüthigen Freunde deutscher Vaterlandskunde

ehrfurchtsvoll und dankbarst

zugeeignet.

Einleitung.

Naturmythen benennt sich dieses neue Sagenwerk. Indem es hier den Inhalt seines Namens erklärt, giebt es zugleich an, wie es sich von den schon vorhandenen Werken über deutsche Sagenforschung und Götterlehre unterscheidet; und dabei findet es auch noch erwünschte Gelegenheit, Nachträge, die sich erst während des Druckes gewinnen ließen, als neue und verstärkende Beweise den im Buche aufgestellten Sätzen anzuschließen. Wir zeigen hier die schweizerische Sagenbildung als bedingt durch den geologischen Bau des Gebirges und den Gang seiner Gewässer. Der unvergängliche Realismus, den die Mythe auf diesen Felsenhöhen, in diesen Hochwäldern, an diesen Sturzbächen gewinnt, ist das Naturwahre selbst. Es besitzt daher nur ein im Genusse solcher heimatlichen Naturverhältnisse ungestört fortlebendes Volk das Vermögen jener gestaltenden Einbildungskraft und jenes gegenständliche Vorstellungsvermögen, von dem das Naturwahre zu leiblich wirksamen Gottheiten umgebildet worden ist. Darinn scheint uns auch der Hauptunterschied zwischen Mythe und Sage zu bestehen. Jener ganz allgemeine Umkreis von Erfahrung und Urtheil, in welchem der gewöhnliche Mensch lebenslänglich sich zu drehen pflegt, macht ihn mehr dem Phantastischen zugänglich und verhärtet ihn gegen das Naturwahre. Da erzählt er denn allerdings noch Sagen, nicht mehr aber Mythen. Diese Abschwächung des Volksgeistes ist bei uns schon so alt, als die altnordische Allegorie über die Sage. Sökkvabekkr heißt der versenkende, mit sich fortspülende Bach, an dessen Bord Saga wohnt und mit Odhin alle Tage froh aus goldnen Hörnern trinkt. Der Name des Baches, an dem sie sitzt, deutet an, daß sie zuletzt gänzlich vergehen und enden müßte.

So lautet auch überall das Urtheil des seine Sagen uns erzählenden gemeinen Mannes, denn was er uns vorträgt, glaubt er selber nicht mehr und nennt es ein Märlein. Aber jenes goldne Trinkhorn, aus dem Saga fortwährend neues Leben schöpft, das ist eben die gestaltende Einbildungskraft des mit seiner Natur im Zusammenhange verbliebenen Menschen, und hier ist der Quell der Mythe. Das schon Geistiggewordene unseres Glaubens und Wissens nimmt keine Wiederverkörperung mehr an, trotz aller seiner Wunderfülle wird es daher denkträge Seelen arm, und denkträge Bekenner liebeleer lassen. Auch die Mythe hat keine anderen Wurzeln als Glauben und Wissen, aber anstatt dieselben in Sonne und Luft über dem Boden vertrocknen zu lassen, schlägt sie dieselben rückwärts bis in die Tiefe, wo der Mensch mit der ihn umgebenden Natur einheitlich zusammen lebt. Was dann der Sage selbst als beschämender Aberglauben gilt, das ist in der Mythe ein noch begriffenes Attribut und wird mit der ihr innewohnenden frischen Erfindungsgabe erzählt. Ich verweise nur auf die Gestalt der Sturmthiere, auf diejenige der Jagdthiere, die den Wilden Jäger zu begleiten pflegen. Der dreibeinige Fuchs, der hinter dem Rosse des rothbärtigen Gewittergottes drein lauft; der dreibeinige Windhase, auf den die Kugel aller Schützen lächerlich fehlgeht, die dreibeinigen Rosse und Hunde des Wilden Jägers: sie alle erscheinen dem Verstande des jetzigen Bildungsmenschen als überaus widrige Producte rohen Aberglaubens und Ungeschmackes, und doch sind sie zusammen oder im Einzelnen wirklich kein anderes Symbol als jener delphische Dreifuß war, auf dessen ziegenfüßigem Sitze die Pythia erst zur Weissagungsgabe gelangen konnte. Denn die Anschauungsweise im Mythus kann und will sich keines andern Gegenstandes als eines solchen bedienen, der ein Gegenstand des Volksbewußtseins geworden ist. Erst die Sage, die diesen Zusammenhang nicht mehr kennt, fühlt sich verlegen der widerspruchsvollen Masse der Endlichkeit gegenüber, ganz ähnlich jenem armen und dummen Teufel, von dem sie erzählt. Sie selbst ist mit einem Vorwurf über Köhlerglauben und Unvernunft schnell bei der Hand, wenn ihrer Stubenweisheit ein Volksausdruck zu keck lautet; jedoch durch Thatsachen aus der Natur belehrt, muß sie ihr Vorurtheil bekennen und dem Naturmythus sein Recht zugestehen. Vielfach wiederholt sich in den nachfolgenden Erzählungen der auffallende Satz: bei Begegnung des Dorfthieres, bei Entgegentreten des Ortsgeistes sei dem Erzähler der Kopf zur Größe eines Kornmetzens aufgedunsen, er sei bis ins Unkenntliche entstellt, mit blutenden Augen und zerrissener Haut heimgekommen (Seite 64). Aber vergesse man nur nicht, wie rasch der Uebergang aus kalten in warme Luftschichten im Hochgebirge erfolgt; das Uebel, das daraus entsteht, hat der Züricher Arzt Meyer-Ahrens beschrieben unter dem Namen Bergkrankheit (Brockhaus 1854). Lippen, Wange und Augenlieder werden dabei blutig gerissen. Als Zumstein im Jahre 1819 jene Besteigung des Monte Rosa unternahm, von welcher in unserer Schrift S. 228 erzählt ist, brachte er sammt seinen Begleitern einen aufgedunsenen Kopf zurück; sie hatten die allmähliche Entstehung der Geschwulst nicht bemerkt und mußten erst bei der Heimkehr von Andern darauf aufmerksam gemacht werden. So konnte der Luftfahrer Robertson, als er 1803 von Hamburg aufstieg, zuletzt seinen Hut nicht mehr aufsetzen.

Dem reichlich ausgestatteten Abschnitt unseres Buches Vom Türst und der Wilden Jagd des Tösjägers wird hier noch eine Gelegenheit geboten, die alles überwältigende Macht jener Naturerscheinungen in den Alpen, aus denen sich die Mythe bildet, in einem besondern Vorgange zu besprechen. Im Thurthale hat der Türst einen goldenen Wagen, gleichwie dies bei uns S. 73 von dem Schloßherrn von Witenbach gesagt ist; dieser Wagen wird rothglühend, wenn er darauf alljährlich am Tage Johannis des Täufers (24. Juni) durch die Fluren seiner Schloßgüter fährt. H. Runge in Westermanns Illust. Jahrb. 3, 388. Mit eintretender Sommer-Sonnenwende entzündete man nemlich das Sonnenwend- und Johannisfeuer; denn in diesen Tagen hat unser Erdkörper die Höhe des Sonnenjahres erreicht, die Pflanzenwelt prangt und schimmert in den hohen Farben des Sommers; das Sonnenlicht strahlt am frühesten, in vollster Stärke und zum längsten Tage; die Johannisblume (hieracium pilosella), die deutsche Cochenille, die früher bei uns zum Scharlachfärben benutzt wurde, findet sich um Johannis am häufigsten. Leunis, Synopsis 1, 324. Daher erscheint hier der Türst nicht als die furchtbare Sturmgottheit, sondern kommt auf strahlenden Sonnenrädern einher. Allein er fährt bereits der Wintersonnenwende entgegen, und sein nächstes Erscheinen um Bartholomäi, 24. Aug. geschieht daher schon zu Roß. Dies nennt unser Buch den Kornritt, S. 17. Um Bartholomäi, wo für gewöhnlich der Hafer auf den Feldern noch grün ist, treten mitunter Nachtfröste und scharfe Winde ein, so daß der Hafer abbleicht und geknickte Halme bekommt. Darüber heißt es dann: Bartholomäus ist auf seinem Schimmel durchs Feld geritten. Schlesw. Holstein. Jahrbücher, Bd. 4 „Weihnachten." Von hier an beginnt also die Verschmelzung des freundlichen Sonnengottes mit Wodan, dem vom Wüthenden Heere begleiteten Nachtreiter. Derselbe ist von S. 34 an einläßlich geschildert; weil es aber unseren Gebildeten, von der Natur ganz oder halb Gesonderten gar nicht gegeben ist, diese Seite der Naturmythe eben viel anders als sonstige fabelhafte und phantastische Dinge zu fassen, so sei hier der in der Wintersonnenwende durch unsere Aarthäler ziehende Türst so dargestellt, wie er einem Halbhunderttausend Soldaten zugleich erschienen ist. Nachfolgendes verdanken wir der mündlichen Mittheilung eines schweizerischen Oberoffiziers. Derselbe stand im Sonderbundskriege 1847 bei jenen Divisionen, welche, indessen sie selbst zum Gefecht vorgeschoben wurden, Augen- und Ohrenzeugen wurden einer über ihren Häuptern nächtlich entbrannten, gigantischen Geisterschlacht. Man gestatte uns die damalige Situation dieser Truppen hier bestimmter anzugeben.

Nachdem sich Freiburg im Uechtland den eidgenössischen Truppen unterworfen hatte, wendete General Düfour seine Heerestheile concentrisch gegen das Luzernerland; es galt hier die Sonderbundsregierung und deren Truppen zu sprengen. Ein Theil der letztern stand in einem verschanzten Lager bei Gislikon, die Reußlinie hütend. Am zwanzigsten November, also zwei Tage bevor man hier zum Angriff schritt, hatten die gegen sie vorgeschobenen eidgenössischen Divisionen also Stellung genommen. An der Reuß stand mit 16253 Mann die Division IV, commandirt von Ed. Ziegler von Zürich; an der Südgrenze des Aargaus und somit schon ins Luzernergebiet hinein reichend stand, 9892 Mann stark, die Division III unter Donats von Bünden, und rechts an diese sich anlehnend die Armeedivision II, 12313 Mann stark unter Burckhardt von Basel. Dies war die Stärke und Aufstellung der drei bei der nachfolgenden Begebenheit zunächst betheiligten Heerkörper; denn die fünfte Division unter v. Gmürs Commando stand damals 19980 Mann stark noch im Zugerlande und kommt bei unsrer Erzählung nicht mit in Betracht. In der Nacht vom 20. auf den 21. November liegen die Soldaten auf Beiwacht, ihnen gegenüber in entsprechender Stärke der Feind. In beiden Lagern herrscht seit eingebrochner Nacht bereits Ruhe. Da scheint um 10 Uhr auf beiden Vorpostenlinien eine Kanonade immer heftiger loszubrechen. Beide Theile glauben sich überfallen. Alle Truppen verlassen ihre Quartiere und rücken auf die Sammelplätze. Generalmarsch wird hüben und drüben geschlagen und geblasen. Nicht nur die zwischen den Flüssen Wigger und Reuß auf der Grenze stehenden Truppen, auch die rückwärts gelegenen erscheinen marschbereit, sogar die auf sieben Wegstunden entfernt um Aarau liegenden Kolonnen werden mit alarmirt. In der Luzerner Landschaft aber beginnt zunächst vom Dorfe Winikon her das Sturmläuten, alsbald heulen die Glocken aller Kirchthürme mit, und auf den Bergen weit hinein sieht man die Signalfeuer aufflammen. Nach einiger Zeit läßt die Kanonade nach, es scheint als ob sie gegen das Entlebuch hin ihr Ende finde; allein gegen Mitternacht wiederholt sie sich in gleicher Stärke und bringt die Truppen abermals auf die Beine. Des andern Tages schob man sich gegenseitig die Ursache dieser Alarmirung zu. Doch da in beiden Lagern wirklich gleichmäßig Waffenruhe gehalten worden war, so erwiesen sich schließlich alle militärischen Erklärungsversuche dieses Vorganges als irrig. Nur der „Rothenburger mit seinem Geschütz," nur der Türst mit seinem Gewitterheere war im Stande gewesen, bei mehr als fünfzigtausend müder, schlaftrunkner Soldaten zugleich von ihrer Streu aufzuschrecken. Als nachmals Oberst Ziegler in der Schweiz. Militär-Zeitschrift 1850, Erstes Heft, seinen Bericht veröffentlichte über die bei der IV. Division während des Sonderbundskrieges vorgekommenen wesentlichen Ereignisse, besprach er wohl jenes seltsame Nachtereigniß gleichfalls, doch ohne es genügend zu erklären. Er hatte an jenem Tage eine bewaffnete Recognoscirung an der Luzerner Grenze, gegenüber Gislikon, vorgenommen und nahm an „in Folge derselben hätte dann die bis in die späte Nacht hinein durch viele überall im Kanton Luzern erfolgte Kanonenschüsse veranlaßte Alarmirung stattgefunden."

In einer ähnlichen Art, wie in der Schweiz das Rothenburger-Schießen, läßt sich im Odenwalde des Rodensteiners Auszug vernehmen. Auch er ist ein Raubritter, der die eigne Gattin erschlagen hat und dafür ruhelos durch die Nächte lärmen muß; dann hören die um die Ruine gelegenen Ortschaften auf Entfernungen von fünf Stunden starkes Trommeln und Sturmläuten, wie bei einer ausgebrochenen Feuersbrunst; darunter mischt sich Rossewiehern, Waffenlärm und Wagenrollen. Die Protokolle über die eidliche Einvernahme der Leute von Oberkainsbach und Krumbach, die des Rodensteiners Auszug mit angehört haben, liegen zu Haufen in den dortigen Kanzleien und reichen vom Beginn unseres Jahrhunderts bis 1850. J. W. Wolf hat eine eigne Schrift 1848 in Darmstadt hierüber veröffentlicht. Heute noch kündet dorten sein Erscheinen einen bald ausbrechenden Krieg an; und wie es nach dem Glauben unserer Ahnen Odhins Ergötzen war, mit seinen himmlischen Helden zu Jagd und Wettkampf auszufahren, so nennen wir ja noch immer das Sturmesdröhnen Wüthigsheer, d. i. Wutungsheer, und denken darunter eine Wilde Jagd. Dies ist der Kern des Mythus; aber die daraus entspringende Einzelsage bewahrt nur noch ein geringes Theil des Ursprünglichen. Sie zeigt zum Beispiel Jagelbergs oder Hackelbergs Grab, den sie braunschweiger Oberjägermeister sein läßt (Kuhn, Nordd. Sag. 182. 203, 1); oder sie nennt ihn Wies-Jagl (bei uns S. 43 Wiesberg-Joggeli) und setzt auf seinen Grabstein in Tirol. Kaltenbrunn den Reim:

Hier liegt ein Wildschütz unverdrossen,
Hat 1300 Gams geschossen.

(Zingerle, Tirol. SM. Nr. 561.) So verläuft die Naturmythe vom Wintersturm nach ihrer einen Seite als ein Kriegs- und Weidmannsspiel. Aber sie treibt noch einen andern, gleichsam sommerlichen Ast, und in dieser gezähmteren Productionskraft stellt sie ein fröhliches Glücks- und Wettspiel dar. Wenn der Zwingherr zu Reitnau, S. 70 nicht in sein Jagdhorn stoßen mag, weil Regenwetter einfallen wird, so schiebt er auf seinem Schloßberg droben Kegel. Oder es heißt S. 58: jene breiten gelblichen Wetterstriemen, die über die Jurawände durch die Waldungen herabgehen, sind entstanden unter dem Wettwurf dreier kegelnder Riesenbrüder. Auch hierüber sei hier noch eine Erklärung gestattet, zu der im Buche selbst die Gelegenheit sich nicht mehr rechtzeitig ergreifen ließ. Was hierbei zu sagen ist, das geizt nicht nach dem Namen einer Entdeckung, sondern ist damit zufrieden, den speculativen Trieb der Mythe richtig eingesehen zu haben, weil uns auch sonst bei unsern Arbeiten jenes Wort Niebuhrs vollkommen beruhigt hat: Wer Entschwundenes ins Dasein zurückruft, genießt die Freude des Erschaffens. Wir beginnen mit dem Mythus vom Regenwinde, an den sich derjenige vom Wetterleuchten unter dem Bilde der Goldkegel anschließt.

Auf der Schloßruine, die beim Hofe Wannenthal im württemberger OAmt Berlingen liegt, ließ sich in der Zeit nach Pfingsten das Schloßweible einen ganzen Monat lang jede Mitternacht hören. Sie pfiff dann auf einer Pfeife die schönsten Tänze. In weißer Gestalt kam sie hinter den Vorbeigehenden her und warf ihnen glänzende Kronenthaler nach. Die ließen aber in der Luft einen so langen strahlenden Schweif zurück, wie wenn eine Sternschnuppe vom Himmel fällt (Birlinger, Schwäb. Sagen 1, Nr. 104). Die Winde sind Riesen und Zwerge, die in der Gewitterwolke wohnen. Der schwedische Riese Bisa, schweizerisch die Bise, wohnt in der Bisaborg, d. i. Gewitterburg (Rußwurm, Eibofolke 2, 248). Statt des Sturmwindes weht nun in obiger Sage der milde Nachtwind, der in den Zwergennamen Gustr (flatus) und Vindalfr verkörpert ist und als jene Zaubermusik beschrieben wird, die dem Mutisheere voraus ertönt (S. 62), oder als das Klingeln der Erdmännchen, welches auf eine reiche Weinlese deutet (S. 111). Solche Himmelsgeister sinds, von denen der Psalmist 104, 4 sagt, sie seien Engel, die Gott zu Winden mache. Das entsprechende hebräische Wort ruah, das unsere deutsche Bibel mit Geister übersetzt, bedeutet sinnlicher Seits das Wehen und Blasen, so daß wir damit mundartlich den Blast, eine Wolkenschichte, den Hausgeist Blaserle (spiritus), das Flötenblasen der Geister und endlich den Brauch verstehen lernen, wornach die Schiffer dem Fahrwinde pfeifen, gleichwie unsre auf der Weidenpfeife blasenden Kinder dem Auf=

thauen der Bäche und Quellen locken. Als der Pfarrer Sera Halfdan zu Fell auf Island Seeräuber in der Nähe seines Gutes landen sah, umgieng er seinen Pfarrhof und pfiff nach allen vier Himmelsgegenden; alsbald kam ein Windstoß, das Schiff kenterte und alle Korsaren ertranken (Maurer, Isländ. Sagen, Seite 133). Wirft nun jenes schwäbische Schloßweiblein den Leuten glänzende Kronenthaler nach, hinter denen in der Luft ein langer Lichtstreif dreinflammt, so sind damit die Sternthaler, die man aus Grimms Märchen kennt, glücklich gekennzeichnet. Diese Sternenschoße nannte die ältere Naturbeschreibung Jridis flores, guttae Apollinis, beim Volke heißen sie Attelspfenninge, Regenbogenschüsselein. Denn ein Säckchen Gold liegt am Füße des Regenbogens, und wer sich unter ihn stellt, bekommt eine Wanne voll Geld. Was also die flötende, goldvertheilende Burgfrau von Tegerfelden ist (Aargauer Sagen 1, S. 239.), das ist in der nordischen Sage der Riese Aelwaldi, er vertheilt unter seine drei Söhne das Gold, und diese messen es, in dem Jeder einen Mund voll nimmt. Uhland hat darinn den Regenwind gesehen und im Golde die in den Wolken aufgehäuften Schätze; dieses Erbe zertheilen und zerblasen die übrigen Winde, damit der Regenwind, jener Ael herbei schaffende Vater, entweiche. Von jenen Sternthalern ist nur ein kleiner Schritt zu den goldnen Kegeln, deren Sippschaft in der gesammelten Sage bereits groß ist. Der Bauer, der die schwedischen Belagerer heimlich in die Stadt Bregenz führt, darf sich zur Belohnung das goldne Kegelspiel ausbitten, das droben im Grafenschlosse liegt (Vonbun, Vorarlberg. Sagen). — Im Brunnen der Schloßhöhe Stöckelgarten liegt noch das goldne Kegelspiel versenkt, mit dem die Ritter hier einst sich vergnügten (Schöppner, Bair. Sagb.). Im Dorfe Hohengaiß erscheint mit dem Gespenst des Fuchspastors auch ein Fuchs, der mit zwei Kugeln ein Kegelspiel umwirft (Pröhle, Harzsagen). Auf dem St. Galler Schlosse Sulzberg hört man Nachts Kugeln rollen, Kegel fallen und das Beifallsgelächter der spielenden Ritter (Dalp, Ritterburgen der Schweiz). Ein Tiroler sieht vom Schlosse Wiesberg goldne Kugeln am hellen Mittag herabrollen (Zingerle, Tirol. SM.). Dazu kommt noch die Erzählung in Sommer's Thüring. Sagen, es hätten die Domherren zu Halberstadt an einem kirchlichen Feiertage den Brauch gehabt, über den Gewölben der Domkirche Kegel zu schieben. In solcher Fassung läßt die Sage den rathenden Verstand noch leer; aber in Birlingers schwäb. Aufzeichnung, 1, Nr. 143 liegt die Gewittersage bereits versinnlicht vor, und das Symbol des Blitz- und Donnerkegels ist keiner weiteren Mißdeutung mehr ausgesetzt. Sie lautet also. Der alte Schloßherr vom Berg Graneckle bei Wisgoldingen hatte ein wunderschönes Kegelspiel aus Gold. War ein Ritterfest, so wurde damit gespielt. Wahrscheinlich in Kriegszeiten, sagen die Leute, sind die Kegel vergraben worden, noch jetzt liegen sie im Berge drinnen. Aber sie kommen heraus und man sieht sie droben, wenn's einen Regenbogen hat, wenn ein Gewitter am Himmel ist und es recht donnert. — Dasselbe Sinnbild begegnet wieder in einem Kinderreim, mitgetheilt in Zingerle's Tir. Sitt. S. 164:

Es donnert, es blitzt,
Im Himmel oben sitzt
Die Mutter des Herrn,
Hat goldene Kegel.
Geh schnell fort,
Sonst trifft sie dich todt!

Durch Anreihung einer nordamerikanischen Sage schließt sich der von uns beschriebene Kreis dieser Naturanschauungen, die in ihrem milden und friedfertigen Sinne aufgezeigte Mythe kehrt damit wieder in ihre alte Wildheit zurück. Wenn nemlich die Kaatskillberge am amerikanischen Hudson, dessen erster Entdecker Hendrik Hudson war, ihre atmosphärischen Donnerschläge bei hellem Himmel rollen lassen, so sagen die Eingebornen: Das ist Hendrik Hudson mit den Holländern, die ihre Kegelkugeln werfen. Viele behaupten, sie in der altholländischen Tracht gesehen zu haben, und ein Landmann Rip van Winkel, als er in den Bergen jagte, soll sogar mit Branntwein traktiert worden sein, den ihm Hendrik Hudson selber reichte. Es war kurz vor dem Freiheitskriege gegen England, als der Sage nach diese Zusammenkunft statt hatte. Rip van Winkel beschreibt Hudson als einen starken alten Mann, mit gefurchtem Antlitz; er habe ihm trefflichen Holländer gereicht und davon sei er so betrunken worden, daß er zwanzig Jahre bis nach dem Kriege von 1789 dorten unter dem Felsen fortgeschlafen habe.

Als er erwachte, fand er sein Jagdgewehr an seiner Seite gänzlich verrostet. — Nachdem die Sagen der amerikanischen Vorzeit mit den Indianerstämmen hingeschwunden sind, kann dorten der Yankee in keine mystische Welt mehr zurückgreifen; aber da das sagenbauende Vermögen bei keinem Geschlechte pausirt, so versetzt er seine Wunder und Hünengestalten in den Beginn seiner eignen Neuzeit und läßt sie ihren Wohnsitz in den Apalachengebirgen aufschlagen, deren Zweig die vom Hudson bespülten Kaatskill-Berge sind. Die Eigenthümlichkeit dieser Berge erfüllt den Bewohner der Umgegend mit Staunen: sie sind nämlich untrügliche Barometer. Für jeden Wechsel der Witterung, sei er wie er will, haben diese Berge eine eigne prophetische Physiognomie in Bereitschaft. Bald zeigen sie den herrlichsten Ultramarin, bald mit Purpur gemischte Tinten, bald erscheinen sie scharf die Formen aus dem Aether schneidend. Sobald aber die Höhen sich mit Dünsten umziehen, die der untergehenden Sonne das Ansehen einer Strahlenkrone verleihen, so wird es nicht lange dauern, dann brüllen die Wetter, und vorüberziehende Regenschauer jagen die Schlange in ihre Höhle, den Hinterwäldler in sein Blockhaus. So wird hierüber aus Reisetagebüchern berichtet in Müller-Ule's Ztschr. Die Natur 1854, 277.

Dies möge genügen, um die Elementargottheiten im Allgemeinen vorauszuzeichnen, welche die echten Träger unsrer Naturmythen waren und durch ihren Ueberschuß an sinnlicher Kraft auch jetzt noch im Stande sind, die Gemüther vorübergehend in Anspruch zu nehmen. In ihnen liegen die ersten ältesten Gedankenkeime unsrer Vorzeit, sie kennen zu lernen ist kein müssiges Spiel. Kein Mensch weiß, heißt es in J. v. Müllers Briefen (Schaffhausen 1840. 4, 340) wenn's ihm nicht gesagt worden ist, wer sein leiblicher Vater und Mutter sei.

Aarau, an Dreikönigen 1862.

E. L. Rochholz.

Inhaltsverzeichniß.

Zweite Abtheilung.

Erste Abtheilung.

1.

Die Wetterherren.

Gott hat mehr Sorgen als wir.

Sprichwort in Schleichers Lithauer Märchen 1857, 161.

Bei einer Bevölkerung, die mitten im Maschinengeräusche der modernen Technik auf Viehzucht angewiesen bleibt und von den neuen Lehren der Naturwissenschaft nur eben jetzt erst in die Schule genommen werden soll, stößt der Sprachforscher noch auf naturwüchsige Ausdrücke und Vorstellungen über Jahreslauf und Witterung, über Element und Gestirn, Strom und Gebirg, die weitab von unserer Rede- und Denkweise liegen, und uns förmlich die Urbegriffe der Ahnenzeit verdeutlichen. Wenn wir sprechen, „es regnet, es blitzt", so verlegt der hochdeutsche Ausdruck den Naturvorgang außer der Sphäre seiner Begriffe, er denkt sich ihn ohne eine handelnde Person, ja beinahe ohne eine damit verbundene Handlung.

Dagegen belebt und personificirt die sinnlich scharfe Volksrede alles Geschehende, berücksichtigt aber nur den natürlichen oder mechanischen Vorgang dabei wenig oder nicht. Sie faßt das natürliche Leben als ein beseeltes auf. Das uns Allerallgemeinste, das gute und schlechte Wetter sogar ist dem Volke eine Person, welche in guter oder böser Absicht erscheint, uns zu besuchen.

Es genügt nicht zu sagen, das Wetter wird gut, das Wetter hellt sich auf; man giebt seine leiblichen Theile genau an: es zieht die Hörner ein; oder man nimmt es als den Spiel- und Hantierungsplatz der Herrschenden an: die Apostel kegeln, der Herrgott fährt spazieren, der Alte haut sich mit der Axt ein Rad. Daraus ergiebt sich, daß die ursprünglichsten Erkenntnisse der Völker mythologische sind und, weil sie dies sind, sich alle auch religiös ausdrücken. Urreligion und Ursprache kann in nichts anderm bestehen als in einer wenig umfangreichen Anschauung eines Menschengeschlechtes, das noch unter den einfachsten Lebensbedingungen steht. Aus diesen einfachsten Verhältnissen entspringen alle Mythen in ihrer intellectuellen und in ihrer naturgeschichtlichen Substanz, es kommt dabei auf ihre Bedeutsamkeit und Nothwendigkeit an, beinahe aber gar nicht auf ihre Schönheit, wie z. B. die Sagen vom Wetterhund, vom Dorfkalb, vom wettersiedenden Hasen beweisen, in denen die Götter die Gestalt ihrer Lieblingsthiere auf eine noch ziemlich geistlose Weise annehmen.

Im Allgemeinen hat man diese Gattung von Volksanschauungen unter dem Namen der Bauernregeln und des Bauernkalenders untergebracht. Dies genügt nicht. Denn dabei geräth man abermals in jene grobe Verwechslung von nationalen und von Fremdbegriffen, die in unsrer deutschen Culturgeschichte schon so lange durch einander geworfen werden. Die wirkliche Bauernregel stammt aus der ungeschulten Naturbeobachtung und bedient sich einer sinnlich scharfen Ausdrucksweise; die gedruckte Kalenderregel stammt aus dem barbarischen Mönchswissen. Jene war ein Glaubensartikel in der Urzeit und genügt jetzt noch dem Glauben, wie er im Kinderlied und im Märchen sich ausdrückt; diese ist eine gelehrte Curiosität aus dem lateinreimenden Mittelalter; jene war ein gesundes Natursymbol, diese ist ein oft widersinniges Mirakel, jene echt deutschredend, diese immer mit Fremdnamen welschend. Es regt uns wenig an, wenn es heißt: Nepomuk ist gegen Wassersnoth, Nikolaus gegen Stürme, Genofeva gegen Dürre, Jodocus gegen Kornbrand, Barbara gegen Blitzschlag, Johann Baptist gegen Hagel u. s. w. Da schafft ein heiliger Serenus diejenige gute Witterung, von welcher ihm selbst erst sein Name gemacht worden ist, da bringt ein Desideratus ganz aus gleichem Grunde erwünschten Regen. Da wird eine lateinische Schul-Etymologie an die Stelle eines deutschen Bauernurtheils gerückt, da schreibt man dem Plinius und Varro dasjenige noch einmal aufs Wort nach, was diese selbst nicht glaubten. Und noch immer giebt sich solcher Trödel die hochmüthige Miene lichtfreundlicher und volksfreundlicher Herablassung, erneut sich mit jedem Jahre und pflegt sich Volks- und Nationalkalender nachdrucksam zu betiteln. Doch wahrlich vergeblich gegenüber jenem Kern volksthümlicher Begriffe, der durch solcherlei Groschenschriften mit und ohne Stahlstich nicht zu verschütten ist. Denn die Bauernpraxis liest nicht, und auch der lesende Bauer bleibt ein eigensinniger Mensch. Mit dieser bis zur Untugend gesteigerten Hartnäckigkeit ist ihm sein letzter Rest von Unmittelbarkeit bewahrt geblieben; aus seinem Eigensinn stammen auch seine nachhaltigen Begriffsalterthümer, deren sich nun die Untersuchung allmählich wieder bemächtigen wird, um verdrängte alte Gottheiten uns zum Verständnisse zu bringen.

Was jetzt noch der Kalender die Wetterheiligen nennt, das galt dem früheren Alterthum als eine eben so große Reihe von Wetterherren, Gottheiten von milder und furchtbarer Art, in deren Hand Sonnenschein und Unwetter lag. Dies läßt sich schon am Pontius Pilatus unserer landschaftlichen Legende verdeutlichen. Die Kalenderregel sagt vom Wetter in der Osterwoche: Pilatus wandert nicht aus der Kirche, er richtet denn zuvor noch einen Lärmen an. Dies besagt im Allgemeinsten, daß bei uns kein März und April ohne Unwetter ablaufen wird. Allein viel positiver ist Pilatus in unsern Gegenden zum allgemeinen Wetterherrn dadurch gemacht, daß er sein Grab im See auf dem Pilatusberge hat und uns daraus noch seine Schneestürme und Wasserfluthen herabsendet. Er erscheint deshalb im Aargau auch ganz in der Art des ewigwandelnden Juden und des den Gau durchziehenden Wilden Jägers. Ebenso hat man diejenigen Heiligen besonders Wetterherren genannt, welche auf die Zeit der Zwölften fallen, vom 25. December bis zum 6. Januar; denn nach der Witterung dieser ihrer Feiertage pflegt man diejenige der in gleicher Reihe folgenden Monate voraus zu bestimmen. Auch der Franzose hatte diese Berechnung und nannte daher die Heiligen, die zwischen Weihnachten und drei Könige fallen, les petits Rois, die Untergötter. Aber die zureichende Erklärung für diesen Kalenderausdruck liegt doch nur in unsrer deutschen Mythologie. Gott, der von Weihnachten an zu den Menschen auf Besuch kommen wird, sendet seine Boten voraus, ihn anzumelden, den Nikolaus, den Barthel und Rupprecht, den Berchtold und die Berchta. Ist dann die Zeit erfüllt, so erwacht Karl im Odenberge, Friedrich im Kyffhäuser, als Schimmelreiter kommen sie mit der Wilden Jagd durch unsere Thalschaften gezogen; dies ist das wüthende, nemlich Wuotans Heer, die Schaar der Einherien. Dann feiern die Menschen das Julfest, wo sich das Rad der Sonne wieder zu uns heraufdreht; sie tanzen um die Feuer im Freien, obschon es mitten im Winter ist, denn Wuotan, der Sonnengott, wird die Winterriesen verjagen. Denn er selbst ist eine Allen überlegene Sturmesgewalt, so besagt es sein Name. Den Sturmwind, der aus den ungarischen Steppen nach Oesterreich sengend hereinbricht, nannte Seifried Helbling XV. 750 und 774 (in Haupt's Ztschr. 4, 238) den Woldan. Ebenso heißt Vaud im Waatländer Patois der Wilde Jäger, und der aus dem Wallis über den Genfersee hereinbrechende merkwürdigste Wind des Waatlandes ist der gefürchtete Vaudaire, der Föhn. Meyer=Knonau, Schweiz. Erdkunde 2, 258. Im Engelberger Thale sagt man, hindeutend auf des Gottes graubärtige Gestalt, der graue Thalvogt kommt. Da kommt weißes Gewölke von Unterwalden her thalauf gezogen und bleibt regendrohend am Schallistock hängen. Scheuchzers NG. (ed. Sulzer) 1, 13. Schiller wiederholte diese Phrase in seinem Tell: Mach hurtig, Jenni, zieh die Naue ein, der graue Thalvogt kommt, dumpf brüllt der Firn.

Schnee, Reif, Frost und Hagel sind heidnische Riesengeschwister, die sich nun unter die Kalenderheiligen eingereiht haben. Zwei solche nennt der Kalender am 23 und 25 April, St. Georg und Marx dräuen viel Arg's. Ueber die letzten Eis= und Schneemänner des Jahres lautet der Kalenderreim: St. Pankraz (12. Mai), kein Reif nach Servaz (13. Mai) kein Schnee nach Bonifaz (14. Mai). Diese drei Wetterherren entsprechen den Söhnen des eddischen Reifriesen Fornjotr (Altriese) welche heißen: Kari, die Windsbraut; Hlêr, das Meeresdunkel, und Logi, die Gewitterlohe.

Winter, Winterfrost, Reif wird daher noch immer personificirt ausgedrückt. „Wenn die Tage langen, kommt der Winter gegangen. Es ist e chalte Ma über Feld g'gange." Will man das Kind nicht im Schnee umher laufen lassen, so warnt man: „'s ist e chalte=chalte Ma vor der Thür." „Der chalte Ma hängt euch den Husten a!" Im Auszählreim gilt dieselbe Anschauung:

Es chunt e Schnee, er will üs g'seh,
es chunt e Ma, er will üs ha.

Man fordert auf, die Fensterladen herab zu lassen und dann die Leute im Hause zu überzählen, ob der Winterriese keines gefressen habe:

Vater, loh de Laden abe,
s'ist de chalte Winter duß!
Mini Knecht und dini Knecht
sitzid bi dem Fü'r;
ich will wette, du witt wette,
es sigid zwänzg und vier.

Wenn der Frühling kommt, sagen die St. Galler, es schnür' der Winter das Bündel und schleppe es auf den Alpstein (Local=

name des Sentis). Im Toggenburgischen heißt der Winter der gefrorene Gärtner, wahrscheinlich weil er Eisblumen auf die Fensterscheiben malt. Spielend wird er der Dachdecker von Winterthur genannt, der Herr Weiß, gleichwie Holda, die den Schnee klein hackt, die Weiße Frau heißt. Wenn im Frühjahre Nachtfröste drohen, so wird im katholischen Frickthal die Kirchenglocke geläutet, um die Leute zum Beten anzumahnen; dies nennt man das Reifläuten. Glockenklang bricht den Donner; daher auch das übliche Wetterläuten bei drohenden Gewittern. Hier ist der Gewitterregen eine alte langnasige Base, sie stürzt aus der Wolke nieder, wenn die Glocke klingt; dorten ist der Schnee ein Menschenfresser, dem jene Hexe haushält. Grimm KM. Nr. 29. Der Winter schüttelt seinen Bart aus, sagt man beim Schneegestöber. Ebenso hat der eddische Frostriese Hymir eine neunhunderthäuptige Mutter (von Hagelkörnern, oder von Eiszapfen strotzend) und von seiner Erscheinungsweise heißt es in Simrocks Edda 47: Er gieng in den Saal, die Gletscher erdröhnten; ihm war, als er kam, der Kinnwald gefroren. — Dem Sennen auf der Reichenspitze in Tirol war angesagt worden, er möge auf den morgigen Christtag sein Stüblein so warm als möglich heizen. Er thats, daß er es vor Hitze selbst nicht mehr aushalten konnte und sich unter die Stubenbank legte. Da schüttelte man draußen den Schnee von den Schuhen, drei Männer traten schweigend herein, ihre Kleider waren steingefroren, eine solche Kälte verbreiteten sie, daß sich der Senne unter der Bank die erstarrenden Hände rieb. Das waren die Drei, die droben auf der Reichenspitze die Geldhüter sind. Als sie schweigend die Stube verlassen hatten, lag am Tische, wo sie gesessen, des Sennen Hut voll funkelnder Zwanziger. Zingerle, Tirol. SM. Nr. 357. Auch der Winter also, wie männiglich weiß, streut den Reichthum über die Erde aus.

Hier noch einiges von solchen Zieltagen, die im Bauernkalender besonders entscheidend für die Witterung sind. Vom Matthias (24. Febr.) weg rechnet man noch vierzig Nachtfröste; voraus am 22. Febr. ist der Peterstag, der an die Stelle des heidnischen Donarfestes gerückt ist. Petrus öffnet den Wolkenhimmel, indem er seinen Schlüssel über den Rhein wirft, und läßt zugleich ins Reich der Seligen ein; Donar schleudert seinen Hammer und Donnerkeil gegen die Eisfelder und die Hagelwolken, hinter denen sich die Riesen verbergen. In der Walpurgisnacht (1. Mai) müssen die Hexen da auf den Blocksberg, dorten auf den Pilatusberg ausfahren und droben die folgenden zwölf Tage lang den Schnee forttanzen. Daher ist denn der darauf folgende Bonifaciustag (14. Mai) bei uns der letzte der sogenannten „Winterhelden“, erst nach ihm nimmt der Frühling wirklich seinen Anfang. In dieser eben genannten vierzehntägigen Zeitfrist liegt eine Rückerinnerung an die fühere Abhaltung der großen Volksversammlungen in den Maifeldern. Der Johannistag (24. Juni) scheidet als eine Schwelle im Mittelbau das Jahreshaus in zwei Hälften und ist der Wendepunkt der sommerlichen Witterung. Die auf diese Zeit fallenden Bräuche und Ueblichkeiten sind zahlreich und finden in diesen Blättern keinen Raum. Dieselbe Bestimmung hat Jakobi (25. Juli); seine Vormittagswitterung deutet auf die vor Weihnachten hin, seine nachmittägige auf die nach Weihnachten. Bringt er weiße Wölklein am sonnigen Himmel herauf, so sagt man: der Schnee blüht für den nächsten Winter. Simon-Judä (28. Oct.), Martin (11. Nov.) sind allgemein als Loos- und Zieltage bekannt. Noch hält man es nicht für erlaubt, diese Witterungsfristen und ihren Einfluß nach gewöhnlichem Maßstabe kalendarisch-statistischer Berechnung zu veranschlagen. Als die Solothurner Kantonsregierung einen auf die Witterungsverhältnisse des Jahres 1859 basirten Ernteausfall der Versammlung des Großen Rathes vorlegte, erklärte der Rath K. dagegen: die Regierung habe über ihre eigne Thätigkeit Bericht zu geben, keineswegs aber über Witterungs- und Sterbfälle, denn der Herrgott und nicht der Regierungsrath macht das Wetter! Schweiz. Statist. Archiv 1860, S. 80.

Der Besuch der Götter, den man an den vorausgenannten Tagen im Lande erwarten zu müssen meinte, führte zu dem Brauche, ihr Bildniß in Prozession um die Fluren zu tragen. Ein im St. Galler- und im Appenzeller Lande noch unlängst geltender Festtag, der Blochtag (23. März), bestand in dem Brauche, große und kleine Sägehölzer den Müllern und Zimmerleuten vors Haus zu ziehen und sich dieselben um Wein abkaufen zu lassen. Jung und Alt pflegte sich dabei mit vorzuspannen. Bodinus in seiner Dämonomania, übersetzt von Fischart (1591, S. 139), sagt: „Ich habs zu Tolosa bei hellem Tag von den kleinen Kindern vor allem Volk thun sehen; sie nennen solches daselbst la Tiremasse, Schleif den Klotz. In Teutschland ist darum der Brauch verboten worden, das Bild St. Urbans zu bösen Herbsten in den Bach zu ziehen, aber (das ist erlaubt) zu reichen Herbsten es ins Wirthshaus zu führen und mit so viel Gutteruffen, Angstern und Gläsern Weins zu behenken, als Bauern hinter dem Tische sitzen."

In Basel warf man, wenn es am Urbanstage regnete, das Bild des Heiligen in den dortigen Fischbrunnen; war das Wetter gut, so ließ man das Bild durch die Zunft der Rebleute krönen. Die Frankenländer thaten ebenso bei Weinmißwachs, baierische Truppen warfen auf ihrem Einmarsche nach Frankreich ein Nepomuksbild von der nächsten Brücke, weil sie über das lange Unwetter mürrisch waren. Panzer, Baier. Sagen 2, Nr. 30. Die Detzemer an der Mosel warfen das Bonifaciusbild in die Hecken, weil ihnen die Bohnen erfroren waren. Hocker, Deutscher Volksgl. 226. Es wird also ein Zwang gegen die Patrone ausgeübt; allein nicht immer trifft dabei der Mensch das rechte, oft schlägt die Sache ins gerade Gegentheil aus. Das Christusbild zu Tancremont holten die Einwohner von Theux in ihre Kirche ab, als ihre Gegend von einer großen Dürre heimgesucht war. Alsbald fiel der Regen in Strömen, er hielt sechs Wochen lang an und wurde so arg, daß eine Ueberschwemmung voraus zu sehen war. Also trugen sie es in die Kapelle nach Tancremont zurück, und zur selben Stunde hörte der Regen auf. Wolf Ndl. Sagen Nr. 352. Zehn Jahre nachdem der heilige Otmar als Gefangener auf der Rheininsel Stein gestorben war, kamen seine Klosterbrüder von St. Gallen, um sich die Leiche ihres Abtes zu erbitten und heimzuführen. Sie legten sie in ein Schiff, zündeten Wachskerzen ihr zu Haupt und Füßen an und ruderten eifrigst dahin. Da brachen Regen und Wind mit Gewalt los. Doch diese Wassermassen des strömenden Sees und die Regengüsse des Himmels umgürteten das Fahrzeug wie ein Zaun, nicht ein Regentropfen fiel in dasselbe; selbst die aufgesteckten Wachskerzen leuchteten fort. Von diesem Regen- und Seesturm berichten der Reichenauer Abt Walafrid und der St. Galler Schüler Eckehard der Vierte. Uhland in Pfeiffer's Germania 4, 38. Hier wehrt der Heilige dem Regen, während er ein andermal ihn zu verbreiten hat. Auf letzteres hat sich eine weit verbreitete Meinung gebaut. Wie nemlich der durchs Land ziehende Gott diesem den Fruchtregen mitbringt, so wird nachher derselbe Glaube auch auf seine Diener übertragen. In den vier Dialogen des Hans Sachs (ed. R. Köhler 1858) spricht der lutherisch gesinnte Reichenburger S. 44, zu dem auf Besuch bei ihm einkehrenden Mönch Romanus: „euer zukunft in mein haus bedeut warlich ein schne." In dieser Formel liegt eine uralte Wetterregel, welche in der Schweiz noch sprichwörtlich lebt. Regen giebts, sagt man, so oft unsere Geistlichkeit Capitel und Synode hält, so oft die Pfarrer zusammen über Land gehen. Der Appenzeller Joh. Grob von Herisau hat in seiner Dichterischen Versuchgabe, Basel 1678, folgendes Epigramm „auf die Geistlichkeit":

daß euch der himel haß', ist unschwer zu erweisen.
es ist ja weltbekannt, ihr könnet nimmer reisen,
daß nicht die güldne sonn' ihr werthes liecht versteck
und euch ein wolkenbruch als nasses volk bedeck.

Viele Schriftsteller verbürgen das Alter und die weite Verbreitung dieser Meinung. Beispiele sollen dies beweisen.

Joh. Dubravii Hist. Bohem. lib. VI erzählt, wie zu Kaiser Otto I. Zeiten der Prager Bischof Adalbert wegen vieler Mißhelligkeiten abdankte und nach Rom auswanderte; allein die Prager Gemeinde konnte ihn nicht lange entbehren und berief ihn zurück. Als nun Adalbert in Begleitung sieben anderer Mönche in Böhmen einzog, ward die große Dürre, so das Land bis dahin geplagt hatte, durch einen so starken Regenguß vertrieben, daß die meisten ebengelegnen Ortschaften überschwemmt wurden. Dies schrieben Einige der Gottesfurcht der ehrw. Väter zu; Andere legten es ihnen zum Spott aus, und daher entstand dann das Sprichwort unter den Böhmen, es pflege zu regnen, wenn die Geistlichen reisen: „Estque hodie in ore Bojemorum velut adagium, ut si forte obvios in itinere habeant viros religiosos, dicant: pluvia haud dubie pluet, posteaquam monachi peregre ambulant." Monatl. Unterredungen. Leipzig bei Gleditsch, 1690, S. 1058. — „So man münch vber feldt siehet gehen oder reiten, soll man denselben weg nicht gehen, dann es ist gern vnflatig wetter." Astronomia Teutsch 1612 (Wolf, Ztschr. f. Myth. 3, 316) „Haltet die mönch zu hauß! dann kommen sie auß, so regnets oder will anfangen drauß." Fischart, Aller Praktik Großmutter (W. Wackernagel Leseb. III. Prosa 1, S. 469.) In Vintlers Blume der Tugend, vom Jahre 1411:

so wellen sumeleych dapey,
wanne es vngewitter sey,
das sey alles von der münich wegen,
wann die gent vmb die wegen.

(Zingerle, Tiroler Sitten 1857 S. 187.) „Wann die pfaffen reisen, ist das sprichwort bei Zeilero (Praetorius Weltbeschreib. 1, 16) so regnets.“ Männling, Curiositäten und Albertät. Frankf. 1713. Ebendasselbe bei Abrah. a St. Clara, in der Lobpredigt auf Thomas Aquino. Salzburg 1684, 6. In Rabelais Gargantua lib. IV. wird ein Schiff voll Priester, die zum Concil fahren, von Panurg, dem es begegnet, für eine gute Vorbedeutung seiner eigenen Reise erklärt; allein es bewährt sich umgekehrt als das allerschlimmste Zeichen, da unmittelbar hinter jenem Schiffe der unbändigste Seesturm losbricht. Als Dr. Luther während eines Jahrmarktes durch Rudolstadt kam und gewässertes Jahrmarktsbier bekam, hat er den Markt und das getaufte Getränke verwünscht. Seitdem schwimmt jeder Rudolstädter Jahrmarkt von Wasser. Frommann, Mundarten Zeitschr. 3, 546. Bei einem Seesturme sagte der schwedische Schiffskapitain zum Passagier Wedderkop (Bild. a. dem Norden 2, 528): „trösten Sie sich, ein Priester ist mit an Bord, und das ist weltbekannt, daß so einer immer schlecht Wetter herbei führt“. Kapuziner-spielen und regnen lassen sind zweierlei Namen für einerlei Kinderspiel. Alemann. Kinderl. Nr. 293. — Diese gehäuften Belege werden nicht überflüssig scheinen, sie dienen dazu, eine verschollene Mythe wieder zu erwecken und zu beglaubigen. Im Regen und Schnee steckt der Gott als Wetterkönig. Aus Engelland fährt er herab auf unsere Fluren, um sie zu befruchten. Vgl. Müllenhoff S. 517, 33:

Rägen, rägen, rusch!
de König färt to busch.
lät den rägen öwergaen,
lät de sünn wedder kamen. ꝛc.

es regnet,
gott segnet,
die sonn scheint,
der pfaff greint. Firmenich 2, 66.

Statt des Gottes kommt auch sein Diener und verbreitet den Landregen. Im 1. Buche des Ramajana ist erzählt, im Lande Anga sei jahrelang kein Regen mehr gefallen, als der König sich gegen Gottes Gebote vergangen hatte. Seine Priester und seine Räthe sind versammelt, drei Tage sinnen sie einem Mittel nach um Abhilfe, endlich eröffnen sie: nicht eher wieder werde es regnen, als bis es gelungen sei, den Fürstensohn und Waldbüßer Rischjaskinga aus seiner Waldsidelei hinweg zu locken und auf den Weg zu Hofe zu bringen. Dazu bedarfs der List. Man belädt Schiffe mit den schönsten Mädchen und läßt sie zu ihm hinaus in die Waldwildniß fahren. Solchen Reizen kann der Heilige nicht widerstehen, zum erstenmale verläßt er den Hain, begiebt sich mit den Mädchen auf den Weg, und zum erstenmal regnets wieder. Davon heißt es im Ramajana:

Sobald mit Rischjasringa der Fürst
Das Ufer betrat, so schüttete
Vom Himmel reichlichen Regen herab
Pardschanja über das ganze Land.

Holtzmann, Ind. Sag. 1, 309.

Wie hier der Brahman auf einem Schiffe heimfährt und damit Regen bringt, so heißt in der Edda die Wolke das Windschiff, und der Nerthus Gotteszeichen war gleichfalls das Schiff: „liburnae figura“, Tacitus Germ. C. 9. Dieser Göttin Umzug durchs Land verbreitete gleicherweise Gottesfrieden und Fruchtbarkeit. Aus Sämunds Sonnengesang führt Afzelius die Stelle an (Schwed. Sag. 3, 27):

Odhinns Gattin fährt
Wollustathmend kühn
Auf dem Erdenschiff.
Daß nur unverhofft
Nicht der Sturmwind nah',
Untergang bereitend.

So oft die Zwerge bei Merlingen am Thunersee aus ihren Berghöhlen zu den Bauernhöfen herunter gehen, folgt ein Landregen. — In der Ukermark sagt man, wenn die Soldaten marschieren, ist es in der Regel Hudelwetter. Kuhn, Nordd. Sag. S. 455.

Lag es nach dem Glauben in der Macht der Gottesdiener, als Stellvertreter der Wetterherren zu handeln, so konnte sich die eine Gegend benachtheiligt halten durch den Einfluß, den zu ihrem Schaden der Priester der Nachbarlandschaft ausübte. Daher entstand seit dem achten Jahrhundert der Brauch, daß sich jede Gemeinde einen besoldeten Zauberer hielt, den sogenannten Defensor, welcher die Macht besaß, das von anderen Zauberern herbei geschickte Unwetter zu entkräften und über die Gemarkung hinauszujagen. Daher heißt jetzt noch in Spanien der Nachtwächter nach seinem Ruf, mit dem er das beständige Wetter ausruft, selber Sereno. Ein Ueberbleibsel hievon war in dem Berner Städtchen Biel, zu dessen Eigenthümlichkeiten es noch im Anfange dieses Jahrhunderts gehörte, daß daselbst der Nachtwächter nicht nur die Stunden, sondern auch die Witterung ausrief. Meyer-Knonau, Schweiz. Erdkunde 1, 176. Im Landvolke aber dauern die Erzählungen über die gewaltigen Künste der Defensoren jetzt noch fort. Theils sind es angebliche Orts-Pfarrer (Aargau. Sagen 2, Nr. 372), theils einfache Bauern. Ein solcher war im Freienamte der Haslibauer, der ursprüngliche Erbbauer im Dörfchen Hasli bei Muri, wo dessen Nachkommen lange das einzige dort bestehende Geschlecht ausgemacht haben. Mit der Wirkung seiner Bannsprüche bewahrte er alle Feld- und Baumfrüchte vor Flurdieben und lockte, so oft die Felder es bedurften, den Regen vom Himmel. Als das Nachbardorf Boswil während einer Landesdürre eine Feldprozession abhielt, wollte sich gleichwohl kein Wölkchen am Himmel zeigen. Kaum aber hatte der Haslibauer seinen Spruch gethan, so gieng ein Landregen in Strömen nieder (mündlich). Steigt man vom Unterwaldner Kloster Engelberg aufwärts zu dem Trübsee, so gelangt man zum Lochpaß, der von zwei mächtigen Gebirgsstöcken eingeschlossen ist. Der eine davon heißt Engstliberg mit dem wunderthätigen Engstlenbrunnen, einer sogenannten Hungerquelle; der andere ist der bekannte Titlis. Schon frühzeitig war dieser Paß die Straße für den dem Sennwesen unentbehrlichen Salzhandel. Ein zunächst gelegener Gletscher wird Pfaffengletscher genannt und hängt mit diesem Handel zusammen. Darüber erzählt man so. Vor noch nicht langer Zeit lebte im Engelberger Kloster ein Pfaffe von riesiger Gestalt und ungemeiner Körperkraft. Wenn die Salzhändler ankamen, war er immer der Erste, um die centnerschweren Fäßer vom Wagen zu heben, abzustellen oder auf andere Wagen zu verladen. Einst vermaß er sich im Uebermuth, ein solches Salzfaß bis auf die Höhe des Bergjoches zu tragen und unterwegs nur dreimal Rast zu machen. Um zwei Flaschen Wein wurde die Wette abgeschlossen. Wie einen Spielball nahm er das Faß und schritt damit bergan. Man sah ihn, wie er den Paß erstieg, oben umsank und starb. Heute noch macht er den gleichen Marsch, das Salzfaß auf dem Rücken. Wenn es in den Bergen toset, pflegt der Bauer zu sagen, der Pfaff rührt sich (Studios. Mäder von Baden). Hier zeigt sich deutlich Donars Priester, der das Donnerfaß bergab kollert. „Höret einmal", pflegt das Volk zu sagen, „wie der Alte Gott dort oben mit seinen Bierfäßern rollt!' Kuhn, Westfäl. Sagen 1, Nr. 350. Anderwärts erscheint er in Gestalt seines Lieblingsthieres, statt der Schnee fressenden Sturmwinde als ein Mehl fressender Windhund. Beim Witterungswechsel sehen die Bewohner des aargauer Dorfes Beinwil in der Dämmerung einen großen weißen Hund. Er folgt ihnen bis zu den Wohnungen nach, man kann ihn nicht von sich jagen. Er läßt kein Bellen hören. Er pflegt sich nach dem Sand zu wenden, einer Anhöhe zwischen den Dörfern Beinwil und Reinach. Dorten setzt er sich auf einen bekannten Feldstein. Aber an seiner Stelle erscheint daselbst dann eine weiß gekleidete Jungfrau und hebt an wunderbar zu singen. Wer ihr zuhört, bleibt gebannt, bis sie ihr Lied geendigt hat. (Mittheil. von G. Amsler aus Reinach) Das ist, wie man es anderwärts bei uns beschreibt, das Nebelfräulein, welches die Matten zu wässern hat, also ein Wasserfräulein. Auch sie erhebt dabei ein schönes Lied und Jeder, der ihr zuhört, muß so laut mit singen, daß er heftiges Halsweh bekommt. Bleibt also das sturmkündende Gottesthier stumm, so wird statt seiner das Lied der Wettergöttin laut.

Rechtsbrauch früherer Zeit war es, die Leichen der Missethäter und Selbstmörder in ein Faß zu schlagen und im Strom fortrinnen zu lassen. Hätte man sie auf dem Kirchhof bestattet, so würden sie den Ort mit Hagelschlag und Sturmwind heimgesucht haben, denn ihr Schicksal war, ein Wetterdämon zu werden. Man wirft daher die Selbstmörder auf dem Lechrain (Leoprechting, S. 106) noch immer in die Strudel des Lechstromes. Solches erzählt aus dem Greyerzerlande Küenlin, in Reithards Schweiz. Familienbuch 1845, 186. Der Wirth Joseph Anton Combaz wohnte zu Allières, am Fuße des Jaman gelegen. Er galt für einen Wehrwolf; für den Schaden, den er unter den Viehheerden angerichtet, soll die Regierung von Freiburg 550 Franken auf seine Erlegung gesetzt haben. Allein er blieb kugelfest und starb endlich daheim auf seiner Wirthschaft im Herbst 1835. Gleichzeitig mit seinem Tode brachen solche Stürme und Regenströme los, daß damals die ganze Herbstlese mißrieth. Man hat, wie es scheint, deswegen die Leiche des Combaz wieder zu Allières ausgegraben, denn nunmehr liegt er auf dem Kirchhofe zu Montbovon. Die Seelen der Geizhälse im Tessinerlande sind auf die öden Bergfirsten von Bellinzona gebannt und müssen da das Wetter machen; ebenso die Berner Zwingherren und Landesbarone ins Roththal des Berner-Oberlandes; die Westfriesen auf den Firn der Scheideck, und haben da im Frühjahr den Bergschnee wegzufressen. Das Loos ränkesüchtiger Advokaten im Wallis ist, nach dem Tode auf den Bergen die Wolken zu treiben, und die Geizhälse müssen den Rhonesand in bodenlosen Geschirren zu Berge tragen. Aargau. Sagen 1, S. 171. 220. Diese Anschauungen haben ein hohes

Alter. Von den Verwünschten sagt die Edda (im Harbardsliede 18): „Sie wanden Stricke aus Sand und gruben Erde aus tiefem Thale." Wenn den Isländschen Pfarrer Sera Eirikr, gestorben 1716, ein Gespenst verfolgte, stellte er ihm die Aufgabe, aus dem Wegsande eine Peitsche zu drehen, ein Seil zu flechten. Maurer, Isländ. Sagen 160. Platon bespricht dieselbe Höllenstrafe im Gorgias: In der Schattenwelt sind die unseligsten, sie tragen Wasser in das lecke Gefäß mit einem lecken Siebe. Auch des Danaos Töchter, ursprüngliche Quellennymphen in dem dürren Argos, sind durch die hinzugetretene Namenssage, die umsonst Wasser Schöpfenden. Danae heißt nach der Erklärung alter Grammatiker die Trockene, erst Zeus befruchtet sie, wenn er als goldener Regen in ihren Schoos fällt. Im Luzerner Enziloche beim Napfberge, nächst der Berner Grenze, wohnen unter einer senkrechten Fluh, drei Kirchthürme hoch, die Thalherren, ehedem die reichen Unterdrücker der geringen Leute. Wenn ein Nachtsturm durch die Klüfte fuhr, so sagten die Leute in den Lutherntälern und Trubbergen: „Sie bringen einen neuen Thalherren her." Wenn das Wetter schlecht werden soll, hört man wohl auf mehrere Stunden weit vom Enziloch her ein gewaltiges Krachen und Donnern, als ob man mit Kanonen schieße. Dieses Krachen rührt von den riesigen Felsblöcken her, welche die Thalherren aus der Tiefe herauf wälzen müssen, ohne daß es ihnen gelingt die Lasten ans Ziel zu bringen; donnernd fahren die Blöcke und Baumstämme in die Tiefe zurück. Als im Jahre 1712 die katholische Partei der Schweiz gegen die Reformirten zu Felde zog und bei Vilmergen jämmerlich geschlagen wurde, schoben die Katholiken diese Niederlage auf den Verrath ihrer Anführer; denn diese, hieß es, hätten das ausgetheilte Pulver verfälscht gehabt. Seit dieser That bekamen die Thalherren einen großen Zuwachs. Die Geister jener Verräther, die alle keines natürlichen Todes starben, mußten lange ruhelos in den Dörfern umher spuken, bis sie endlich ein frommer Mann beschwor, in einen Kasten (Gänterli) packte und wohlverschlossen auf einem Wagen dem Enziloch zuführte. Oben angekommen, stieß er den Kasten in die Tiefe, wo er zertrümmerte. Wenn nun vor einem bald losbrechenden Regen die Sonne noch recht grell und stechend scheint, dann werden dorten die Geister sichtbar. Sie stauben ihre alterthümlichen Röcke aus, und bringen ihre Puderhaare und Perücken in Ordnung. Dann stellen sie sich plötzlich in Reih und Glied, exercieren mit Musketen und Kanonen und schießen, daß neue Felsenstücke ringsum herunter stürzen, deren Wuchten dann abermals fruchtlos in die Höhe gewälzt werden müssen. Cas. Pfyffer, Kant. Luzern 1, 244. Das Volk von St. Moritz in Wallis verbannt alle bösen belangreichen Mitbürger nach ihrem Tode in die schaurige Bergwüste von Plannevet; sündigen sie da fort, so entstehen für das Land Ueberschwemmung und Gewitter. Henne, Schweizerbl. 1833, 308. Als im Jahre 1749 der Bergsturz der Diablerets (d. h. Teufelsstreiche) geschah, erklärten sich die Walliser Aelpler die Ursache also: Die Diablerets seien, wie schon ihr Name anzeige, die Vorstadt der Hölle. Hier sei eine ganze Kolonie Verdammter im Gefängniß gehalten. Seitdem diese sich in zwei Parteien gespalten, habe die eine versucht, das stürzende Gebirge auf das katholische Walliserland hinüber zu stürzen, die andern auf die Seite des reformirten Berner Kantons. Die Jesuiten in Sitten, welche viele dieser Unholde mit Namen kennen, hatten damals den Tag des Bergsturzes richtig voraus verkündigt. Füßli, Schweizer Museum, Jahrg. 18, S. 421. Dem Glauben gegenüber, daß dieses Schießen und Kanonieren der Wetterherren gefährliche Ungewitter übers Land bringe, entsprach der andere Glaube, daß man sich schützen müsse, indem man gleichfalls Geschütze lösen ließ. Nicht nur gegen Unwetter, auch gegen Seuchen schoß man daher Geschütze ab. Der Luzernischen Obrigkeit „Ordnung zur zyt der pestilentz“ Gedruckt bei Gemperlin 1594, besagt S. 37:

In ettlichen stetten, da es höchinen, bühel, schlösser oder vestinen ob der statt vf hat, pflägt man in disen löuffen ettliche stuck deß groben geschitzes, mit bloßem pulver geladen, morgens vnd abends vber die statt abzeschießen.

Berüchtigt als Wohnsitze der Wetterdämonen sind die sg. Karen oder Karfelder des Hochgebirges. In den Thalgründen der Habkeren und Sohlstühenberge, welche die hinteren Höhenzüge der rechten Seeuferwände des Thuner Sees ausmachen, tritt überall die verrufene Karen- und Schrattenbildung des Rudistenkalkes zu Tage, dessen weiches Geäder durch Luft und Regen verwittert, so daß das daneben anstehende härtere Gestein in scharf schneidenden, neben einander liegenden Gräten und Rippen gewunden, gebogen oder aufstarrend übrig bleibt. Die Rinnen, Klüfte, Trichter, Löcher, Schachte und Höhlengänge auf solchen schaurigen Felsenflächen sind endlos. Ein solches Karfeld an der obengenannten Sohlbergflühe nennen die Hirten am Thunersee das Seefeld. Hier oben ist kein Tropfen Wasser in diesen Steinwüsten zu finden; geschweige ein See. Auch ein benachbart liegendes Hochthälchen nennen sie Wagenmoos, obschon noch niemals ein Karren, geschweige ein Wagen hier herauf gekommen ist. Eine große volkreiche Stadt versetzen sie hieher, welche durch die Sünde ihrer Bewohner untergegangen ist. Seitdem treiben Geister ohne Zahl hier ihr Wesen. Aus allen Landestheilen der Schweiz nicht nur, auch aus den alten Herrenschlössern und Bürgerhäusern läßt man jedes unsre Ruhe störende Gespenst durch Geisterbeschwörer hieher in diese Einöde versetzen. Zu Zeiten fechten sie hier ihre alten Kämpfe mit einander aus. Ohne daß eine Wolke am Himmel steht, ertönt alsdann plötzlich ein seltsames Knattern und Knallen in der obern Luft, und aus weiter Ferne her schallt es wie das Pelotonfeuer großer Kriegshaufen, dem sich dumpfe Kanonenschläge untermengen. Dies nennt man die „Musterung auf Seefeld.“ Wenn die Fremden in Interlaken dies sonderbare Getöse vernehmen, so schreiben sie es herkömmlich den Artillerieübungen in der Thuner Militairschule zu. Sobald es endet, bricht ein tüchtiger Platzregen los. (Schriftliche Mittheilungen von Heinr. Runge in Zürich.)

Zum Schlusse kommen wir noch auf die Wilden Männer. Sie gelten da, wo noch eine ursprünglichere Erinnerung über sie vorhanden ist, als die Ureingebornen und sind somit die berechtigten Besitzer der Hochalpen, von denen sie später das Sennenvolk verdrängt hat. Auch sie haben die Milchwirthschaft betrieben und Käse bereitet. Nun, da man ihnen Weiden und Rinderheerden geraubt hat, rächen sie sich durch verderbliche Gewitter, die sie plötzlich aus ihren Bergklüften nieder senden. Gegen sie sind manche Kapellen am Rande von Firn und Gletscher errichtet. Nachfolgendes erzählt man über die Kapelle auf Scheideck am Rigi. Der Weg vom Dorfe Gersau auf die Höhe von Rigi-Scheideck theilt sich in die zwei Strecken des unteren und des oberen Geschwändes. Zuerst durchgeht man die Zelgen des Buochen- und Rothackers, der Stockli- und Ackergüter, naht dem schauerlichen Tobel des Tiefenbaches, sieht den Röhrlibach von der Rothenfluh stürzen und ist dann am Wirthshause zum unteren Geschwänd. Hier steht die erste Bergkapelle zum heil. Joseph. Das Schuhholz mit den Felswänden zum Rothen Schuh liegt hier zunächst mit seiner Sage vom Spielmann, der hier sein Brod begehrendes Kind erschlug. Hierauf steht man am Almend-Markstein, überschreitet linkshin das Rüdebächli und hat da am Käppeliberg eine zweite Kapelle vor sich, zu Jesus, Mariä und Josephs Ehren gebaut. Da sie nicht förmlich eingeweiht ist, so liegt ein tragbarer geweihter Stein auf dem Altärchen. Hier ist das obere Geschwände; seine Alpenmatten haben die übeldeutigen Namen Grüselboden, Burggeist und Hasenbühl. Hat man diese überschritten, so steht man auf den Gütern des Gasthofes Rigi-Scheideck. Diese beiden Kapellen sind zum Schutze der Alpen und Alpheerden errichtet. In der Nacht nach dem Jakobstag der beiden Jahre 1592 und 1593 waren in der Alphütte des oberen Geschwänd 60 Stück Vieh getödtet, eben so unten im Hasenbühl und Schuhholz 24 Stück.

Man hatte um die Hütten Männer gehen sehen, bis in die Wolken reichend, mit feuerwirbelndem Auge, jedes von der Größe eines hundertpfündigen Käselaibes. Sie hinterließen einen solchen Schwefeldunst, daß Klaus am obern Geschwänd davon an allen Gliedern erlahmte. Da suchte der Senne Florentin, der Klausens Tochter schon lange liebte, nach einem Heilmittel und fand an der Stelle, wo er so oft von dem Mädchen heimlichen Abschied hatte nehmen müssen, die noch fließende Mineralquelle. Klaus genas und gab dafür dem Florentin sein Kind. Beide nannten ihr neugebautes Haus Scheidegg, zur Erinnerung an ihre einst so hoffnungslos gewesene Liebe. Darauf vereinigten sich ihre Almendgenossen zu Gersau in eine kirchliche Sennbruderschaft; ihre Patrone sind die Viehbehütenden Wendelin, Marcellus und Antonius, und jährlich am St. Jakobstage feiern sie ihr Bruderschaftsfest droben auf dem Käppeliberg. Während sie schwingen und tanzen, erscheinen, in Tannenwedel und Moos gehüllt, unter ihnen die Masken des Wildenmannli sammt seinem Wildwibli. (Aus dem Munde eines Gersauer-Bauern.)

2.

Der Kornweg.

Das Chorherrenstift von Beromünster, Kanton Luzern, hält alljährlich auf Christi Himmelfahrt eine berittene Kirchenprozession ab, und durchzieht dabei die Gegend von Münster in der Weite eines ganzen Tagmarsches. Schon um fünf Uhr Morgens, nachdem vorher an sämmtlichen acht Altären der Stiftskirche zu Münster Messe gelesen ist, beginnt der Auszug. Ihn eröffnen dreißig armirte Dragoner mit ihren Trompetern; auf sie folgt der Stiftsweibel im Scharlachmantel mit den Insignien des geistlichen Stiftes, begleitet von den Schaffnern, Unterschaffnern und Schreibern der Stiftsverwaltung, sämmtlich zu Pferde. Der Stiftsweibel trägt an einem Fahnenstab den hl. Michael und ist selbst in einen so großen Purpurmantel gehüllt, daß noch das Pferd davon bedeckt wird. Ihm nach rücken die Fahnenträger, Kreuzträger, Laternenträger u. s. w. gleichfalls zu Rosse; die schweren steifen Kirchenfahnen und Heiligenmodelle, die an zwei- bis dreifachen Stangen in der Schwebe gehalten werden, geben diesen Männern viel zu schaffen. Nun besteigt auch jeder der Chorherren seinen Reitgaul, der hübsch gesattelt vor dem Kirchenportale bereit steht, erst die Kapläne in der Albe, dann die Stiftsherren in der Amtssoutaine, auf dem Haupte die schwarzsammetnen Spitzmützen, alle das Brevier und die brennenden Wachskerzen in der Hand; darauf der Abt mit der funkelnden Monstranz. Er reitet einen ausgesucht stattlichen Hengst, der durch zwei Nebenreiter an Hülfszügeln geführt wird, aber niemals noch, sagt man, sei dabei einige Gefahr entstanden, denn das Hochwürdige Gut dämpfe den feurigen Gaul. Hinter ihm reiten die weltlichen Beamten, die Weibel und Rathsglieder des Orts, dann schwarz bemantelte, Roß züchtende Bürger und Bauern der Umgegend, deren Zahl sich gewöhnlich auf anderthalb Hundert beläuft. Den Schluß macht die Schaar der übrigen Wallfahrer zu Fuß. Als Bridel im vorigen Jahrhundert seine „Kleinen Fußreisen in der Schweiz" (Zürich 1797. 2, 169) machte und zu solcher Festzeit durch Beromünster kam, war die Prozession an 4000 Fußgänger und 200 Reiter stark. Ein trompetender Kaplan führte sie an. Sobald der Zug den Flecken verlassen hat, wird ein Fußweg eingeschlagen, der westwärts bergan geht, auf einen Hügel hin, das Schlößli oder Wäselen genannt. Hier hält einer der Chorherrn die Predigt vom Pferde herab, und die Geistlichkeit fällt Sequenzen- und Responsorien singend ein. Schon hier stoßen neue Wallfahrer zum Zuge, welche schaarenweise aus ihren Ortschaften mit Kreuz und Fahnen zu Fuß und zu Roß aufgebrochen sind. Sie gehören zweierlei Kantonen und mehrfachen Landschaften an, und wenn sie nun die Bittrufe und den Rosenkranz zusammen sprechen sollen, bilden ihre verschiedenen Mundarten ein scheckiges, mißtönendes Lautgewirre. Hierauf zieht man östlich querfeldein durch wenig bewohnte Districte über die Weiler Huoben und Holderen. Von hier weg wendet man sich zum Hofe Hasenhausen, dessen Bauer verpflichtet ist, dem Abt einen schönen Blumenkranz zu überreichen; dieser windet ihn um die Monstranz. Am Mittag erreicht man das Dorf Rickenbach. Es wird die zweite Predigt und ein Hochamt abgehalten, und sodann Rast gemacht. Hier, wo man sich dem Bann der jetzt reformierten Gemeinden des angrenzenden Aargaus nähert, muß die Prozession von ihrem altvorgeschriebenen Pfad abweichen, um auf katholischem Grund und Boden zu verbleiben. Gleichwohl stehen die reformirten Leute aus dem Hallwiler-Seethale zahlreich versammelt an Straße und Pfad und betrachten stummstaunend den vorüberrauschenden Prunk einer ihnen fremd gewordenen Kirche. Es erinnern sich unter ihnen namentlich die aargauischen Birrwiler noch genau daran, wie sie vor zwei Jahrhunderten unter eigner Kirchenfahne den Prozessionszug hier empfangen und durch ihren Dorfbann gläubig hindurch geführt haben. Nicht weniger stutzt der fremde Wallfahrer über diese Leute von anderer Tracht und anderer Mundart, oft sind es ihm die allerersten Nichtchristen, wie er meint, die ihm in solcher Menge vor Augen kommen. Warum wohl haben sie sich von dem handgreiflichen Segen losgesagt, welchen dieser Flurumgang ehemals ihren eignen Feldern und Hausthieren gebracht haben mußte? Eine solche Frage, die in manchem der fremden Pilger aufdämmert, wird ihm in der heutigen Prozessionspredigt umständlich dahin beantwortet, daß diesen Reformirten der Hagel die Felder zerschlage, seitdem sie auf den Rath der Züricher Predicanten hin der Prozession den Weg durch ihr Gemeindeland verwehrt hätten. Aus Eigennutz freilich möchten sie jetzt wieder „zum Kreuz kriechen,“ allein dieses Kreuz, das sie aus ihren eignen

Kirchen entfernt, verbleibe dem katholischen Land und Volke und nehme daher auch heute nicht die Einkehr bei ihnen. So lautet diese Priestersage.

Nicht lange, so wird beim Hofe Maihausen Halt gemacht. Hier sind vor dem Hause lange Laden tafelförmig über Holzböcke gelegt und mit einer Anzahl von Butterbroden bedeckt, die man Ankenschnitten, Ankenbrüt nennt. Der Hofbauer steht mit seinen Knechten bereit und übergiebt jedem der beritten ankommenden Wallfahrer, aber nur diesen, eine solche Schnitte. Vor zwei Jahren sah mein Berichterstatter hier 250 Schnitten vertheilen. Gar viele Büblein katholischer und reformirter Aeltern haben sich nebenbei auf die Lauer gestellt, um sich eine solche Schnitte zu „ergaumen und ergutzeln." Gänd mer au ne Ankebrüt! rufen sie jedem nächstkommenden Reiter entgegen. Zuweilen schenkt er die eben erhaltene Schnitte her, lieber aber folgt er doch dem alten Brauche, der ihm vorschreibt, sie seinem Roß ins Maul zu stoßen. Darüber wird den Gläubigen eine neue Sage erzählt. Ehedem, als die Prozession schon dieses Weges zu ziehen pflegte, hatte hier der Hofbauer einer Seuche wegen, die unter seinen Rossen herrschte, das Gelübde gethan, allen vorbeiziehenden Auffahrtsreitern ein Butterbrod schenken zu wollen; die Seuche verschwand sogleich, das Wunder wurde landbekannt, die Prozession wuchs immer mehr an. Da gereute den Bauer sein Versprechen, denn die Ausgabe wurde ihm zu hoch. „Zuletzt werde wohl noch", soll er im Unmuth gesagt haben, „ganz Münster auf jedem Kalbenbein herausreiten, um ihm die Butter wegzufressen. Die Stiftsherren seien sonst schon feist genug, und für seine Hungerleider könne der hochmüthige Flecken selber sorgen." Als der Bauer nun die nächste Prozession ohne die übliche Handreichung hatte vorbeiziehen lassen, fuhr die gleiche Seuche wieder unter sein Vieh, und der Hagel schlug so in sein Korn, daß die Ernte nicht einmal das zu den Ankenbrüten sonst verbackene Korn betrug. Seitdem haben seine Nachkommen dem Gelöbnisse treulich wieder nachgelebt.

Nach der Hand muß das Gewässer der Wyne überschritten werden. Dies geschieht auf einem schmalen Steg, auf dem nur eine Person Platz hat. Neben dem Bache sitzt indessen ein Mann in einer Hütte, um die Hinübergehenden zu zählen. Bei jedem Pilger läßt er eine der fünfzig Perlen seines Rosenkranzes aus der Hand, und so oft als ihm diese insgesammt durch die Finger gelaufen sind, so oft legt er ein Steinchen nebenbei in den

Korb, und hat damit je ein neues Halbhundert hinüber gegangener Pilger abgezählt.

Ueber Adelswil, Wittwil geht man zur Mooskapelle und nähert sich nach sieben Stunden dem Flecken wieder. Im Orte beginnt man mit allen Glocken zu läuten, es kommt eine andere Prozession mit Kreuz und Fahne den Reitern entgegen, sie werden zur Stiftskirche zurückgeführt, wiederholt eingesegnet und verabschiedet. Zuvor aber wird noch des Heilands Auffahrt gezeigt. Ein Heilandsbild steigt mittelst eines Rollwerkes plötzlich bis an das Gewölbe der Kirche empor und durch einen Schalter in die Kirchenkuppel hinein. Drüber wird es nahezu Abend. Ausgehungert und heißer von Rosenkranzbeten, ermüdet vom Tagmarsche, drängt man sich nun in die vielfachen Wirthshäuser und geht erst spät auf den Heimweg. Aber die mancherlei Beschwerden und Auslagen, die der Zug den Leuten macht, werden in ihrem Glauben durch um so größere Vortheile aufgewogen. Thiere und Menschen werden jedes Uebels los und die Felder sind vor Unwetter gesichert, wenn ihnen der heutige Segen zu Theil geworden ist. Nicht selten sind unter den Reitern solche Kranke, die den Weg zu Fuß längst nicht mehr mitzumachen vermöchten; nicht selten auch solche Wiedergenesene, die, wenn sie den Ritt einmal unterlassen wollten, von Stund an wieder erkranken zu müssen glauben. Im Jahre 1825 stieg die Zahl der Fußgänger auf 8460 nebst 302 Reitern. (Kas. Pfyffer, Kant. Luzern 1, 325.) Ein Stückchen von jener ausgetheilten Butterschnitte nimmt man mit heim, denn es bewahrt die Stiere vor Stößigkeit, die Rosse vor dem Koller und die Hunde vor der Wuth. Man salbt auch offene Schäden damit. Das Fest einmal abzustellen oder nur auf einen andern Tag zu verlegen, würde die größte Landesnoth mit sich bringen: Mißwachs und Hagelschlag. Am gleichen Auffahrtstage finden in der Nachbarschaft noch vier kleinere Umritte statt: in Hitzkirch, in Sempach, in Großwangen und Ettiswil-Schötz. Und so wie wir in der Schweiz Prozessionen zu Pferde haben, so haben wir dergleichen auch zu Schiffe; eine geht zur Tellenkapelle auf dem Vierwaldstättersee, die andere findet alljährlich auf dem Zugersee statt. Man meint, dieser Prozessionsbrauch in Münster sei erst im Jahre 1609 durch einen dortigen Pfarrer gestiftet worden; so giebt Kas. Pfyffer an, Kant. Luzern 1, 384. Dies ist ein Irrthum. Die Beromünsterurkunde vom Jahre 1223 (bei Neugart Cod. diplom. tom. II, pag. 147 No. 190) bestimmt, daß die Richter des

Grafen von Kyburg als Kastvögte des Klosters, so oft sie berufen sind, Gericht abzuhalten, an zwei Tagen im Mai und zweien im Herbste jedesmal mit vierzig Berittenen sich einfinden und beide Male einen Tag auf Rechnung des Stiftes verpflegt werden sollen. Dieses richterliche Besuchsrecht wurzelt indeß in einer noch ältern Landessitte und Satzung. Dies ergiebt sich aus nachfolgenden Bräuchen. König Adils von Schweden umritt einst bei einem Opfer auf einem wilden Pferde den Disartempel so stattlich, daß er stürzte und sich den Schädel an einem Stein zerschmetterte. Afzelius Schwed. Sag. 1, 197. Der Feldumritt in bairisch Eichstädt, welchen die Bauern und Bürger mit ihrer Geistlichkeit zu Pferde alljährlich dorten abhielten, wird „eine Ceremonie der alten Heiden" genannt und als solche im Jahre 1784 obrigkeitlich abgeschafft. Bibra Journal v. u. f. Deutschl. 1784. 2, 282. Gleichwohl hat sich der Brauch in andern Gegenden fortgefristet. In Baumgarten zu Niederbaiern versammeln sich am Pfingsttage berittene Bauern nebst Schloßknechten, Gerichtsdienern und Oberjägern, umreiten die Hälfte des Bezirks und nehmen den Rückweg durch Hof und Vorhaus des Schlosses. Hier ist ein Bierfaß mit einem Fichtenbusch geziert, auf einer Säule aufgestellt. Mit sechsfüßigen Stangen stechen die Reiter den Busch vom Fasse und erhalten dafür die daran gebundenen Gewinnste. Die Küferknechte, welche Faß und Gewinnste aufgebaut, werden mit zwei Eimer Bier abgelohnt. Panzer, Bair. Sag. 1, Nr. 262. Der Pfingstritt zu Kötzting im Bairischenwald wird vom Ortsgeistlichen mit der Monstranz zu Rosse und einer Zahl berittener Männer zur Nikolauskirche in Steinbühl gemacht. Im Walde wird unter Wirthszelten gerastet, vor dem Marktflecken wird dem jünsten Reiter ein rothbebänderter Flitterkranz überreicht. Der Ritt geschieht zum Andenken an die vielen Heiden, die einst diese Gegend unsicher gemacht haben. Schöppner Bair. Sagb. Nr. 91. Becks Chronik für die Jugend (Augsb. 1788, S. 328) erzählt vom Kolmannswald im Ulmischen, in welchem auf dem Rauhenried eine dem heiligen Columban geweihte Kapelle steht, weitum sichtbar. Zehn benachbarte Gemeinden kommen am Pfingstmontag prozessionsweise zu ihr, und bis auf 500 Rosse werden dann dreimal um die Kappelle geritten. Während dem ist vor der Kirchenthüre auf einem Tische der Schädel des heiligen Columban ausgestellt. Außer diesem Tage ist die Kapelle nicht besucht. In Lengenfeld bei Velburg (bairische Oberpfalz) begiebt sich am St. Martinstag der Dorfpfarrer nach Amt und Predigt mit der Monstranz in Prozession zur Martinskapelle außerhalb des Dorfes. Hier erwarten ihn alle Pferdebesitzer aus weiter Umgegend her. Er betet mit ihnen und ertheilt den Segen. Hierauf umreiten die Bauern die Kapelle dreimal und spenden beim dritten Umritt reichlich Geld vor dem Bilde des Heiligen, das nebenaus auf einem gedeckten Tischlein steht. Den Pferden kann alsdann ein Jahr lang kein Unheil zugehen. (Mittheilung vom baierschen Ministerial-Sekretär Gräßer in München.) Alljährlich im Mai am Beatentage machte der kleine Rath des Kantons Freiburg sammt der Geistlichkeit und den Bürgern der Stadt einen Prozessionsritt in die Cistercienser-Abtei Hauterive. Chorherren und Chorknaben, selbst die Schüler mit ihren Lehrern mußten Hymnen singend mitreiten; und dazu hatte jedes Roß einen eigenen Führer. Wollte man später einen schlechten Reiter bezeichnen, so nannte man ihn einen St. Beatsritter und pfiff ihm die Melodie der Nikolaushymne. Meyer-Knonau Schweiz. Erdkunde 1, 429. Die Lehensbauern zu Corvey kamen jährlich am siebenten Mai zu Pferde ins Kloster, jeder mit einem Ochsenhorn in der Hand, das ihnen am Thore mit Wein gefüllt werden mußte. Haltaus, Jahrzeitb. 104. Kloster Springiersbach in der Eifel mußte jedes Jahr die Prozession des Dorfes Hontheim auf der Berghöhe beim sogenannten Prälatenkreuz einholen und zum Kloster geleiten. Jeder so empfangene Wallfahrer erhielt dann einen Pfannenkuchen und eine Portion Erbsen. Schmitz, Eiflersag. 2, 130. Zu Ehren des heiligen Blutes, das in Schwäbisch-Weingarten aufbewahrt ist, wird daselbst an der Himmelfahrt der Blutritt abgehalten. Die Prozession zu Pferde, militärisch gekleidet, mit Musik und Fahne zieht seit alter Zeit immer noch durch die Scheune eines bei Weingarten wohnenden Bauern. In Sindelfingen wurde von den Bauern unter ähnlichen Verumständungen der „Kuchenritt" abgehalten; er ist erst in unserer Zeit eingegangen. Meier schwäb. Sag. 2, S. 399. 421.

Am Georgentage wird im Orte Stein, im bairischen Oberlande, vom Schloße aus, von etwa hundert Reitern, jeder mit zwei Rossen versehen, ein Prozessionsritt nach der eine halbe Stunde entfernten Kirche von St. Georgen gemacht. Der ritterliche Heilige selbst in Panzer und Helm reitet dabei an der Seite des Priesters im weißen Chorrock, vorn und hinterdrein Bauernbübchen in Engelstracht und andere Wallfahrer. Sie sprengen in St. Georgen angelangt an einer alten Linde vorüber, wo der Pfarrer jeden einzelnen mit Weihwasser bespritzt. Nach dem Gottesdienste folgt Gezeche, Reiterkünste und ein lebhafter Roßhandel. Steub, Bair. Hochland, 313.

Man könnte geneigt sein, in diesen berittenen Prozessionen nicht viel anderes sehen zu wollen, als eine prunkhafte Wiederholung der Martins-, Antonius- und Stephansfeste, bei denen bekanntlich der Kirchensegen über Roß und Rind, über Haber und Heu ausgesprochen wird. Es ist nöthig, dies in ein paar Beispielen zu zeigen. In Madrid, in der Straße Huerta leza wird am siebzehnten Januar allen Maulthiertreibern und Kutschern ein Hochamt abgehalten, zu dem jeder auf seinem geschmückten Leibthiere angeritten kommt. Unter gottesdienstlicher Musik wird der Segen über die hinter der Kirche angebunden stehenden Thiere gesprochen und der hereingebrachte Hafer geweiht. Knust in Pertzens Archiv 8, 213. Dem Volke verkauft man dabei Antonsbrödchen, panecillos de San Antonio. Am gleichen Tage geschieht in Neapel dasselbe; der Priester besprengt die herangetriebenen Thiere mit Weihwasser und spricht: per intercessionem beati Antonii haec animalia liberantur a malis. Sie haben dabei Backringe aus Fruchtkernen um den Hals hängen. Nork Festkalender, 1000. Wenn man am gleichen Tage im Kanton Tessin vor dem Bildnisse des Patrons in den Wohnstuben Lichtchen anzündet, so erhält dies das Vieh gesund. Franscini, Kant. Tessin 251. Der Stephanstag hieß früher der Pferdetag, das an ihm abgehaltene Wettrennen der Stephansritt. Man jagt in Schwaben an diesem Tage jetzt noch über Feld, nagelt Roßhufe und Roßschwänze an die Stallthüren und sichert damit das Vieh gegen Krankheit. Die Ritterturniere mit Banketten und Kränzen fielen auf diesen Tag nach Weihnachten.

Was aber bei dem Kuchenritte der luzerner, schwäbischen und oberpfälzischen Bauern das Eigenthümliche ist, dies liegt darin, daß der Ritt auf weiten Bezirksgrenzen vorgeschrieben ist und altherkömmlich durch Hof und Scheune der auf dem Wege liegenden Güter hindurch geht. Es muß hoch in das Alterthum hinaufreichen, bemerkt Jakob Grimm, Grenzalterthümer (Abhandl. d. Berlin. Akademie 1845, 135) daß man die Landes- und Gaugrenze, zuweilen mitten über Herd und Haustenne leitete, beides waren heilige, den Göttern geweihte Oerter. Die Wartensteiner Grenze wird gezogen: von dem Stein auf dem Spiegelhof durch den Ofen (Weisth. 3, 710); die Grimmensteiner durch den Stadel mitten über der Tenn (ibid.

3, 717). Zu Zscheiplitz bei Freiburg in Thüringen lief die Grenzlinie mitten durch die Schenkstube. Da mußte bei dem fünfjährigen Flurengang ein Bürgerssohn jedesmal rückwärts zum Stubenfenster hineingehoben werden, um die Thüre von innen zu öffnen, und man unterließ nicht seinen Namen in das Protokoll aufzuzeichnen, damit die alte Gerechtsame unverbrüchlich gewahrt bleibe. Lynkers Hess. Sagen von Nr. 216 an sind reich an derlei alterthümlichen Grenzbestimmungen: In der Mühle zu Immenhausen, in einem Hause zu Bühl lief die Grenze über den Küchenherd; der Hausbewohner mußte daher die Gesellschaft der Grenzbegänger entweder bewirthen, oder sie hieb ein Loch in die Wände und kroch hindurch. Die Scheidung des Stiftes Mainz, der Grafschaft Waldeck und des Landes zu Hessen geht durch die Klosterküche und über den Küchenherd der jetzigen waldecker Domäne Hönscheid. Curtze, Waldecker Volksüberlief. S. 262.

Die Volkssage verkörpert sich diesen Flurenumritt in einen Umzug Wuotans und seiner Götter und läßt denselben auf nicht minder pünktlich eingehaltenen Wegen vor sich gehen. Der wilde Jäger Rodensteiner (Wolf in der gleichnam. Schrift S. 19. 20) nimmt seinen Zug beharrlich durch die Scheune des Bauern Simon Daun. Wenn der wilde Jäger die Riesen in Grindelwald jagt, so müssen ihnen die Thore des Melkhauses auf der Scheidegg offen gelassen sein, weil hierdurch ihre Bahn führt nach Gaßen und zum Faulhorn.

Die Sinzenmatt, eine gegen 45 Tagewerk haltende Gemeindewiese des aargauischen Dorfes Gansingen im Frickthal, ist der Schauplatz von mancherlei Sagen, auch wurden die früheren Markgerichte und Hirtenfeste auf ihr abgehalten. Man erzählt, wie früherhin in regelmäßigen Zeitfristen ein Zug von vierzig Wahrsagern und Wahrsagerinnen durch die Wälder des Mettauer und Gansinger Thales her auf diese Almen da gewandert sei, um hier unter einer Eiche zu lagern, alle weiß gekleidet, Stricke und Ketten um den Hals tragend, wie Büßende. Ein großer Bube trug ihnen den Bündel voraus und säuberte den Waldweg. Alles entfernte sich von den Straßen, wenn der Zug herankam. Im Dorfe Wil zog er durch eine Scheuer, in Gansingen durch des Schnuris Garten, in Galten durch den Schopf (Nebenscheune) des Bruderhofes, und in Bütz sogar durch des Stäublis Hausgang. Jeder Hausbesitzer brachte ihnen die drei weißen Almosen dar, Eier, Mehl und Butter. Man hält diese Waldwanderer jetzt für Zigeuner. Birrcher, das Frickthal 1859, 68. Schloß Keffikon, eine Stunde von Frauenfeld in der Pfarre Gachnang, lag auf der Mark der hier zusammen stoßenden Grafschaften Thurgau und Kyburg, so daß der beide Gebiete scheidende Markstein in der Schloßküche gesetzt ist. Fäsi, Helvet. Erdbeschreib. 3, 246.

Wenn der Zwingherr auf Botenstein, Burgruine im Bezirk Zofingen, auszieht, nimmt er seine Fahrt über den Schwarzenhauser Berg und geht mitten durch die Scheunentenne des oberen Bolthofes im Dorfe Wittwil hindurch. (Mittheil. von Lehrer Suter zu Wittwil.)

Ein Bauer in Gadendorf bei Panker hatte spät Abends noch draußen etwas zu thun und ließ die Thüre offen. Da kam ihm der wilde Jäger durch die große Thür ins Haus geritten und nahm ein Brod vom Brodschragen herab. Darauf ritt er zur Seitenthür des Hauses wieder hinaus, und als er dort den Bauern traf, sagte er zu ihm: Weil ich dies Brod hier bekommen habe, so solls in deinem Hause nimmer daran fehlen. Es ist wirklich in dem Hause des Bauern nie Mangel gewesen. Müllenhoff, Schlesw. Holst. Sagen Nr. 497.

Aehnliche Durchzüge des wilden Heeres durch Wohn- und Wirthshäuser, erwähnt Menzel, Odin S. 272. Die Folge hievon ist dann, daß unter den Fußspuren der Roße oder der Reiter das Korn aufschießt. Wer diesen ebenerwähnten Glaubenszug rationalistisch auffassen wollte, dem käme dabei das Sprichwort wohl zu statten: des Gutsherrn Auge macht den Acker fruchtbar. Wer gut wohnt, geht oft ins Feld (Plinius). Des Herrn Ritt durch die Saat läßt goldenen Huf zurück. Es düngt kein Mist so gut, als der von des Herrn Stiefel auf dem Acker bleibt. Die Pusterthaler Kalenderregel (Zingerle Tirol. Sitt. Nr. 818) bezieht dies alles auf den ganz vereinzelten Fall: wer im Herbst über den Roggen geht, dem soll man einen Laib nachtragen; wer im Langas (Lenz) drüber geht, den soll man mit Ruthen jagen. Diese landwirthschaftlichen Sätze zusammen erhalten ihre religiöse Weihe und Bedeutung durch einen Glaubenssatz, in welchem das ganze Alterthum zusammenstimmt. Fußtapfen, Huftritt und Schuh sind Symbole des Erdsegens. Du krönest das Jahr mit deinem Gut, und deine Fußtapfen triefen von Fett. Psalm 65, 12. Man denke an die Fußspur des Perseus bei Herodot 2, 91, an Jason, dem der eine Schuh im Sumpfe stecken bleibt (Hygin. 13), an die Sohlen Tanaquils, an den Schuh der Rhodopis (Aelian), an den der delphischen Charila (Plutarch Qu. Graecae) an die in gleichem Sinne bei Nonnus erwähnte „schön beschuhte Isis.“ An die Fußtapfen des Mars gradivus knüpft der Römer den Ackersegen; gradior und cresco denkt er sich sinnverwandt. Wo der Fuß des tanzenden Gottes Wannemuine auf die Erde sprang, sproßten Blumen hervor. Esthnisch. Schöpfungsmärchen, in Osenbrüggens Nord. Bildern 1853, 148. Auch seine Hufeisen, die sich so oft an alten Kirchenbauten eingehauen, an Felswänden eingelassen vorfinden, sie deuten alle auf jenes Hufeisen zurück, welches Odhinns Roß Sleipnir verschleudert hat. Ein solches und zugleich eine eiserne Fußsohle ist an der Südseite der Stephanskirche zu Tangermünde eingemauert und die Leute glauben aus diesem Wahrzeichen zu sehen, wie weit die Schmiede und die Schuhmacher vereint diesen Bau gefördert haben. Schäfer, Städtewahrzeichen 1, 21. Es ist vorwiegend buddhistische Anschauung, daß die Wahrzeichen des Verdienstes und Glückes sich in der innern Schweifung der Fußsohle befinden, und daher rührt die hohe Verehrung der Abdrücke von Buddha's Fußsohlen, z. B. auf dem Adamspik in Ceylon. Allein zu unserem deutschen Brauche stimmt dieser Glaube nicht; denn wer diese feine Schweifung der Sohle besaß, scheute sich je mit den Füßen den Boden zu berühren, und das Nichtgebrauchen der Füße wurde so in Indien zum Abzeichen der Vornehmheit. Eine buddhistische Sage erzählt, Soma der Sohn reicher Aeltern, habe von Jugend auf seinen Fuß nicht auf die Erde gesetzt, denn an seiner Sohle sei eine rothe Linie gewesen, wie von einem Purpurpinsel gezogen. Ein indischer Zeichendeuter erkennt Königszeichen in den Fußspuren, folgert aber daraus, daß wenn der Inhaber solcher Sohlen sich seiner Füße zugleich zum Gehen bediene, derselbe doch kein wirklicher König sein könne. Benfey, Pantschatantra 1, 534.

Der Segen, der für das Land entspringt aus den darin zurückgelassenen Fußspuren des darüber gegangenen Gottes, ist der Inhalt vieler kleinen und noch nicht genugsam beachteten Sagenzüge. Wenn Gott Wuotan in Gestalt des hessischen Rodensteiner aus seiner Burg auszieht, so erscheint die Spur des Rittes auf dem Boden der Flur als ein gelber Streifen, den man den Kornweg heißt, und die Frucht wächst dorten höher und gedeihlicher. Und wer sich Mittags auf diesen Kornweg legt, dem steigt köstlicher Weingeruch und Pfannenkuchendampf in die Nase. Wolf Heß. Sagen Nr. 31. 56. 81. Der Weg des schwäbischen Muetisheeres durch schon aufgeschoßte Roggenfelder hinterläßt eine wie von Tannenästen auseinander gestrichene Furche, und ebenso kerzengerade geht das Weglein des Burrenweible durch die Saat, wie mit dem Lineal gemessen. Birlinger, Volksthüml. aus Schwab. 1, S. 34. 62. Die Feldstellen, über welche in Schwaben Wagen und Gespann der Frau Sibylle hingegangen sind, bleiben vierzehn Tage länger grün, sie haben bei der Reife ein höheres Gelb und die Frucht ist vortrefflich. Meier, Sagen 24. Diese Sibylle deutet auf den Namen unserer Getraidegöttin Sif, ihr Segen schwellt die Aehre voller. Wenn die Bergwiesen striemenweise gelb sind und auf den Mulden zu Burgeis fettes Gras streifenweise wächst, so sagt man, da ist der Alber (Almgeist) mit den schmalzigen Füßen drüber gegangen und hat den Weg gedüngt. Zingerle Tirol. Sitt. Nr. 314. Unser deutscher Dietrich von Bern gilt dem Wendenvolke als der wilde Jäger und wo durch die Fluren eine sogenannte Brandader zieht, nennt man sie Dieter-Bernhards Weg. Haupt-Schmaler, Wend. Volksl. 2, 267. An dieses heidnischen Dietrich Stelle erscheint dorten Bd. 1, Nr. 282 zugleich die heilige Jungfrau, und der Pfad, den sie durch die Gegend tritt, ist die sich kräuselnde Wallung des Sommerkorns, von welcher wir zu sagen pflegen, der Kornengel, die Roggenmuhme geht durchs Feld. Jenes Wendische Lied heißt:

Unterhalb Rosenthal liegt eine Wiese,
Ueber die Wiese ein Fußsteig geht.

Ueber die Wiese ein Fußsteig geht,
Dieser ist ausgetreten und weiß.

Wer hat ihn ausgetreten so schön?
Heilige Maria, die trat ihn aus;

Wandelnd zur Messe und wieder zurück,
Wandelnd zur Vesper und wieder nach heim.

In Nieder-Oesterreich durchgeht die heilige Walpurgis in den Erntetagen alle Aecker, Wiesen und Gärten, und wenn sie sich in eine schon gebundene Garbe verbergen kann, so hat diese beim Ausdrusch Goldkörner. Vernaleken, Alpensagen S. 110. In Tirol ist es der fromme Graf Leonhard von Görz; die Felder, durch die er gieng und ritt, werden vom Hagel nicht berührt. Zingerle Tirol. SM. Nr. 963. Es war ein Sprichwort, Jedermann thut das Gatter auf, daß ihm Graf Leonhard durchreite. Zingerle Tirol. SM. Nr. 623. Die Bonifaciusäcker um die Stadt Amöneburg zahlen keine Zehnten, weil Bonifacius darüber schritt. Lynker,

Hess. Sagen Nr. 265. Die Bonifaciusäcker zu Melcherbach und die Clawesäcker zu Wellen sind zehentfrei, denn hier hat Bonifacius ausgeruht. Curtze, Waldecker Volksüberlief. 273. Das wunderthätige Marienbild im Dorfe Hakendover bei Tirlemont wird alljährlich in Prozession umgeführt, gefolgt von Reitern, die bei jedem Halt des Zuges ihre Büchsen abfeuern. Dann umreiten sie im schärfsten Trab dreimal in weitem Kreise die Kirche und schonen dabei weder Saat noch Ernte. Dies thut jedoch keinen Schaden; im Gegentheil, je mehr die darauf stehende Frucht zertreten ist, desto reichlicher fällt die Ernte der Aecker aus. Ein Bauer, der sich dem Herumtraben auf seinem Felde widersetzte, fand nachher alle Aehren leer. Wolf Ndld. Sagen Nr. 345. Auch im protestant. Kirchenliede von Nikolaus Hermann: „Um gut Gewitter und Regen" hat Strophe 9 einen solchen Anklang:

Durch Christ, deinen Sohn, hör unser Bitt,
Theil uns einen gnädgen Regen mit;
Umkrön das Jahr mit deiner Hand,
Mit deinen Fußstapfen düng das Land.

Wenn die Bauern in der Gegend vom Schloße Hallwil, am gleichnamigen See im Aargau gelegen, das Getraide von Unwetter niedergelegt sehen, so sagen sie, da ist der Grüne Junker durchgefahren. Unter diesem Junker denken sie sich einen aus dem uralten Adelsgeschlechte der Herren von Hallwil, der aus dem nun gänzlich leer stehenden Schloße manchmal zum Fenster herabschaut, in grüner Kleidung, mit einer breiten Mütze auf dem Haupt und tabakrauchend. Wenn das Wetter umschlagen will, fährt er in einer mit zwei Schimmeln bespannten Kutsche in der Gegend umher und die Radgleise seines Wagens bleiben in Kornfeld und Wiese sichtbar; hört man aber auch den Ruf des Kutschers „Hü, hot!" so fürchtet die ganze Bevölkerung, es möchte ein schweres Gewitter losbrechen' und die Saaten zerstören. Man hat daher auf einen der neben dem Schloße stehenden Pappelbäume ein Glasfläschlein gehängt, in welches der Geist des Grünen Junkers gebannt sein soll, und dieser kann nun nicht mehr wettern lassen, so lange man den Pappelbaum nicht fällt.

Der niederländische „Kornwagen" fährt nur über die Aehrenspitzen der Kornfelder hin, rasselt aber dennoch so dabei, als gienge er über eine gepflasterte Straße. Wolf Ndl. Sagen Nr. 242. So jagen Laomedons Rosse, ein Geschenk des Zeus, über die Spitzen eines Aehrenfeldes hin, ohne einzusinken; und die zwölf Fohlen, welche Boreas mit den Stuten des Dardaniden Erichthonios gezeugt, laufen über die Aehren, ohne sie zu beugen. Il. 20, 221. In den Hochalpen geht der Götterwagen über Firn und Gletscher hinauf, seine Wagengleise zeigen sich in eingesprengten Granitkrystallen am Timmelsjoche, und der Aelpler nennt dieße Striemen das Pflaster (Straße) der seligen Bergfräulein. Als zwei Fischer im Zireiner See oben am Sonnwendjoch ihr Netz auswarfen, zogen sie damit einen goldnen Wagen heraus. Alpenburg, Tirol. Sagen 1, S. 7. 237. Der Wagen ohne Pferde, der vom Hofe Duivekot von der dortigen Kapelle hinweg auf der Rothenstraße bis nach Brüssel fährt, wird von einem Bruno gelenkt. Wolf Ndl. Sagen Nr. 547. In Gestalt des Feldherrn Bruno aber lenkt Odhinn in der Brawallaschlacht den Kriegswagen Königs Harald. Afzelius 1, 263. Die Antwerpner Blutkutsche, welche Nachts vierspännig die Stadt durchfährt, vertheilt an alle Kinder unter sieben Jahren, die noch auf der Gasse spielen, Eßwaaren. Wolf, Ndl. Sagen Nr. 434. Sehr einlässig erzählt man ähnliches im Aargau. Dorfe Entfelden. Dorten vom Engstelberge aus, wo droben der Königin goldener Garnwendel sich umdreht, fährt der Giebelkönig aus dem Schlosse in sein Reich hinab. Ein Metzgerhund läuft hinterdrein, dann folgt ein Reiter auf einem Eber und ein zweiter auf einem Esel, der eine Reihe Milchkellen am Riemen umgeschnallt trägt. In der Aargauer Sage vom Muetisheer 1, Nr. 130 reitet der Geisterkönig mit seinem Gefolge durch die Hochwaldungen und schwingt eine goldene Sichel, wie er es vormals auf Erden gethan, wenn das Getraide zur Ernte reif war. Auch die heilige Nothburga wird abgebildet, eine Erntesichel in der Hand und Brodwecke in der Schürze tragend. Auf dem Schloßwege zu Lichtenstein, den sie als Schnittermagd ins Feld hinab zu gehen hatte, wachsen nun Bohnen, ohne daß sie gesät werden. Zingerle, Tirol. Sitt. Nr. 964. Das böhmische Mittagsgespenst, die weiße Frau Pschipolnitza geht mit der Sichel in der Hand über Feld und befragt alle Arbeiter über Flachsbau und Webkunst. Gräße, Sächs. Sagensch. Nr. 656. Dies ist die Olmeßsichel der Schweden, sie bezeichnet im Runenkalender den Olmeßtag, 29. Juli, als die Zeit, in welcher die schwedischen Getraidekammern fühlbar leer sind. Die Landeslegende bezieht diesen Namen auf Olaf den Heiligen, den König Norwegens, der dorten das Christenthum einführte. Als dorten die Kriegsknechte einem Landmann einst sämmtliche Saatfelder niedergetreten hatten und der Bauer in großer Betrübniß seine Ernte nun vernichtet sah, umgieng König Olaf das Feld, da erhob nach einigen Tagen sich die zerstampfte Saat und lieferte die reichste Ernte. Afzelius Schwed. Sagen 2, 107. Das gleiche gilt von den Reitern des Schwedengenerals Banner die 1641 zu Merseburg lagen und die junge Saat ringsum so verwüstet hatten, daß man eine Hungersnoth besorgte. Da erbarmte sich Gott und ließ einen fruchtbaren Regen fallen, und so schön erholte sich die abgeschnittene oder zertretene Saat, daß man im selbigen Jahr die beste Frucht einzuernten bekam. Diebolt, Hist. Welt. Zürich 1715, 739. Gleiches gilt vom Bischof Benno, der zu Meißen 1106 96 Jahr alt starb. Er war sehr kriegslustig, befehdete Kaiser Heinrich IV., ward gebannt und mehrfach entsetzt, gleichwohl ist er im Jahre 1524 trotz Luthers heftiger Gegenschrift selig gesprochen worden, seine Gebeine wurden unter dem Baiernherzog Albrecht nach München versetzt und er ist dorten der hochverehrte Landespatron, seine massiv silberne Büste wird in Prozession umhergetragen, so oft man Regen für die Felder erflehen will. Bei den Wenden, um deren Landescultur er sich besonders verdient gemacht haben soll, gilt über gesegnete Felder und Auen noch das Sprichwort: Hier ist Benno gegangen. Preusker Vaterländ. Vorzeit, Leipzig 1844.

Alle diese Sagengestalten sind Begleiter des Erntegottes. Förderndund befreundet verweilen sie beim dankbaren Landmann und erfreuen sich der dargebrachten Opfer; beim eigensüchtigen Menschen aber zehnten sie den Ertrag mit priesterlicher Härte, und bereiten den Mangel. Noch immer ist im Glauben des Volkes jener Priester vorhanden, der, wie er ehemals die Opfergabe vom gläubigen Heiden erhielt, sie auch heute noch seinem Gotte zum Dank einsammelt, es ist der weit verbreitete Bilmeßschnitter. Schon im Jahre 1793 bezeugt H. L. Fischer, Buch vom Aberglauben 2, 124, daß diesem Pilzerschnitter „der Getreidezehnten" zufalle. Eine deutliche Erkenntniß aber dieses mythologischen Wesens gehört erst dem Werke von Friedrich Schönwerth an, „Sitten und Sagen aus der Oberpfalz." 3 Theile. Der Bilmeßschnitter führt eine goldene Sichel und trägt sie theils an den Fußknöcheln, theils an die Hand geschnallt, um Korn und Lein zu schneiden. An festgesetzten Tagen durchreitet er auf einem Bocke, (daher heißt der angerichtete Feldschaden auch Bocksschnitt. Panzer) auf einem Esel oder Hasen, während die Leute eben in der Kirche sind, die Saaten in die Quere. Es geschieht um Johanni, Peter und Paul, am Frohnleichnamstag, am Schauermittwoch, Oster- und Pfingsttag und in der Walpurgisnacht. Alle diese Zeiten fallen in der Regel zwischen das Abblühen des Getreides und sein Reifwerden. Wo er durchgegangen, wächst das Getreide ganz gut; allein wird das Korn gedroschen und geputzt, so setzt sich der Haufe wellenförmig in Bewegung und geht auf den Haufen des Bilmeßschneiders. So hat er die Hälfte, den dritten Theil, das zehnte Korn. Dies hat dem Heidenpiester dafür gebührt, daß er einst die Ackerweihe in seines Gottes Namen vollzog; sie geschah mittelst Einsteckens geweihter Stäbe, Abschießen eines Weidenpfeiles über die Saat, besprengen mit Wasser u. s. w. Da hiefür der Zehnte nicht mehr gereicht wird, so nimmt ihn der Teufel, oder sein Getreuer, der betrügerische Mensch mit bösem Zauber. Solcher Zauberschaden an Frucht und Feld heißt im Ludwigsliede vom Jahr 881 haranskara, in den Mondseer Glossen richtiger haramskara. Das Wort bedeutet eine der Reihe nach (der Schaar nach) umgehende Frohne (harm, Plage) im Herrendienste (Grimm RA. 681). Allein derselbe Name hat seine bösartige Bedeutung schon in der lex Bajuvar. 12, 8: Si quis messes alterius initiaverit maleficis artibus et inventus fuerit, cum duodecim solidis componat, quod aranskarti dicunt. Hier besagt der Name wörtlich Ernteschar werk; also Buße am Ernteertrag. Gegen diesen Zauber trat an die Stelle heidnischer Ackerweihe der kirchliche Feldsegen in der sogenannten Schauerwoche, auch Kreuz- und Bittwoche genannt, da man in Prozession die Frühlingssaaten unter Lied und Segen umgeht. Aber über diesen Segen hinaus thut das Volk heimlich fort, wie man früher that: Es steckt Osterpalmen in die Acker-Enden, je einen Büchsenschuß von einander entfernt, gießt Weihwasser aus, gräbt gesegnetes Brod hinein, schießt an Pfingsten und in der Walpurgisnacht von einem Ackerhaupt zum andern, und übt diese Bräuche auch außerhalb katholischer Landstriche, z. B. im Erzgebirge (Fischer, Vom Aberglaub. 2, 125) und in der Magdeburger Börde (Zerrenner, Ackerpredigten 1783). Auch wird die erste Erntegarbe mit jenen Kranzblumen gebunden, die schon am Antlaßtage am Altare gedient haben, beim Ausdrusch aber muß man erst Wachholderbeeren dreschen, sie mit der Rechten in der Worfel über die Linke werfen, daß sie über die Lad, oder diejenige Holzwand fallen, die in der Dreschtenne aufgestellt wird, und dabei spricht man: „Nimm was dein ist!“ Alsdann bekommt der Bilmeßschneider keinen Zehent.

Nicht mehr um den Segen des alten Gottes, sondern zum Schutze gegen ihn, den zum Teufel gewordenen, bemühen sich diese Bräuche; aber der Glaube daran bleibt fest gewurzelt und er hat vor noch nicht langer Zeit, wie Schönwerth angiebt, im Städtchen Neuburg im Bairischenwald zu einem Rechtsstreite geführt. Der Bilmeßschneider zehntet den Roggen, eine unserer ältesten Getreidearten, und die Leinsaaten, von denen der Mensch seine Kleidung nimmt, dann sind es vorzüglich noch die Kornfelder der Einöden und Weiler, abseits von Straßen und an Waldsäumen gelegen, „wo er seinen Strich hat." In solcher Entlegenheit also hat dann der Gott die Waldäcker oder den Zehnten davon noch inne, als ob sie schon zur Zeit des Heidenthums und Waldlebens bebaut gewesen wären. Daß er sie auf dem Geißbock durchreiten läßt, deutet auf Gott Donar, dem man um Aegidi das Opfer des Bockstiches abhält. Das Reiten auf dem Esel und Hasen führt auf das Heidenfest der Weihnachten und Ostern. Auch der Eber und der Wolf werden mitgenannt, Fro's und Wuotans heilige Thiere. Wenn das Korn im Winde wogt, sagt man, der Eber gehe hindurch, der Wolf geht im Korn. Die Art des vorhin beschriebenen Bilmeßschneidens mittelst einer an Fuß oder Hand geriemten Sichel, muß das ursprüngliche Schnitterverfahren gewesen sein, so sah es auch der russische Arzt Rafalowitsch im Morgenlande. Man hat um Gaza, schmale, lange Sicheln mittelst eines Riemens an den Ellenbogen gebunden und kuppt damit nur die Aehre ab, den Halm stehen lassend. Sigfrid selbst, von dem gesagt ist, daß wenn er durchs Kornfeld schritt, die Aehren nur an den Thauschuh seiner Schwertspitze reichten, ist demnach die erhabene Gestalt eines solchen Schnitters. Zu einer besondern Verdeutlichung aber kommt dieser Volksglaube vom Bocksschnitt, der durchs Korn fahrend oder reitend nur die Aehren kuppt und das Stroh stehen läßt, durch einen aus celtischen Gräbern jüngsthin erhobenen Wagen, mit dem man in Helvetien das Korn vom Felde schnitt. Das Neujahrsblatt vom Orte Bülach (Kant. Zürich) 1860, S. 5 beschreibt denselben. Es ist ein Karren mit zwei Rädern von Ulmenholz, auf dem eine Hurd und auf der Seite derselben die Sense befestigt ist nach Art der in den celtischen Gräbern aufgefundenen Bronce-Sensen. Das Vieh wurde hinten zum Vorwärtsstoßen des Karrens eingespannt, und so in dem reifen Getreide gefahren. Die Sense zog die Aehren an die Hurd, köpfte und streifte sie in dieselbe hinein. Der Name Bilmeß heißt das Rechte messend, also Erntezutheilung oder Sichellöse. Unser alemannisches Bilwiß bedeutet das Rechte wissend. Das einfache Bil führt zu billig, Gott selbst heißt angelsächsisch Bilevit Fäder (Myth. 442). So gleicht der deutsche Bilmeßschnitter ganz der schwedischen Olmeßsichel des heiligen Olaf. Die Frage, die der Exorcist an den umgehenden Geist eines Bilmeßschnitters zu richten hat, entspricht genau dieser Worterklärung, und heißt bei Schönwerth 3, 124: Hast du dem Armen wie dem Reichen geschnitten? Und wie sehr das den Göttern zugestandene Recht auf unsere Kirchen- und Pfrundgüter noch im Gedächtnisse liegt, zeigt folgende Zehntensage. Der schwedische Landgeistliche Dagson hatte seine Wohnung bei Trojenburg oder der sogenannten Hönshytten-Schanze. Er pflügte unmittelbar bei dieser Schanze das Land um, wobei er viele Menschenknochen mit ausgrub, und besäete es. Als der Roggen aufgekeimt war, kam Odhinn jeden Abend von den Bergen herab geritten, in solcher Größe, daß er über alle Gebäude hinausragte, und hielt mit dem Speer in der Hand vor dem Pfarrhause Wache, so daß die ganze Nacht Niemand ein- oder ausgehen konnte. Dies geschah jede Nacht, bis der Roggen geschnitten war. Der Geistliche gewann wohl gegen eine doppelte Ernte von dem Landstück, ließ es aber wegen des vielen Verdrusses, den ihm Odhinn dabei gemacht, nachmals unangebaut. Afzelius, Schwed. Sag. 1, 11.

Als man aufhörte, Roßopfer zu schlachten und Pferdefleisch zu essen, brachte man Kuchenopfer in entsprechender Form dar. Daher rührt unser Brod in Roß- und Hufeisenform. Form und Namen sind vom Rosse des Reiters auf dessen Fuß übergesprungen; wir backen daher noch den Pfödelkuchen (ahd. pfadelat), den Rindsfuß und die damit verwandten Süßbrode: Schuhsohlen, Schusterjungen, Pantoffeln, Maultäschlein. Hievon handelt die Schrift „das Gebildbrod", in welcher das Kornzeitalter und seine Brodopfer dargestellt sind.

3.

Der wilde Jäger im Jura.

1) Der Türst auf Froburg.

Die Froburg ist eine der ältesten und geschichtlich wichtigsten Hochburgen des deutschen Jura. Wie sie mit ihren Trümmern heute noch gerade die Schneeschmelze des Grates überdeckt hält, so war sie ursprünglich die Grenzscheide gewesen der beiden von ihr beherrschten Gaue, des Sisgaus und des Buchsgaus. Alle Bäche, die von der solothurnischen Siggeren hinweg südlich aus dem Gebirge zur Aare fließen, durchgiengen damals den Buchsgau; alles von der Ergolz im Baselland nordwärts dem Rheine zufließende Gewässer durchgieng das Sisgau; dorten war der Hauptort das Städtchen Olten, hier war's das Städtchen Liestal. Beide Gaue sind nun in die Gebietstheile von viererlei Kantonen zerschlagen, sie gehören zu Basel und Bern, zu Solothurn und Aargau. In diesen Landstrichen sprachen die Froburger auf den althergekömmlichen Dingstätten das Recht. Wie frühzeitig, dies erhellt schon daraus, daß man die ersten Kirchenbauten und Klosterstiftungen unseres Gaues theils an jene Bertha anknüpft, die man die burgundische und karolingische Ahnfrau nennt, theils an jene Bertha von Froburg, die eine Tochter des Herzogs Burkhard von Schwaben gewesen sein soll und daher auch Bertha von Alemannien genannt wird. Ihr zu Ehren hat die Stadt Zofingen jährlich im Hornung den Berthatag kirchlich gefeiert und dazu eine Spende an Wein, Brod und Geld den Armen vertheilen lassen. Noch aber ist die genauere Geschichte dieses Dynastengeschlechtes nicht hergestellt. Zwar haben sie in der Neuzeit Ildefons von Arx, aus dem Städtchen Olten gebürtig, und ebenso sein fleißiger Landsmann, der Conventuale Winnistörfer zu schreiben begonnen, doch beide unterbrach der Tod in ihrer Arbeit. Ihnen zufolge haben sich die Froburger aus kaiserlichen Beamten und Richtern eigenmächtig zu Landesherren gemacht und den dem Reiche zugehörenden Besitz mit Glück an sich zu reißen gewußt. So wurden sie denn auch außerhalb der beiden Gaue begütert und mächtig. In den Städten Aarburg und Zofingen übten sie das Münzrecht, über das Hochstift Basel besaßen sie die Kastvogtei, die Grafen zu Welsch-Neuenburg waren ihre Truchsessen. Mit den Habsburgern, deren Stammschloß dem ihrigen nahegelegen ist, waren sie schon durch jenen Rudolf verschwägert, welcher der Großvater des nachmaligen Kaisers Rudolf gewesen ist. Von dem reichen Ertrag der Zölle, Zinsen und Zehenten, die ihnen weithin gehörten, spricht noch täglich halb unbewußt der gemeine Mann, der in dieser Gegend alles gesetzliche Fruchtmaß den Rittermetzen zu nennen pflegt und das Froburgergemäß. Ueber ihren Wohlstand berichten mancherlei Erzählungen: Wie viele Herrenschlösser man aus den Fenstern der Stammburg überzählte, alle von froburgischen Vasallen bewohnt; wie manche Stunde lang der Zug der Erntewagen dauerte, wenn er in einer Reihe bergan sich windend die Zehentgarben in die Schloßscheune führte; wie in der Trinkstube ihres Seßhauses zu Olten oft bei vierundzwanzig Grafen und Freie mit ihnen tafelten, die alle bei Sonnenschein dahin und wieder in ihre eigenen Vesten gelangen konnten. So zur Fröhlichkeit stimmend ist die Lage des Schlosses, daß sein Name Froburg in den Lateinurkunden stets Monte gaudium übersetzt wird. Vielleicht sollte damit an jene Anhöhe des mittelalterlichen Roms zunächst erinnert sein, welche im Mittelalter Mons gaudii, bei den Deutschen aber der Mendelberg geheißen war, denn menden hieß sich freuen. So fällt aber der Name zusammen mit der Vorstellung eines Wonneaufenthaltes und zugleich mit dem Namen des Gottes Fro, dem mild und gnädig bescheerenden Herrn. Da konnte es denn an Ritterspiel und Waffenwerk nicht fehlen, da wir die Froburger auf den Römerzügen in Mailand, Pavia und Neapel treffen, und bei den Kreuzzügen gelangen sie bis Damaskus. Da mußte auch der Frauendienst und Minnesang seine Pflege finden, und so liegen hier im Umkreise weniger Stunden die Burgen von sieben solcher Ritter, deren Lieder auf uns gekommen sind. Zunächst wohnte der blutsverwandte Graf Wernher von Homberg. Seine Veste, noch in den Trümmern gewaltig, sieht man auf dem Wessenberge, oberhalb Läufelfingen, wo nun der große Tunnel des Hauensteins mündet. Sein anderes Schloß Altenhomberg, im Frickthale ob Wittnau gelegen, werden wir nachher noch besonders als einen Wohnort der Sage zu nennen haben. Drüben im aargauischen Winenthale lebten damals der Freiherr Hesso von Rynach, und der von Trostberg auf ihren gleichnamigen Schlössern, und wiederum deren dichterische Nachbarn waren Rudolf von Rotenburg im Luzernischen, und der Gutenburger bei Madiswyl im Oberaargau. Thalab an der Aare wohnten die beiden Aargauer Ritter und Dichter Walther von Klingen, Burgherr im Städtlein Klingnau, und ihm zunächst Herr Heinrich von Tettingen. Doch noch weiter reichte die Verwandtschaft des Froburgergeschlechtes und die von ihm gepflegte Liebe zum Gesang. Auch jene beiden Minnesänger, die auf welschem Boden deutsch dichteten, werden als eine froburgische Seitenlinie genannt; sie sind Graf Rudolf von Welsch-Neuenburg und der Herr von Gliers, dessen Schloßruine ob dem Dorfe Ligerz am linken Ufer des Bielersees zu sehen ist. Mancherlei Lieder dieser ebenangeführten Dichter stehen aufgezeichnet in der Liederhandschrift, die zu Paris liegt, und der man fälschlich den Namen der Manessischen zu geben pflegt.

Allein unwiederbringlich gieng diese Blütezeit vorüber, sobald das Geschlecht aufhörte kriegerisch zu sein, und seine Ehre in geistlichen Würden suchte. Es verschleuderte seinen Grundbesitz in frommen Stiftungen an ebendiejenigen Klöster, deren Habgier es damit reizte; und während es sich den stillen Werken der Büße und der Beschaulichkeit ergab, erlag es schließlich seinen eigenen Vasallen. Froburger treffen wir also als Bischöfe zu Basel, als Aebte und Prälaten in dem Stifte zu St. Urban (Luzern), zu Einsiedeln (Schwyz), zu St. Blasien im Schwarzwald, zu Murbach im Elsaß. Die Töchter wurden Aebtissinnen in unsern heute leerstehenden Juraklöstern zu Schönthal und zu Olsberg. So gieng das Stammvermögen nothwendig der Zersplitterung entgegen. Daß aber die Familie auch in ihrer mannhaften Ehre schmählich heruntersank, dies zeigt eine besondere Thatsache. Die drei adeligen Mörder, die am 1. Mai 1308 den Kaiser Albrecht bei Windisch erschlagen hatten, durften es wagen, sogleich nach ihrer Missethat auf der Froburg die Einkehr zu nehmen und hinter diesen Mauern der Gerechtigkeit zu trotzen. Nur aus Furcht vor dem mächtigen Grafen von Nydau, der sie hier aufgespürt hatte, entwichen sie wieder. Darauf dauerte es nicht lange mehr, so machte ein noch gewaltigeres Ereigniß der herabgekommenen Sippschaft ein plötzliches Ende. Jenes Erdbeben des Jahres 1356, das man das große nennt und bei dem einige hundert Burgen in unserm Jura auf einen Schlag zu Grunde giengen, stürzte die Froburg auf immer. Es war damals die Stadt Basel von demselben Unglück betroffen worden, der Bürgersinn jedoch war dorten im Stande, die erst verschüttete und hierauf niedergebrannte Stadt, die zum Unmaß ihrer Leiden auch noch durch die gleichzeitig ausgebrochene Pest verödet wurde, in kurzem um so schöner wieder aufzubauen. Solches vermochte der Adel nicht mehr. In demselben Unglücksjahre starb Graf Hanemann als der letzte des Froburger Stammes, die Herrschaft gieng an seinen Vasallen über, den Freiherrn von Falkenstein und kam von diesem kaufsweise an die Stadt Solothurn. Von nun an blieb die Froburg in Trümmern, das Land wurde zur Viehweide.

Ehe es dem Reisenden, der diese Höhen bestiegen hat, einfällt, die Alterthümer des Burgstals aufzusuchen, oder den Spuren der schauerlichen Zerstörung in den Felsenschlund hinab nachzustarren, nimmt ihn eine weite Landschaft mit all ihrer Anmuth gefangen. Eine prächtige Flußebene und der Silbergürtel der Eisgebirge strahlt zu ihm mit zweifacher Schönheit herauf. Allmächtig ragen im Süden die Alpen in den stillen Himmel. Man überblickt sie hier vom Genfersee bis zum Bodensee fast in einer Reihe. Welche Kolosse! Sie geben uns plötzlich den Löseschlüssel zu all den unbegreiflichen Riesengestalten, die wir einst im Märchenbuche bestaunt haben. Ein Winterriese will in unser Thal herübersteigen und ist auf halbem Wege am warmen Sonnenschein entschlummert. Nun glänzt das Sonnenlicht auf seiner breiten Felsenstirne fort, die jungen Wälder klettern ihm an Arm und Bein empor, alle Bäche und Wasserstürze umlärmen ihn, wie Büblein kommen die Hügel übereinander hergelaufen und hergekollert und reichen ihm nicht ans Knie; und in all dem Getümmel schläft der Alte vom Berge so unerwecklich fort, daß der Frühling darüber lächeln muß. Von diesem schweigenden Zauber des Schneegebirges gleitet der Blick herunter auf die sanften Linien der Voralpen. Sie sind in ein sattes Braungrün getaucht und man fühlt die tausendfache Quellenfrische, aus der sie leben. Die Klarheit der Luft erlaubt dem Auge mit Sicherheit in eine fabelhafte Ferne zu blicken. Auf dem Kamm des Rigi sieht man die Fensterscheiben erglitzern, so oft ein Sonnenstrahl dorten auf das Gasthaus trifft. Auf dem Grat des Pilatus zählt man alle Hörner und Zinken, und bis zu seinem Fuß herab liegen die Felsrippen und Schneeschluchten offen. Unten umgiebt ihn rings ein webender Glanz, das ist der Widerschein, den der Seespiegel des Vierwaldstätters in den Bergschatten emporwirft. An dieses blaue Licht der Landschaft grenzt die dunkle Pracht langgestreckter Hochwälder, und wie ein breiter schwerer Goldleisten setzen sich die reifenden Kornfelder der Ebene striemenweise darunter ab. Aus dem Thale herauf fühlt man die Kühlungen, welche hier die Aare in großen Schlangenwindungen vorbeiträgt. Wie Fäden eines Spinnengewebes laufen dreierlei Bahnlinien an den Flußufern entlang, und emsig schießt und webt die Lokomotive dazwischen hin und her. Nun birgt sie ein Wald, nun ein Vorberg mit seiner Kirche; nun rennt sie aus der Bucht des Sempachersees, der fernher blitzt, nach Zofingen und Aarburg, nach Olten oder Aarau hinein, denn diese vier Städtchen überblickt man hier zumal. So niedlich liegen sie uns zu Füßen, als wärens Nester voll Wachteleier im hohen Korn. Ja man kann meinen, da drunten wär's Weihnachten, unser Kind hätte den Tisch mit den Spielwaaren voll gestellt, und jene Bergkapellen mit der schimmernden Blechkante auf dem rothen Ziegeldache wären die lakirten Nürnberger Häuschen dazu. Geht man dann noch etwas höher zu Berge, um auch nach Osten und Norden zu blicken, so ist hier die Landschaft nicht weniger ausgedehnt. Ueber die Buchenwaldungen des Frickthals hinweg sieht man tief in den breitgestreckten Schwarzwald hinein. Da liegen auf ihrer mehrstündigen Höhe, wohin die Tannenwälder nicht mehr hinaufsteigen können, die weißen Zeilen der Bergdörfer, ein brauner Strich neben jedem ist die Haberzelge der Ortschaft. Die Kuppeln des Belgen und des Blauen schließen hier, und drüben wie in einer leichtgetuschten Linie die Vogesen das umfangreiche Bild. Zwischen den beiden Gebirgszügen fließt in langer Strecke der Grenzhüter, der Rhein. Sein Spiegel bleibt dem Auge verborgen, aber ein feiner Lichtnebel bezeichnet sein Rinnsal vom Schaffhauserlande hinab bis über Basel hin, der duftige Lichtreflex reicht bis über die braunen Wände des Schwarzwaldes hinauf, hüllt sie in einen bläulichen Schimmer und scheidet sie damit von den grünen Thalschatten des Vordergrundes.

Jetzt, nachdem das Auge seine erste Ungeduld gestillt hat, kann es aus seiner weiten Wanderschaft zurückkehren in seine engere Heimat; befriedigt wendet es sich von dem endlosstrahlenden Umkreis der zwei Gebirgsketten ab, um die immergrüne Herrlichkeit seines kleinen Wiesenberges zu betrachten. Aber auch hier geräth es gleich in eine neue unerwartete Verwunderung. Es sieht, daß die Froburg, unter der es sich nur eine vereinzelte Jurahöhe gedacht hatte, ein eigener Gebirgsstock ist von mancher Stunde Umfang, und wenn es hier diese untere Sennenweide und darauf noch die obere überlaufen hat, bleibt es schon an der Wiesbergfluh staunend haften. Droben aus dem bewaldeten Grat stürzt sie plötzlich ab, eine breite Felsenwand, durchaus nackt, nach beiden Seiten schroff abgeschnitten. Wie prächtig ist das Farbenspiel, das sie gewährt! Ihren Felskamm schattirt der Hochwald mit seinen stolzesten Tannensäulen, gliederweise stehen sie draußen bis an den Rand in blanker Luft. Honiggelb erglänzt darunter das Kalkgestein der Felsenbrust, ewig umschwärmt von einer Schaar nistender Geier. Dann geht die Fluh mit all ihren Wänden und Schutthalden in ein junges Föhrenwäldchen nieder und senkt den massiven Fuß in den schwellenden Rasen der Wiese hinein. Oben grünes Waldleben, unten smaragdene Weide, und in der Mitte die versteinerte nackte Brust des Gebirges; erst wenn man einen dieser Vögel ins Auge gefaßt hat, die neben der Fluh wie ein Pünktchen in der Luft hängen, erräth man schwindelnd das Maß dieser Höhe. Wie viele Berghöfe, Sennhütten und heerdenwimmelnde Einöden wird man da oben überblicken! Heerdenglocken läuten von allen Seiten herein, als wärs ewiger Sonntag. Und dort unten in der unbekannten Tiefe, welche heimliche Schluchten lassen sich da erschleichen, wenn man dem Faden dieses Sturzbächleins sich nachwagen wird. Steigt man aber noch weiter hinauf in die Bergeinsamkeit, so wachsen ringsum die Ortschaften wie aus dem Boden heraus, eine Schaar von Dörflein mit ihren kleinen Kirchen, noch kleineren Häusern und ihren doch so starken und klugen Leuten. Man sieht sich nicht mehr allein, man sieht sich unter die allerregste Thätigkeit versetzt. Hier wohnt das Sennenleben, der Ackerbau und die Industrie zu allernächst beisammen. Während der Bruder vor dem Hause heuet, webt die Schwester drinnen am Seidenband für Basel und Lyon. Jeder Weiler hat hier sein Schulhaus, jede Bauernhütte hier ihre Zeitung, jeder Sennhof seine Kurgäste, ja fast jedes Dorf ringsum sein eigenes Bad. Und nicht gerade die Kranken, sondern die Gesunden füllen da die Fremdenliste. An Feiertagen haben die Bahnzüge vom Rhein und von der Aare her Stunde für Stunde die Leute auszuladen, die hier oben ein paar Nachmittagsstunden Alpenblumen suchen und Bergluft athmen wollen. Stadt und Land trifft dann auf Schritt und Tritt zusammen. Die Matte wimmelt von Rindern und von Negotianten; unter einem Schindeldache trocknet ein durchregnetes Fischbeinkleid neben dem Küherhemde, hängt ein Cavourhut neben dem Lederkäppchen des Emmenthalers. Dieser Buchenwald summte eben noch von Waldbienen und widerhallte von Amseln; jetzt bricht eine gesammte Dorfschule aus ihm hervor, man erkennt sie an dem Lehrer, welcher die neue Schulfahne voraus trägt; unter einem eingelernten Liede schwenkt der Zug über die fernen Wiesen hin und stürzt sich in den nächsten Wald hinein, um nun auch noch diesen mit seinen Himbeeren und Erdbeeren auszuessen. Ist diese Leistung glücklich vorüber, dann erst erwacht das gelehrte Bewußtsein, und mit historischer Neugier wandert die Schaar dem Schloßfelsen zu, um die Ruine des Froburger Grafen zu untersuchen, derentwegen man eben diesen heutigen Ausflug unternommen hat. Wir müssen erst in ein winzig kleines Thälchen hinab und drüben einen spitzigen Waldberg emporsteigen, um droben zu den zwei Wallgräben der Burg zu gelangen. Sie liegen mit Gerölle und Mauerwerk fast bis oben zugeschüttet. Man betritt die inneren Räume und sieht wie ausgedehnt das Schloß gewesen ist, dessen Ueberbleibsel jetzt noch einen ganzen Morgen Landes einnehmen. Man erkennt zwischen jungen Baumgruppen die Kellergewölbe, die einzelnen Gelasse; Mauerwandungen stehen noch in Mannshöhe am Rande draußen, alles erfüllt und bedeckt mit wildestem Schutt. Man wagt sich auf das Felsenhorn hinaus, das aus dem Ifenthalergraben jäh emporsteigt, so daß die Tiefe des Abgrundes nicht mit dem Auge ermessen werden kann. Drunten liegen abermals gestürzte Trümmer der Burg, sie hüllen den Felsenfuß ein und bedecken sogar noch die jenseitige Berghalde. Nicht ein Stein mehr ist am Platze von dem Wartthurm, der hier oben in die Lüfte ragte. Aber auch der Grundfels ist in Klüfte und Risse auseinander gespalten, seine Kalkflanken sind vom Feuer und Brand ausgeglüht. So vermochten Menschenhände nicht zu wüthen. Der Berg selbst hat gewankt, hat seine Felsen gespalten und die Fundamente der Burg von seinem Haupte geschüttelt; Feuer ist aus dem berstenden Erdleibe hervorgebrochen und hat, was noch droben übrig war, aufgefressen. Der ganze Grund und Boden im Schloßhofe ist brandschwarz. Das älteste deutsche Jahrbuch der Stadt Zürich, das in seinen Angaben selber nur bis zum Jahre 1336 reicht, mag noch unter dem Eindrucke dieser furchtbaren Begebenheit geschrieben sein. Ausdrücklich nennt es unter den neunundzwanzig Burgen, von deren Untergang durch das Erdbeben es erzählt, die Froburg: „An Sant Lucastag zuo herbest kam diu groz erdbidem, daz vil stett und burg nieder fielent.

Des ersten fiel Basel nieder und verbran. Es fielent ouch diu festi Honberg, zwo Schowenburg, dri vestin, hiezent Wartenberg, es fielen Kienberg, Varnsburg, Wildenstein, Augenstein, Froburg."

Alle diese eben genannten Burgen liegen im Umkreise weniger Stunden um die Froburg. Auf dasselbe Jahr aber, da diese Chronikstelle in der Schweiz geschrieben wurde, setzen die deutschen Jahrbücher den Untergang des schwäbischen Schlosses Wasseneck an und bezeugen damit den lang dauernden Schrecken, mit dem jenes Froburger Ereigniß sich dem Gedächtnisse der Nachbarländer eingeprägt haben mußte. Schloß Wasseneck, so erzählt die Chronik von Zimmern (die Uhland in Pfeiffers Germania 4, 96 neulich besprochen hat) gehörte damals dem Herzog von Teck, der „ein grefin von Froburg ußer der Aidgnoßschaft" zur Gemahlin hatte. Schon in ihrer Jugend war der Frau geweissagt worden, sie müsse einst vom Wetter erschlagen werden. Dagegen erlernte sie von einem fahrenden Schüler einen Segensspruch und sagte ihn her, so oft sich das Gewölk zu einem Gewitter zusammen zog; auch waren ihre Jungfrauen darauf angewiesen, von allem Ungewöhnlichen in Luft oder am Himmel ihr unverweilt Meldung zu machen. Einst sagte man ihr über Tisch, daß ein kleines Wölkchen am Himmel stehe. Die Gräfin trat ans Fenster, betrachtete und verachtete es und sprach den erlernten Segen nicht. Da fuhr das Wetter so rasch heran und schlug ins Schloß, daß sie am Fenster stehend von dem Dunst erstickte.

So viel wissen die Chroniken des Landes von dem Ereignisse zu erzählen. Es ist aber der heutigen Wissenschaft der Erdkunde gelungen, mit Sicherheit die Grenzen und Richtungen nachzuweisen, in denen dieses Erdbeben unsern Jura durchlaufen hat. Auffallender Weise sind diese Grenzen ziemlich enge und der Spielraum also ein nur geringer, verglichen mit der Größe der Verwüstungen, die es hinterließ. Denn damals wurde nicht etwa nur ein Thal verschüttet, sondern eine ganze Gebirgskette mit umgestaltet. Man vermag solcherlei Nachweise genauer zu geben, seitdem man die großen Erdrevolutionen, in denen man fälschlich den Bruch und Umsturz der ewigen Gesetze hatte sehen wollen, als nothwendige und unabänderliche Folgen eben dieser Gesetze erkannte. Der Geologe, der die zahlreichen Kesselthäler des Jura überblickt, stellt sich aus ihren jetzigen Formen die Gestalt wieder her, in welcher ursprünglich einmal das Gebirge gebaut gewesen ist. Diese

Kesselthäler stehen in sichtbarem Zusammenhange mit den glockenförmig gebaut gewesenen Gewölbketten, die nun theils versunken sind, theils als einzelne geborstene Glockenwände an den Seiten des alten Erhebungkraters dastehen. Da wo der 3087 Fuß hohe Wiesberg liegt mit seinen Dörfern Läufelfingen, Bukten, Zeglingen und Wiesen; da wo gegenüber der Hauenstein-Tunnel auf 8320 Fuß das Gebirge durchbohrt, vorbei am Fuße der Froburg, da gerade liegt der Centralknoten des ganzen Gebirgssystems. Von ihm geht die längste aller Ketten aus, die Wiesberg-Montterrible-Kette, welche östlich im Lägerenberge (Kant. Zürich), westlich bei Besançon endet; ferner die Kette des Blauen, die nördlichste, im Plateau von Pruntrut verlaufend, und die Hauensteinkette als südlichste, deren Zweige die Weißenstein- und Chasseral-Kette sind. So hat dies Siegfried in seiner Beschreibung des Jura dargestellt. Im Centralknoten dieser Gebirgsäste, also am Wiesberg und Hauenstein selbst, muß die durch plutonische Kräfte bewirkte Hebung am gewaltigsten gewesen, aber je weiter davon fort und nach den Ausläufern hin sie zu gehen hatte, in ihren Schwingungen um so ermäßigter geworden sein. Die Folge also ist, daß ein Erdbeben, welches sich auf Froburg spürt, in einem Kreise rollt, der vollkommen ringförmig-linear ist, und in seiner Erschütterung ganz partiell zu bleiben pflegt.

Die hervorstechendsten Sagen unseres Jura, so weit wir sie bisher selber aufzufinden vermocht haben, sind die vom Wilden Heere zu Roß und zu Wagen, an dessen Spitze der Türst steht, der Schimmelreiter, der Geißer, die kegelnden Riesenbrüder, die frevelnden Schloßritter, die räuberischen Bergsennen. Sie gehören eben alle dem Theile des Jura an, von dessen geologischem Bau so eben die Rede war und der auf die drei Nachbarkantone Solothurn, Baselland und Aargau fällt. Es lassen sich daher diese Jurasagen sowohl nach dem verwandtschaftlichen Zug des Gebirges, wie nach ihren topographischen Oertlichkeiten aneinander reihen und auf einer Specialkarte in einem augenscheinlichen Zusammenhange überblicken. Die Erzählungen, welche im Nachfolgenden mitgetheilt werden, beweisen dieses ganz wohl. Sie beginnen am linken Ufer der Solothurner Aare an der westlichen Grenze des Kantons, steigen dorten beim Dorfe Grenchen zu Berge und ziehen hinter dem Weißenstein nach Balstall herab. Von da wenden sie sich mit dem obern Hauenstein nach Baselland hinein, kehren in einem Umkreise zum untern Hauenstein zurück, und umgehen da den Wiesberg und die Froburg ringsum, so daß diese zwei Berge über eine breite Fluth gleichnamiger Volksüberlieferungen inselartig emporragen, und für sie alle als Sammelplätze erscheinen. Von hier weg schlagen sie noch einmal einen Bogen in das Frickthal und wenden sich über den Paß der Schafmatt und der Staffelegg gegen Aarau zum linken Aarufer heraus. Dieses eben beschriebene Gebiet der Sage in ihren verschiedenen Wendungen, die so willkürlich scheinen und gleichwohl einem Grundgesetze sehr richtig folgen, läßt sich in etlichen Tagemärschen durchwandern. Allerdings sind es mühevolle, wilde und verlassene Gebirgswege, die hier der Forscher einzuschlagen hat; dafür wird ihm aber die Freude zu Theil, die Sage in ihrer ursprünglichen Frische an ihren Ursprungsstellen selbst zu schöpfen, und wenn ihn noch das Wetter begünstigt, wird sich ihm die seltene Gelegenheit ergeben, sogar den alten Gebirgsgeist selbst einmal mit eigenen Augen betrachten zu können. Daß damit mehr als eine bloße Versicherung ausgedrückt sein soll, dies wird sich im Verlaufe unserer Mittheilung noch besonders erweisen. Der Lauf der Aare ist nach dem eben Gesagten soweit die Grenzscheide dieses Sagen-Complexes gewesen, sie spielen ihrer Mehrzahl nach auf dem linken Ufer des Stromes an der Gebirgsseite. Allein oberhalb der Stadt Aarau überspringen sie schließlich den Strom, nicht an der Stadt, sondern an ungebauten Ufern, und schweifen von da in die Hochwälder und Berge desjenigen Landestheiles hinüber, welchen man das Altaargau nennt. Mit der Aufzeichnung der dorten spielenden Volkserzählungen schließt daher unsre diesmalige Sammlung der Sagen vom Wilden Heere ab.

Der Froburger Geist, so begann mein Erzähler, der Bauer Peter vom Solothurner Dörflein Wiesen, hat bei uns bald so verschiedene Namen, als ringsum Bergspitzen sind. Schon in unserer Gemeinde heißt er bald der Wiesberg-Joggeli und Bergposter, weil er bergein und bergaus wie ein Postläufer rastlos aller Orten umherklettert, bald wieder der Geißer, weil er sich anfänglich in Gestalt eines großen heulenden Vogels zeigt und erst dann zur vollen Mannsgestalt auswächst. Allein in Wahrheit heißt er der Türst und ist ein Graf von Dürsen gewesen aus deutschen Landen. Zuweilen im Winter, da Niemand vor tiefem Schnee zu Berge kann, steht er auf einem kahlen Hübel unseres Wiesberges in den Früh- oder Abendstunden unbeweglich da, gestützt auf einen langen Stock, am Kopf einen Stülphut. Ich war noch jung, als mich mein Vater einst vor Tage bei bitterer Winterkälte nach Läufelfingen mit einem Briefchen hinunter schickte. Nun, der hat mir ja schon gebahnt! sagte ich bei mir selbst, da ich dem Vorberg zugieng und einen gewaltigen Mann droben im Schnee stehen sah. Gleich fiengs oben in der Firstwaldung zu krachen an, als müßten die Tannen mit einander herunter, und es kam damit ein Fuhrwerk die jähe Seike herab, mit acht Rossen bespannt, der Mann stieg ein und fuhr über alle Höhen davon. Jetzt wußte ich, wen ich gesehen hatte. Auf einer solchen Umfahrt pflegt der Türst sein Bergrevier und seine Grenzen mit größter Gewissenhaftigkeit einzuhalten, und wer erzählen wollte, er habe ihn auf einer anderen Bahn als auf der altgewohnten getroffen, der hätte sich schon damit bei uns um allen Glauben gebracht. Seine erste Richtung nimmt er gegen das Attleten-Thäli, welches gegen Läufelfingen zu liegt. Hier, wo er auf der hübschen Ebene der Weichmatte die Grenze von Baselland berührt, hat er vorerst eine eigenthümliche Begegnung abzumachen. Bereits nemlich hat sich drüben am entfernten Schmutzberge, beim Bade Rauh-Eptingen, ein wandelndes Licht in Bewegung gesetzt, auch von der Gegenseite kommen solche herbei geflackert; und die Flammenschaar beginnt hier am Grenzpunkte einen gemeinsamen Tanz. Man hört eine rauschende Blechmusik dazu aufspielen. Ehe die umwohnenden Leute mit diesem Vorgange vertraut waren, erzählte man, es seien nichts als Fuhrleute, die den Wein aus dem Elsaß in die innere Schweiz führen und an dieser Stelle der alten Hauensteinerstraße ihre Roße verschnaufen lassen. Man schilderte dabei, wie sie hier ein Faß ums andere anzapfen und beim Schein ihrer Laternen verjubeln und vertanzen. Allein dieser Glaube konnte sich nicht lange halten; denn wehe dem Voreiligen, der hinlief, um den trunkenen Fuhrknechten zu zuschauen; er wurde in den Höllentanz mit hinein und in die Lüfte emporgerissen. In einem Abgrunde sah man nachher einmal seine Leiche liegen. Darauf wechselt hier der Türst seinen achtspännigen Wagen mit zwei Reitrossen, das eine ist ein Schimmel, das andere ein Rappe. Es ist keineswegs einerlei, welches von beiden Rossen er besteigt, und die Sennen, bei deren Geschäfte so vieles vom Wechsel der Witterung abhängt, achten genau darauf, ob er den Schimmel oder den Choli reitet. Wählt er sich den letzteren, so ist er zugleich schwer geharnischt, trägt einen rothen Federbusch, und statt des Hundes läuft ein dreibeiniger bellender Fuchs mit hochgestellter Ruthe hinter ihm her. Dieses

Thier ist von seines gleichen wohl zu unterscheiden, es ist kugelfest. Der Senne und Jäger Heinrich Dubler, der am Kambersberg bei Iffenthal wohnt und pfarrgenössisch ist im Solothurner Hägendorf, hat auf das Thier schon zu dreienmalen fehl geschossen, das letztemal sogar mit einer „versetzten" Kugel, das heißt einer solchen, die durch kirchliche Benediction geweiht war. Der Fuchs entsprang und nur bei zwei Pfund Katzenhaare lagen am Platze. Gleichwohl hat sich der Türst an dem verwegnen Schützen nicht gerächt, er läßt vielmehr auf dessen Bergmatte seinen Rappen grasen. Der Sennknecht hat dies fremde Thier einmal für das dem Nachbarsennen angehörende gehalten und es über Nacht in den Stall gezogen. Am Morgen drauf lag jede Krippe doppelt voll Haber, die Thüre war zu, das Roß fort. Der Türst ist von außerordentlicher Gestalt und schrecklicher Stimme. Weithin hört man ihn vom Rosse herab rufen: Hoho, drei Schritt ab dem Weg, daß dir Gott das Leben geb! Als der Friedensrichter Bloch und der Wirth Peter, beide von Wiesen, einst beim Hauensteiner Tunnel diesen Ruf hörten, waren sie eben im Gespräche mit einem am Bahnbau beschäftigten Arbeiter. Sie riethen dem mit der Landesbeschaffenheit unbekannten fremden Mann, schleunig aus dem Hohlweg zu ihnen herauf zu kommen. Er hämmerte an seinem Platze fort, wurde zu Boden geschleudert und bekam einen mächtig geschwollnen Kopf.

Besteigt aber der Türst, statt des Rappen, den Schimmel, so ist er wie umgeändert. Er heißt dann der Schimmelreiter, kommt ganz schmuck daher in grüner Jägertracht, und eine Meute von dreiundzwanzig Bracken, schneeweiß und prächtig anzuschauen, springt mit lechzenden Zungen hinterher. So sprengt er über die Güter des Sennhofes Reißen herauf, von dem man überdies sagt, er habe von dieser Waldreise den Namen, und dann an den bewaldeten Bergseiten höher hin zur Froburg. Hier besitzt er noch seine eigne Futterwiese; sie liegt hart am Fuße des Schloßfelsens und steht schon im alten Güterplane der Froburg unter dem redenden Namen Schimmel eingeschrieben: Da fährt er mit Allem in die Kalkfelsen des Burgstals hinein, daß die Wände krachen. Doch im Nu kommt er auf der anderen Seite hervor, als hätte er den alten Herrensitz nur umreiten wollen, fliegt bis zur oberen Sennweide, hüllt die zwei Buchen in Dampf, die am Hange draußen als Zielbäume stehen, und wenn er hinter dem Berggrat verschwunden ist, lacht hinter ihm wieder der blaue Himmel.

So geschah es vor nun drei Jahren auf dem Kurhause zu Froburg, nnd der Verfasser dieser Zeilen war zugleich Augenzeuge jenes ungewöhnlichen Vorganges. Während man hier oben die glücklichen Tage der Sommerfrische mit gebildeten Fremden und Freunden theilt, wie im goldnen Zeitalter wieder von Milch und Honig lebt, statt griesgrämiger Bücher einen urweltlichen Emmenthaler Knecht studirt und ausforscht, so findet man sich zu nichts weniger aufgelegt, als zu abergläubischen Beschaulichkeiten und Erbaulichkeiten, und sogar der Aberglaube der Wissenschaft, an dem man drunten im Flachlande so ernst mit cultiviren hilft, zeigt uns hier oben plötzlich ein ganz lächerliches Gesicht. Die Gesellschaft saß im Kursaale zum Frühstück versammelt, nachdem so eben der reinste Sonnenaufgang bewundert worden war. Noch strahlten Himmel, Luft und Gebirge uns zu den offenen Fenstern herein, als eine plötzlich wieder beginnende Nacht uns vom Tische aufjagte. Blindlings stürzte Alles aus dem Hause, der einbrechenden Finsterniß entgegen. Draußen stand eine rabenschwarze Wolke und nahm den ganzen Himmel ein. Zugleich überdeckte ein Meer von Nebeln das Thal und kam durch alle Berglücken geisterhaft still zu uns herauf gequollen. Nun plötzlich ein Rauschen in der oberen Luft, und ein Sturmwind setzte Wolke und Nebel in Bewegung. In Form eines sich streckenden Riesenrappen jagte die schwarze Wolke voran, Nebellasten hinter ihr dreinflatternd mit milchweißen Mähnen, mit gigantischem Schweif. So trieben beide drunten quer über die Schimmelwiese hin, zu uns empor, hüllten uns und alles Land in schwere Finsterniß und verschwanden, ohne ihre Schrecken zu entladen, hinter uns am Grat des Berges. Schon die nächst ankommenden Gäste, die bei uns eintrafen, meldeten, daß jenes Morgens ein schwerer Hagelschlag im Frickthal nieder gegangen war. Da hatten wir denn die beiden Hauptmächte der deutschen Sagenwelt zusammen vor Augen gehabt, den Licht- und den Nachtgott; den Wintersturm, weiß wie Schnee und Gletschermilch; und das Sommergewitter, schwarz wie Rauch und Mitternacht. In Gestalt der zwei nordischen Götterrosse sprengten sie vorüber. Wir sahen deutlich den dunkeln Svadilfari, diesen glüthschnaubenden Hengst des Gottes Loki; wir sahen hinter ihm auch den achtfüßigen Sleipnir rennen, diesen blendenden Schimmel Odhinns. Nicht wir selbst, aber das von diesem Gewitter schwer getroffene Frickthal konnte dann etwa die anderen Gestalten erblickt zu haben glauben, die mit in diesen Umzug gehören. Erst ihn selbst, den graubärtigen Schimmelreiter; dann mit ihm die unkenntlich behelmte Walküre, welche aus der Mähne ihres Rosses die Thäler mit Hagel überschüttet; oder neben dieser Nachtreiterin die schöneren Schwanenjungfrauen, welche in unsern Märchen Schneewittchen und Schwanewittchen heißen. So ist der Türst, der mit seinem zahlreichen Gefolge überall in den Alpen jagt, die Heerden auf dem Pilatusberge in den Abgrund stürzt und das Rind im Jura mit sich in die Lüfte reißt, wenn man nicht jedes schnell noch bei seinem Namen rufen kann. Deswegen nennt ihn mein Erzähler mit richtigem Sprach-Instinkt einen Grafen von Dürsen, weil der Wüthende Jäger alles wagen darf. Denn dürfen heißt ja wagen, und der Name des Donnergottes Thorr grenzt in der altnordischen Sprache an das Wort Thor, das in ihr zugleich Kühnheit bedeutet. Und weil auch Wutans Name mit wüthen zusammenhängt, so trägt Odhinn beim Skandinavier die Namen Wetterherr, Regner, Nebelwerker und Schneegott (Widrir, Yrungr, Bölwerkr, Hialdrgod). Wer das Leben im Gebirge nicht kennt, wird sich leicht versucht fühlen, den Eingebornen eines zu weit gehenden Aberglaubens zu zeihen; allein der Glaube reicht hier deshalb weiter als anderwärts, weil auch die gewöhnlichen Naturerscheinungen hier ins Großartige gehen und die Menschenempfindung steigern. Man muß mit angesehen haben, wie ein Sturm in den Alpen entsteht. Erst umziehen weiße Nebel den Fuß eines Berges, auf dem wir uns eben befinden. Schon haben sie wie ein riesiger Mantel unübersehbar die Ebene bedeckt. Diesen legt dann ein Windstoß in Faltenwürfe, giebt ihm Befransung, Bewegung, Verhältniß und Gliedermaß. Mit zögernder Erhabenheit scheint er immer mehr in sich getheilt zu werden. Es löst sich ein leichteres Gewölk von diesem Duftgewande ab, kommt auf unsre Tannengipfel herauf geflattert, wickelt sich zwischen ihrem Dunkel in neue Gestalten auseinander und ist dann gespenstisch rasch hinter einem Felsgipfel verschwunden. Da braucht es nur noch des grellen Morgenlichtes, das durch eines dieser Nachtwesen hindurch blitzt, oder des Mondes, der den Saum dieser Gestalten rändert und versilbert, während ihnen der Nachtwind immer neues Leben und andere Bewegung einhaucht — und man hat, ohne wundersüchtig sein zu müssen, alle die Caledonischen Geistergestalten vor sich, wie sie in Ossians Liedern von ihrem Wolkensitze herbei gerufen werden. Nicht entfernter als diese Anschauung liegt auch der Gedanke an ein großes Todtenheer, das mit dem Schneegewölke kalt und trauernd vorüber zieht, und obschon solcherlei Meinungen hart an den gewöhnlichen Geisterspuk grenzen, wird man sie doch ebenso wenig schelten dürfen als folgende Verse über die Schneewolken:

Todtenblaße Reiter jagen
Schnaubend durchs Gebirg hinan,
Graue Mäntel umgeschlagen,
Eisige Panzer angethan.

In der Gebirgswelt eröffnet sich der Götterhain wieder und die ältesten Gottheiten leben da fort in dem großen Epos der Wildnisse. Wenn da Wutan mit der Windsbraut einher gestürmt kommt, flattern ihm wieder alle Raben von den Aesten entgegen, wo sie Nachtruhe gehalten haben; noch immer bellen ihm alle Graurhunde zu, die Bergwölfe; es heulen zu ihm alle Windstöße aus den Schluchten herauf und rufen mit schwerer Zunge ein Hoho! Und die Felsentreppen der Gebirgswand knarren, über die der Sturm seine Donnerlasten wagenweise herunter gefahren bringt. Diese Anschauungen hatte einst Klopstock aus der Schweiz mit sich genommen und dann spät in seiner Messiade (Gesang 16, V. 583) in einem wahren Gewitterhexameter so ausgedrückt:

— — — — — — — — — — als rollte
Schmetternd ein Donnerwagen auf tausend Rädern herunter.

Der Eigenname Türst, einen hungrigen Riesen bedeutend, begegnet schon in den älteren Urkunden unserer Landstriche, wie folgende Angaben zeigen. Peter Turß und Petermann Durst sind zwei Bauernnamen in einem oberdeutschen Hochzeitsgedichte (Graff, Diutiska II. 78. 82). Durst, ein Zofinger Geschlecht, in der Stadt Zunftrodeln vom Jahre 1400. Dürst, ein noch bestehendes Glarnergeschlecht: M. Schuler, Gesch. v. Glarus, 540. Erh. Dursteler, Pfarrer zu Horgen am Zürichsee, verfaßt 1760 die Collectio actor. Turicens. Abbatiae. Dürstelen, Züricher Dorf der Pfarrei Hittnau mit einem gleichnamigen Adelsgeschlechte. Fäsi, Helvet. Erdbeschreib. 1. 346. Das Kloster Hermetschwil im Freienamte besaß einen am Reußflusse gelegenen Brunnen, genannt Durstbrunnen, er wurde in ein Bad verbaut. Hds. Kloster-„Archivsregister" Fol. 1, S. 243. Das Habsburg-österreich. Urbarbuch v. J. 1300 führt unter den Glarner Zinsgütern an den „tagwan ze Turserron (ed. Pfeiffer, S. 137). Bei tirolisch Wassereit liegt ein verschüttetes Bergwerk Namens Türschentritt; in seinem Innern kegeln große Leute mit einem goldenen Kegelspiel. Wolf, Ztschr. f. Myth. 4, 38.

2) Der Besenreiß-Anton am Grenchnerberge.

Oft hört man in gewissen Nächten von der Egg her und über den lang gestreckten Grenchner Berg hin ein schauerliches Schreien, Weherufen und Stöhnen. Bald ist es ein herausforderndes freches Johlen und Gellen, wie es sich die Sennbuben zweier Nachbarsenten entgegen höhnen; bald lautet es, als ob ein Verirrter oben im Hochwalde kläglich um Hülfe riefe, oder als ob er überfallen und niedergeworfen, unter Mörderhänden einen letzten Angstschrei ausstieße; durch alle Stimmen wechselnd trägt es der Nachtwind über die Halden herab. Wohl vernehmen es die Leute in den nächsten Berghöfen, aber sie eilen keineswegs zum Beistande hin; sie bekreuzen sich, sie murmeln schnell den englischen Gruß. Der Toni schreit wieder im Unterholze, heißt es, der Beserîse-Dönnel hünet! Man läßt die Fäll-laden über die Fenster herab, löscht das Feuer am Herde, schaut nach im Stalle, ob die geweihten Osterpalmen noch hinter der Thüre stecken, dann kann man sich dem Schutze der lieben Heiligen empfehlen und zu Bette gehen. Allein droben auf der Egg läuft das nicht so kurz ab. Als ob der hundertjährige Wald auf einen Streich gefällt liegen müßte, kracht es da in den Tannen. Mit vollen Donnerschlägen kommt ein Sturm aus den Schluchten des Senkloches gegen den Sennhof herüber gefahren. Ihm voraus springt und tanzt ein Rudel von Lichtern, groß und klein durch einander schwärmend. Dann wachsen sie zusammen zu klumpenhaften Büscheln und Feuerkugeln, die wie aus einem Geschütz auf einander losschmettern. Mitten unter ihrem feurigen Hagel schreitet der verwünschte Sennengeist einher, der böse Dönnel. Von allen Seiten grell beleuchtet, ist er nach Gestalt und Tracht vollkommen kenntlich. Sein struppiger Langbart ist roth und reicht bis auf den Gürtel. Er hat ein Küherkleid an, eine ärmellose Jacke mit rothem Vorstoß. In seiner Hand lodert eine Kienfackel und auf beiden Schultern schleppt er den halben Leib einer frischgeschlachteten Kuh. So stürmt er auf den ersten Viehstall los, der auf der Oberweide, entfernt vom Sennhaus gelegen ist. Alle Rinder fahren auf von der Streu und erheben ein klägliches Gebrülle. Aber er kann sie nicht aus dem Stalle reißen, der schwarze Ziegenbock drinnen verwehrt ihm den Eintritt. Doch wirft er alle Schindeln und Beschwersteine vom Dache, und fort gehts der nächsten Schirmtanne zu. Sie steht frei an einer senkrechten Felswand und läßt ihre Aeste, wie breite Tatzen voll langhaariger Moosgespinnste, tief hinein in die Klippen fallen. Hier besinnt er sich, daß er die beste Weidekuh nicht mitgenommen habe, um sie an die Tannenäste zum Schlachten auf zu hängen; also fährt er mit seiner halben auf der Schulter hinab ins Sennenhaus. Hier hat er seine alten Wege, die er sich durch keine geweihten Mittel streitig machen läßt. Sobald er vor der Thüre steht, nützt kein Riegel mehr; alles, sogar das kleine Schiebfenster, fährt dann von selber auf. Er wirft die Fackel weg, daß die Funken sprühen, und steht in der untern Stube. Dies ist das größte Gemach im Hause, Feuerstatt, Kochherd, Eßtisch und Ehebett sind hier in einem Raume beisammen; ein Theil des Bodens ist gebrettert und führt zugleich in den Keller; ein Theil hat Steinpflasterung. Durch die Stubendecke geht die Stiege hinauf ins Obergaden, das Schlupfloch mit dem beweglichen Laden steht offen, denn droben schläft das Gesinde. Jetzt kommt er gegen das Bette des Meisters her gegangen; man hört die daumendicken Eisennägel seiner Holzschuhe auf dem Boden knirschen, als ob es über Felsklippen gienge. Mächtig greift er über das Bette hinüber. Die Meistersfrau hält sich stille; man weiß schon, was er will und kann ihn nicht daran hindern. Er reißt an der großen Wandglocke am Bette mit solcher Gewalt, daß Knecht und Magd erschreckt auffahren und aus dem Obergadem herunter klettern wollen, als wärs längst Morgenzeit. Aber schon vor dem Schlupfloche kehren sie wieder um, denn sie hören die furchtbare Wirthschaft des Tönni. Eben schickt er sich an, den Kessitanz zu spielen. Zu diesem Zwecke dreht er den Herdbalken herum und hängt in dessen Haken den großen kupfernen Wellkessel. Dieser faßt ein paar Eimer Milch, man macht in ihm Käse von Centnerschwere. Er hebt den Kessischild ab und setzt sich rechter Hand zu seinem Instrumente nieder. Mit einem beweglichen Drathgeflechte, welches panzerartig geflochten ist und daher Harnischbletz heißt, beginnt er den Kessel vom Grund bis zum Rand zu fegen und zu scheuern. Da wird ihm der Käsekessel zur dröhnenden Kesselpauke, kunstgerecht schlägt er darauf die Takte eines Sennentanzes, immer schneller, immer lauter und schmetternder, daß das an den Wänden aufgehängte Menzeug, die Bund- und Dickketten, die Kuh- und Roßschellen, mit schwingt, mitklirrt und läutet. Diese Musik hat er bis jetzt mit der rechten Hand gespielt, nun braucht er noch die linke. Denn zur andern Seite steht ihm das Ankendrehfaß. Dies ist ein geschloßner Kübel in Radform, welcher innerhalb einer an die Wand gelehnten Leiter befestigt ist und beim Buttern mittelst einer Handwelle umgedreht wird. Im Innern des Kübels sind um seine Achse herum Holzflügel mit Rinnlöchern angebracht, zwischen denen sich die umgeschwungene Milch zu Rahm ballt, außen am Breitrande ist ein Schiebriegel, um Butter und Buttermilch heraus nehmen zu können. Man hat heute ausgebuttert und das Gefäß ist jetzt also leer. Er beginnt nun dieses zugleich mit der Linken heftig umzuschwingen, und im offnen Spundloche des hohlen Rades fängt sich die Luft, daß es umwirbelnd summt und brummt und knarrt wie eine gigantische Baßgeige. Jetzt thut der Tanz seine Wirkung, Lebloses und Lebendiges kommt in Bewegung, nichts kann diesem „Liren- oder Trüllbudertanze" widerstehen. Frischgewaschen und geputzt sind des Abends die Eß- und Trinkgeschirre hinter die Holzleisten an der Stubenwand aufgesteckt worden; aber in einer Reihe fallen jetzt die Stielnäpfe und Hakenkellen vom Nagel, alle die Gönli, die Schufen, die Bollen, die Eßgepsli und Freßmütteli. Wohlgeordnet stehen die Kübel und Fäßchen um den Herd, damit man Morgen beim Käsen Milch, Ziger und Schotten in sie vertheile; nun stürzen sie um und kollern wild durcheinander, die Zigertrimmen, Melkteren, Täußlein, Bennen, Brenten und Bückten. Im Keller unten liegen die frischen Käse in ihren beweglichen Holzringen zum Formen und Abtrocknen. Nun zerplatzt eine jede Käsejarbe und läßt den Käselaib von der saubern Bank auf den modrigen Kellerboden hinab springen. Unter dem Dache droben auf der Bühne liegt der Kühbube auf seinem ärmlichen Laubsacke, das allerkleinste Knechtlein. Auch das darf nicht länger unter der Schnetzeldecke warm haben und wird kläglich herunter geschmissen. Wenn alle Balken krachen und wanken, so werden auch die Kühe im Stalle toll und die Schweine im Koben wollen ausbrechen. Zu zweit und dritt verwickeln sich die Rinder in das gleiche Barrenseil und drohen sich zu erwürgen, wenn man sie nicht eilig wieder losschneiden kann. Aber wer hat das Herz, unter diesem Schrecken den Platz zu verlassen. Doch der Meister und seine Frau greifen zum letzten Mittel, das ist das Stoßgebetlein: „Alle Seligen lobpreisen Gott im Himmel". Alsdann brüllt auf des Dönnel Schulter die halbe Kuh dreimal laut auf, es schweigt der Aufruhr, der Unhold ist verschwunden.

Seht, das ist Gottes Gericht, spricht dann der Bauer zu

seinem Gesinde. Das alles hat der Dönnel damals verschuldet, als er noch unser Gemeinde-Senne gewesen war hier auf der Egg. Da hat er die Milchwage verfälscht und die Kerbhölzer, daß er uns nur den halben Milchertrag unsrer Heerde auszumessen brauchte; da hat er uns Käse, Ziger und Anken für ganze Jahre abgestohlen, daß wir Grenchner immer ärmer wurden und er ein reicher Mann. Doch auch sein Maß ist voll geworden, denn wie er uns gethan, so thaten es ihm die Dirnen, mit denen er hauste. Als Alles verschwelgt und vergeudet war, trieb ihn seine schwarze Seele zum Hof hinaus und er richtete sich selbst — Gott behüt uns! — an jener Schirmtanne. (Gottfried Schenker von Dänikon, Kant. Soloth.)

Das deutsche Volksräthsel sagt von der Wolke:

Eine schwarzgefleckte Kuh gieng über eine pfeilerlose Brücke, und kein Mensch des ganzen Landes konnte sie aufhalten. Wolf. Ztschr. f. Myth. 3, 353. Ein norwegisches Räthsel vom Donner (erwähnt von Landstad oder von Rußwurm) lautet gleichermaßen: Es steht eine Kuh auf dem breiten Rücken (des Himmels) und brüllt über das Meer, sie wird in sieben Königreichen gehört. In der Schweiz pflegt man von einbrechender stockender Finsterniß zu sagen: es ist finster wie in einer Kuh drinnen; und von dem sich verziehenden Gewitter: das Wetter zieht die Hörner ein. Im Sanskrit ist der Name des Regenbogens gopatichâpa, Kuhgemahl (Kuhn, Ztschr. f. Sprachforsch. 2, 426) im Slovenischen mávra, mávriza, d. i. schwärzlich gestreifte Kuh. Mythologie 631. Der Name der Milchstraße ist im Gröningerlande Kaupât Kuhpfad, und auf Baltrum Wâgenpât. Wagengeleise. (Kuhn, Nordd. Sag. 457, Nr. 425.)

An das Brüllen und Lühen einer rothen Kuh knüpfen Schweiz, Elsaß, Schwarzwald, Schwabenland und Tirol eine noch bevorstehende End-Umwälzung und Weltschlacht, die diesen Landstrichen dann zum ewigen Frieden ausschlagen soll. Alle einst zünftig regiertgewesenen und nun büreaukratisch verwalteten Gemeinden Oberdeutschlands träumen von der Erfüllung dieser Weissagung, die wechselnd also lautet: Der Schwanberg bei Wertheim in Franken wird noch mitten in die Schweiz versetzt werden; d. h. die freie Gemeindeverfassung der schweizer Waldstätte werde sich bis über Neckar und Main hin ausdehnen. Barthold, deutsche Städtegesch. 4, 42. Um tirolisch Reichenhall sagt man: Es kommen einst noch die Schweizer mit gefrornen Schuhen, und schnell, bevor man noch in Reichenhall davon erfahren kann, werden sie im Nachbardorfe Käutl stehen. So weit werden sie vordringen, daß man ihren Stier (das Horn von Uri) bis nach Wien hinein brüllen hört. Steub, Bair. Hochland 374. Am badischen Oberrhein steht auf den Vorbergen des Schwarzwaldes, gegenüber dem aargauer Flecken Zurzach, ein stundenweit sichtbarer Tannenbaum; er wird, heißt es, wenn einst die Rothe Kuh lühet, mitten in der Schweiz stehen. Dieses Brüllen der sagenhaften Schweizerkuh war in Glauben und Brauch des Sennenvolkes so weit übergegangen, daß man bei unsern Frickthalischen Weidjungen sogar ein eignes Hirtenspiel daraus gemacht hat, das Stierenbrüllen. Ladislaus Suntheim in seiner 1499 geschriebenen Chronik

Oberdeutschlands versetzt diese Sage auf den schwäbischen Bussenberg, den man seines Namens willen auch mit Farnsberg und Ochsenberg übersetzen will. Er liegt an der Donau bei Rieblingen. „Der Puß, ein pergsloß, das sicht man über etlich meyl, davon ein sprichwort: das es noch dar zue khoemen sol, wenn ein kue auf dem Pussen roert oder schreyt, das man sy an mitten im Sweintzer landt hören soll." Mone, Bad. Urgesch. 2, 71. Ebenso soll vor jenem Entscheidungskampfe, welchen die Jütische Halbinsel erwartet, eine rothe Kuh über eine Brücke gehen. Müllenhoff, Schlesw. Holst. Sag. Nr. 509. In der Solothurner Sage vom Sennengeist Dönnel, der auf dem Jura ob Grenchen spukt, bringt dieser unter Donner und Blitz eine halbe Kuh zur Sennhütte hingetragen, um sie da an eine Schirmtanne aufzuhängen. Damit ist das Aufhören eines Hochgewitters bezeichnet und das Erscheinen eines halben Regenbogens. So gieng dem König Eisteirn in alle Schlachten siegreich seine Lieblingskuh Sibylia voran, von deren stetem, die Feinde verjagenden Gebrülle er selbst den Namen Beli erhielt. Weil man ihr allen Sieg verdankte, bekam sie den Beinamen Godh vort, Unser Gott. Diese weissagende Stimme der über pfeilerlose Brücken hinschreitenden rothen Kuh ist das Giallarhorn Heimthallr's. Dieser Gott unsrer Heimatslande hütet die Himmelsbrücken des Regenbogens (bifröst, die bebende) und der Milchstraße gegen die himmelstürmenden Riesen; so wie sie nahen, stößt er ins Horn, dessen Ton über zwei Welten (in der Sage: über zwei Gebirge oder Länder) hinschallt, und das Ende dieser Weltordnung (Ragnarökr) tritt ein, wenn das Heer der Guten und das der Bösen in einer letzten Entscheidungsschlacht sich gemessen haben wird. Dann entsteht ein neuer Himmel und eine neue Erde.

---

3) Der Brunnenhans am Gibloux im Kanton Freiburg.

Während die Sennen am Gibloux vor dem losgebrochnen Sturm sich in die Hütte flüchteten, war einer von ihnen, der Brunnenhans, noch auf dem Wege, um den schon lange bestellten Mundvorrath aus dem Thal herauf zu bringen. Man besprach sich über die Beherztheit, die dazu gehöre, mit einer Last Mehl und Salz auf dem Rücken unter solchen Windstößen den steilen Bergwald herauf zu klimmen, und als es zuletzt eine Wette galt, wie weit die Unerschrockenheit des Kameraden auf die Probe gesetzt werden dürfe, warf einer eine frische Kuhhaut um, an welcher noch die Hörner saßen, und stellte sich draußen unter der obersten Wettertanne dem Ankommenden entgegen. Letzterer trat nach einer langen Zeit endlich in die Hütte, stellte sein Tragref ab, schmiß den blutigen Bergstock in den Winkel und setzte sich ans Feuer, um seine Kleider zu trocknen. Auf wiederholtes Befragen über die heutigen Strapazen meinte er, es sei ihm nichts weiter begegnet als schließlich eine verlaufene wilde Kuh, die ihn am obersten Staffel vorhin habe angreifen wollen; er habe sie aber mit einem solchen Hieb zusammen geschlagen, daß, wenn man es ihm etwa nicht glaube, es wohl an seinem Stock dahinten noch sichtbar sein werde. Nun machten sich die Sennen eilig hinaus, und fanden an der bezeichneten Stelle den Knecht mit eingeschlagenem Schädel.

Das Uebrige dieser herrenlos gewordenen Erzählung lautet müssig. Der Brunnenhans wird jenes Todtschlages wegen eingezogen und hingerichtet, obschon er fortwährend versichert, in dem Glauben gewesen zu sein, nichts als eine stößige Kuh vor sich gehabt zu haben. So oft es nun stürmt, kommt sein Geist in Gestalt dieser gehörnten Kuh daher gefahren und wirft auf seinem Wege Alles in die Schluchten des Gibloux. Die Alpe dieses Namens gehörte einst in das freiburgische Pfarrdorf Estavayez le Gibloux.

Die alemannische Mundart nennt jeden übergewaltigen Lärmen, besonders das Schmettern und Krachen des Gewitters, ein Gekessel. Also nimmt man an, ein Kessel im Himmel erdröhne beim Sturm. Dies ist Donars Kochkessel, ohne denselben geht der Gott nie auf Reisen. Auch besteht eine der Stärkeproben dieses Gottes, die er beim Riesen Hymir ablegt, darin, daß er dessen großen Kochkessel gegen die Haussäulen schleudert und zertrümmert. Perkunos, der Zeus der Littauer, schlägt als Donnergott im Himmel auf Kessel (Wolf Beitr. 2, 121). Der Hellenenkönig Salmoneus trachtete den Olympischen Zeus nachzuahmen, in der Weise wie er im Tempel zu Elis abgebildet war und gefeiert wurde. Daher hieng er eherne Kessel an seinen Wagen, fuhr damit über eherne Brücken und warf, den Blitz darstellend, brennende Fackeln um sich her. Apollodor. I. 9, 7. — In weiterer Ausprägung dieser Sinnbildlichkeit wird der Kessel zur Trommel und Heerpauke, zum Rumpel- und Pulverfaß. Neu entdeckte Volkslieder auf den Färöer sagen: „Donner heißt die rothe Trommel, die durch alle Lande schlägt.“ Der indische Epiker Kâlidâsa beschreibt in seinem Gedichte über die Jahreszeiten in gleicher Weise die Frühlingsgewitter; die Stelle heißt in der Uebersetzung von Jolowicz, Polyglotte der oriental. Poesie, S. 197 also:

Auf des Gewölkes Elephant getragen
Kommt fürstengleich die milde Regenzeit;
Den Blitz zur Fahne, mit des Donners Pauke
Verkündet sie die Freude weit und breit.

In Aargauer Volksrede heißt es vom rollenden Donner, der Herrgott fahre spazieren. Der Blitz ist der Zickzack der geschwungenen Fuhrmannspeitsche, das fliehende Gewölke versinnlicht den aufgewirbelten Straßenstaub, der Donner ist das rollende Wagenrad und das aufgeladene kollernde Faß. Im Märchen vom Fuhrmann Hans Pfriem (Grimm 3, Nr. 178) an dem sich schon Luther ergötzt hatte, wird Hans ärgerlich im Himmel, als er da alles verkehrt machen sieht: Jungfräulein tragen das Wasser in löcherigen Fässern in die Stube (Regen); man will einen langen Zimmerbalken (den Adams- oder Gewitterbaum) die Quere durch ein enges Gäßlein tragen; ein Fuhrwagen ist in einem tiefen

Loche stecken geblieben, da spannt man hinten und vorne Pferde dran und peitscht auf sie los. Dies ist der Eisenwagen, die Blutkutsche auf der rothen Straße, von denen alle Sagen berichten. Nur ein Beispiel aus Diebolt's Histor. Welt 1715, 806. Zur Zeit des Kaisers Maximilian II. erhob sich am 20. Juli 1570 in der Prager Neustadt um Mitternacht ein Sturmwind und erweckte Alles. Als man erschreckt zum Fenster hinab sah, erblickte man ein Reitergeschwader durch die Stadt ziehen, das ein Wagen schloß. Pulverfässer schienen gehäuft umher zu liegen. Dann verschlang ein Windstoß Alles wieder. — Bald ergießt sich der Regen aus diesen Fässern stromweise, dann sagt die Volksrede, es schütte mit allen Kübeln und Gelten; bald ist es ein feinsprühender Regen „dann rinnt er durch Seiher, Sieb und Korb und sprützt die Nelkenstöcke.“ Davon spricht der Kinderreim in Stöbers Elsäß. Volksbüchl. Nr. 81.

Diri — Diri — Deine,
Es regnet durch e Zeine,
Es regnet durch es Rumpelfaß:
Alli Bübeli werden naß.

---

4) Der Senne auf Lobisey.

Jenen ganzen Bergkessel im Solothurner-Jura, hinter der Ritterburg Neu-Falkenstein, der durch seine kreisrunde trichterförmige Gestaltung dem Wanderer ins Auge fällt, hat früherhin ein See angefüllt, und als große Erdbeben diese Bergwände zerrissen, hat er seinen Abfluß durch eine Felsenspalte genommen, welche man bei St. Wolfgang zeigt. Bei seinem Durchbruche mußte er die tiefer liegende Gegend des Balsthales noch einmal vorübergehend begraben, zugleich aber öffnete er für immer die drei fruchtbaren Hochthäler von Mümliswil, Ramiswil und Guldenthal. Da er der Lobisee hieß, so übertrug man diesen Namen auch auf das von ihm frei gegebene Gelände der Mümliswiler Klus, welches nun das Lobisey heißt. Dieses bildete anfänglich eine einzige große Sennenwirthschaft, die mit Grund und Grat, mit Wald und Wiesen das Eigenthum des Lobisey-Sennen war. So weit die Rinder einen sommerlangen Tag laufen mochten, war hier alles sein. Hier wuchs das würzigste Gras und weidete der stattlichste Viehschlag. Des Sennen Käse waren feiner als alle und jeder wog seinen Centner. Im Bergwald schoß er sich den Sonntagsbraten, und Fastenforellen fischte er netzweise im Thalbache, der zwischen der Felsenschlucht und der Sonnenhalde hier sich hervorschlängelt. Lustig an dieser Halde hingebaut stand sein Hofgut mit allen Ställen, Scheunen, Schuppen und Schöpflein. Wie hätte dieser Mann in Glück und Wohlstand ein schönes Leben gehabt, wenn nicht der Geizteufel sein Herz besessen hätte. Da kommt aber einmal im Hochsommer, während er eben allein auf dem Hofe und alles sein Gesinde draußen auf den Gütern ist, ein Metzger aus dem Thale herauf und fragt hier solchen fetten Saugkälbern nach, wie sie auf der Bergweide allein gedeihen. Er wird in den Stall geführt, und während er sich da zu jedem Stück hinabbückt, um es handwerksgemäß an Laffen, Wamme und Blatt zu proben, bemerkt der Senne die strotzende Geldkatze, die jener um den Leib gegürtet trägt. Ein abscheulicher Gedanke durchfährt den Gutsbauern, er ergreift einen Melkstuhl und schlägt damit den Mann rücklings zusammen. Die Leiche verscharrt er vor dem Stall in der Dungstätte, die Geldkatze mit ihren Brabänterthalern verschließt er in der Truhe unter dem Bette, keine Seele hats gehört oder hats gesehen, und da Abends das Gesinde heimkommt, ist bereits auch jede Spur des Geschehenen vollends getilgt. Ein ganzes Jahr schon ist vergangen, der Metzger bleibt verschollen. Wieder ist der Sommer da, wieder sitzt der Senne allein daheim, wiederum ist heute das Gesinde bis auf den letzten Mann droben auf den Matten und mäht frisch drauf los. Diesmal aber ist des Heues eine solche Fülle, daß die vielen Häuschen und Nothstöckchen es nicht alles fassen; statt es einzufahren, muß man einen Theil in Heinzen und Tristenstöcke zusammen thürmen und draußen liegen lassen, bis sich Käufer aus dem Thale dafür melden werden. Man kann das Jauchzen der Heuer bis zum Hause herab hören; der Senne allein, dem doch Alles zufällt und gehört, scheint sich nicht recht mit zu freuen. Müde und stumpf, wie er gerade ist, scheint ihm diesmal der Weg viel zu weit auf die nächste Unter- oder Oberweid; er schaut nur zuweilen durchs Eckfenster nach den Knechten hinauf, sieht die Tagesarbeit dem Ende zugehen und sitzt dann abermals nieder auf seine Fensterbank. Da fällt sein Blick gegen die Stallung hinüber auf die große Dungstätte, und er gewahrt, wie hier Gras hoch und büschelweise auf einem einzigen Flecke aufgeschoßen beisammen steht. Diese paar fetten Grasbüschel fesseln seinen klapperdürren Geiz. Jetzt macht er sich hinter der Bank vor, nimmt draußen die Sense vom Nagel, und schämt sich nicht, vor den Augen seiner Knechte, die eben auf Heuschlitten und Wagen die Fuder in den Hof hereinbringen, das Dutzend Halme um die Düngerstätte her abzumähen. Doch halt, was war das? des Bauern Sense fährt hier klirrend gegen einen Stein, er selbst schreit laut um Hülfe, Alles springt herbei, nach dem

Grunde seines Schreckens suchend, und Alle zusammen erblicken schaudernd dasselbe. Seine Sense hat in einen alten Todtenschädel gehauen, über dem schon Gras gewachsen war; durch den kahlen Knochen geht ein frischer Hieb, nicht blos der Boden, der Senne selbst ist ganz mit Blut übersprützt. Verzweifelnd wälzt er sich vor ihren Füßen herum, ringt mit der Lüge und dem Geständnisse, stammelt die Hälfte seiner Missethat heraus und hat sich binnen einer Stunde vernunftlos gerast. Vor den Augen der Arbeiter stirbt er noch jenen Abend.

Wie hätte nach einem solchen Frevel noch Segen sein können auf jener Alpe; oder wie Ruhe, da von nun an der böse Mördergeist nicht enden konnte, seine Qualen ganze Nächte hindurch selber auszuschreien! Die Alpe Lobisey mußte eingehen, das Haus abgerissen, das ganze Gut vertheilt werden. Vergebens hatte man zuerst die Mönche aus Olten und Solothurn herbeigerufen, um durch sie den Friedelosen in eine Hauswand oder in einen Feldstock festbannen zu lassen. Diese Besegnungen kosteten manches Kalb, manchen Käselaib, manche Butterballe, und der Spuk im Hofe tobte ungebändigt fort. Vergebens kamen nachmals auch die Franzosen, da sie als Neufranken ins Land einbrachen, in ihrer Raubgier bis hier herauf gestiegen. Während sie sonst so viel des Brauchbaren und Unbrauchbaren aus allen Winkeln herausfanden und mit sich fortnahmen, dieser Sennengeist allein hielt niet- und nagelfest gegen sie aus. Er ist noch da und heißt nun der Lobiseyteufel. Gar mancher, der des Nachts durch diese Schluchten zu gehen hat, hat ihn selber gehört und gesehen. Wenn da im Thale lautlose Stille herrscht und kein Wind einen Ast im Walde bewegt, bricht plötzlich aus der oberen Luft ein greuliches Jammerrufen wie ein heulender Sturm herunter, und im Mondlichte gewahrt man alsdann, wie sich der klumpige Körper eines schwarzen Unthieres über den ganzen Bach querüber lagert. Dann wird sogar noch eine zweite Klagestimme laut, und das ist die des erschlagenen Metzgers. Diese zwei unstäten Geister kommen drauf in Gestalt zweier feurigen Kugeln gegen einander losgefahren, platzen an einander und kämpfen zusammen, daß die Nacht und der Wald von Funken sprüht. (Gottfried Schenker von Däniken.)

---

5) Drei Riesenbrüder kegeln.

Während einmal die jungen Burschen von Selzach (Solothurner Amtei Leberberg) auf ihrer Kegelbahn spielten, traten drei fremde bärtige Männer in ihre Mitte und boten ihnen ein Wettkegeln an. Die Selzacher willigten ein, jeder Wurf sollte eine Maß Wein gelten. Sobald die drei Fremden erst warm geworden waren, schienen sie sich aufzurichten zu übernatürlicher Größe und Stärke, Kugel um Kugel entsandten sie mit solcher Gewalt, daß man im Thale das Rollen des Donners zu hören glaubte. Die Kugeln fuhren weit über die Dorfbahn hinaus und den Jura hinan, die einen wieder zurück, die anderen fort über den Berg durch die Tannenwälder bis ins jenseitige Thal: Und noch heute sieht man an der Bergwand von Betlach bis Grenchen die langen schnurgeraden Felsrisse, die der Lauf der Kegelkugeln sich gebahnt hat. Die Selzacher mußten das Spiel bezahlen. Als aber aller vorhandene Wein ausgekegelt und vertrunken war, begaben sich auch die drei langbärtigen Hauptkegler zur Ruhe. Woher und wohin sie kamen, weiß man nicht. (Bieler-Handelscourier, 9. Septb. 1859.)

In E. Meiers Schwäb. Märchen Nr. 6. sind Donner, Blitz und Wetter drei Brüder und haben drei Schwestern entführt, deren Vater dann mit ihnen wettkegeln muß. Die Kegelbahn ist stundenlang, die Kugel durchdringt die Felsen, kommt jedoch nach dem Wurfe freiwillig in die Hand der Spieler zurückgelaufen.

---

6) Dietrich von Reifenstein in Baselland.

Zur Zeit, da noch das Faustrecht galt, hauste auf Reifenstein ein Ritter, der böse Dietrich. Die Trümmer seines Schlosses liegen auf dem hohen Jurapasse Wasserfällen, in der Basellandschaft. In der Nähe von W a s s e r f ä l l e n zeigt man das Schelmenloch, eine berüchtigte Berghöhle, die ihre eignen Räubersagen zu erzählen hat. Alle Tage durchjagte Dietrich die Juraberge, und wenn er Nachts noch so ermüdet heim kam, so vermochte auch die Bitte seiner Tochter Bertha nicht, die Leute vor seinen Wuthausbrüchen und Mißhandlungen zu sichern.

Giengen an Feiertagen die Reigoldswyler-Bauern, die damals noch keine eigne Kirche hatten, zum Gottesdienste ins Dorf Bretzwyl, so rief er nur um so lauter sein Hallo, ließ alle Hunde los und sprengte auf dem rabenschwarzen Hengst über die Schloßhalde hinab in die unbehüteten Felder. Roß und Reiter, Hirsch und Hund gieng so durch die Saaten. Ein aufgescheuchtes Reh flüchtete sich vor ihm in die dortige Hilariuskapelle, die gerade offen stand, weil eben der Priester die Jahrzeitenmesse hier las. Am Altare schützt es der Mönch gegen die anrennende Hunde-Meute, bis Dietrich eintritt und ruft:

Behalt im Himmel deinen Platz,
Laß im Wald mir meine Hatz;
Läßt du deine Glocken 'plären,
Laß ich auch mein Waldhorn hören.

Und so fürchterlich er drauf ins Horn stieß, so gellend muß er bis heute noch durch die Gegend blasen, so oft ein Gewitter in der Nähe ist. Dann sieht man Ritterfräulein in sechsspännigen Wagen von der Ruine zum Kirchweg von Titerten hinab fahren. In ganzen Gesellschaften ergehen sie sich droben am Charfreitag im hellen Mittag, lauter Leute in uralter Tracht, und legen viereckige Goldstücke auf mächtig große Tücher in den Sonnenschein. Dies geschieht bei jenem großen Fels, aus welchem die Reigoldswyler Hebamme alle neugeborenen Kinder hervorholt. (Stud. Tanner von Reigoldswil.

Der angebliche Gothenkönig Dietrich wird auf einer Jagd von einem schwarzen Rosse entführt und lebendig in die Hölle getragen. So erzählt der Chronist Otto von Freisingen. Der wilde Jäger in der Lausitz heißt Pandietrich (d. h. von Bern), unter demselben Namen kennt man ihn im Orlagau (Börner 213), am Harze heißt er Bernhard und in Ostflandern spricht man von der Dillekensjagd. Wolf. DMS. Nr. 349. Im Schwarzwalde heißt der Mann im Monde Dieter, im Aargau ist er der wilde Jäger und hat da noch seine Wälder, Namens Dietrichswarten. Aargau. Sag. 1, S. 220. Das älteste deutsche Züricher Jahrbuch (Antiquar. Mittheil. 2, 50) sagt: umb daz selbe zit richsnote Dietrich von Bern, von dem die puren singend, wie er mit den wurmen hab gestriten und mit den helden gefochten. In der nordischen Fabel erweist sich der Gott Thor, der Bekämpfer des Midgardswurms, leutselig gegen das Bauerngeschlecht, und ebenso bauernfreundlich stellt das deutsche Heldenlied den Dietrich dar, den Riesen- und Lindwurmsbekämpfer. Darüber handelt ein inhaltsreicher Aufsatz Uhlands in Pfeiffers Germania 1, 338.

7) Die Herrenkutsche bei Wittnau.

Westlich vom Rechberg bei Wittnau liegt der Buschberg. Auf seine Höhe, die einst ein Schloß getragen haben soll, führt der Weg schräg über eine jähe Halde zu einem Wallfahrtskreuz, das von den Bewohnern der umliegenden Ortschaften sehr zahlreich und sogar von den jenseits des Rheines gelegenen Dörfern des Schwarzwaldes als ein wunderthätiges besucht wird. Neben daran geht ein Fahrweg von dem Buschberge zum Lindberge hin, und ehemals als dieser Weg noch nicht bestand, führte vom Lindberg aus eine lederne Brücke auf den Rechberg hinüber.

Tritt nun Regenwetter ein, so beginnt vom Buschberge her Musik und bald darauf erscheint die Herrenkutsche, in welcher die Schloßherren zum Besuch auf den Rechberg fahren. Ein Wittnauer Bauer, der im Jahre 1854 gestorben, erzählte mir darüber folgendes Selbsterlebniß. Vor etwa 70 Jahren, da auf diesen Frickthalerbergen noch der Weidgang üblich war, hüteten wir Hirtenknaben unser Vieh auf dem Buschberge. Da ließ sich am hellen Mittage Musik hören und gleich hernach kam eine Kutsche gegen unser Heuhaus heran. Die Bespannung waren 4 prächtige Schimmel, auf dem Bocke saß ein Postillon in blutrother Uniform, alle Rockknöpfe glühten; wer aber innen in der Kutsche saß, konnte man bei ihrem schnellen Fahren nicht sehen. So fuhr sie gegen das Holzgatter des Hages hin, der unsere Weide einschloß. Dienstfertig sprang einer von uns zum Gatter voraus, um der Kutsche den Weg zu öffnen. Er meinte, für diesen Dienst ein Trinkgeld verdient zu haben, und klammerte sich sofort hinten an der Kutsche fest, um das Geschenk an der nächsten Felswand, wo man halten würde, in Empfang zu nehmen. Es wurde endlich Abend, und noch war der dienstfertige Kamerad nicht zu uns zurückgekehrt. Besorgt suchten wir ihn ringsum auf dem ganzen Berge; zuletzt entdeckten wir ihn, er hieng über unsern Häuptern hoch auf dem Gipfel einer alten Eiche, mit den Füßen in deren Aeste verwickelt. Er wurde halbtodt heimgetragen, und starb nach kurzer Zeit in heftigen Fieberanfällen.

Besser kam ein anderer Wittnauerbursche weg. Er war eben im Begriffe, einigen Schnittermägden entgegen zu gehen, welche die Woche über hinten in den Bergen im Lohn hatten ärnten helfen und nun am Samstagsabend in ihr Dorf heimkehrten. Da sah er querüber eine Kutsche fahren und beeilte sich sie einzuholen. Trotz seines Rennens konnte er sie doch nicht ganz mehr erlaufen; gerade streifte er das hintere Wagenrad mit seinem Hemdärmel, da stieg sie über die Gipfel des Eichen- und Tannenwaldes empor, und er hatte das Nachschauen. Am andern Morgen stand er mit einem sehr geschwollenen Kopfe aus dem Bette auf. (Th. Studer von Wittnau.)

---

8) Der Schweinereiter auf Thierstein.

Es sind nun wohl schon an die sechzig Jahre, daß mehrere Bursche aus dem Dorfe Wittnau, von denen einige jetzt noch dorten leben, auf Veranlassung und in Begleitung eines älteren Mannes einen Vorsprung des Homberges bestiegen, welcher Weingarten heißt. Hier, wo der Schloßherr der Ruine Thierstein einst seine Weinberge angepflanzt gehabt haben soll, wollten sie einen längst berufenen Schatz erheben, und ihr Führer machte dabei den Teufelsbeschwörer. Mitten auf die Ebene des Platzes stellte er ein Faß, dem er den untern Boden ausgeschlagen hatte; sobald der Schatz hier aus der Erde hineingerückt käme, sagte er, müsse man das Faß schleunig umstürzen, zuschlagen und bergab rollen; dabei habe man sich aber vor nichts so sehr, als vor dem Lachen zu hüten. Während er nun aus seinem Zauberbuche verschiedene Formeln ablas, kam ein gar wunderlich gekleideter Mann auf einem Schwein daher geritten. Der Rücken seines Thieres war wie ein Kochkessel gestaltet. In diesem rührte der Reiter mit einer hölzernen Sennenkelle unaufhörlich herum und fragte, ob denn die Schloßleute hier schon vorübergekommen seien, für die er den Hochzeitsbrei zu kochen habe. Ueber diese albern lautende Frage lachten die Schatzgräber laut auf. Noch lauter aber und ganz entsetzlich war das Geschrei, in das nun der Reiter ausbrach. Die Leute fielen darüber vor Schrecken wie todt zu Boden. Erst am Morgen erwachten sie aus ihrer Betäubung und suchten den Heimweg. Allein nun vermißten sie den Teufelsbeschwörer. Diesen fand man erst einige Tage nachher weit entfernt unter den Wurzeln einer alten Föhre, sein Gesicht war verwildert, sein Geist blieb verstört. (Th. Studer von Wittnau.)

---

9) Das Glücksheer.

Wenn das wilde Heer von der Froburg aus ins Fricktthal hinüber fährt, läßt es sich an den Bergen bei Ormalingen auf dem Platze nieder, wo die Stadt Malhausen untergegangen sein soll. Sie hat sich, heißt es, zwei Stunden in die Länge erstreckt, von den Dörfern Ormalingen und Rothenfluh an bis an den Fuß des Schloßberges der alten Farnsburg. Sammt ihren 15 Stadtthoren und 40 Thürmen ist sie durch ein Erdbeben verschüttet worden. Jetzt schweift der Geist des Rothenfluhers hier in Flammengestalt umher und läßt seinen Weidmannsruf Hopp, Hu-dada! erschallen. Ein Mann, der ihm dieses Lockwort unabsichtlich nachsprach, wurde dafür die lange Nacht von unsichtbarer Gewalt in der Irre umher geschleppt und fand sich, von Dornen wundgerissen, bei Tagesanbruch droben auf der Ruine der Farnsburg liegen, stundenweit ab von seinem Ziele. Von hier aus steigt die Jagd wieder gegen die Geisfluh zu den Salhöfen zurück und fällt über die Schafmatt ins Aargau ein. Zuweilen zieht sie sich auf der Höhe des letztgenannten Passes über die Wasserfluh fort zu der Rockenmatt und tummelt sich auf der Nordostseite dieser unwirthlichen Berge herum. Hier auf der Pilgernmatte stand ehedem ein Bauernhaus, das die Grenze zwischen dem Alten Aargau bildete, welches zu Bern gehörte, und zwischen dem Fricktthal, das damals noch eine vorder-österreichische Landschaft war. Auf diesem Punkte ist auch jetzt noch der wunderlichste Nachtlärmen zu vernehmen, bald Geschrei, bald Gesang; bald ist es, als hörte man eine ganze Procession zusammen beten, bald als hörte man einen Haufen Verdammter ächzen und brüllen. Bald scheinen sie in der Luft sich zu bekämpfen, bald im Hochwalde drinnen rottenweise gegen einander zu feuern, bald mit einander lustig zu tanzen. Dann klettern die Tänzer rasch die Tannen hinan, Hörner blasen, Flintenschüsse knallen, die Aeste krachen, und wo einer hinangestiegen ist, verdorrt der Baum. Bald nennt man es das Wütigs-, bald das Gutigs Heer und Glücksheer. Wenn es sich zur Erntezeit hören läßt, droht Regenwetter, und man hat sich zu beeilen, die Garben vom Felde heim zu bringen. Aber um Weihnachten hört es der Bauer um so lieber; je tönender und voller dann die Kriegsmärsche lauten, um so zahlreichere Garben hofft er im Sommer zu binden.

---

10) Der Schloßgrün bei Ober-Gösgen.

Gösgen ist ein Solothurner Dorf am linken Aarufer, eine Stunde oberhalb Aarau. Am Ende des Unter Dorfes steht noch ein hoher Thurm mit steiler Ringmauer vom Schlosse des Ritters von Falkenstein; am obern Dorf liegt in einem Wäldchen hart an der Aare die Ruine des Raubschlosses Hagnau. Eine kleine Tanne hat auf der Spitze dieses Schloßthurmes Wurzel gefaßt; und gerade bei diesem Bäumchen läßt sich, so oft das Wetter sich ändert, die Gestalt des verrufenen Schloßherrn erblicken. Dann kommt er des Nachts an den Strand hinab, schreitet hier funkensprühend auf und ab, ruft über das Wasser hinüber und trotz des Rauschens, mit dem hier der Strom über Klippen und Kiesbänke weggeht, hört man die helle Stimme genau in dem jenseits liegenden Steckhof, einer Einöde, die ihren Namen gleichfalls von der Burg Hagnau erhalten hat. Jedermann in der Umgegend und auf beiden Ufern des Flusses, sowohl im Dorfe Däniken, wie im jenseitigen Obergösgen, weiß etwas von diesem Schloßgeiste zu erzählen, und gleichmäßig nennt man ihn den Schloßgrün. Auch spricht man noch überall von dem wunderbaren Verschwinden eines Burschen aus dem dortigen Steckhofe, der sich unlängst einmal mit diesem Schloßgrün eingelassen hat. Nachfolgendes haben wir uns von diesem Burschen selbst sagen lassen. Da er eine verschlossene, menschenscheue Natur ist, dessen Wort durchaus nicht von freien Stücken erfolgt, so liegt mindestens die Annahme fern, als habe er mit seinen Angaben auf die Leichtgläubigkeit seines Zuhörers speculieren wollen.

Im Spätherbst 1856 weckte mich einmal um Mitternacht ein plötzlicher Hülferuf aus dem Schlafe. Als ich den Fensterschieber öffnete, um zu horchen, kam die Stimme hell herüber aus dem Hagnauer Hölzchen, das keine hundert Schritt von unsern drei Häusern und der Straße abliegt, Wind und Regen schlug mir zugleich ins Gesicht, aber es dauerte mich der Arme, der sich bei solchem Unwetter und unserm Hofe so nahe verirrt haben sollte; so verließ ich ohne Zögern das liebe Bett und begab mich in das Wäldchen hinein. Aber o Himmel, welche Schreckensgestalt stand hier vor mir! da ist ein baumhoher Mann, der Länge nach in einem weiten Mantel steckend, und wenn man emporblickt nach seinem Kopf, so rollen in einem schwarzen Gesichte zwei mächtig große Feueraugen herum. Aus allen Kräften versuche ich Reißaus zu nehmen, aber schon ist es mir unmöglich. Denn jetzt schreitet der Schwarze vorwärts und nimmt mich mit in seiner Bahn. Hinterdrein muß ich seinen Tritt nachtreten durch Dick und Dünn, über Stock und Stein, durch gebautes und ungebautes Land. In einem weiten Bogen wanderte er über unsere ganze Feldbreite. Als wir gegen das Dorf hinkamen und durchs Dunkel her die ersten Häuser wahrnahmen, versuchte ich's mit aller Macht, unter eines der Dächer hinzuspringen. Aber vergebens; schon gehts weiter fort auf die Eicher-Almende, dann durch die Waldstrecke Lehen, fern über unsern Dorfbann hinaus, dann gar hinüber in die Waldungen des Dorfes Köllikon. Willenlos wurde ich so hinweg geschleppt aus dem Aarthale über die Bergwaldungen hinüber in das jenseitige Thal. Von oben goß der Regen, unten schwollen die Bäche an, ich mußte sie der Reihe nach durchwaten, ich troff von Nässe, Hände und Füße bluteten bereits, zerrissen von Dornen und pfadlosen Klippen. Wortlos schritt mein Vormann einher, ich hinterdrein in der dichten Finsterniß seiner Gestalt. Jetzt nahten wir einem Bauernhause, das hart am Saum des Köllikoner Waldes lag; in dieses hinein fuhr der Schreckliche unter gewitterhaftem Knallen und Prasseln. Ich weiß nicht zu sagen, wie mir war. Aber als ich wieder zu Sinnen kam, fand ich mich verkrochen im Heu eines Schuppens, abseits von jenem Hause. Bis zum zweiten Tage schon hatte ich hier schlafend gelegen, jetzt erweckte mich ein quälender Hunger. Ich suchte das nächste Haus auf und bat die Leute um ein Stück Brod. Aber mit Schrecken warfen sie mir ein Stück heraus und schlossen eilig das Fenster. Aus ihrer Miene und Rede errieth ich erst mein eignes Aussehen: Alle Kleidung herabgerissen, Arm und Bein blutrünstig, die Augen roth vor Fieberhitze, und ein Kopf, zur Größe eines Kornmetzen aufgeschwollen, so war meine Erscheinung. Als ich heimkam, wollte man mich kaum wieder erkennen. Niemand begriff mein langes Ausbleiben. Man brachte mich zu Bette und es dauerte manche Woche, ehe ich es wieder verlassen konnte.

Der Schloßgrün hat auf dem Fußwege, der im Walde an seiner Burg vorübergeht, seine eigne Bahn und macht sie den Leuten streitig, wenn er hier mit seinen drei weißen Hündchen jagen will. Dann aber ist er, wie sein Name es besagt, vollständig grün gekleidet. Ihm gehört hier auch die Grundruhr an, die in dem Strandrechte besteht, alle vom Strom gelandeten Gegenstände in Besitz nehmen zu dürfen. Daher verwehrte er einst den Flößerknaben, die im Schachen der Aare bei Obergösgen wohnen und zum Schlosse hinüberfuhren, um das Treibholz aus dem Wasser heraus zu fischen, fortwährend die Landung. Ihr Vater, der alte Flößer, sah dem von drüben aus lange zu, endlich riß ihm die Geduld und er brauchte sein für solche Fälle ausreichendes Geheimmittel. Er beehrte nemlich den Burggeist mit einer sehr unanständig lautenden Einladung, und veranschaulichte sie, um ganz verstanden zu sein, damit, daß er die Hosen fallen ließ. Nun konnten die Knaben landen, der Alte jedoch trug einen geschwollenen Kopf davon. (Stud. Schenker von Däniken.)

Es ist uraltes Herkommen gewesen, mittelst einer unanständigen Geberde den Schaden des Zaubers abzuwenden und Geistereinfluß zu brechen. Ein gefürchteter Wirbelwind im Walliser Dorfe Salvan, im Zehnten St. Maurice, heißt Feullaton; man legt ihm den Bloßen, dann muß er einen verschonen. Reithard, Schweiz. Familienbuch 1845, 175. Ebenso verfährt man in Schleswig-Holstein, wie Müllenhoff in seinen Sagen (206. 273) erzählt; man erschreckt damit den daher fliegenden Gelddrachen, daß er seine Last fallen lassen muß, und ein Weib unterbrach damit den Teufel, als dieser den Kalkberg bei Segelberg durch die Luft trug.

---

11) Der rothe Jäger im Roggenhauserthal.

Eine betagte Frau aus dem Solothurner Dorfe Eppenberg hatte eines Abends noch einen Gang nach Aarau zu machen. Sie wollte Arzenei für ihr plötzlich erkranktes Enkelein holen und konnte den Hin- und Herweg, binnen zwei Stunden ganz wohl zurücklegen, wenn sie sich sonst nicht weiter aufhalten ließ. Es begann schon etwas zu dunkeln, als sie das Roggenhauser Thälchen, zunächst bei der Stadt gelegen erreichte und dorten an den Steg hinunter kam, der über den Waldbach der Wöschnau führt. Hier aber verwehrte ihr ein Jäger den Uebergang. Der Mann war von sehr großer Gestalt und hatte neben seiner sonst ganz grünen Tracht einen rothen Federbusch hoch am Hute. Als der Mann gegen sie anschlug, hielt sie es erst für einen albernen Jägerscherz und rief ihm daher entgegen: Schießt nur, ich fürchte mich nicht! Allein der Jäger zielte unverändert und lächelte dazu nicht etwa freundlich, sondern ganz henkermäßig. Ich habe keine Zeit, hier den Narren mit Euch zu machen, sagte das Weib, laßt mich hinüber! Ohne sich zu rühren, blieb er im Anschlag liegen und zielte fort. Bei so später Zeit konnte sich das Mütterchen nicht lange säumen; zwischen Spaß und Ernst nicht weiter unterscheidend, verließ sie sich getrost auf den Schutz der lieben Heiligen. Wenn es also sein muß, sagte sie frisch, so schießet denn in Gottes Namen! Auf dieses Wort sah sie nichts mehr vor sich als den offnen Steg. Allein nun erst fühlte sie sich von Furcht ergriffen, und wagte sich nicht hinüber. Sie gieng wieder zurück nach einem der paar Strohhäuser, die hundert Schritte entfernt am hintern Ende des Thales liegen, und bat die dortige Bäuerin, sie über den Steg bis an die Landstraße vor begleiten zu wollen. Diese aber war selber allein im Hause, kochte gerade die Abendsuppe und konnte ihre Pfanne siedender Milch weder wegstellen noch ins Feuer laufen lassen; sie meinte aber ihre nothgezwungene Unfreundlichkeit gegen das Mütterchen auch noch besonders begründen zu müssen und schüttelte daher den Kopf ungläubig über das Geschichtlein, das da am Stege vorgefallen sein sollte. So gieng denn die Alte ohne die Arzenei heim und hatte die Freude, daß ihr das Enkelein, das sie für krank gehalten, freundlich und fröhlich bis an den Hag entgegen gesprungen kam.

Nicht lange nachher sollte aber auch jene Bäuerin im Roggenhauser Thale, die so unbereitwillig gewesen war, selber eines Besseren belehrt werden. Auf ihrem Heimwege vom Wochenmarkte aus der Stadt sah sie an derselben Stelle, wo der Jäger das Mütterchen bedroht hatte, ein rothseidnes neues Halstuch liegen. Sie nahm ihren schweren Marktkorb an den linken Arm herüber und langte mit der Rechten nach dem hübschen Tüchlein hinab in den Bachgraben. Sie stieß einen Schmerzensschrei aus, es brannte sie plötzlich, als ob sie in eine Igelhaut gegriffen hätte, von einem Halstuche war nichts mehr zu sehen. Alles, was sie davon trug, war ein böser Zeigefinger, der manche bittere Woche schwoll, fort eiterte und zuletzt krumm blieb. Solches Unheil rührt vom Türst her, der hier in den Waldungen Mösli und Oberholz mit einer Koppel schwarzer Stellhunde jagt. Er soll ein Eigenthümer des alten Herrenhofes Blumenstein gewesen sein, deshalb kam er früherhin am hellen Tage in das Dorf Eppenberg geritten, das seit der Reformationszeit aus seinem Hofe entstanden, und schrie da sein „Drei Schritt aus Weg!" den Leuten entgegen.

Der rothe Federbusch auf dem Hute des Wilden Jägers und das rothe Tüchlein, das am Bachrande liegt, entsprechen sich. Die Roggenhauser Bäuerin hat mit der rechten Hand nach diesem Tüchlein gelangt und damit sich am Gute der Geister vergriffen; ihr erlahmt der Finger, wie jenem Manne am Schloß Castelen der Arm, mit dem er erzürnt den Stock gegen ein ähnliches Tüchlein am Wege schwingt (Aargau. Sag. 1, Nr. 121). Nur mittelst erschwerter Stellung ist ein Schatz zu erheben (Aarg. Sag. 2, Nr. 386), gleichwie auch im älteren Recht eine solche Stellung geboten ist, wenn Landgüter oder Thiere in Besitz genommen, Verbrecher beschützt oder entlassen werden sollen. Die Dorf-Offnung der Züricher Gemeinde Dielsdorf schreibt vor: Der Wirth soll haben einen Hengst, einen Güggel und eine Katz. Er soll stehen auf die Dachfirst und eine Sichel nehmen in die linke Hand, und so weit er solche werfen mag, so weit soll sein Güggel zur Weid gehn ungefährdet. Meyer v. Knonau, Schweiz. Erdkunde 1, 136. Ausgabe 2. Nach dem Klingen des rechten oder linken Ohres, dem Heraustreten aus dem Bette mit dem rechten oder linken Fuße, bestimmen wir uns auch heute noch, wenn auch nur scherzend, Gelingen oder Mißlingen, Gunst oder Mißgunst. „Der unsterbliche Augustus gab es für ein schlimmes Zeichen aus, daß er an einem Tage, da ihm ein Soldatenaufruhr gefährlich zu werden drohte, die Schuhe verkehrt angezogen hatte.“ Plinius Naturgesch. II, 5.

---

12) Das Rothenburger Schießen.

An schwülen Herbsttagen, aber auch eben so mitten im Winter geschieht es, daß sich plötzlich ein Dröhnen von Kanonenschüssen erhebt und der Schall bei gänzlich ruhiger Luft bis zu unsrer friedfertigen Stadt Aarau hergetragen wird. Wer hätte es hier nicht schon mit angehört, der seinen Spaziergang über unsere Aarbrücke durch die Weinberge hinauf nahm bis zur sogenannten Meyerischen Promenade und dorten am Waldsaume des Vorberges sich verweilte, um die anmuthige Landschaft zu seinen Füßen zu betrachten. Unter blauem Himmel liegt das Land ringsum, weit in die Schneegebirge hinein läßt die Heiterkeit der Luft die einzelnen Firnen und Hörner genau überzählen, alle Winde schweigen: da plötzlich donnern Kanonen schwersten Kalibers gegen uns heran. Aber Niemand wüßte weder Ort und Richtung, noch den Zweck anzugeben, wo und warum die Schüsse abgefeuert werden. Sie scheinen uns näher zu kommen, Schlag auf Schlag fällt, und allein jener Luftdruck bleibt dabei aus, den das Lösen eines Geschützes auf den zunächst Stehenden hervorbringt. Dann zieht sich die Kanonade augenblicklich weit hinab am Horizonte, jetzt schallt sie nur aus der Bergkette des Entlibuch heraus, oder aus den noch entfernteren Urner Gebirgen. Doch wie sollten in diese Fels- und Eisschluchten ganze Artilleriemassen kommen, wie dorten sich ausbreiten können, und auf wessen Befehl? Man fängt daher an nachzurathen, in welchem Theile der Schweiz zu dieser Zeit Truppenzusammenzüge angeordnet sein möchten. Aber bald entsinnt man sich, daß jetzt eben nirgend ein Lager abgehalten wird, daß, weil es schon Spätherbst sein kann, auch die Militärschule zu Thun wieder leer steht, daß zu dieser Zeit alle unsre Milizen wieder am Pfluge stehen. Mitunter aber nehmen die Detonationen auch eine bestimmtere Richtung an, gleich als ob sie aus der Stadt Luzern kämen oder gar jenseits des Waldstätter Sees her aus dem Flecken Altorf. Sollen die Leute dorten für eine ihrer Kirchenprocessionen, für eines ihrer Schützenfeste so viel Pulver zu verpuffen haben? Unmöglich, denn solcherlei Feste sind eben jetzt auch dorten nicht an der Zeit. Nun lasset uns einmal die Schüsse zählen! Sie folgen sich aufs unregelmäßigste; jetzt Schlag auf Schlag, oft mehrere zugleich, wie in einer hitzig entsponnenen Attaque; dann aber wieder nur in langen Zwischenpausen, wie wenn die eine Partei das Gefecht abbricht, sich zurückzieht und aus letzter Ferne her noch eine erfolglose Kugel verschwendet. Jetzt endlich findet der Aufhorchende auch ein besonders unterscheidendes Merkmal heraus. Alle diese Schüsse beginnen nemlich mit einem kurzen dumpfen Vorgetöse, auf welches erst der eigentliche Knall folgt, während ein Kanonenschuß mit seinem Schlag beginnt und mit dem Nachrollen endet. Doch um auf diese Wahrnehmung zu verfallen, dazu bedarf es schon einer Beobachtungsgabe, die an dem geheimnißvollen Vorgange selbst erworben sein will. Eine verbürgte Begebenheit aus dem schweizerischen Sonderbundskriege zeigt dies am besten.

Das Gefecht bei Gislikon im Winter 1847 war geliefert, und in Folge dessen hatte die Stadt Luzern den anrückenden eidgenössischen Truppen Unterwerfung anerbieten lassen. Somit war zugleich von beiden Seiten Waffenstillstand eingetreten, und General Dufour hielt gerade, umgeben von seinem Stab, auf einem Hügel nahe bei Luzern, im Begriffe, das Vorrücken seiner Bataillone gegen die Stadt zu ordnen und zu überblicken. Da hörte man plötzlich im Rücken aus der Ferne her einen Kanonenschuß, alsbald darauf brummte ein zweiter und dritter, alle wie aus den schwersten Stücken. Verwundert blickte der General seine Begleiter an. Schon war ja der Frieden geschlossen, schon hatte der Tagesbefehl dem Schießen allenthalben ein Ende gemacht; und nun erhebt sich hinter dem Befehlshaber, wo kein Feind mehr stand, also auf Seite seiner eignen Leute, die Kanonade noch einmal. Wie sollte er nicht eine schwere Unbotmäßigkeit vermuthen? Aber in seiner Umgebung befand sich gerade ein aargauischer Officier, der mit diesem Luftphänomen unserer Gegenden bereits bekannt war. Er löste dem erstaunten General das Räthsel, indem er ihm erklärte, daß diese Schüsse Detonationen in dem oberen Luftraume seien, eine Folge rascher atmosphärischer Luftzersetzung, die man hier zu Lande das Rothenburger Geschütz nenne. Jedoch ein Theil der Mannschaft, die dieses Schießen mitgehört und es gleichfalls als die bekannte Natur-Erscheinung aufgefaßt hatte, wollte nun eben deshalb an die Dauer des neuen Landfriedens nicht glauben; denn, hieß es, das Rothenburger Geschütz pflegt nicht Frieden, sondern den Krieg anzuschießen. Die Truppen aus dem Altaargau dagegen bestritten diese Auslegung und behaupteten, die leichten Märsche seien für sie nun vorbei, und man habe sich auf ein böses Unwetter gefaßt zu machen. Zur Begründung dieser gegenseitigen Meinungen wiederholte man sich damals folgende Sage.

Das Schloß Rothenburg im Kanton Luzern gelegen, unfern vom Zusammenflusse der Emme und Reuß, war einst von einem grausamen, kriegslustigen Ritter bewohnt, den man Rodensteiner und Rothenburger nennen hört. Mit allen seinen Schloßnachbarn stand er in Fehde, das Landvolk verabscheute ihn. Als er eines Tages eben im Begriffe war, zu einem neuen Raubzuge auszureiten, warf sich ihm die Schloßfrau in den Weg, hielt ihm sein jüngstes Kind entgegen und beschwor ihn mit Thränen, von seinen Blutthaten einmal abzustehn. Anstatt sie zu beruhigen, schwang er frech die Streitaxt gegen sie, und es war keine bloße Drohung, mit einem Hiebe erschlug er sein Weib. Aber auf diesem Zuge war ihm sein Gegner überlegen, der Tod erreichte ihn und seine ganze Schaar. Sein Schloß wurde niedergerissen. So oft sich seitdem ein Krieg im Lande erheben will, beginnt auch der Rodensteiner sein Waffengetöse mit dumpfen Donnerkläpfen, und Einige haben ihn sogar erblickt, wie er mit einem ganzen Heere hoch die Lüfte durchreitet.

Seitdem man aber Pulver und Geschütz erfunden hat, muß er nicht den kommenden Krieg allein mehr, sondern auch das Unwetter anschießen. Man hört den Rothenburger wieder, sagt der Landmann, es wird sich ein Landregen einstellen. Und wirklich behielten die Altaargauer damals recht. Kaum war man in Luzern eingerückt, so brach ein Regenwetter los, das alle Landstraßen wochenlang unwegsam machte.

Walterus de Rotenburch, urkundl. Zeuge zu Zürich 1153. **Vindiciae Vindiciar. Koppian. pag. XXIII.** Dorf Rothenburg mit den Ueberbleibseln des Stammhauses des gleichnamigen Freiengeschlechts liegt im Kanton Luzern. Die Burg wurde 1335 zerstört.

---

13) Der kegelnde Zwingherr zu Reitnau.

Der Berg, an dessen Abhang das Dorf Reitnau liegt (Bezirk Zofingen), bildet drei aufeinander folgende Staffeln, deren jede durch ein kleines Hochthälchen von der andern getrennt ist. Die oberste von ihnen heißt das Hochthal und war der Standpunkt der Burg Reitnau, von der man noch einige Trümmer auf einem Vorsprunge sieht. Wenn der Bauer an Sonntagen mähen und kornschneiden kann, pflegte der Burgherr zu sagen, so wärs doch ein Wunder, warum ich an Feiertagen nicht auch jagen dürfte, und was könnte denn ein Ritter besseres wünschen, als immer und ewig zu jagen? Dieser Wunsch ist ihm erfüllt worden; noch hört man den Ritter sein Halloh rufen, sein Horn blasen und mit einer ganzen Wolke von Rossen und Hunden durch die Lüfte sausen. Vom Schlosse abwärts zur zweiten Bergstaffel führt eine nun gänzlich verfallene Treppe auf einen von Bäumen umgebenen Wiesenplatz, welcher Kegelweg heißt. So oft die Witterung umschlagen will, hört man des Nachts hier den Zwingherrn kegeln. Ein paar rüstige junge Brittnauer, die an derlei abergläubischen Dorfgeschichten Aergerniß nahmen und nichts davon hielten, waren eines Abends bei regnerischem Himmel hier heraufgestiegen, um sich mit eignen Augen von der Grundlosigkeit dieser angeblichen Vorgänge zu überzeugen. Plötzlich hörten sie die Kugeln rollen und die Kegel fallen. Da sie keinen Menschen am ganzen Berge finden konnten, stürzten sie voll Schrecken davon, der eine dahin, der andre dorthin. Als sie heim kamen, hatte Jeder zum Denkzeichen einen geschwollenen Kopf davon getragen.

Gleich unterhalb des Schlosses ist im Berghang ein Loch gewesen, das nun zugedeckt ist, an dessen Stelle aber manchmal noch ein grünes Männchen sitzt. Es hat einst einer Frau eine Hand voll Goldstücke unter der Bedingung geschenkt, daß sie nichts davon erzähle. Als die Plauderhafte gleichwohl nicht schwieg und ihren Reichthum herzeigen wollte, zog sie nichts als eine Hand voll Kieselsteinchen aus der Tasche. Schatzgräber haben sich an dieser Stelle schon oft vergebens abgeplagt; und die Knaben, die seit langen Zeiten hier oben ihre Fastnachtfeuer anzuzünden pflegen, sind noch jüngsthin einmal auseinander gestoben, als eine lange hagere Gestalt durch die Nacht her zum Reisighaufen gegangen kam, den sie eben ansteckten. Auch sie mußten am Morgen darauf mit einem aufgedunsenen Kopfe erwachen. (Heinr. Hauri v. Reitnau.)

14) Der Sodhubel bei Safenwil.

Zu unterst im Dorfe Safenwil wird ein Hügel der Betberg und ein ihm benachbartes Stück Land die Kirchhalde genannt. Hier soll ein Tempel nebst andern Gebäuden gestanden haben. Der Boden des Betberges ist an einigen Stellen zu kreisrunden Plätzchen vertieft und ausgeebnet, man hält sie für die alten Standplätze der Steinaltäre. Schon vor Jahrzehenden wurden hier Nachgrabungen veranstaltet; obschon sie nicht mit Geschick geleitet wurden, so fand sich doch mancherlei von römischen Backsteinen, Bildziegeln, Mosaiktrümmern und Todtengebein vor. Einen aus Backsteinen gebauten großen Behälter deutete man sich als den Wassersammler eines Badgebäudes, denn auf ein solches ließ zugleich ein hohlliegender breiter Steinboden schließen, unter welchem Heitzungsgänge hinliefen. Solche Plätze, deren sich hier zu Lande schon mehrere vorgefunden haben, nennt das Volk die Heitzenstube (hypocaustum); es bezieht dieselben aber nicht etwa auf die Zeiten der Römer, sondern auf die Heiden und Ritter. In dieser Meinung wird es hier durch die besondere Beschaffenheit der nächstgelegenen Flurtheile unterstützt. Wenn man nemlich, um von Safenwil nach dem eine Stunde entfernten Zofingen zu gehen, den Fußweg über den Brünnligberg einschlägt, so führt derselbe auf der Berghöhe rechter Hand zu einem kleinen Waldvorsprung hinaus, wird dann schmaler und verwachsener und mündet auf einer bewaldeten, ringsum abgerundeten Anhöhe. Sie heißt Sodhubel, eine Viertelstunde von Safenwil entfernt und in die Dorf-Gemarkung gehörend. Diese Anhöhe ist nach dem Sodbrunnen benannt, der auf ihrer Mitte liegt, ein kreisrundes Loch von fünf Fuß Durchmesser. Alle Winde wehen den Brunnen voll Waldlaub, Schutt und Schnee, gleichwohl mag seine jetzige Tiefe immer noch gegen hundert Fuß betragen, denn es dauert eine ziemliche Zeit, bis man den hinabgeworfenen Stein unten aufprallen hört. Man will ihn jetzt gänzlich zuschütten, weil es schon öfters vorgekommen ist, daß Jagdhunde in Verfolgung eines Wildes in ihn hinabstürzten und umkommen mußten. Wendet man dem Brunnen den Rücken und geht einige Schritte am nördlichen Abhange des Hügels hinab; so steht man abermals vor einem Erdloche. Der Einschlupf ist sehr enge, jedoch erweitert sich die Höhle gegen innen und kann auf hundert Schritte begangen werden, dann aber soll sie plötzlich senkrecht abfallen. Ein neuerer Versuch, ihr Inneres zu erforschen, mißlang, die stockende Luft löschte Licht und Fackel aus.

Auf dieser Stelle fanden sich vor nicht langer Zeit noch Mauertrümmer vor, sie sind verschwunden, seitdem hier ein Steinbruch angelegt ist. Es waren die letzten Reste eines Schlosses, das man Scherenberg nennt. Noch heißen die nächsten Landstücke Schloßweid, Schloßrain, Schloßweg. Jener Brunnen, heißt es nun, war also der Burgbrunnen, und die Höhle entweder das Burgverließ, oder ein geheimer Ausgang für den belagerten Zwingherrn. Dieser war ein leidenschaftlicher Jäger gewesen. Mit seinem Troße zertrat er den Bauern alle Saaten. Dafür nahmen diese Rache und zerstörten ihm, während er gerade in der Abtei Sanct Urban auf Besuch war, sein Schloß. Aus Wuth darüber nahm er sich selbst das Leben.

So oft es nun anderes Wetter geben will, sehen ihn die Leute mit zwei roth- und weißgefleckten Hunden aus dem Wäldchen des Brünnligberges heraustreten. Er geht in grüner Tracht mit Büchse und Weidsack, aber ohne Haupt. Beständig den Hunden rufend, schreitet er quer über den Anger und verschwindet immer an der gleichen Waldspitze. So zeigt er sich am Tage; in später Nacht aber fährt er in einer rasselnden Karosse über den Berg, oder er wandelt als flackerndes Licht den Fußpfad bis zu den nächsten Häusern hinab, wendet auf halbem Wege wieder um und umkreist etliche male seinen Hubel. Da darf ihm niemand in seine Bahn kommen, es ist der Glaube vieler Leute, daß er einen in den Sodbrunnen oder in die Höhle stürzen würde. Im Dorfe vermuthet man, daß auch die folgenden Erscheinungen mit der des Scherenberger Zwingherrn zusammenhängen. Es kommt durch Safenwil von Zeit zu Zeit des Nachts das stets gleiche Mutterschwein mit einer immer gleichen Zahl Ferkel gelaufen. Seinen Weg nimmt es von dem sogenannten Büntli her, einer eingefriedeten Landstrecke, und es verschwindet da, wo aus dem Abbruche eines alten Bauernhauses die jetzige Färberei im Dorfe gebaut worden ist.

In diesem Gebäude aber nahm es die Gestalt eines ungeheuren Mannes an, der mit langen Beinen und wie auf Stelzen schreitend in gewaltigen Schritten bis auf die Trockenböden hinaufstieg. Statt seines Hauptes sah man nur seinen übergroßen Hut. So beschreiben es der Färbermeister, sonst ein tüchtiger und kluger Mann, und die Männer, die der Reihe nach die Nachtwache im Fabrikgebäude zu halten haben. Stets nahm es seinen Weg gegen einen Balken zu, der zur Stütze eines Thürbalkens noch nicht lange in den Saal gestellt worden war, und verschwand alsdann. Man mußte auf den Rath der Wächter diesen Balken hinwegnehmen und verbrennen. Das Local wurde umgeändert und ein Dampfkessel hineingesetzt. Seitdem hat hier die Erscheinung ein Ende genommen. (Seminarist Rud. Scheuermann, und Kantonsschüler A. Hüssy von Safenwil.)

---

15) Goldner Wagen des Herrn von Witenbach.

Der Kirchberg bildet nordwärts die Grenze der beiden Gemeinden Brittnau und Strengelbach. Er war Weideland gewesen, bis es mit den Kühen gar zu viele Unfälle gab; seitdem hat man ihn wieder zu Wald werden lassen. Der nördliche Abhang senkt sich steil ab, er heißt Schloßrain; der westliche dagegen nur allmählich und ist auf der Höhe ganz eben. Auf dieser Ebene stand ein Schloß, von dem man hie und da noch einen Baustein finden kann; der Schloßherr war der überreiche Herr von Witenbach. Er war ein leidenschaftlicher Jäger; man nennt nach seinem Jagdreviere noch etliche Jucharten Bergwaldung „Witenbachs Stand." Hier läßt er sich in ganz grüner Kleidung sehen, ruft weidmännisch seinen Hunden und verschwindet dann hinter einer Tanne, die als Zielbaum am Schlage steht. Die Bannwarte haben ihn schon mehrfach angetroffen. Er ist Schuld, das man den Berg nicht mehr mit dem Weidevieh betreiben kann. Da wo sein Schloß gestanden, sind früherhin ungemein tiefe Gruben gewesen; man schrieb sie den zahlreichen Schatzgräbern zu, die hier ihr Glück versuchten. Besonders eines dieser Löcher reichte so tief, daß man es nicht zu Ende übersah; Steine, die man hinunterließ, brachten ein Getöse hervor, als ob sie gegen Eisenthüren fielen. Hier hat sich früher ein goldner Wagen um Mittag gesonnet.

In der letzten Hälfte des vorigen Jahrhunderts hofften ihn vier Männer gewinnen zu können, und um ja kein Geräusch zu machen, zogen sie die Schuhe aus und schlichen barfuß bergan. Der Wagen kam wirklich zum Vorschein und sogleich packten die Männer an und zogen. Allein er war von solcher Schwere, daß einer über der Anstrengung in einen Fluch ausbrach, und augenblicklich war alles verschwunden. Dies geschah am südöstlichen Abhange, welcher Batten (Beatus-)berg heißt. Hier steht ein Bauernhaus, das nach dem Glauben der Leute an seiner Scheune deswegen kein Scheunenthor haben kann, weil der Herr von Witenbach in jeder Mitternacht in goldener Kutsche mit vier schneeweißen Schimmeln hindurchfährt. Am Fuße des Battenberges hat man beim Graben einer Brunnenleitung Anhäufungen von Gebeinen gefunden, auch ist dorten ein Landstück von Jucharten, das den eigenthümlichen Namen Chelenmätteli führt, d. h. Kirchenmatte. Dies Grundstück soll zu der Kirche gehört haben, die auf der Spitze des Berges stand und ihm seinen Namen gegeben hat. (Emil Wälchli v. Brittnau.)

4.

Sturmthiere.

1) Gespenstische Dorfthiere.

Was in den mythologischen Werken von Kuhn und Schwartz die Sturm- und Sonnenrinder genannt wird, das sind in der Landessage der Schweiz die gespenstischen Dorfthiere, Bachkälber, Wasserstiere, Mittagslämmer, Bachdachsen, die vor einem eintretenden Landregen ihre Schluchten und Wildwasser verlassen und kläglich brüllend deren Laufe nach bis in die nächsten Ortschaften hinein gesprungen kommen. Je nach Lage und Beschaffenheit des Landes werden sie von der Vorstellung anders gefaßt und gestaltet. Dem Griechen waren sie die Robbenheerden des okeanidischen Titanen Proteus; Mittags stieg er mit ihnen aus der Tiefe des Meeres empor, schlummerte in ihrer Mitte, und ein stinkender, Menschen unerträglicher Dunst gieng in windstiller Mittagsluft von ihnen aus. Der Schwede nennt den Nebel, der in der Sonnenwärme weißlich aus Gewässern emporsteigt, das Meerweib, das ihre Rinder auf die Weide treibt. Da er diese Erscheinung als einen Vorboten des Sturmes fürchtet, so zieht er sogleich Stahl und Stein hervor und schlägt zur Abwehr Feuer. Afzelius 2, 316. Der schweizerische Pfarrer Barthol. Anhorn hat in seiner Schrift Zornzeichen Gottes, Basel 1665, S. 332 sehr ernstlich vor diesen Stadtthieren gewarnt: „Es werden noch viele Stätte gefunden, in denen an gewüßen Orten sich schreckliche Gespenster erzeigen, welche etwan wie ein Kalb, oder wie ein Hund durch gewüße Gassen laufen, grewlich heulen vnd schreyen vnd vngesegneten gottlosen Leuten, die sie antreffen, Schaden zufügen."

Wir plagen uns in einem rauhen Klima und auf einem Boden, der die Mühe oft nur kärglich vergilt, mit unfreundlichen, graßen und traurigen Vorstellungen. Darum ist unser Aberglaube ebenso alt, als finster und schreckhaft in seinen Sinnbildern. Unser fröhliches Jagd- und Weidleben, unsre Wunn und Weid, hat sich in die Wilde Jagd und in gespenstische Weidethiere der Hölle verkehrt. Die bei langandauernden Wintern und bei Futtermangel drohende Viehseuche ist zum gespenstischen Viehschelm geworden, einem Stier, der nur zur vorderen Hälfte leibig ist, in der Mitte geht er aus und schlenzt die leere Haut hinten nach. Man hört ihn aus der Enterischen Gegend des Stierengrabens herbrüllen. Leoprechting, der Lechrain 75. Er besteht am Hinterleibe aus Aasknochen, und die darüber geworfene Thierhaut bringt er mühselig nachgeschleppt, rauschend gleich dem Tosen des Wilden Heeres. Alpenburg, tirol. Myth. S. 62. Dies ist jene Kuh, welche der Besenreis-Antoni (Abtheil. Türst) auf der Schulter schleppt und an die Juratannen hängt, oder Ochse und Lamm, die angeblich von grausamen Metzgern lebendig aus der Haut geschunden werden. Andere Namen dafür sind der Kuhtod, das Greiß, der fliegende Drache, der Elbst; sie steigen namentlich aus dem Vierwaldstättersee, dessen Becken sie in Mondscheinnächten als eine riesigschimmernde, stahlgeschuppte Schlange ausfüllen, in den Bergwänden empor und raffen die schönste Heerde an einem Tage hin. Oder sie liegen unter der Winterdecke des überfrornen Sees gefangen, erfüllen die Thäler meilenweit mit ihrem schrecklichen Gebrülle, spalten mit ihrem Horn das Eis und verkünden damit das Ende der harten Zeit und die Ankunft des Frühjahres. Dann sagt das Landvolk, der See brülle. Aber mitten im Hochsommer sind sie wieder da und verwüsten die

Berge. In einer örtlichen Schilderung vom Hallwiler-See her erzählt man darüber also. Burghalde heißt der höchste Punkt im Walde des Bergdorfes Dürrenäsch. Nahe dabei liegen zwei Felsen, die man des Teufels Roßstall nennt. Hier sieht man Geister spuken, hört Jäger schreien und Hunde bellen, die Herrschaft des versunkenen Schlosses geht auf der Bergmatte spazieren, oder sie fährt zweispännig in Kutschen über die Waldbäume. Von der Häbri her, einem Hochwalde, durch den der Pfad noch Boniswil an den Hallwiler See hinab geht, hören dann die Leute, die auf den Bergäckern sind, den Wirbelwind brüllen, als schreie eine Heerde Wucherstiere. Im Heuet fliegen dann die Heuschober hoch in alle Lüfte und das Tennenthor des nächsten Hauses ist in einem Nu aufgesprengt; dann sagt man: horch, die Geister im Fährstelloche, (einem Berge ob der untern Dorfzelge) brüllen am hellen Tage wieder wie Stiere! Der Jäger auf der Burghalde johlt, jöchelt und ruft den Hunden dazu in einem fort, daß man es schon öfters bis ins Dorf hinab hören konnte. (Lehrer Schaub in Dürrenäsch.)

Der scharfsinnige Erklärer solcher die ganze Mythenwelt durchdringenden Vorstellungen, Adalbert Kuhn, hat in seinen Westfäl. Sagen 1, S. 46. 292 ähnliche und neue Züge dazu gesammelt: Wenn der Darmßensee und der Balksee zufrieren, in denen ruchlose Menschen mit ihren Wohnstätten und Kirchen versunken sind, so wird das Gebrülle des fetten Klosterochsen und des Seebullen darunter vernommen; es entgeht ihnen die Luft zum Athemholen, und sie stoßen mit den Hörnern Spalten in die Eisrinde. Nur das Fürchterliche und Unterweltliche macht sich in diesen Naturmythen geltend: Der Stier des Unterweltlichen Minos, der Minotaurus in seinem Labyrinthe eingesperrt; und seltner, auch weniger verständlich, erscheint in unsrer Sage das Sinnbild der freundlichen Sommerwärme, z. B. das Mittagslamm, das Birrharder Schaf. In Grimms Irisch. ElfM. ist der sonnigschöne Elfstier als für die deutsche Sage bestehend nachgewiesen (Abth. XV.) und ebenso setzt das Märchen vom Bauern Einochs (Unibos) voraus, im Grunde der Gewässer seien schöne Heerden von Lämmern und Rindern. Nur hat sich dann das Natur-Märchen ins Lügenmärchen von den Schilbaern verkehrt, und dieses macht es ebenso wie unser Volksaberglaube: es setzt an die Stelle der Gewitterthiere entweder wirkliche Stallthiere, oder es läßt über See und Gebirg nicht den brünstig schnaubenden Stier schwarzer Donnerwolken, sondern den verwünschten Stier verwünschter, Blitz-erschlagner Sennen hinstürmen. So schlägt auch unser Bauer gegen die Viehseuche einem Rinde seiner Heerde den Kopf ab und hängt ihn unters Dach; doch der schönere Brauch ist uns weniger erinnerlich, daß neben diesem Opfer der Angst auch die Dankbarkeit ein gleiches Opfer schlachtete für Sonnenschein, Sommerweide und glückliche Viehzucht. Und doch liegen die Abzeichen solcher Opfer uns geschichtlich noch so nahe; denn nach den der Gottheit dargebrachten Thieren waren einst die Harsthörner der Waldstätte benannt: Der Stier von Uri, die Kuh von Unterwalden und das Kalb von Schwyz. Als die Stadt Zug 1478 ihre Oswaldskirche baute, steuerte ein Schwyzer aus Aegeri einen Ochsen an den Bau. Eine alte Waldkapelle bei Kötzenried in der bair. Oberpfalz heißt die Alte Kuh, und der wilde Jäger spukt daselbst. Schönwerth, Oberpfälz. Sag. 3, 126. Dies sind dieselben Sonnenstiere, deren Häupter noch an den Steinbildern des Belsener Kirchleins auf dem Farrensberge zu sehen sind; E. Meier in seinen Schwäb. Sag. S. 297 hat sie beschrieben, Wolf in den Beiträgen hat ihre Abbildung mit gegeben. Es sind die dem Freyr, unserem Fro, geweiht gewesenen Thiere, der sich selbst Goldstier nannte und um Regen und Sonnenschein, um Landesfrieden und Fruchtbarkeit angefleht wurde. Blumen bekränzt, mit vergoldetem Gehörn, Spiegel dazwischen gesteckt und einen großgeschriebenen Reimspruch tragend, so durchziehen alljährlich um Ostern die kolossal aufgemästeten Osterstiere noch unsre schweizerischen Ortschaften. So hat der dem Gotte Fro geopferte gleichfalls ausgesehen; dies lehrt unsere berühmte Sage von der Rothen Kuh, nebst den Versen über sie, die in der Kalewala stehen, Gesang 10, Vers 361:

Golden strahlen ihre Hörner,
An der Stirn der Bär vom Himmel,
Auf dem Kopf das Rad der Sonne.

2) Dorfkalb von Auenstein.

Der Pfarrer von Auenstein kam eines Abends mit seiner Frau vom Dorfe Rupperswil her heimgegangen. Als er die Aare in der Fähre passiert hatte und den Kirchenrain zum Wohnhause hinanstieg, erblickte er in dem Kohlfelde, das zu seinem Pfarrgarten gehörte, ein weißes Kalb, das sich da das Kraut nicht übel schmecken ließ. Das Hündchen, das ihn begleitete, sprang bellend in den Acker hinein, der Pfarrer in geringer Entfernung hinterher. In noch größeren Sätzen aber nahm das Kalb Reißaus, schwenkte um die Ecke der Scheune, die unfern dem Pfarrhause steht, und war hier mit einem Male spurlos verschwunden. Früh am folgenden Morgen gieng der Pfarrer auf sein Feld hinaus, sah die Kohlblätter abgefressen umherliegen, fand seine eigne, so wie des Hündleins Fährte von gestern wieder, wunderbarer Weise aber nicht die geringste vom entsprungenen Kalbe. Als er sein Befremden darüber einigen Leuten seiner Gemeinde äußerte, wollten diese einem solchen Gespräche ausweichen und mit ihrer Meinung keineswegs herausrücken; erst auf dringendere Fragen beichteten sie mit Scheu und nur auf Verschwiegenheit hin: dies, was er gesehen, sei das Dorfkalb gewesen; wem es sich zeige, dem stoße über kurz oder lang etwas Ungerades zu. Und richtig, bald darauf warf der Pfarrer mit seinem Fuhrwerk um, stürzte mit dem Kopf gegen einen Stein und starb an den Folgen dieses Unfalls. (Erzählt vom Aare-Fergen in Gauenstein.)

---

3) Das Dorfthier von Umiken.

In den Nächten der heiligen Zeiten geht dasselbe von der Stadt Brugg durch die Dörfer Umiken und Villnachern und verschwindet rückkehrend in der Mitte von Umiken. Es ist ein gewesener Ammann, der seine Gemeinde um ein halbtausend Gulden betrogen hat. Als ein sechzigjähriger Mann von diesem Betrug vernahm und es dem Gerichte zu Brugg anzeigte, ließ dieses dem Ammann durch einen Beschwörer anwünschen, er solle eben so viele hundert Jahre, als er Gulden gestohlen, ruhelos wandeln müssen. Seit dem Tage seines Todes hat er diese Wanderung begonnen in den Gestalten von Katze, Hund, Kalb und Ochse. Zur Zeit des Vollmondes nemlich ist er so groß wie ein Ochse, im Neumond dagegen so klein wie ein junges Kätzchen, immer aber behält er seine großen feurigen Augen. Ganz getreu läuft er dann in recht stockfinstern Nächten dem Dorfwächter nach und bleibt nur so lange, bis dieser die Stunde gerufen hat, hinter ihm zurück. Es haucht und bläst diejenigen an, die sich vor ihm fürchten, sie bekommen dann einen aufgeschwollenen Kopf oder entzündete Augen; doch diejenigen, welche Flüche und Drohworte ausstoßen, kann es nicht schädigen. Es geht den Leuten in die Krautgärten, zerstampft Gemüse und Blumen und zerreißt die Zäune: beim Regen kommt es ihnen sogar bis an die Dachtraufe, verschwindet da aber. Namentlich pflegt es die Fabrikarbeiter zu verfolgen, welche spät Abends von Brugg und Windisch her aus den Spinnereien heim gehen müssen. (Aus dem Munde einer von dort gebürtigen Dienstmagd.)

---

4) Ochsenkopf zu Dottikon.

Großbauer hieß im Dorfe Dottikon ein überaus reicher Bauer, der seinen Hof auf dem sogenannten Hübel hatte, ein schönes Wohnhaus mit mehrfachen Scheunen und in einem herrlichen Gelände gelegen, dessen Ende man nicht einmal vom Hübel aus überblicken konnte. Sein Reichthum an Ochsen und Pferden war weit und breit im Munde der Leute, nicht minder aber auch seine Unbarmherzigkeit, mit der er die Armen durch Hunde von seinem Hofe weghetzen ließ und die Aeckerlein der minder begüterten Nachbarn nach und nach in seine Gutsgrenzen hereinzog. Zur Strafe hiefür kam endlich eine schwere Heimsuchung über ihn. Aus dem zunächst am Hügel hinziehenden tief eingeschnittenen Tobel stieg ein böser Geist herauf und raffte in den Stallungen des Reichen alles Vieh mit einem male hin. Der Bauer kaufte sich anderes, er riß die Stallungen nieder und führte sie an andern Punkten auf, immer erlitt er das gleiche Schicksal. Zornig über dieses Strafgericht floh er mit den Seinigen endlich ganz aus der Gegend und ist nachher nie wieder gesehen worden.

Die Leute in Dottikon haben das dem Bauern gefallene Vieh in den Tobel hinabgeworfen, derselbe heißt deswegen noch der Viehseuchetobel; die Plage des bösen Geistes aber haben sie in den Kopf eines frisch geschlachteten Ochsen hineingebannt. Dieser Ochsenschädel wird noch hergezeigt in einem hölzernen Gehäuse, das ein dortiger Bauer am Firstbalken seiner Scheune befestigt hat. Nach einer alten Satzung und zugleich um die Leute im Dorfe nicht in Angst zu setzen, dürfen diese Knochen nicht herunter genommen werden. (Seminarist J. Stutz.)

Aehnliches berichten neuere Sagensammlungen. Der Bauer zu Altenberge mußte, um einer Viehseuche zu wehren, der letzten noch übrigen Kuh den Kopf abschneiden, und ihn auf den Söller legen; als ihn da einmal der neue Knecht fand und durchs Fenster auf den Mist warf, brach am gleichen Tage die Seuche wieder aus. Wolf DMS. Nr. 222. Wenn auf einer Tiroler Alpe eine Viehseuche herrscht, so pflegt der Senne den Kopf des ersten krepirten Kalbes auf eine Stange zu stecken; dann bricht die Seuche in jener Gegend aus, wohin der Kopf schaut. Alpenburg, Tirol. Sag. S. 265. den gleichen Brauch citirt C. Gessners Thierbuch 137 aus Plinius, der in seiner Naturgeschichte gegen die Würmer im Krautfelde anräth, mitten hinein auf einen Pfahl den Kopf eines Mutterpferdes zu hängen. Um die Saat vor dem Wild zu sichern, stecken die Leute vier Roßköpfe auf die vier Acker-Enden. Joh. Colerus Oeconomia, 2. Theil lib. V, pag. 160. Im Glossar zu Neocorus Ditmarschen Chronik 2, 594 erwähnt Dahlmann den Brauch, zum Ueberschreiten seichter Wasserstellen statt der Schreitsteine Roßköpfe zu legen, woher man denn im Oldenburger Lande die wirklichen Schreitsteine Pferdekoppen nennt.

Bockskopf, Roßkopf, Großfüllen sind Häusernamen in der Stadt Zürich. O. Sutermeister, Schweizer-Haussprüche 1860, 8. — Auf welchem Umwege Haupt und Hörner des an der Reuß erlegten sagenhaften Uristieres zum Wappen und zu den Harsthörnern des Urnerlandes gemacht worden sind, dies ist nachgewiesen in den Aargau Sag. 2, S. 16. Man wird nun mit Grund annehmen dürfen, daß die mancherlei Thierhäupter und Hörner, welche als Raritäten noch hie und da in Thorbogen, Kirchen und Rathhäusern hergezeigt werden, Ueberbleibsel sind älterer, an den gleichen Orten einst aufbewahrt gewesener Scheuchbilder. Das Horn, das über dem Portal der Alpisbacher Klosterkirche seit alter Zeit hängt und allen Kindern von ihren Aeltern gezeigt wird, ist so alt wie die Kirche selbst. Sie stammen von dem Stier und der Kalbin, welche die ungeheuern Steinsäulen zum Bau herbeitrugen. Birlinger, Schwäb. Sag. Nr. 242. C. Geßner (Thierbuch 127 b. und 129) hat solche zu seiner Zeit schon räthselhaft gewordene Antiquitäten noch gesehen und mit dem Auge des Naturforschers betrachtet: „Es werdend zuo Worms und Mentz, am Rheynstromen gelägen, große wilde Stierköpff, zwey mal grosser denn der heimschen, mit etwas gebliebnen stumpen der hornen, an gemeinen Radtsheüsern der Statt angehefft gesehn vnd gezeiget, welche one zweifel von etlichen wilden Ochsen kommen sind. Eyn merklich groß lang horn wirt zuo Straßburg im Münster an ein ketten gehenkt als ein mirakel und wunder gezeigt. Die Länge des horns ist vier ellenbogen.“ — Der Dianentempel auf dem Aventinischen Berge hatte ursprünglich Römern und Sabinern zugleich gehört, war ein Bundestempel gewesen und sein Sinnbild war die Kuh. Ueber dieses eben genannte Idol berichtet nun die Sage so. Einem Sabiner, der eine Kuh von wunderbarer Schönheit besaß, hatten die Wahrsager verkündet, derjenige Staat werde die Oberherrschaft erlangen, dessen Bürger diese Kuh der Diana opfern. So brachte er jetzt das Thier zu dem Altar auf dem Aventinus. Aber der Tempelvorsteher wußte bereits um jenen Wahrsagerspruch und des Mannes Absicht; er gebot diesem daher, sich vorher in fließendem Wasser zu baden, weil er sonst unrein opfere. Während der Sabiner in der Tiber sich wusch, opferte der Priester die Kuh der Diana und sicherte damit Rom die Oberherrschaft. *Ihre Hörner waren eine lange Reihe von Jahren an dem Tempeleingang angeheftet.* Schwenk, Sinnbilder 259. — Pferdeköpfe waren es, welche die Germanen an die Bäume des Teutoburger Schlachtfeldes annagelten und die Cäcina nachher dorten vorfand. Der Norden nannte derlei Schreckmittel die Neidstange; sie sollte mit dem an ihr ausgeschnitzten oder wirklich angehefteten Haupte, gegen den annahenden Feind gewendet, den Neid, d. i. Fluch und Schaden blicken. Das bair. Kloster Thierhaupten hat daher Ursprung und Wappen seit der Ungarnschlacht am Lechfeld. Ein ähnliches Neidbild war jene Katze gewesen, welche von den Obwaldnern auf einen Straßenpfahl der Bernischen Landesgrenze bei Meyringen aufgesteckt worden war, ein bernisches Fünfbatzenstück im Rachen haltend. Aargau. Sag. II. 289. Die Berner Regierung fühlte den beabsichtigten Hohn tief, kündigte darüber sogar Krieg an und ließ hernach die Thäter aufs härteste abstrafen. — Noch kennt die Sage einen Lollakater (Wolf, Ztschr. f. Myth. 2, 81), ein Thier, das mit ausgestreckter Zunge laut kreischend Zauberschaden anrichtet; in Norddeutschland nennt man eingesunkene Bergwerke, weil man sie für verwünscht hält, Lollakullen (Kuhn Westfäl. Sag. 1, Nr. 159) und mit dem Lollekerl bedroht man im westfälischen Kirchensprengel Weitmar unfolgsame Kinder. Klemm, Alterthumskunde 302. Kuhn, Westfäl. Sagen 2, S. 16. Das Aussehen eines solchen Lollekerls läßt sich aus Alpenburgs Tirol. Sag. S. 366 errathen, wo der Hut der Weinberghüter und Ochsenhirten beschrieben ist. Er heißt Krapfenhut, ist mit Eichhorn- und Fuchsschwänzen übersteckt und an seinen spitzigen Ausläufern sind ausgestopfte Dachsköpfe mit aufgesperrtem Rachen angebracht, auch anderes Gethier, je wilder, desto besser. In solcher ungeheuerlicher Gestalt eines greulich dicken, angemästeten Thieres wohnt der Lollus selbst im Keller eines betrügerischen Gastwirths. Wolf, Hess. Sag. Nr. 229.

5) Der Schlachthäusi zu Bern.

Ein Metzger zu Bern hieß Henzi; weil er aber nicht wie ein Schlächter, sondern wie ein Schinder mit den Thieren verfuhr, erhielt er den Namen Schlachthäusi (Henzi.) Sobald er ein Kalb erhandelt und es an den Strick genommen hatte, um es in die Stadt zu treiben, stach er ihm beide Augen aus; so nahm er dem armen Thiere das Vermögen, am Wege rechts und links zu laufen, und konnte es müheloser heim bringen. Beim Metzgen schnitt er ihm die Ohren ab und zog ihm bei lebendigem Leibe die Haut über den Kopf, dann erst machte er ihm ein Ende; denn er konnte die Haut von lebendig geschundenen Thieren an abergläubische Leute theuer verkaufen. Man fand den Unmenschen einmal todt in seinem Bette. Seitdem umläuft er alle Monate einmal in Gestalt eines abscheulich verstümmelten Kalbes rings die Stadt und brüllt dabei auf eine schauderhafte Art, mit keinerlei Thierstimme vergleichbar.

Im Aargauer Marktflecken Zurzach am Rhein läuft das Metzgthier aus ähnlichem Grunde in ungeheuerlicher Gestalt um.

6) Das Aarauer Haldenthier.

Ein Metzger hat vor hundert Jahren in Aarau gelebt, der sein Handwerk nicht recht hatte erlernen mögen und die Kälber nicht abschlachtete, sondern erbärmlich zu Tod marterte. Die Leute verabscheuten ihn und kauften ihm nichts mehr ab. Er handelte hierauf mit Häuten, betrog die Bauern, prügelte seine Hunde, und verhöhnte die Armen. Zuletzt wurde er von einem Ochsen so gefährlich getroffen, daß er nach langen Schmerzen starb. Von nun an aber mußte er in Gestalt eines großen glasäugigen Metzgerhundes herumlaufen. Bei Nacht und Wetter machte er um alle Thürme und Mauern der Stadt die Runde. Bei Tage wohnte er im Katzengraben, einer Sackgasse an der Halde. So lange dorten das Haldenthor noch stand, klopfte er alle Nächte dem Wächter ans kleine Einlaßthörlein. Dieser öffnete ihm auch regelmäßig, gieng aber dann vorsichtshalber jedesmal schnell ins Wachtstübchen zurück. Indessen passierte das Haldenthier, und der Mann schloß, wenn es sich entfernt hatte, wieder zu. — Dies dauerte bis 1798, da die Franzosen in die Stadt rückten. Diese haben alle Gespenster, deren es damals beinahe in jedem vierten Hause eines gab, verjagt oder nieder gemacht.

---

7) Das Dorfthier von Safenwil

hatte ungefähr die Größe eines Kalbes, einen langen, sehr gedrungenen Leib, kurze Beine und war schwarz von Farbe. Vom Kopfe bemerkte man wenig, doch hatte es glänzende tellergroße Augen. Man sah es vom sogenannten „Lindenrain" durch das Dorf Safenwil hinauf gehen bis zur Gasse, welche zu einem Sumpf führt, dort verschwand es in einem Baumgarten, in dem ein Speicher stand, der als Wohnort des Thieres angenommen wurde. Es soll nie Jemandem Schaden zugefügt haben. Einmal jedoch, da es auf seinem Wege am Mühlenbache von einem großen Haushund angefallen wurde, zerriß es denselben, daß man mit den Stücken am Morgen drauf eine weite Strecke bedeckt fand. (Seminarist Rudolf Scheuermann von Safenwil.)

---

8) Das Jonenthier

kommt nächtlicher Weile aus dem Kanton Zürich dem Jonenbache nach herauf gegangen ins Freienamt. Es hat Augen wie Teller, ist am Leibe blutrünstig und allenthalben offen, als ob es geschunden wäre, und schleppt eine Ochsenhaut hinter sich nach.

Der isländische Thorgeirs-Boli (Bullen) ist ein gespenstischer Stier, der einem im Fnoskadaler wohnenden Bauerngeschlechte auf jede Weise bis heute Schaden anthut. Auch er schleppt seine abgeschundene Haut am Schwanze nach, ähnlich wie der Viehschelm unserer Schwäbisch-Baierischen Volkssage. Maurer, Isländ. Volkssage. S. 78. —

Thiere bei lebendigem Leibe aus der Haut zu schinden, scheint bei den Aelplern wirklich ein grausames Kunststück der Schlächterei gewesen zu sein, denn zu häufig reden die Sagen davon. Auch heißt noch ein Wettspiel tollkühner Sennenknaben das Bockschinden. Ein Waghals hängt sich mit den Knieen an den letzten Baumast fest, der über die Klippe hinausragt, und läßt so den Körper rücklings über den Abgrund baumeln. Wer es am längsten aushält, wie ein geschundener Bock an den Beinen in die Luft hinaus zu hängen, der hat die Wette gewonnen. In der nachfolgenden Erzählung geht Land und Stadt über einer solchen Mißhandlung des Thieres zu Grunde. Gleiches geschieht zu Tirol in Reutsch und bei Tartsch, der Stier wird lebendig ausgeschunden und mit Salz eingerieben; da versinkt mit den Unmenschen die ganze Gegend. Zingerle Tirol. SM. Nr. 450. 451. 747.

9) Untergang von Plurs.

Plurs, an der Maira oberhalb Cläven gelegen, war vor Zeiten ein so blühendes reiches Städtchen, daß man es sammt seiner schönen Umgegend Belfort, Schönflecken nannte; erst seit es verschüttet worden ist, hat es den Namen Plurs, Ort des Weinens. Seine Bewohner hatten sich des Seidenhandels nach Italien bemächtigt und betrieben neben dieser reichen Erwerbsquelle auch noch den Bau auf edle Metalle. An der Bergspitze des Rothhorns, oberhalb Churwalden, waren Silbergruben entdeckt worden von solcher Ergiebigkeit, daß Tag und Nacht der Zug der Maulthiere unterwegs war, die das Erz zur Schmelze trugen*). Sogar kleine Bäche fließenden Goldes soll es gegeben haben, an denen jeden Morgen und Abend eine Maßkanne des reinsten gefaßt werden konnte. Neben diesem großen Reichthum hörte die Einfachheit des Aelplerlebens bald ganz auf, Hochmuth und gröbste Hartherzigkeit machte sich geltend, Alles was nicht Gold hatte und Gold einbrachte, das diente dem Volke nur zum Spotte. Man schämte sich der Erinnerung, daß man von armen Bergschäfern herstamme, daß man noch seit Menschengedenken in demselben groben Wollenrock einhergegangen sei, wie jeder andere Senne in den nächsten Alpenhütten auch. So stand es im Jahre 1618 in Plurs, als gerade eine Hochzeit mit niegesehener Pracht gefeiert werden sollte. Unter goldgestickten Baldachinen war man zur Kirche gegangen, auf Silbergeschirr hatte man gespeist, und jetzt ergieng man sich nach der Tafel an dem Gelände der Maira, wo das Brautpaar durch eine unerwartete neue Festlichkeit überrascht werden sollte. Da hörte man auf der nächsten Wiese ein Lämmchen kläglich nach der

*) Für die eine Familie Wertemate-Franchi allein arbeiteten 200 Knappen und trugen täglich 16 Maulthiere das Erz aus den Gruben über die Berge.

Alten blöcken, und dies Geschrei mißfiel den zarten Ohren der Braut. Kaum hatte sie sich darüber geäußert, so erboten sich die Begleiter, das Thier zum Schweigen zu bringen. Mit herzlosem Uebermuthe banden sie es an vier Pflöcken am Boden fest, um es lebendig aus dem Felle zu schinden. Die feine Gesellschaft hielt den Einfall sogar für witzig und schlau, ein verlaufenes Thier, das man auf eignem Gute hätte wegnehmen und todtschlagen können, seinem Herrn lebend, nur ohne Pelz wieder heim zu schicken. Endlich war der Frevel geschehen und dem Thiere die Haut abgezogen. Aber eine solche Grausamkeit gegen arme Thiere und arme Leute sollte nicht unbestraft bleiben, der übermüthige Ort war zum Untergange reif. Die zwei gegenüber liegenden Berge Simetta und Gonto warfen plötzlich gräßliche Spalten, bodenlose Risse thaten sich auf, ringsum bebte und dröhnte es in Höhen und Tiefen, und beide Berge stürzten ihren Felsengipfel nieder. Nicht blos die Hochzeitsgesellschaft gieng zu Grunde, unter Donner und Nacht war die ganze Stadt verschlungen; bis über die Thurmspitze der Hauptkirche hinaus liegt heute noch der Bergschutt. So liegen sie alle begraben die Paläste und Landhäuser der Reichen, die Waarenhallen voll Gold und Seide, sammt ihren verwilderten Bewohnern; die zahllosen Felsstücke des Simetta sind ihr Grabstein. An jenem Tage, da der Ort untergieng, wurde mancher Saumthiertreiber oder Fuhrmann in der Schweiz plötzlich ein reicher Mann; denn heute waren die Seidenballen und Frachtgüter der Plurser unterwegs herrenlos geworden und blieben in seiner Hand. Ein solcher ließ sich bald darauf zu Basel einen Garten mit Einfahrt und Portal anlegen und setzte die Inschrift drauf: An Gottes Segen ist alles gelegen. Ein Packknecht aber aus dem dortigen Mauthhause wußte wohl, wie dieser Segen gekommen war, und schrieb darunter:

Du hättest wenig Segen,
Wenn Plurs nicht wär' erlegen.

Ueber den Untergang von Plurs, der am 4. Sept. 1618 erfolgte, hat man umständliche gleichzeitige Nachrichten. Der Pfarrer Barthol. Anhorn meldet in seiner Schrift, Zornzeichen Gottes (Basel 1665, 396), es seien am Tage vor jenem Bergsturze zu Plurs alle Bienen aus ihren Bienenkörben weggeflogen. Es wurden 2430 Menschen zusammen verschüttet, auch das Dorf Cilano gieng mit zu Grunde, nur 12 Erwachsene und 3 Kinder entgiengen von Allen dem Tode. Der Schutt des herabgestürzten Berges Gonto liegt an vielen Orten über sechzig Fuß hoch, schon wächst ein großer Kastanienwald drüber hin. Die Gier der Leute, welche von dem hier mitverschüttet liegenden Geldschätzen fabeln, hat bis zur Stunde nicht nachgelassen, in der Verwüstung herum zu graben. Man schlug anfangs bergmännische Gänge in den Schutt und hatte eine Kirchenglocke herausgebracht, die jetzt in dem Thurme von Prosto hängt. Das große Ziel war, auf den Platz der Pfarrkirche vorzubringen, die so reich gewesen sein soll an Gold und Silbergefäßen und an Edelsteinzierden. Allein die in ihrem Laufe gestörte Maira nahm sich den ganzen Schuttkegel zum Flußbette, ihr Wasser hat den lockern Boden längst durchwühlt und also auf dem Grunde auch die Trümmer der Kirche erreicht. Als im Winter 1858 das Mairabette trocken lag, grub man eine wohlklingende Glocke heraus, mit der Jahrzahl 1597. Jetzt eben im Winter 1861 heißt es, man sei daselbst auf einen Keller gestoßen mit 30 Fässern; alles schwelgt schon in der Erwartung, sie würden noch gefüllt sein mit herrlichen alten Veltlinerwein, der zum wenigsten vom Jahrgange 1617 sein müßte. Aeltere und neuere Berichte über diese Begebenheit finden sich bei Bridel, Kleine Fußreisen durch die Schweiz 1797. 1, 221. — Leonhardi, Bündner-Vierteljahrsschrift 1849, I. — Röder, der Kanton Graubünden I. 47, 265.

---

10) Dorfhund in Muri.

Muri-Langdorf zerfällt in Ober-, Mittel- und Unterdorf; an der Grenze der zwei letztgenannten Dorftheile trifft man im Spätherbst bei anbrechender Nacht einen schwarzen Hund. Man erkennt ihn an seinem einen Auge mitten auf der Stirne. Man sieht ihn da über den Weg springen, der nach der Pfarrkirche geht, drei bis viermal um ein dortstehendes Haus laufen und dann in einem Rinderstall verschwinden. Ein kaltblütiger Knecht versuchte ihn hier heraus zu jagen, brachte es aber in keiner Art zu Stande; als er zuletzt die Geduld verlor und in Verwünschungen ausbrach, verschwand der Hund von selber.

Auch noch an andern Orten des Dorfes läßt er sich blicken. An der Landstraße, die zum Kloster führt, fließt eine Strecke weit der Bach hin, der dorten zwei nahe bei einander liegende gewölbte Brücken hat. Neben der einen steht die Steinsäule des hl. Johannes, sie bezeichnet die Ackerscheide der Gemeinden von Muri-Langdorf und Muri-Egg. Unter dieser Brücke liegt der Dorfhund Nachts beim Mondenschein, wer ihn erblickt, wird mit einem geschwollenen Kopf heimgeschickt. Im nahe gelegenen Riedgraben, sowie zunächst der Kirche in demjenigen Acker, welcher Rebe genannt wird, will man ihn früher gleichfalls gesehen haben; jetzt hingegen haust er nur noch im Dorfe selbst. (Vit Leonz Frey v. Muri.)

---

11) Der Krümmlihund

gilt im Siggenthalerdorfe Obernußbaumen. In der Viehgasse kollert sich Nachts den Leuten ein Thier mit leuchtenden Rollaugen entgegen, wegen seiner Wälzungen und Verkrümmungen der Krümmlihund geheißen. (Fürsprech Mayer in Baden, und F. J. Keller in Unter-Siggingen.)

Er war hier Schaffner gewesen und hatte den Zehnten für das Stift S. Blasien einzutreiben. Seinen schlimm erworbenen Gewinnst vergrub er im Hubacker. Die hier zunächst Wohnenden erblicken ihn als einen Mann in Kurzhosen, die mit zwei Reihen großer Knöpfe besetzt sind, aber auch als Füllen als Schwein und Hund, seine vergrabenen Schätze hütend.

12) Trostburger Schloßhund.

In der Schloßruine von Trostburg zeigt sich mit jedem Neumond ein schwarzer Hund und ein Metzger. Großes Getöse und Geschrei begleitet sie. Sie gehen aus der Ruine bis in den Bifang, einer eingegangenen Hofstätte. Dieser Metzger soll Nachts zwei Brüder angefallen haben und sein Hund habe ihnen die Eingeweide aus dem Leibe gerissen.

13) Der Landhund.

Der Fritzefrieder von Gelterkinden in Baselland war ein ebenso reicher als neidischer Mann, und wie er mit den Nachbarn stets in Unfrieden lebte, so fehlte es auch daheim nicht an Zank und Streit. Der Sohn, den er schon oft zum Teufel gewünscht hatte, entlief endlich nach Solothurn, und ließ sich dorten für den italienischen Krieg anwerben. Erst nach sieben Jahren benachrichtigte er den Vater einmal von seinem Schicksale und erbat sich ein Reisegeld zur Rückkehr. Statt dessen erhielt er einen halben Batzen in einem Briefe geschickt; in dem nichts als die Worte standen: „Kauf dir dafür einen Strick!“ So wünsch ich dir doch, rief der entrüstete Soldat aus, daß du ewig als neidiger Hund herumlaufen müßtest! Der Sohn verlor sich, aber sein Fluch gieng in Erfüllung. Ein großer Zottelhund mit tiefglänzenden Augen läßt sich seitdem im Dorfe Gelterkinden zur Nachtzeit sehen. Thut man ihm nichts zu Leide und geht man ihm aus dem Wege, so bleibt er ruhig, denn er liegt gewöhnlich mitten in Gassen und Straßen. (Stud. med. Gysi v. Liestal.)

Die Sage ist in dieser bürgerlichen Wendung aus der sprichwörtl. Phrase entstanden, der Strick gehört zum Hund. In Goldsmiths Versuchen, (Erster) ist vom Armen Dick die Rede, zu dem der sterbende Vater, nachdem die Erbtheilung unter die übrigen Brüder beendigt ist, sich also wendet: „Was dich betrifft, so warst du immer ein armer Hund, du wirst nie zu etwas kommen. Ich will dir einen Schilling hinterlassen, kauf dir dafür den Strick!"

---

14) Mooshund in Attelwil.

Ein Theil des Dörfleins Attelwil, Bezirks Zofingen, heißt das Moos-Ester. Hier hörte man noch zu Anfang dieses Jahrhunderts auf dem Moosweg das Mooshündli lautbellend auf und abspringen. Männern, die Abends ihre Rosse von der Moosweide heimführten, geschah es dann, daß sie nichts als die bloße Pferdehalfter mehr in der Hand hatten und das Roß verschwunden war. An denselben Abenden sah man auch das Haus auf dem dortigen Dönniplatz, das von zwei Weibspersonen bewohnt war, im hellen Feuer stehen, ohne daß es brannte. (J. Eichenberger, Lehrer in Attelwil.)

---

15) Der begrabene Hund zu Seon.

In der alten Mühle zu Seon wohnte im vorigen Jahrhundert ein Junker, welcher sich bei den Leuten in der Umgegend dadurch sehr verhaßt machte, daß er sie zwang, ihr Getreide alles auf seiner Mühle mahlen zu lassen. Er hatte einen Hund, den er über Alles liebte, und als ihm das Thier starb, ließ er ihm einen Sarg machen und in seinem Garten das Grab graben. Den folgenden Tag, als es im Kirchthurme Mittag läutete, zog der Junker den Leidmantel an, den man beim Begräbnisse von Blutsverwandten trägt, und schritt hinter dem Sarge drein, den zwei Knechte auf einer Bahre trugen. Auf das Grab wurde eine Trauerweide gepflanzt, und lange noch sah man den Junker und sein Gesinde Trauerkleider tragen. Seitdem er selbst gestorben ist, hat sein Geist keine Ruhe finden können; man sieht ihn zu gewissen Zeiten im Trauergewande hinter seinen Knechten bis zum

Grabe des Hundes schreiten und dann wieder in die Mühle zurückgehen. Als man vor etlichen Jahren an jener angeblichen Stelle im Wieslande des Müllers nachgrub, ist man wirklich auf ein Grab gestoßen, in welchem sich ein sehr großes und ziemlich erhaltenes Menschengerippe vorfand. (Seminarist J. R. Suter v. Seon.)

---

16) Das Schopfthier.

Ein altes großes Strohhaus in Mörikon, das einen nicht minder geräumigen Schopf zum Anbau hat, gilt für die Wohnung des gespenstischen Schopfthieres. An der Stelle dieses Anbaues soll vormals ein reicher Geizhals seinen Stall mit einer großen Heerde Vieh gehabt haben. Weil er es aber grausam schlug, anstatt es zu füttern, kam er nach seinem Tode selber als ein Thier wieder auf die Welt und muß nun nachts den Leuten nachspringen oder ihr Stallvieh in Unruhe setzen. — Das Schopfthier ist schneeweiß, riesenhoch und straßenbreit, es gleicht etwa dem Kamel oder Elephanten der Bauernmaskeraden. Da reitet man sich nämlich zu Viert auf den Schultern und marschiert in Distanz der Straßenbreite unter Leintüchern verhüllt einher, die von den Reitern innen an Querstangen emporgehalten und bis auf den Boden nachgeschleppt werden.

---

17) Feurige Geiß.

Auf der Kreuzweide oder Kreuzmatt beim Dorfe Muri läßt sich in den Wässermatten nebst manchem feurigen Manne besonders eine feurige Ziege sehen. Sie läuft bei Nacht dem Vorbeigehenden viele Schritte nach, ohne alle schlimmen Folgen für ihn.

Im Dorfe Oberhofen, seeaufwärts am linken Ufer des Thunersees gelegen, ist das Dorfthier eine riesengroße Zottelgeiß, an welcher ihr junges Zicklein fortwährend im Laufe emporspringt. Sie ist schneeweiß und schleppt ihre wallenden Zottelhaare am Boden nach. Als ich noch ein Nachtbube war — erzählt ein Greis aus jenem Dorfe — gieng ich mit meinen Gespanen einmal Nachts auf die Lauer. Und wirklich sahen mehrere von uns, als eben der Mond durch die Wolken brach — die ungeheure Gestatt dieser Geiß wie einen Schneeberg querüber sich durchs Thal schieben.

---

18) Der Dorfhund zu Neßelnbach

hat die Größe eines Kalbes, kurze Beine, sehr langen Schweif und tellerförmige, feuersprühende Augen. Er ließ sich noch vor zehn Jahren alle vierzehn Tage in dem Holzschoppen eines reichen Bauern sehen. Letzterer war durch das Gerede, das hierüber entstand, äußerst aufgebracht und lauerte mit einer eisernen Gabel bewaffnet dem Thiere ganze Nächte lang auf, auch soll er, um sich Muth zu machen, manchen Schoppen Schnaps dabei verbraucht haben. Von da an pflegte der Hund sich in einem andern Loche nieder zu lassen, das Viele ganz genau kennen wollen. (Seminarist J. A. Enderli.)

---

19) Dorfhund zu Reitnau.

Die drei Dorfgassen von Reitnau bilden ein Dreieck, in dessen rechtem Winkel ein Haus steht, worin der Dorfhund wohnt. Zu solchen Tagen und Zeiten, die durch die Kalenderregel als wetterkündende bekannt sind, z. B. um Weihnachten, springt der zottige und kalbsgroße Hund mit hängendem Schweife aus diesem Hause, im sogenannten Krätzergäßli gegen ein benachbartes Haus zu und verschwindet dorten in der Höhle des Raines, auf dem das Haus steht. Noch eine Viertelstunde weiter entfernt auf dem Flurplatze, welcher der Kahlofen heißt, läßt er sich gleichfalls sehen. Wer ihn erblickt, bekommt einen geschwollenen Kopf und wird bettlägerig. (H. Hauri v. Reitnau.)

---

20) Dorfhund zu Magden (Frickthal).

Vom Dorfbrunnen, welcher Schwefelbrunnen heißt, lief früher das Obwasser einen Straßengraben hinab in den Dorfbach, welcher von Wintersingen kommt. Dieser offene Graben mit schwarzschlammigem Wasser, hieß das Roßbächli, nunmehr ist es eingedohlt. Hier zeigte sich sonst an Frohnfastentagen ein schwarzer Hund, der Nachts den Leuten nachlief, zur Größe eines Kalbes anschwoll, und Jeden, der ihn von sich jagen wollte, mit Kopf- und Halsgeschwulst schlug. Gegen ein solches Uebel halfen nur kirchlich geweihte Kräuter. (Fürsprech P. Stäuble von Magden.)

21) Sägehund und Bornhund bei Aarburg.

Der Bornhund, ein schwarzer Hund mit Halsband, heißt Buro, er geht beim Wechsel der Witterung von den obern Felsen des Bornbergs herunter an die Aare. Man hört behaupten, er sei geflügelt und fliege vom Bornberge am linken Aarufer hinüber auf die beiden Wartburgen am rechten. Er gilt als Wetterprophete und Todesbote. Ein Theil der Vorstadt Aarburg, am Fuße der Festung hin gelegen, wird nach einem dortigen Sägewerk die Sage genannt. Auch hier läuft Nachts ein schwarzer Pudel umher, der Sagehund. In der Neujahrsnacht aber dehnt er seine Wanderungen weiter aus und besucht mit einem Namensbüchlein (altes Abc-büchlein) im Maul, alle Gegenden rings um's Städtchen. Es soll der Geist eines Mannes sein, der vor vielen Jahren als Aufseher dortiger Baumwollenspinnereien im Rufe eines unredlichen Verwalters verstorben ist. Da er die Fabrikuhren zu richten hatte und die Maschinen, so sagt man, alle diese seien bei seinem Tode still gestanden, und der große Wendelbaum sei unter schrecklichem Krachen zersprungen. (Arnold Niggli v. Aarburg.)

22) Das Schaf im Birrhard.

Obenher am Dorfe Hausen, wo sich auf der Straße von Brugg nach Lenzburg der Seitenweg nach Lupfig zieht, steht ein alter Wegweiser, die Stud genannt. Dort fand der Viehdoctor aus Mäggenwil auf der Heimkehr ein im Felde umirrendes Schaf. Indem er es aus der Ferne mit Erdschollen warf und damit vor sich hertrieb, verwunderte er sich über den sonderbaren Ton, den es gab, so oft eine Scholle das Thier traf. Aber im Birrhardholze war das Schaf mit einem Male verschwunden.

Ein wenig weiter aufwärts von jenem Wegweiser, wo der Fahrweg von Müllinen nach Birr die Brugger-Lenzburger Straße kreuzt, begegnete einem Schneider ein Unfall. Derselbe hatte in Müllinen gearbeitet und war auf dem Heimwege nach Birr. Hier zur Stelle sah er einen Mann stehen, der ihn zu erwarten schien. Da er wegen seiner vielfachen Kundschaft im Dorfe viele Neider hatte, so vermuthete er hier auch einen solchen und nahm sein Ellenmaß fester zur Hand. Näher gekommen wünscht er guten Abend, zweimal, dreimal; jener Mann schweigt. Wart, ich will dich grüßen lehren, schrie der Schneider, und ganz gegen seine sonstige Art, schwang er den Ellenstab und hieb auf den Kerl los. Allein er traf sich selbst sehr schwer ins rechte Knie. Im gleichen Augenblick sprühte die Gestalt Feuer, fuhr zischend die Straße dahin und verschwand an jener Stelle, wo das Schaf im Birrhardholze verschwunden war. Der Schneider schwoll am Knie und unter der Achselhöhle am rechten Arm, mit dem er den Schlag geführt hatte, so heftig und so geschwind an, daß man ihm daheim den Aermel aufschneiden mußte.

---

23) Das Nachmittaglamm im Tobelhölzli.

In der Gemeinde Ober-Siggenthal liegt zwischen den Ortschaften Obernußbaumen, Kirchdorf und Tronsberg eine Waldung, das Tobelhölzli genannt. Ein Bach fließt durch den östlichen Theil, wo Wiesen und Mattland ist. Hier graset das Nachmittaglamm, das sich Vorübergehenden gerne nähert und sie anblökt; nur ist es verboten, selbst nach dem Thiere zu gehen und es anzulangen, es entweicht in diesem Falle. (Fürsprech Mayer in Baden.)

---

24) Dorfthiere in Birr am Birrfelde.

Aus einer Scheune im Oberdorfe zu Birr geht Nachts ein schwarzer Hund hervor und verschwindet im Keller des nächsten Hauses, während aus diesem Keller dann gleichzeitig ein schwarzes Schwein herauskommt. Wer dies erblicken muß, bekommt einen geschwollenen Kopf.

Im dortigen Wirthshause zum Bären haust ein Roß, das mit glühenden Eisen beschlagen ist. Wenn es um Mitternacht umher rennt, sprühen seine Nüstern und Hufe Feuer.

---

25) Das Dorfthier von Ober-Entfelden.

Dasselbe wohnt in den dortigen Brunnmatten, läuft bis zur Waldung, kehrt dann von der Landstraße wieder ins Dorf um und verschwindet neben der Kirche am Kirchhofe. Schon manchmal hat man seine Fußtapfen im Schnee abgespürt gesehen. Seine letzte Erscheinung hatten zwei Brüder zu bestehen. Um der krankliegenden Mutter noch etwas zu holen, mußten sie von ihrem Hause, am Holze gelegen, spät Nachts nach Köllikon gehen. Die sogenannten Nachtbuben dieses Dorfes gelten als sehr händelsüchtig, um also gegen derartige Anfälle gerüstet zu sein, zogen die beiden ein paar tüchtige Knüttel aus einem Haufen Reiswellen aus, welcher neben ihrem Wege auf der Matte lag. Aber diese unförmliche Holzmasse fieng an Gestalt zu bekommen, regte und bewegte sich unter ihren Händen und drohte über sie herein zu sinken. Zugleich begann ein dumpfes Schnauben, zwei Augen bildeten sich kugelrund, wie blanke zinnerne Teller, und leuchteten ihnen aus dem Dunkel entgegen. Das Dorfthier wars. Jetzt galt's zu entspringen. Ueber Gräben und Zäune eilten die zwei zurück zu ihrem ziemlich entfernten Wohnhause. Hier aber war die Hausthüre schon verschlossen. Der Verfolger ließ ihnen keine Zeit, sie mußten sich daher auf die Holzbeige flüchten, welche neben am Fenster unter das Vordach hinauf geschichtet ist. Die ganze lange Nacht hielt sie hier das Dorfthier belagert, und so oft sie es wagten, wieder aufzublicken, begegneten sie den fürchterlich herauf starrenden Feueraugen. Der eine Bruder ist an den Aengsten dieser Nacht gestorben. (Haberstich v. Entfelden.)

---

26) Der Schößlibauer zu Sulz.

Eine Anhöhe am südwestlichen Ende des Dörfchens Sulz im Frickthale am aargauer Rheinufer heißt das Schlößli. Hier wohnte vor langen Zeiten der Schlößlibauer, ein berühmter Zauberer und Banner. Er hinterließ keine Kinder, daher blieb sein Haus nach seinem Tode lange unbewohnt. Die Erben rissen es nieder und bauten ein neues an die Stelle, das gleichfalls das Schlößli genannt wird. Der alte Schlößlibauer war allen seinen Gegnern gewachsen. Wenn ihm die Burschen von Obersulz seine Kirschbäume erkletterten und leerten, sprach er nur eine Formel, und jene mußten zweimal vierundzwanzig Stunden droben auf dem Aste bleiben. Oder er stahl ihnen zur Strafe das Ihrige, Milch und Butter aus dem Hause, dem Jäger das Wild aus dem Walde, und brauchte dazu nichts Anderes zu thun, als daß er daheim sein Zauberrad umdrehte. Einst im Winter, da er Nachts über die kleine Brücke bei der Mühle von Obersulz von der Jagd heimgieng, entglitt er auf dem Eise und wurde am andern Morgen sammt seinem Stück Wild todt am Bache gefunden. Seit dieser Zeit steigt er als Roß den Mühlbach hinunter, durchschreitet den Graben längs der Straße und geht bis zu einem Kreuze, das zwischen Sulz und Obersulz steht. (Stäuble v. Sulz.)

27) Der Roßheiri

hat auf dem sogenannten Siggenberg gegenüber dem Geißberge, gehaust. In jeder Nacht führte er da Holz und Steine von seiner Berghöhe in die Dörfer Würenlingen, Endingen und Siggingen hinunter. Seine Bespannung waren vier weiße Roße, und zwei weiße große Pudelhunde liefen neben dem Wagen. Seine Stimme war ein fürchterliches Fuhrmannsfluchen, ein grausames Antreiben und Anhetzen der Pferde, dazwischen ein so langdauerndes Wehegeschrei, daß die Vögel im Walde darüber aufflatterten und alle Leute, die zwischen dem Thurgi und Würenlingen auf dem Wege waren, erschreckt ein Obdach suchten. Obgleich er schon seit manchem Jahrhundert todt ist, läßt er sich auch jetzt noch hören, Steine führend, Peitschen knallend und Flüche ausstoßend. Am höchsten ist dieser Nachtlärm am sg. Geisterstein, einem unförmlichen Felsblock am starkbetriebenen Feldwege am Siggenberg. Alle bösen Geister der Umgegend versammelten sich hier zu bestimmten Zeiten, hielten die Vorübergehenden an und fragten sie um Neuigkeiten aus. Wollte sich einer nicht fügen, ihnen vorzuerzählen, so wurde er mit fort in den Wald genommen, und so sind ehemals viele Leute aus der Welt gekommen. (Seminarist K. Birchmeier v. Würenlingen.)

Entsprechende Bergnamen sind: die Mähren, ein Berg in den Berneralpen. Vieux cheval blanc, Walliser-Berg als Grenze gegen die Savoyeralpen. Weißroß, ein Höhenpunkt des Reitenberges bei Villmergen, südwestlich von der Dorfkirche, es finden sich droben Spuren einer Burg.

28) Das Hoggebori zu Kulm.

Wattersholz, eine Anhöhe bei Kulm, soll früher der Standort einer Kapelle gewesen sein; dieselbe wurde erbaut durch ein krummgebornes Mädchen, die wegen ihres ragenden Höckers den Namen „Hoggebori" bekam. Sie trug die Bausteine alle selbst den Hügel hinauf und starb über der Anstrengung. Da somit das von ihr geleistete Gelübde nicht erfüllt war, so muß sie nun als Spukgestalt die Arbeit fortsetzen. Man hört sie Steine schieben und schleppen, darüber ächzen und stöhnen. Dann werden ihr die hinaufgetragenen Steine wieder über den Abhang hinabgekollert. (Vgl. Der Langböri, Aargauer Sag. II. S. 36.)

29) Das Oerkenthier.

Wenn man von Frick her durch das Jurathal zu dem Benken hinauf geht, einem älteren Bergpasse nach Aarau, während der neuere die Staffelegg ist, so stellt sich drunten im ziemlich breiten Thale zuerst der sogenannte Alteberg entgegen, dessen Eichen erst in diesen Jahren zu Eisenbahnschwellen ausgehauen worden sind. Der Berg theilt das Thal in zwei kleinere Hälften. Das zur rechten, in welchem die beiden Dörfer Wittnau und Kienberg liegen, wird von einem Quellbache, der Sissel, durchflossen, der von dem Passe der Schafmatt herabkommt. Das andere Thälchen links geht enge zwischen waldigen Höhen hinauf über Wölfliswil und Oberhofen zum Benken, wo eine andere Quelle der Sissel entspringt und bald zu dem beträchtlichen Oerkenbache wird. So weit dieser hinabfließt, bis zu seiner Einmündung in den Wittnauer Bach, haust an und in ihm das Oerkenthier, der Geist eines schwedischen Soldaten aus dem dreißigjährigen Kriege. An der Stelle, wo ihn die Bauern erschlugen, steht noch ein niederes moosbedecktes Steinkreuz am Straßenrande im Acker, das der Pflug schon halb schief gelegt hat. Ein paar hundert Schritte linksab vom Bache hat der Geist seine Wohnung. Hier ist eine Höhle, in die noch vor wenig Jahren eine Steintreppe hinabgeführt haben soll; auch lag bis auf die letzten vier Jahre hier vor dem Eingange ein Nagelfluhblock von der Größe eines Heuwagens, nun hat ihn der Besitzer der anstoßenden Wiese gesprengt. Auf diesem Block stand das Oerkenthier, wenn die Wittnauer in der Kreuzwoche die Kirche von Wölflinswil besuchten, und ließ es dann den Ruf. Hop hop! hören, so hatte man sicher kein günstiges Frühlingswetter zu erwarten. Dasselbe that es auf seinem andern Standpunkte, einer Halde am Altenberge. Da rief es aus der Waldung den Wittnauer Burschen zu, die Nachts vom Wölfliswiler Kirchweihtanz heimgiengen: antworteten sie dann mit dem gleichen Rufe in der Meinung, es möchten ihre vorausgeeilten Kameraden sein, so kamen sie gewiß nicht anders als mit geschwollenen Köpfen heim. Das Oerkenthier erscheint in der Gestalt eines riesigen Wildenmannes, aber auch als Ochse, als Zottelhund und Dachs. So hat es ein Bauer noch vor etwa siebenzig Jahren kennen gelernt. Damals war das Frickthal noch österreichisch, und seine Verkehrsmittel an Straßen, Posten und Boten mochten beinahe noch in urweltlichem Zustande sein. Kam einmal ein Brief ins Dorf zur Weiterbeförderung, so gab es da keinen bestellten Briefboten, sondern die Hofbauern mußten der Reihe nach das Schreiben ins Nachbardorf tragen, und dorten begann dann abermals die Frage, wer von da weg den Fetzen Papier weiter zu liefern habe. So kam eines Abends ein Brief ins Dorf Wittnau, der noch nach Wölflinswil hinauf gebracht werden sollte, und derjenige der Bauern, an welchem diesmal die Reihe war, machte sich damit auf den Weg. Für jeden Nothfall nahm er den Waldhammer mit, der jedem in Gemeindegeschäften über Land Gehenden vom Ammann zur Verfügung gestellt wurde. Schon im Hinwege hatte der Bauer längs des Oerken ein schwarzes Thier bemerkt, als er den Rückmarsch machte, sprang dasselbe am gleichen Orte wieder über die Straße hart an ihm vorbei. Der Bauer hieb muthig mit dem Beile darnach und es blieb auf der Stelle liegen. Bei näherer Betrachtung war es ein fetter Dachs, den er sogleich in die Rocktasche steckte und heimwärts trug. Aber die Last machte sich ganz unerträglich schwer, schweißtriefend kam der Mann damit an sein Haus. Hier mit einem Male war er von dem Gefühle seiner Ueberlast frei und da er drinnen den Dachs aus der Tasche ziehen wollte, war sie leer. Jetzt da ihm der Gedanke an das Oerkenthier mit einemmale aufstieg, wurde sein Entsetzen darüber so groß, daß er nach kurzer Zeit starb.

Seit jener Begebenheit spotten die Nachbarorte über die Wittnauer und deren große Rocktaschen; letztere, heißt es, seien so groß, daß man in der rechten den Waldhammer und die Maßflasche, in der linken aber den Laib Brod ohne viel Aufsehen mit tragen könne. Dieser eigenthümlich zugeschnittene Frack aus blauem Leinzeug mit den großen Taschen ist nun der neuen Mode gewichen; jedoch nur deshalb, behauptet der Nachbarwitz, weil die Wittnauer ihr altes Rockmaß, das in der Gemeindelade aufbewahrt worden sei, sammt dieser Lade selbst in der französischen Revolutionszeit 1790 verloren hätten. (Studer von Wittnau.)

Das Oerkenthier wird in Gestalt eines fetten Dachses gesehen und in die Rocktasche gesteckt. Ebendasselbe thut der Bauer im Havellande, aber das Wilde Heer ruft ihm warnend nach, er habe dessen einäugige Sau eingesteckt. Kuhn, Märk. Sag. Nr. 136. Die Frau Harke (Holde) am Harkenberge hielt sich solche Dachse als ihre Schweinheerde; sie saß auf einem Granitblock im dortigen Harfengrunde und ließ ihr Wasser, so oft sie erzürnt wurde, so daß zu jeder Zeit, mag es auch noch so lange nicht geregnet haben, Wasser in diesem Steine steht. Kuhn, Nordd. Sag. 126. Sichtbar sind die gleichen Substanzen von der nordd. Erzählung auf die Göttin Huld bezogen; in unserer Mittheilung ist dies anders; der Ochse und Wildemann, unter deren Gestalt das Oerkenthier zugleich auftritt, der losbrechende Wildbach, sodann der Waldhammer, dessen es hier gegen jede Gefahr bedarf, schließlich auch die mit herein spielende Anekdote über die erstaunlichen Quantitäten von Wein und Brod, die consumirt werden, dies sind eben so viele Punkte, aus denen sich ein Donarcultus verräth.

Oerken, der Bach auf dem Benken bei Oberhofen entspringend und in den Wittnauerbach mündend; sodann der daran wohnende Berggeist, das Oerkenthier, welches als Wildermann, als Schwedensoldat, als Ochse, als Zottelhund und fetter Waldbachs erscheint, geben beide zu einer weit reichenden Namenserklärung Anlaß. Der menschenfreundliche Waldgeist, der sich gleichfalls an Wildwassern zu schaffen macht, heißt in Tirol der Orko. Vintlers Gedicht, Blume der Tugend, geschrieben ums Jahr 1411, hält ihn zusammen mit dem Schrättel- und Elbelgeiste:

so sagt auch maniger ze tewte,
er hab den orcken vnd elben gesechen.

Als einen neckischen Witterungsgeist schildert den Ork Staffler, Tirol und Vorarlberg 1847. 2, 295; da wächst ein im Wege liegendes, winzig zusammen gekugeltes Ding, zum Rosse an, stets ist sein Verschwinden von einem entsetzlichen Gestank begleitet. Das Ennebergische Sprichwort sagt davon: el toffa schoco l'Orco, das italienische: egli spuzza siccome l'Orco, er stinkt wie der Ork. Der Name geht durch die romanischen Sprachen auf das altrömische zurück. Die Wildefrau im Neapolitanischen Volksmärchen (Basile, Pentamerone ed. Liebrecht 1, S. XI) ist die Uorca, der Menschenfresser im französ. Märchen ist Ogre, seine Frau die Ogresse. Auf das Wort forca, Galgen, antwortet das neapolitan. Wortspiel orca, Herc. Liebrecht, im Pentamerone 2, 258. Sie weisen auf die alles verschlingende Schattenwelt: Orcus esuriens bei Grimm, Myth. 291. 454. Der Name des Frickthal. Oerkenbaches wiederholt sich in dem fast ganz vergessenen Namen der zunächst gelegenen Burgruine

Uergiß, bei dem Bergdörflein Asp. Nach den zwei rhätischen Dörfern Ladis und Flies am Tiroler Arlberge werden zwei Waldwasser dorten, die aus unbewohnten Hochthälern herkommen, die Ladiser Urg und die Flieser Urg zubenannt. Auch ein Urgfitt liegt benachbart. Steub, Rhät. Ethnologie S. 112. Wahrscheinlich steht zu diesem Urg schon der Name Oergelacker, eine Häusergruppe bei Uetikon am Zürichsee (Meyer, Zürich. Ortsn. Nr. 556) in Beziehung; denn der schwedische Waldgeist heißt Nörk, der Vorarlbergische menschenfeindliche Gebirgszwerg heißt Nörggel, und wie beide an den unterwühlenden Waldbächen wohnen, so nennt unsre Alem. Mundart auch das wühlende Schwein (in der Sage vom Oerkenthier auch den einbauenden Dachs) das Nörggli (Stalder 2, 242). An einer Sache herum nergeln, sie kritisch untergraben, ist Lessing's gegen Gotscheb wiederholte Phrase.

30) Schweine im Rebstock.

Auf dem Wege von Zurzach nach dem benachbarten Dorfe Rietheim kommt man zu einem mit Mauern eingefaßten Grundstück, das ein alter Kirchhof sein soll. Man behauptet, nur ein einziger Mann, ein Franzose, der hier im Zweikampfe fiel, sei hier begraben. Ein Schwein kommt zu Winterszeit aus dem Zurzacher Hause „Zum Rebstock" um das Häuserviertel herum und geraden Wegs hieher. Was es hier thue, weiß man nicht, es ist ihm, wie der Zurzacher Nachtwächter hierüber sagte, noch Niemand nachgegangen, weil mit diesem Thiere übel auszukommen ist. Andere meinen, hier liegen die Franzosen und die Kaiserlichen begraben, die sich einst in der Gegend von Zurzach in tagelangen Gefechten geschlagen haben. Vielleicht daß jenes Wirtshaus, nun zum Rebstock genannt, ehemals zur Sau geheißen. In Basel, erzählt Wachsmuth, Gesch. deutsch. Nationalität 1, 139 hatte ein Haus gleichfalls die Inschrift:

Auf Gott allein ich vertrau
Und wohne in der alten Sau.

31) Dorfloos und Burgfrau in Merenschwand.

Merenschwand ist eine große, weitläufige Gemeinde, deren Hauptgasse an die gegen Osten einen Bogen bildende Landstraße angebaut ist. Da, wo der Bogen die stärkste Biegung macht, stößt am Fuße der sogenannten Burg der Dorfbach dazu, an welchem ebenfalls beiderseits Häuser gebaut sind. Dieser begleitet die Straße eine Strecke weit; bald aber macht dieselbe wieder eine

Krümmung, überspringt den Bach, wendet sich südlich und bildet hierauf die sogenannte Säugasse. Eine in der Nähe des Baches von der Landstraße abgehende Communicationsstraße, woran einige Häuser gebaut sind, wird Brühl genannt. Nördlich von der Hauptgasse aber bildet eine Häusergruppe mit der Kirche ein Dreieck, „die Hundskehre." Diese paar Straßenrichtungen muß man sich einprägen, um das Nachfolgende, das damit genau zusammenhängt, richtig zu fassen. Dort, wo der Dorfbach zur Straße stößt, steht ein großes hölzernes Kreuz, auf dessen Zieraten und Festigkeit die Länge der Zeit eben nicht am besten gewirkt hat. Von hier aus geht ein Dorfthier, ein Schwein, zu verschiedenen Zeiten dem Bache nach, bis auf die Brücke, wo ebenfalls ein Kreuz, aber ein steinernes, steht; dort verschwindet das Schwein, zeigt sich aber nachher wieder in der Säugasse, wo es bei einem Hause, ungefähr in der Mitte dieses Dorftheiles, abermals verschwindet. Es ist von wechselnder Gestalt, bald kleiner, bald größer, und wird Dorfloos genannt, wer von ihm berührt wird, bekommt einen heftig geschwollenen Kopf. Merenschwander-Knaben werden in andern Dörfern mit dem Spitznamen Speckbuben beschimpft; dieser aber soll sich nicht auf die Dorfloos beziehen, sondern aus folgendem Geschichtchen entstanden sein. In der Säugasse soll eine Frau von ihrem Manne sehr kurz gehalten worden sein, so daß sie, trotz ihres Bemühens, nie Gelegenheit hatte, nebenbei etwas zu ernaschen. Da sei sie auf den Einfall gekommen, am Sonntagmorgen Kindswindeln zu brühen, aber in diese hinein heimlich ein Schwein-Schäufelein zu wickeln, das sie dann, während der Mann in der Kirche war, zu essen gedachte. Gedacht, gethan. Nun aber trat zufällig ein Ortsfremder zum Besuch ins Haus und traf die Frau gerade über dem Auseinanderlegen der fetten Windeln. So kam die Sache aus und der Spitzname Speck gieng aufs ganze Dorf über. Die Hundskehre ist, wie gesagt, ein abgeschlossenes Dreieck, um welches rings ein Weg geht, der an zwei Seiten den Kirchweg, und an der dritten die Grenze gegen das Oberdorf bildet. Hier erscheint an Neumond und Frohnfasten ein Dorfhund, welcher die Größe eines Mastkalbes, lange zottige Haare und einen langen Schweif hat. Sein Cyklopenauge mitten auf der Stirne ist gleich einem Zinnteller. Er springt von der Landstraße durch den bezeichneten Grenzweg und um das ganze Dreieck dreimal herum, und rennt dann den gleichen Weg zurück, d. h. er beginnt in umgekehrter Richtung seinen Kreislauf von Neuem.

In dem Dorftheile, welcher Brühl heißt, steht ein altes mit Stroh gedecktes Haus. Der Eingang ist ein Dreischübelgewölbe und die Hausthüre ist in ihrer obern Hälfte mit vier Windlöchern versehen, welche die Gestalt eines Malteserkreuzes machen. Einem, der dem Grund dieses Ordenskreuzes nachfragte, gab man nach langem Zögern die Antwort, es sei dieses Haus der Aufenthaltsort eines wilden Heeres, welches allnächtlich mit großem Geräusch ausziehe und je morgens vor Betzeitläuten wieder hieher zurückkehre. Wenn man nun, ehe das Kreuz eingeschnitten war, etwa einmal Nachts aus Versehen die Thüre schloß, so sei dieselbe unter so fürchterlichem Krachen geöffnet worden, daß das Haus einzustürzen gedroht habe; da hätten sie denn von einem Mönche den Rath bekommen, ein solches Kreuz in die Thüre zu sägen und dann das Haus getrost zu schließen. Seither nun ziehe das Heer mit viel geringerem Lärmen durch diese Oeffnungen.

Es erhebt sich mitten im Dorf eine kegelförmige Anhöhe mit Spuren von altem Gemäuer, halb herum geht ein tiefer Graben. Der Ort heißt Burg. Hier wohnte der Vogt, der über Dorf und Umgegend herrschte. Man berichtet von ihm nur, daß er ein Tyrann gewesen sei und in einem Aufruhr der Bauern sein Leben verloren habe; seine brave Gattin hieß die Burgmutter; ihr strenger Gemahl hatte sie damals in einem Gemache eingesperrt gehalten und so mußte sie unter den Trümmern der Burg mit begraben werden. Nun wird fast jährlich am Hirsmontag, welcher 4 Tage nach dem Aschermittwoch fällt, das Erstehungsfest der alten Burgfrau gefeiert. Dasselbe hat folgenden Verlauf: Am Morgen früh erwartet man die Gesandtschaft aus der Nebengemeinde Schoren. Diese erscheint dann während des Vormittags dreispännig und besteht aus einem Präsidenten, Sekretär, Weibel und Dienerschaft. Der Präsident trägt einen schwarzen Mantel, mit Sternen von Goldpapier besetzt, und einen sogenannten Dreiröhrenhut. Sekretär und Weibel haben weiße Mäntel und gleichfalls große Hüte. Dann geht der Zug vor das Haus des Hirsmontag-Schultheißen, und muß da etwa eine Viertelstunde warten, bis dieser mit seiner großen Dienerschaft erscheint. Endlich kommt er, an seiner Linken den Stabträger und hinter ihm in Reihe und Glied die Dienerschaft. Der Anzug des Schultheißen ist sehr sonderbar: ein Dreiröhrenhut mit einem Strauße von Hahnenfedern; ein langschwänziger Rock mit Knöpfen von Thalersgröße, mit sehr weiten Aermeln und einem großen Kragen; dazu kommt die rothe Weste, Cassake genannt, die bis an die Schenkel reicht, kurze Hose, weiße Strümpfe und Schnallenschuhe. Alles zusammen soll eine altehrwürdige Person charakterisiren.

Sobald er heraus tritt, eilt ihm das Schorer-Präsidium entgegen, umarmt und küßt ihn und stellt ihn in die Reihe neben sich. Nun beginnt die Procession. Vor dem Präsidium her wird eine große Blache, welche mit Noten überschrieben ist, getragen. Der Schultheiß bläst eine Schwegelpfeife, der Präsident singt dazu, während die Dienerschaft mit vielerlei Instrumenten aufspielt. Auf einem großen Umwege gelangt man auf die Burg, wo unter vielen Ceremonien der Burggeist hergezaubert und beschworen wird. Endlich kommt aus einem Gebüsche hervor eine alte gekrümmte Frau mit einem Regenschirm, setzt sich vor das Präsidium hin und erzählt, was sie Alles das letzte Jahr über wieder habe erleiden müssen. Je geschickter sie ihre Rolle zu spielen und je mehr Trümpfe sie aus zu spielen weiß über jeden Vorfall im Dorfe, um so größer wird die allgemeine Theilnahme. Sie weint ganz untröstlich über die Sünden der Eheleute und der Junggesellen. Die Leute erbarmen sich ihrer und wollen sie ins Dorf hinabnehmen, allein an einer bestimmten Stelle kann sie nicht mehr weiter, sie weint, nimmt Abschied und läßt sich versprechen, sie das nächste Jahr wieder heimsuchen zu wollen, dann eilt sie zurück und verschwindet im Gebüsche. Der Zug aber geht ins Dorf und quartiert sich im Hause des Schultheißen ein, der nun ein großartiges Mahl auf seine Kosten auftischen läßt. (R. Moos von Merenschwand.)

Vom Türsten-Gjäg wird im Simmenthal also berichtet. Einer, der eben auf dem Kiltgange ist, hört hinter sich Lärmen, als ob ein Schweinetreiber ihm eine Heerde Säue nachtriebe. Diese kommen wirklich daher. Zwei kleine Ferkel nimmt der Kiltgänger, steckt in jede Rocktasche eins und sieht, wie während dem die andern in der Luft davon fahren. Bei seiner Liebsten angelangt, meldet er, er habe ihr Säulein gekramet und will sie hervor langen. Aber sie waren der Weile so gewachsen, daß die Rocksäcke zersprangen. Dann fuhren sie zum Fenster hinaus der andern Heerde nach. (Samuel Beetschen von Ringoldingen im Simmenthal.) Im Berner-Kanderthale glauben die Bauern, so oft ein weißes Sturmgewölke am Himmel heraufzieht und eine Wetteränderung ankündet, darin erblicke man eine Moore mit ihren sieben Jungen (Studios. Mäder aus Baden). Der Eber der Gewitterfinsterniß geht in den Teufel der Finsterniß über. Man sieht die Gestalt Satans am Portale der Münster zu Bern und Freiburg mit einem Eberkopfe ausgehauen. Die Teufelsmauer heißt auch Schweinsgraben, z. B. bei Oehringen in Württemberg. Dorten erzählt man, der Teufel habe sich von Gott ein Stück Land ausgebeten, so groß als er es in einer Nacht mit einem Graben umgeben könne. Hierauf habe er das Werk jener Umwallung (welche bekanntlich die Römer unter Hadrian durch das Decumatenland zogen) in Gestalt eines Schweines begonnen, sei aber vor der Vollendung dabei vom Tageslichte überrascht worden. Das Schwein mit seinem einen Cyklopenauge ist von Kuhn, Westfäl. Sag. 1, 324 in Vergleich genommen mit dem gefangenen einäugigen Fisch, mit dem einäugigen Dachs der Frau Harke. Ihre dämonische und unterweltliche Seite liegt in der Beifügung der Erzähler, daß derjenige, welcher solche Thiere fängt, es meist mit dem Leben büßen muß. Das Wasser des auszufischenden Sees verschlingt ihn, der Blitz erschlägt ihn, niederfahrend aus jenem ebergestaltigen Donnergewölke, der Teufel mit dem Schweinerüssel holt ihn.

32) Gutis-Ee in Muri.

Um Muri hält man das Gutis-Ee für einen langen Geisterzug, dem ein Mann mit hohem Stab vorausgeht unter dem Ruf: Uß Weg! Hinter ihm drein rollt eine große Walze, welche die ganze Straßenbreite einnimmt. Dann folgen viele Gestalten von Schweinen, Schafen und Hunden, und eine Unzahl kleiner Kindergeister, die man wegen ihres Geschreies und Gerölles „Schelleli-Buebe" nennt. Der Zug hält stets seine altgewohnte Richtung ein; kommt er gegen ein Wohnhaus heran, so müssen alle Thüren bereits geöffnet sein, den Hausvater träfe sonst eine üble Heimsuchung. Im Dorftheile Muri-Egg liegen drei solcher Häuser in derselben Linie, deshalb darf man sie in den Frohnfastennächten gar nicht schließen.

Unverschließbare Thüren deuten auf die hindurch schreitenden Götter, welche das Wohnhaus gastfreundlicher Menschen an Festtagen zu besuchen wünschen. Man sagt, wer in der Zeit der Zwölften die Thüre hart zuschlägt, der hat im Sommer den Blitz zu befürchten. Vgl. Aargau. Sagen Nr. 134: Wandelnde Rathsherren in Muri.

33) Dorfthier zu Lütwil.

Am Fenster des Lütwiler Schusters stand der Nachbar im Gespräche, ihre beiden Hündchen spielten vor ihnen auf der Wiese herum. Die Hecke heraufspringend trieben sie zuletzt ein fremdes Kätzchen ans Haus, dann zwischen die beiden Ställe hinein und blieben hier lautheulend stehen. Der Nachbar hetzte; aber der Schuster merkte eher, was es hier galt. Er nahm seinen Säbel von der Wand, trat heraus und hieb zwischen die Stallnngen hinein. Das Kätzchen sprang hervor, der Schuster ihm nach bis in den Baumgarten. Hier aber wuchs das Thier zur Gestalt des gewaltigsten Ebers empor und schoß grunzend gegen den Mann; während dieser verzweifelt um sich hieb, verschwand es hinter einem Kirschbaum.

5.

Die Zwerge im Jura.

1) Martisbrunn bei Wittnau.

So lange die Bevölkerung des Frickthales noch geringer, Wald und Weide also ausgiebiger war, als heute, war dorten in allen Berggemeinden der Weidgang der Thiere so landesüblich, wie jetzt noch in den Alpen. Man ließ die Rinder den Sommer hindurch auf den Höhen frei laufen, ein paar Hirtenjungen zum Hüten, und ein Sennknecht zum Melken, Buttern und Käsen genügte für eine ganze Heerde von zwanzig bis dreißig Stück. Der Gutsbauer blieb indessen drunten im Thale; wenn die Zeit kam, um mit dem Sennen über Butter- und Käsegewinn abzurechnen, oder wenn man junge Kälber zum Verkaufe herabbringen sollte, verließ auch er einmal sein Dorf und besuchte seine sogenannte Bergheimath. So war es im Frickthale noch zu Anfang dieses Jahrhunderts gewesen. Wenn nun da der Bauer noch vor Tage zu Berge stieg und um keine Zeit zu versäumen, daheim ohne Frühstück fortgegangen war, so konnte es gar wohl der Zufall wollen, daß er droben bei seiner Sennhütte ankommend, sie vollständig leer sah, weder die verhoffte Schüssel Milch traf, noch draußen die Kühe oder den Küher aufzufinden wußte; was hätte er alsdann weiter thun können, als denselben harten Weg hungrig und durstig wieder heimwärts machen zu müssen. Da gab es jedoch noch hilfreiche Wesen in den Bergen, auf die sich ein rechtschaffener und gegen die Seinigen billiger Landmann in solcher Lage immer verlassen konnte, und das waren die Heidenweibchen. Die halfen ohnedies schon den Weidbuben den Wolf abhalten, das Vieh hüten, ein verlaufenes Stück aufsuchen und zum Melken herbeilocken, die hatten aber auch im voraus für den braven Meister sich vorgesorgt, wenn sie ihn an den bestimmten Tagen den Berg herauf kommen sahen. An das letzte Weidgatter, wo der Aufweg gewöhnlich am steilsten zu sein pflegt, legten sie Wähen und Brodlaibe hin, die dufteten noch nach dem Ofen und lagen entweder reinlich auf der Laubhecke oder gar auf einer schneeweißen Zwehel da. Weiter droben auf der Matte hatten sie für ihn Hirtenfeuer angezündet und die Kartoffel, die sie hineingelegt, brieten keinen Augenblick früher fertig, als bis der Erwartete daran vorbei kam. Der Lieblingsaufenthalt dieser freundlich gesinnten Bergjungfrauen war der Martisbrunnen. Seine Lage ist folgende. Der Homberg und das Horn sind zwei lang gestreckte Berge beim Dorfe Wittnau, und dazwischen zieht sich das enge Fahrenthal in die Höhe. Weiter hinauf wird dasselbe eine schmale Schlucht, die nur noch Raum läßt für den Karrweg, auf dem man das Heu bergab schlittet oder karrt, und für den ziemlich starken Bach, der nebenan zu Thale geht. Mehr als zwanzig kleinere Bäche stürzen zugleich mit lautem Brausen von den steilen Abhängen des Homberges in diese Enge herein. Einer derselben ist der Martisbrunnen und eben an ihm haben die Heidenweibchen gehaust. Doch nicht daß sie blos auf diese Bergeinsamkeit beschränkt geblieben wären; sie kamen auch weiter ins Wittnauer Thal herab und brachten den Bauern süße, mürbgebackene Wähen an den Pflug. Daß diese Wähen unnachahmlich gute Rahmkuchen waren, ist eine ausgemachte Sache, und wer davon einmal genossen hatte, durfte sagen, er habe das Beste auf der Welt gegessen. Da hatte denn auch ein junger Mann seinen Kleeacker fertig gepflügt und mit der Egge schön geebnet, als er das wohlbekannte Heidenweibchen gegen das Feld herankommen sah. Er wußte schon, was sie überbringen und wohin sie es ablegen werde. Aber ihn reizte diesmal nicht der frische Kuchen, sondern ihn stach die Neugier zu erfahren, warum wohl unter ihrem langen Schleppkleide noch niemals ein Füßchen habe sichtbar werden wollen. Schnell knüpft er daher seinen Gipssack auf, den er zur Düngung des Kleeackers heute mitgenommen hat, und leert ihn in einem dicken Haufen um den Pflug aus.

Das gute Weibchen kommt, legt den Kuchen auf das Pflughaupt ab, geht wieder weg — und ach, die Fußtapfen, die sie in dem Gipse hinterläßt, sind leider die von Ziegenfüßchen. Diese alberne Neugier des einen Wittnauers ist dem ganzen Dorfe theuer zu stehen gekommen. Denn seitdem kann sich der Pflüger hungrig ackern, der Hirtenbube sich heiser schreien, der Gutsbauer sich müde steigen, sie finden keine Wähen mehr auf dem Pfluge, keinen Brodlaib mehr an dem Weidehag, keine gebratene Kartoffel mehr auf der Almende, sie finden kaum ihr verlaufenes Vieh im Holze wieder, und der Weidetrieb auf dem Berge ist ohnedies ganz eingegangen. Nichts mehr besteht noch als der Martisbrunnen, jener Bach, an dessen Sturz die Hirten Abends das Vieh zur Tränke treiben; ein alter Eichentrog, der dorten steht, erhält dem Bache noch den Namen eines Brunnens. Aber gerade über diesen treiben die Nachbargemeinden ein arges Gespötte und geben vor, er mache alle toll, die aus ihm trinken. Wenn daher ein Wittnauer beim Tanz auf Jahrmarkt oder Kirchweih allzulaut sich vernehmen läßt, so ruft man ihm neckend zu: Hesch ab s' Martis Brunne g'soffe, dass d' e so brüelisch (vorlaut bist)?

Noch weiter geht diese Stichelei, denn man sagt, von diesem Wasser müßten alle Wittnauer zu Narren werden. Es predige daher ihr Pfarrer ihnen alljährlich nur über zweierlei Texte, welche auf einen und denselben hinaus laufen, also lautend:

Um die Narren in Wittnau zusammen zu bringen,
Muß der Schmied ums Dorf eine Kette schlingen.
Um die Wittnauer Narren zusammen zu finden,
Muß der Seiler ums Dorf den Narrenstrick binden.

Doch die Wittnauer lassen sich deswegen ihren Martisbrunnen keineswegs abschätzen, sondern schenken ihm bei Flurumgängen und Processionen noch immer eine besondere andachtsvolle Aufmerksamkeit. Und wenn die ganze Gemeinde alljährlich im Frühjahre den gebotenen Feldumzug um alle Gemeindegemarkungen abhält, den man die Bannbeschreitung nennt, und dann dem Martisbache sich nähert, so laufen die Knaben in die Wette voraus, um den ersten Trunk im Maien aus diesem klaren Bergwasser zu thun. (Th. Studer aus Wittnau.)

Die Brod und Eierkuchen backenden Zwerge, ihre Brodspenden an Arme oder fleißige Arbeiter machen einen sich oft wiederholenden Zug der Sage aus: Argau. Sag. 1, S. 336. 367. Ein Burgstall in Westflandern heißt Alterwall, de oude wal, man hört dorten an jedem Charfreitag einen unterirdischen Lärm, gerade als ob drunten eine Teigmulde ausgekratzt würde, und dabei riecht es, als wenn man Eierkuchen büke. Wolf, Ndl. Sag. Nr. 181. Es ist dies die Lieblichkeit des aus frischgepflügter und von Gewitterregen erfrischter Ackerkrume aufsteigenden Erdgeruches. Wenn Plinius in seiner Naturgeschichte (XVII, cap. 2) von den Wohlgerüchen handelt, so beruft er sich auf Cicero, welcher von den Salben sagte, diejenigen seien die edelsten, welche statt nach

Gewürzen zu duften, einen Erdgeruch haben (quae sapiunt terram). Und so verhält es sich in der That, fährt dann Plinius fort, das beste Erdreich hat einen Salbengeruch. Er entsteht aus dem ausgeruhten Boden, der nach anhaltender Trockniß von einem Regen durchnäßt wird, wenn eben die Sonne untergehen will und ein Regenbogen noch seine Schenkel niederläßt (Wo der Regenbogen niedergeht, da liegt ein Metzen Gold und ein Laib Brod. Schönwerth, Oberpfalz 2, 130). Alsdann haucht die Erde jenen göttlichen Dunst wieder von sich, den ihr die Sonne mitgetheilt hatte, und dieser riecht so lieblich, daß nichts ihm verglichen werden kann. Diesen Geruch muß ein Landstück eigentlich haben, wenn es umgegraben oder gepflügt wird, und wo er vorkommt, ist man von des Landes Güte gewiß überzeugt. Man findet ihn, wo Waldungen abgeholzt und zu Ackerland neu aufgebrochen sind. So weit Plinius. — Daß nun die Zwerge, die mit ihrem unterirdischen Feuer den Acker durchwärmen und das Korn zeitigen, zugleich geißenfüßig gedacht werden, ja sogar schlappohrig, (vgl. Die Lampohrenfluh) dies rührt aus der unvollkommenen Körpergestalt her, die man allen Wesen eines Zwischenreiches zu geben gewohnt ist. Auch steht der Zwerge Körperkleinheit, die selbst als eine Folge ihres Zwitterwesens erscheint, in offenbarem Zusammenhange mit dem geringen Schmalvieh, das den ältesten Bewohnern des Gebirges und vor denselben, wie man annimmt, auch den Riesen und Zwergen des Gebirges, allein eigen gewesen sein soll. Man vergleiche hierüber: Aargau. Sag. 1, S. 332. Unsere Vorältern hielten dies für eine so ausgemachte Sache, daß C. Geßner's Thierbuch (Heidelberg 1606) in der Abtheilung Vierfüßler, Blatt 10 eine eigne naturgeschichtliche Beschreibung dieser „Geißmannlinnen" zum Besten giebt. Und in Haltrichs Siebenbürger Märchen (S. 44) wird statt des alten freundlichen Mannes im Graumantel und Breithute, der allen Armen zu helfen und alle Unglücklichen zu retten vermag, weil es Odhinn selbst ist, abwechselnd eine alte Steingeiß genannt. Mithin erscheint auch die Weiße Frau auf dem Thurmberge bei Durlach geißfüßig (Mone, Anzeiger 1838, 476), und wer jene Geiß auf Schloß Logne am Vorabend hoher Feste am Schwanze faßen könnte, der bekäme einen Brautschatz. Wolf, Ndl. Sag. Nr. 234. Der Stein des Wilden Mannes la pierre du Sauvage, lag sonst beim Dorfe Gryon, im Amte Aigle, zwischen Sitten und Bex, und ist erst jüngsthin gesprengt worden. Darauf war die Figur eines ausgestreckten Menschen abgedrückt, den Wilden Mann vorstellend. Daß dieser, ehe Menschen im Lande hier waren, Geißen hütete, dies geht aus einer Volksromanze hervor, deren Stil auf das 16. Jahrhundert hinweist. Sie ist betitelt Blanche et Bernard und steht im Schweizermuseum 1784, 761. Der Anfang lautet:

Par un beau jour il fuit au fond des bois,
A l'avençon jette sa bonne armure,
Brise sa lance, et dans un antre affreux
Des dûrs chamois partageant la pâture
Vit avec eux.

2) Das Pflugsbrod im Eithale.

Den Bergmännchen und Erdfräulein, welche in den Felshöhlen des Eithales zwischen den beiden Bergzügen der Oedenburg und der Scheideck lebten, pflegte man in den Haushaltungen des Dörfleins Tecknau eine Schüssel Milch aufzustellen, oder man legte ihnen sogar Butter mit Honig zurecht. Dann konnte man in aller Frühe getrost das Haus verlassen und aufs Heuen fortgehen; das Vieh im Stalle wurde besorgt, sogar die Stube wurde gefegt. Wenn man draußen im Acker Hunger verspürte, ließ sich bald ein Kneten des Teiges, ein Ausscharren der Backmulde unter der Erde hören, und beim Wenden des Pfluges war dann am Furchenende ein sauberes Tischtuch ausgebreitet und ein frischer Pfannenkuchen oder Zwiebelkuchen lag darauf. Dies alles hat aufgehört, seitdem einmal ein grober Bauer das Tischtuch sammt Messer und Gabel mit fort nahm. (H. Heller von Erlinsbach.)

---

3) Lampohrenfluh bei Kaiserstuhl.

Oberhalb der Bauernhöfe Hägelen, eine Viertelstunde vom Städtchen Kaiserstuhl entfernt, am linken Rheinufer, stehen zwei sehr große Felsen, die auf der Südseite senkrecht abfallen und voll Scharten und Löcher den hier nistenden Vögeln einen sicheren Aufenthalt bieten. Der größere der beiden Felsen heißt die Lampohren-fluh und hat eine tiefe Höhle, die auch jetzt noch zuweilen besucht wird. Sie war einst der Wohnort friedlicher Zwerge. Hier herauf trugen sie säckleinweise ihr Mehl aus der Thalmühle, und brachten dafür Glück und Segen in diese hinab. Aus dem Mehl buken sie den armen Leuten Kuchen, aus allerlei Kräutern bereiteten sie Arzeneien für die Kranken, in der ganzen Umgegend hielt man sie in hohen Ehren und gar nichts war ihnen nachzusagen, als daß sie ungewöhnlich große Ohren hatten, die ihnen sogar unter der Mütze hervor schlappten (lampten). Aber der Meister Müller wurde allmählich reich, hierauf geizig, und zuletzt war er auch des Besuchs seiner Wohlthäter überdrüßig geworden. Er mischte ihnen daher Gips unter ihr Mehl und meinte, sie würden daran sterben. Allein sie lachten nur über seinen thörichten Geiz und warfen das giftige Mehl zusammen in den Mühlbach hinein, aus dem er sein Vieh tränken mußte. Nun gieng ihm Roß und Rind drauf. Ein Unglücksfall folgte dem andern, der Müller verlor seine ganze Habe. Vollständig verarmt nahm er seinen letzten Sack Mehl und stieg damit nach der Höhle hinauf, um es den Zwergen zu bringen. Diese waren aber bereits ausgewandert, und anstatt sie zu finden, stürzte er in eine Spalte und fand seinen Tod. (Nach der Erzählung Bilgers v. Kaiserstuhl, einberichtet durch Saxer v. Wohlenschwil.)

---

4) Erdmännchen am Frickberg.

Droben auf dem Frickberge, einer aargauer Staatswaldung beim Dorfe Wegenstetten im Frickthale, liegt eine Höhle von geringer Höhe und Breite; aber sie hat einen Ofen nebst Ofenbank und andern Ruhesitzen in Stein gehauen, und von dem durch den Fels gebrochenen Fenster kann man von der Winterhalde aus noch Reste des steinernen Kreuzstockes wohl erkennen. Alles dieses haben die Zwerge gemacht, die hier ihre Wohnung genommen hatten, als sie in die Schweiz einwanderten. Unsre Vorältern behaupten von ihnen, aus Asien her seien sie in unser Land gekommen, sie hätten dorten die Sonnenhitze nicht mehr ertragen können, und daher erklärten sichs auch die Leute, daß die Gesichtsfarbe der Erdmännchen ganz schwarz und ihr Naturell ein so äußerst träges war. Denn arbeiten mochten sie durchaus nichts. So lang die Sommertage waren, spazierten sie beim Sennen auf dem Berge umher, und so lang die Winternächte dauerten, saßen sie drunten beim Bauern im Zeindlimatt-Hof und ergötzten sich an den Dorfneuigkeiten. Da äußerten sie manches mal ganz offenherzig, sie verständen ebenfalls Korn zu pflanzen und zu schneiden, hätten es aber nicht nöthig und thäten lieber gar nichts. Woher sie aber doch alles ihr Mehl und ihren großen Weinvorrath hatten, das mochten sie nicht eingestehen. Jedoch theilten sie gerne davon mit. Den Leuten auf Büttihalde trugen sie in jeder Heuet Wein zu, in der Ernte sogar Omeletten und Kaffee, alles ganz artig zusammen gepackt in ein Hozzli (Tragkratte). An Schlauheit übertrafen sie jeden Advokaten, und doch hatten sie außer dem Gesichte fast nichts von menschlicher Art an sich. Sah man ihnen einmal durchs Mäntelchen auf den Leib, so glichen sie statt einem Menschen eher einem schwanzlosen Welschhuhn. Die Burschen im

Zeindlimatt-Hof vermutheten daher, sie müßten wohl auch Hühnerfüße haben, und bestreuten darum, während die Männchen eben zum Besuch da waren, den Küchenboden mit Asche. Als es zehn Uhr schlug und die Zeit da war, wo die Zwerge pünktlich Feierabend machten, nahm der eine Bursche das Licht zum Hinauszünden und der andere öffnete höflich die Küchenthür. Denn nur durch die Küche kann man in oder aus der Wohnstube alter Bauernhäuser kommen; und nun meinte man schon, der ganzen Sache den Knopf gedreht zu haben. Allein das war lange nicht schlau genug. Hünggi, ûf! Hühnerlein, fliegt auf! riefen sie an der Thürschwelle, und wie eine Kitt Wildhühner schnurrten sie mit einander purrr! zur Küche hinaus. Man sagt, sie seien damals gradaus auf die Schneeberge fortgeflogen und hätten seitdem dorten ihre Wohnung aufgeschlagen. (Seminarist Moosmann von Wegenstetten.)

Der Zwerg wird in der alten Sprache Schratt, in der Mundart Schrätteli genannt und zwar nach jenen Steinmeeren im Hochgebirge, die er bewohnt und die man Schrattenfluhen und Schrattenfelder heißt. Daher nennt man in Sonneberg im Meiningischen die Feld- und Hausgeister, die man sich als kleine Wesen denkt, Schlaarzla (Schleicher, Volksthümliches aus Sonneberg. 1858, S. 76). Sogar die Südslaven nennen den Berggeist Skrat. Vernaleken, Oesterreich. Mythen und Bräuche 1859, S. 240. Als die Normannen Grönland entdeckten und auf die landeseingebornen Esquimaux trafen, hielten sie diesen kleinen Menschenschlag, säbelbeinig und berußt vom Hüttenrauch, für Unterirdische und gaben ihnen den Namen Skrälingr, d. i. Skrat. Schratzenstaller ist ein baierisches Geschlecht: Eberl, Namenbüchlein 1858, 30; es bezeichnet den Bauern, in dessen Stall der Schratz (Zwerg) wohnt. Auch die Angabe der Sage beruht auf sprachlichem Grunde, daß diese Zwerge in Hühnergestalt in die Schneeberge entflogen seien. Dies ersieht man aus C. Geßners Thierbuch, Abtheil. Von den Vögeln, S. CCXIII b: „Das Schneehuhn (lagopus) wirt zuo Lucern ein Schrathuon genennt, von orten in hohen velsen, daran es wonet.“ Die hier behauptete Herkunft der Zwerge aus Asien ist befremdend und könnte an der Echtheit dieses Sagenzuges zweifeln lassen. Sie wiederholt sich in der Landessage des Kanton Freiburg. Im dortigen Ormonderlande lebten die Feen von Haselhühnern und Auerhähnen, behüteten die Viehheerden vor Seuchen, sahen im Uebrigen unsern Mädchen gleich, hatten aber eine rabenschwarze Haut „wie die wilden Mohren in Afrika“ und an ihren Füßen fehlte nichts als die Fersen. Küenlin, in Dalps Ritterburgen der Schweiz 1, Nr. 28. So sind auch die Zwerge bei Franzensbad schwarze Männlein (Vernaleken, Oesterreich. Mythen und Bräuche, S. 212) und die Hollen und Hollenmännerchen im Waldeckischen schwarze puppenhafte Menschen. (Curtze, Volksüberlief. S. 222.) Dies weist also auf jene Svartâlfar der skandinavischen Sage zurück, welche dorten den Licht-Elben entgegen gesetzt sind.

5) Das Tittiloch bei Thalheim.

Auf der Südseite des Dorfes Thalheim im Jura, Bezirkes Brugg, westlich des Weges, der über den Schlatt und die Gislifluh hinüber nach Aarau führt, liegt das Herdflühlein. In dieser Felsenwand ist eine an hundert Schritt lange Höhle, das Tittiloch. Der Name bedeutet einen Felsen, aus welchem die Hebamme die neugebornen Kinder herausholt. Der Zugang ist nicht leicht zu finden, er liegt mit Gesträuch und Stauden überdeckt im Tobel eines Bergwassers, welches der Gäßlibach heißt. Ein unterirdischer Gang der Höhle soll in den Keller eines in der Nähe liegenden Bauernhauses führen. Unten am Rande dieses Baches steht ein anderes Haus, in welches die Herdweibchen mit ihren Kunkeln und Spinnrädchen oft zu Stubeten (auf Abendbesuch) gekommen sind. Sie sind aber bald ausgeblieben, weil die schlimmen Nachtbuben ihnen Asche in den Weg streuten. Da sah man bis zum Eingang der Höhle lauter Schwimmfüße abgespürt.

Jene vielfachen Felsen und erratischen Blöcke, unter denen die Hebamme die Neugebornen (Titti) holt und den Aeltern heimbringt, sind besprochen: Aargau. Sag. 1, S. 357. Wie diese am Wildbache wohnenden Erdweibchen spinnen, so dachte sich auch die griechische Mythologie die Okeaniden und Nymphen in Spinngesellschaften versammelt. Und wie unserer Zwerge, oder unserer ältesten Vorzeit Werkgeräthe alles steinern war, denn steinerne Spinnwirtel hat man im vorigen Jahre mit unter jenen Fundstücken entdeckt, die man aus der Tiefe des Züricher Sees bei Meilen unter den Trümmern versunkener Pfahlbauten heraufhob; ebenso läßt Homer die Nymphen in einer Bucht von Ithaka an steinernen Webstühlen arbeiten:

Eine liebliche Grotte voll Dämmerung, nahe dem Oelbaum,
Ist den Nymphen geweihet, die man Najaden benennet.
Steinerne Krüge darinn und zweigehenkelte Urnen
Stehen geweiht, wo Bienen ihr Honiggewirk sich bereiten.
Auch Webstühle von Stein sind drinnen gestreckt, wo die Nymphen
Schöne Gewand' aufziehn, meerpurpurne, Wunder dem Anblick.

---

6) Das Kloster der Erdbiberli.

Vom Dorfe Frick an über den Kaistenberg und die Kinzhalde hin bis zur Stadt Laufenburg haben in den Höhlen des Jura und in den Felslöchern des Rheinufers Erdmännchen gehaust. Da schwärmten und schwirrten sie in der Wildniß herum wie Feld- oder Perlhühner, und wie diese in der Kindersprache Biberli heißen, so nannte man die Zwerge Erdbiberli. Wenn sie aber unter die Leute gehen wollten, so legten sie ihre Vogelgestalt vorher ab; sonst hätten sie nicht in Haus und Feld so gewandt mit wirthschaften können, wie sie im Dorfe Oeschgen thaten oder beim Bauern auf der Kinzhalde, dem sie jährlich beim Kornschnitt halfen. Er ließ ihnen dann zum Lohn für ihre Dienstfertigkeit auf jedem Acker zwei Garben stehen. Daraus buken sie Pfefferkuchen, braun, hart und vollgetupft mit kleinen Löchlein, und noch jetzt nennt man diese nach dem Namen ihrer Erfinder Biberzelten. Das berühmteste Backwerk solcher machten diejenigen, welche zunächst der Stadt Laufenburg in einer Waldhöhle wohnten, welche südlich von dem dortigen Schloße Habsburg-Laufenburg gelegen war. Hier hatten sie ihr Waldkloster und darin gieng es denn auch genau und völlig nach den Mönchsregeln her. Während die einen beten mußten und den Kirchendienst abhielten, hatten die andern den Küchendienst. Vom Nachbardorfe Kaisten aus konnte man ihrem Treiben manchesmal zusehen. Die einen hielten eine Feldprocession ab und schritten dabei in Meßgewändern einher, die ihnen bis auf die Füße reichten; und andere, die indessen die Haushaltung führten, hatten weiße Zipfelkappen aufgesetzt und über die weiße Schürze her trugen sie einen Brustriemen geschnallt, der von hölzernen Milchkellen klapperte. Aber die Neugier der Leute ließ sie nicht in Ruhe. Auch hier wurde ihnen einmal Asche in den Weg gestreut und seitdem sind sie verschwunden. Nachmals hat man bei ihrer Höhle Nachgrabungen gemacht und ist da allerdings auf Spuren einer unterirdischen Küche und auf vielfache Trümmer von Kochgeräthen gestoßen. Sogar ein steinernes Salzfaß soll ein Arbeiter tief im Boden mit herausgegraben haben. Allein man sagt, es habe sich zugleich ein so heftiges Klingeln dabei vernehmen lassen, daß die Leute um keinen Lohn länger bei der Arbeit bleiben wollten, und nachher sei die Höhle unauffindbar zusammengestürzt.

Wenn den Zwergen Vogelgestalt beigelegt wird, oder ihr Tritt in gestreuter Asche wie eine Vogelkralle und Schwimmfuß sich abspürt, so deutet dies auf die Geistergeschwindigkeit überirdischer Wesen, geflügelter Genien und Götterboten. In diesem Ideenzusammenhange liegt es denn, daß ihnen auch der Dienst des Priesteramtes zugeschrieben wird, das Abhalten von Prozession und Messe, das Zusammenleben in mönchischer Clausur (selbst in der Isländ. Volkssage, ed. K. Maurer 1860, S. 4 haben die Elben eigne Kirchen und kirchl. Gebräuche), und daß sie die strenge Buße trifft, welche auf ein geringes Versehen in ihrer Askese folgt. (Der Zwerg, der sich eines Rebsteckens zum Bergsteigen bedient, ertrinkt deshalb im Rhein.) Haben sie als geflügelte Wesen dem Luftreiche angehört, so mußte manches mit ihnen in Verbindung gebracht werden, was der obern Luftregion eigen ist. Sie bewohnen die Gebirgshöhen, behüten da die Quellen, leiten die Hochwasser schadlos zu Thal, und beherrschen die Winde. So erzeugen sie auch das Echo, das in alten Liedern schon die Zwergensprache genannt ist. In der vorstehenden Sagennummer wird es Klingeln geheißen. Die Erzählung vom Schellenpeter in den Aargau. Sagen 1, Nr. 212 giebt darüber weiteren Aufschluß. Man knüpft an dies Getön den Glauben einer darauf folgenden guten Weinlese. Im Bann des Dorfes Würenlos heißt „ein Stückhli Reben in dem Grimenstal gelegen, das Schellenmändtle". Wettinger Archiv, S. 600. 602. C. Geßner schreibt in seinem Thierbuch (Zürich bei Froschauer 1560) S. IX dieses Klingeln „ein getön der cymbeln oder ertztrommen" den Zwergen zu; „derhalben maniklich gantz eigentlichen verwänt, daß die Geyßmännlin vnd Schrättelin sölichs gerümpel haben." Klosterdienst und Schellengeklingel der Zwerge zeigt sich vereinigt in J. W. Wolf's DMS. Nr. 225: Reisende Mönche nehmen den Geist, der sie Nachts in der Herberge nicht schlafen ließ, mit sich in ihr Kloster, hängen ihm eine Kutte mit einer Schelle um und machen ihn zum Küchenjungen. Er zapfte ihnen das Bier im Keller, ließ nichts überlaufen und hielt dabei auf richtiges Maß.

Ueber die voranstehenden Erdbiberli, sowie über ihre unterirdischen Stuben und Küchenherde handeln die Aargau. Sag. 1, Nr. 186 B. und Nr. 207. Und ebenda 2, S. 242 ist von den uralten Feuerstellen die Rede, welche durch antiquarische Forscher in Klaftertiefe unseres Ackerbodens seit neuerer Zeit mehrfach aufgedeckt worden sind.

Der Name Biberli, Erdbiberli mag sich auf Waldameisen beziehen; denn mit solchen bestreuen die Zwerge ihren Brodlaib (1. Seite 292). Bibeli nennt man zudem mundartlich die Pusteln und Hitzblätterchen, die nach einem Insectenstich auf der Haut entstehen. In Colshorn's Märch. und Sag. S. 121 schicken die hannöverschen Zwerge einem Frevler Migöntjen, rothe Waldameisen auf den Leib. So ist auch Erdschmiedli Name des Zwerges und zugleich des Holz- und Erdwurms.

7) Teufelsloch auf der Neuburgerhalde.

Das Dörflein Mellikon liegt im Zurzacher Bezirk, nahe am Rhein. In seinem Gemeindebann ist das wüste Teufelsloch auf der Neuburgerhalde, ein senkrecht in die Erde hinunter gehender Felstrichter, der sich nicht ausfüllen läßt. Steine, die man hinabwirft, fallen lange unvernehmbar fort, bis man ein widerhallendes Getöne aus dem Schlunde herauf hört, wie wenn sie auf große leere Fässer gestürzt wären. Hier war vor Zeiten der fruchtbarste Landstrich der ganzen Gegend, das Korn wuchs in solcher Fülle, daß man es bis ins Urnerland um hohes Geld ausführte. Denn unter dem Boden wohnten die Erdmännchen, Marksteine bezeichneten genau den Raum, den ihre unterirdische Stube einnahm, und je mehr sie drunten kochten, um so mehr gabs droben Wein und Frucht. Das Landstück hatte dem Geschlechte, dem es zugehörte, großen Wohlstand gebracht, es vererbte sich als ein unveräußerliches Eigenthum stets vom Vater auf den Sohn. So kam es nachmals auch in die Hand eines zügellosen Jungen, der die Rolle des Meisters darein setzte, daß er alle seine Leute aufs zweckloseste herum hunzte und herunter hudelte. Die Erdmännchen müssen mir aus meinem Felde fort, sagte er, ich will das Gescheer nicht länger mehr so haben! In seiner Rohheit ließ er jene durch Marksteine bezeichnete Ackerstelle aufbrechen und Unsäuberlichkeiten hinunter schütten. Nun mochten die Männchen bei solchem Gestank freilich nicht mehr bleiben und wanderten aus. Aber von Stund an wurde der Acker unfruchtbar, der Boden sank ein, es bildete sich jenes Teufelsloch und der Besitzer kam an den Bettelstab.

Die Fässer auf dem Grunde des Teufelsloches deuten auf der Zwerge Weinkeller; seit letztere ausgewandert sind, klingen auch jene hohl oder leer, und da die Zwerge nicht mehr im Boden kochen, sind statt Korn Steine gewachsen. Eine andere Zwergensage über dieselbe Localität findet sich: Aargau. Sagen, 1, Nr. 209. Der Elbe auf Island beklagt sich beim Bauern, daß ein Hirtenjunge Steine in die Elfenhöhle hinunter und so dem Elbensohn ein Loch in den Kopf geworfen habe. Maurer, Isländ. Sag. 1860. S. 11.

---

8) Zwerge wetterkündend.

Noch vor einem Menschenalter waren in dem Bergdörflein Oberflachs, Bezirks Brugg, die freundlichen Erdmännchen der allgemeine Gegenstand der Gespräche. In einer Sandsteinhöhle hatten sie ihr Wesen, die oben in den Rebbergen des Schlosses Castelen liegt, wo der berühmte Landwein Casteler wächst. Das Bächlein, das aus dieser Höhle herunter fließt, leiteten sie sorgfältig neben Acker und Weinberg vorbei, daß es in seinem Anschwellen bei Regengüssen schadlos bergab gieng und das fruchtbare Erdreich nicht mit wegschwemmte. Tagtäglich kamen sie ins Dorf herunter in verschiedene Häuser und arbeiteten den Leuten im Stalle, oder hüteten ihnen daheim die Kinder, während dem der Bauer draußen auf dem Felde zu schaffen hatte. Da hatte einst ein reicher Oberflachser sich Dünne gebacken, nämlich solcherlei flachgewirkelte Brodkuchen, die man mit Rahm und Speckwürfeln belegt; und nun als eben die Kleinen auf Besuch bei ihm eintraten, schob der Nimmersatt die noch nicht aufgegessenen Stücke schnell unter die Decke des nebenan stehenden Bettes. Aber die Männchen hatten es doch schon gesehen und verließen diesmal um so eher den unappetitlichen Geizhals. Das war dem eben recht, ungestört gieng er gleich wieder hinter seine Kuchen her. Allein was zog er nun aus dem Bette? An der Stelle seiner Dünnen fand er blos alte Schuhsohlen und Lederschnitzel.

Anderwärts trieben sie den Leuten das Vieh auf die Weide, und das thaten sie am längsten, so lange bis im Dorfe die erste ABC-schule errichtet worden ist. Da haben die bösen Schulbuben mit Steinen nach ihnen geworfen, und seitdem gehen sie keinen Schritt mehr ins Dorf. Hie und da kann etwa noch Einer im Wald oben ein solches Männchen von ferne erblicken; das ist aber dann kein gutes Zeichen, denn es geschieht immer zu der Zeit, wo ein Hochgewitter bevorsteht. Und da kommt dann der anschwellende Wildbach schonungslos über Acker und Rebberg herunter geflossen. (Erwin Haller aus Veltheim.)

Der irische Hausgeist Cluricaun verfertigt niedlichste Schuhe und Holzschuhe. Grimm, Ir. ElfM. S. 97. 114. Der Schanhollecken steht ebenso beim Schuster zu Hespicke in Arbeit (Kuhn, Westfäl. Sag. 1, Nr. 136.), gleichwie die hessischen Wichtelmännchen beim Schuster Jobst in Eschwege. Lynker, Hess. Sag. Nr. 85. Zwischen Mährisch-Ostra und Hradisch auf der Straße durch die March sitzt der grüne Wassermann in seiner eignen Schusterwerkstätte. Als ein Vorbeigehender den Rosenkranz auf diese Arbeiten warf, gewann er damit einen sonderbaren Stiefel, welcher zwölf andere ausdauerte und den man dem Manne bei seinem Tode mit ins Grab geben mußte. Vernaleken, Oestreich. Myth. und Bräuche 1859, S. 190. 195.

9) Kindendes Erdweibchen in Uri.

Jost Gisler ist Senne, Gemsjäger und zugleich der Dorfwirth von Unterschächen in Uri. Er hat als Führer durchs Gebirge letzten Sommer folgende Geschichte erzählt. Wenn man von Unterschächen auf dem Wege gegen die Balmwand geht, unter welcher die Stäubi stürzt, so kommt man zur Quelle des eingegangenen Schächenbades, sie sprudelt warm aus dem Felsen hervor. Hier vorbei wollte einst die Hebamme des Dorfes zu den Sennhütten am Sidliberg hinauf. Da wo sich die Felswände zu einer Kluft verengern, wurde sie von einem Wilden Mannli angeredet und gebeten, mit ihm zu kommen und einem Herdwibli

Beistand in Kindesnöthen zu leisten. Sie thats und erhielt zur Belohnung eine Schürze voll dürrer Erlenblätter. Da sie das Geschenk mißachtete, so sprach das Mannli, indem er sie zum Felsen herausbegleitete, warnend:

Je meh daß du verzatterist,
Je weniger du hattist!

(Stud. Arnold Zschokke von Aarau.)

Bei demselben Anlasse schenkt das Erdmännchen am Lorenzobade Glasscherben und Kohlen her und warnt die unachtsame Ammenfrau:

Je minder as d'hebsch,
Je minder as hesch!

Aargau. Sag. 1, S. 266. Und das Wilde Männlein in Churwalden spricht dabei (Vernaleken, Alpensag. S. 216):

Je meh zerstrast,
Je minder d'hast.

Sogar die lebende Isländ. Volkssage, ed. K. Maurer 1860 S. 6 ff. weiß denselben Zug aus dem Leben der Elben; der noch daselbst zu Reykjavik lebende Skapti Skaptason, ein Mann ohne Studien, erfreut sich einer großen ärztlichen Praxis, weil er einer kindenden Elbin Beistand geleistet und darüber eine gesegnete Hand, eine Lachsnerhand, als Geburtshelfer bekommen hat.

Die Jahrbücher für Landeskunde der Herzogthümer Schlesw. Holstein 1861, Bd. 4, Heft 2 Nr. 62 enthalten Nachträge zu Müllenhoffs Sagen: Eine Frau aus der Familie Buchwald hat bei kindenden Erdweibchen Ammendienste gethan und dafür einen Goldbecher geschenkt erhalten, den man in jener Familie jetzt noch verwahrt.

---

10) Die Schwimmschuhe der Erdmännchen.

Die vielen Erdmännchen, die vor Zeiten in der Umgegend von Zurzach lebten, wohnten theils zu ganzen Sippschaften, theils einzeln, in den Felshöhlen auf den beiden Rheinufern, und nach dem Namen desjenigen Dorfes, dem ihre Höhle gerade am nächsten lag, benannten und unterschieden sie sich unter einander. Es gab damals Ryburger Männchen, Kadelburger, Dangstettener, Achenberger und noch andere. In so weit man ihr Thun und Treiben beobachten konnte, führten sie ein Leben wie alle andern Leute, und zwar im allerbesten Sinne des Wortes. Sie halfen beim Feldbau mit und waren da gesuchte Arbeiter, sie verstanden allerlei Handwerksvortheile, thaten den Armen Gutes, hielten zumal das Eigenthumsrecht über alles hoch und waren äußerst fleißige Kirchgänger. Allein Dorfkirchen gab es in früherer Zeit hier an dieser Strecke des Rheines gar wenige, so daß die Bauern auf dem Schwarzwalde manche Stunde Weges allemal bis in den

Flecken Zurzach zu gehen hatten, wenn sie einmal an Festtagen zum Hochamte oder nur zur Beichte wollten. Wie mußten sich nun aber erst die kleinen Erdmännchen abmüden und ablaufen, deren Höhle eben so weit von Zurzach entfernt sein konnte, die keinen Bauernschritt zu machen hatten und doch die Messen in der dortigen Stiftskirche so heilig und hoch hielten, daß sie nicht eine einzige versäumten. Da hat man gleich ein Beispiel an dem Erdmännchen, welches in Dangstetten wohnte, einem Dorfe, das von Zurzach durch den Rhein geschieden ist. Sobald dieses die Glocke zur Mette läuten hörte, lief es in aller Finsterniß hinab zum Flusse, der aber damals, wie eben heute auch noch, ohne eine Brücke war, schnallte sich am Ufer ein paar Schuhe an, die vornen und hinten geschnäbelt waren und das Aussehen eines kleinen Weidlings hatten, und damit lief es so blitzgeschwind übers Wasser hinüber, daß wenn der Zurzacher Chorherr und sein Ministrant eben zur Sakristei heraus an den Altar gieng, auch unser Erdmännchen richtig in seinem Kirchenbänkchen drinnen stand. Und daß da gar keine Scheinheiligkeit mit im Spiele war, das konnte man ganz genau an jenen andern Zwergen sehen, die zu Kadelburg wohnten. Denn dieses Dorf ist noch viel weiter von Zurzach entfernt, die dortige Zwergenhöhle liegt noch dazu hoch droben über den letzten Kadelburger Weinbergen; und wenn man da im Winter über diese Felsen voll Schnee und Glatteis herabgeklettert und glücklich über das Wasser gekommen ist, muß man erst noch den Wald und das Feld der ganzen, langen Almende durchlaufen, bis man endlich die Thürme des Marktfleckens zu Gesicht bekommt. Da galt es also aufpassen, daß man nicht verschlief, daß man im Winter schon vor fünf Uhr Morgens herausgieng, am Glatteis nicht glitschte, in den Schneewehen nicht versank und in der bitteren Kälte nicht erfror, um pünktlich um sechs Uhr beim Anfang des Gottesdienstes im Stift einzutreffen. Und wie schwer und hart waren damals noch die Bußen, wenn so ein schwaches kleines Wesen etwas in seinen Pflichten versäumte oder verfehlte. So hatte das Kadelburger Erdmännchen, um sich das Heruntersteigen von seinen Felswänden zu erleichtern, einmal einen Rebstickel im Weinberge ausgezogen, und kam auf seinem Kirchgange damit ans Ufer anmarschiert. Als er hier wie gewohnt auf seinen angeschnallten Schnabelschuhen den Rhein überschreiten wollte, sank der arme Teufel unter. Dies war die Strafe für seinen begangenen Feldfrevel. Seit dieser alten Geschichte hängt oben am Gewölbe der Zurzacher Stiftskirche ein künstlich geschmiedetes Schiffchen. (Karl Schmid von Zurzach.)

Dem Wesen allgegenwärtiger Götter entspricht es, daß sie beflügelten und beschwingten Fußes gedacht wurden; so Hermes, der Götterbote. Der Eddische Gott Loki, Sinnbild der milden Frühlingswärme, besaß ein paar Schuhe, mit denen er rasch durch Luft und Wasser zu schreiten vermochte. Dagegen hatten Iwalds Söhne, welche kunstfertige Schmiede waren, dem Gotte Freyr das Schiff Skidbladnir geschmiedet, welches alle Asen zusammen mit ihrem Heergeräthe an Bord nehmen konnte, gleichwohl aber sich zusammenfalten und wie ein Tuch in die Tasche stecken ließ. Auch im Volksmärchen klingt eine Erinnerung nach an solche Wasserschuhe. Der König will seine Tochter nur demjenigen verheiraten, der ein Schiff macht, welches zu Wasser und zu Lande fahre. Nun kann sie von den drei Brüdern weder der Schreiner bekommen, noch der Ebenholzarbeiter, sondern derjenige allein, der ein Holzschuhmacher ist. J. W. Wolf, DMS. Nr. 25.

---

11) Der Schwertfeger.

Ein Dorfschmied, ein tüchtiger Meister in seinem Handwerke, verstand besonders gute Degenklingen zu machen und bekam dafür so viele Bestellungen, daß er sich mehrere Gesellen halten mußte. Nun war es ihm seit einiger Zeit aufgefallen, daß solche Klingen, die er des Abends unfertig auf die Seite gelegt hatte, am folgenden Morgen, betrat er auch noch so frühzeitig die Werkstatt, aufs feinste und schönste vollendet da lagen. Anfangs meinte er auf einen seiner Gesellen rathen zu müssen, denn wie er selber freundlich war beim Geschäfte und gegen Leistungen freigebig, so schaffte ihm auch mancher Bursche ungeheißen über die Zeit. Allein derlei Vermuthungen halfen diesmal nicht auf die Spur, und er paßte daher Nachts von seinem Kammerfenster aus, das in die Werkstatt gieng, dem unbekannten Arbeiter auf. Da erhellte sich denn wie mit einem Schlage plötzlich die ganze Schmiede, der Blasbalg knarrte, die Esse loderte, und ein winzig kleines Männchen hämmerte dermaßen am Ambos, daß die Funken in alle Winkel fuhren. Im Augenblick war ein blankes Schwert geschmiedet, nun kam das andere, das dritte, ein ganzer Bündel Klingen wurde fertig; dann legte das Männlein alles ordentlich zurecht und verschwand. Plötzlich stand der Blasbalg still, die frühere Stille und Dunkelheit herrschte wieder. Der Schmied brauchte Zeit, sich von seinem Erstaunen zu erholen, als er gleich darauf mit dem Licht in der Hand hereintrat und die neuen Schwerter blank und fein auf der Werkbank liegen sah. Gerührt sann er in seinem guten Herzen nach, wie er dem Männchen diesen Dienst lohnen müsse. Denn nun erst wurde es ihm deutlich, warum sich der Absatz seiner Waaren in Kurzem verdoppelt, ja verdreifacht hatte, so daß sein geringes Spargut schon zu einem ganz ansehnlichen Vermögen geworden war. Er ließ daher den Meister Schneider kommen und befahl ihm einen niedlichen Schmiedhabit aufs feinste und allerbeste zu machen, ganz aus schwarzem Sammet und überall mit Gold ausgeschnürt. Das Kleid war fertig, der Schmied legte es nach Feierabend auf die Werkbank, hieng ein Spiegelein dazu an die Wand und verbarg sich wiederum hinter sein Kammerfenster, durch das er beim ersten Mal zugeschaut hatte. Dann erhellte sich abermals plötzlich die Werkstatt und wieder trat der Kleine ein, um frisch hinter die Arbeit herzugehen. Da traf er auf das Sammetkleid mit den Goldschnüren, nahm's, zog es an, beschaute sich im Spiegel hin und her mit lächelndem Wohlgefallen, ließ die Klingen liegen und verschwand. Nie mehr ist er seitdem zurückgekommen. Den Schmied aber gereute seine Freigebigkeit gleichwohl nicht, denn schon besaß er durch die Hilfe des Kleinen einen solchen Wohlstand, daß er sich und die Seinigen für immer versorgt wußte. (Karl Schmid von Zurzach.)

Ein waffenschmiedendes Erdmännchen im Jura des Bezirkes Brugg ist nun zum bloßen Messerschmied geworden. Es sitzt auf der Twinggrenze zwischen den Dörfern Schinznach und Veltheim, die von einem Bächlein gebildet wird, bei einer kleinen Brücke und hält ein blankgeschliffenes Messer. (Erwin Haller von Veltheim.)

Dem griechischen Alterthume hatten die Idäischen Daktylen als ein Hundert fingerlanger Kunstschmiede gegolten, die auf dem Berge Ida ihren Wohnsitz hatten und durch einen in den dortigen Wäldern ausgebrochenen Brand, wie Clemens angiebt (Strom. 1, pag. 420) auf die Entdeckung der Eisenminen und die Bearbeitung des Erzes geführt wurden. Der schwedische Bauer nennt jedes gute biegsame Schwert eine Zwergenklinge; er denkt dabei an den sagenberühmten Waffenschmied Wieland (Vaulundr) und an dessen ausdauerndes Schwert Mimering. Nach diesem Helden heißt ein District in Schonen der Wielandsbezirk und führt in seinem Wappen Hammer und Zange. Afzelius, Schwed. Sag. 1, 127. 129. Von jenen Zwergen, die aus dem hannoverschen Perlberge auswanderten, blieben viere so lange noch im Lande zurück, bis die Menschen ihnen die Hauptkünste abgelernt hatten: Ein Schmied, ein Bäcker, ein Schuster, ein Schneider. Unter diesen wurde der Schmied 160 Jahre alt. Colshorn, Märch. u. Sag. S. 164. In den wallonischen Landen findet man in den Wäldern oft Reste von alten Schmiedestätten, die das Volk den Zwergen (nutons: Fäustlinge, Pygmäen) zuschreibt und Zwergenschmieden nennt. J. W. Wolf, Ndl. Sag. Nr. 481. Noch andere Anhaltspunkte und Namen für diesen

Mythenkreis finden sich: Aargau. Sag. 1, S. 364—366. Nach der Meinung unseres Landvolkes sollen die in den Bergäckern hausenweise liegenden Belemniten vor ihrer Versteinerung Steinkohlen gewesen sein und den Zwergen gedient haben; sie heißen in der Mundart Teufelsfinger und Galützelstein. Letzteres ist verkürzt aus Galitschkenstein, Vitriol, aber es entspricht dem Namen des Teufels, welcher Lützel genannt wird. Weinhold, Schlesisch. Wörterb. 25. 55. Solche Kohlen nun vertheilt der Zwerg in den nachfolgenden Sagen. Als der finnische Gott Wäinämöinen die Erde geschaffen und der schlanke Knabe Sampsa sie besäet hatte, wuchsen die Bäume hundertwipfelig empor, so daß die Sonne nicht mehr in den Boden dringen und der Ackersame nicht aufgehen konnte. Da kam ein Zwerglein aus dem Meere, von der Höhe einer Weiberspanne und der Länge eines Mannsdaumens. Mit dem Beil, das er trug, erreichte er nur die Höhe eines Rinderfußes. Aber aus Kupfer war dieses Zwergleins Beil, aus Kupfer sein Leibgurt, sein Handschuh, sein Stiefel und Hut. An sechs Kieseln wetzte er sein Beil, als wären's sieben Schleifsteine, und mit drei funkensprühenden Hieben hieb er den Baum der hundert Wipfel um. Dies Zwerglein war das damals noch namenlose Erz. Schiefner's Kalewala, Zweite Rune.

---

12) Ausgelohnte Zwerge.

Das kleine Dorf Büblikon, zwischen Mellingen und Wolenschwil seitwärts auf einer Anhöhe gelegen, hat seit dem schweizerischen Bauernkriege, welcher gerade hier sein Schlachtfeld sich wählte, keinerlei Heimsuchung mehr zu erleben gehabt. Und so ist es auch in seinem Aeußeren ziemlich unverändert geblieben. Von seinen sieben und dreißig Wohnhäusern sind nur erst neunzehn mit Ziegeln gedeckt, die übrigen sind noch Strohhütten. In einem solchen, das zum Dame (Damian?) genannt wird, haben die Zwerge unter dem Boden des Roßstalles gewohnt und des Bauern Rosse herkömmlich besorgt; sie wußten ihnen Mähne und Schwanz prächtig zu zöpfen. Weil sie splitternackt waren und zur Winterszeit hart froren, ließ ihnen der Bauer Zwilchkleider machen, und seitdem sind sie aus dem Hause und aus der Gemeinde für immer fort.

Als der Schwertfeger den dienstfertigen Zwerg über Gebühr, wenn auch in bester uneigennütziger Absicht, beschenkt, bleibt derselbe auf immer aus. Zu denjenigen Sagenparallelen, die über die „ausgelohnten Zwerge" in den Aargau. Sag. 1, Nr. 201 und S. 355 als Erklärung dieses Charakterzuges angeführt sind, gehören noch folgende. Das Kaboutermanneken, im Kempnerlande, welches auf der Mühle um ein tägliches Butterbrod arbeitet, kommt nicht mehr, als es zu seinem Butterbrode auch Höschen und Jäckchen bekommen hat. Wolf, Ndl. Sag. Nr. 478. Die dänische Hausfrau, die in ihrer Truhe einen ganz außerordentlichen Vorrath feinen Mehles unbegehrt vorfand, bemerkte endlich, daß ihr ein kleiner Hausgeist die Kiste damit aufs fleißigste anfüllte, der übrigens mit einem zerlumpten Graukittel bekleidet war. Sie nähte ihm einen schönen neuen und legte ihn auf den Rand des Mehlfasses hin. Der wiederkehrende Hausgeist zog ihn alsbald an und gieng wieder an sein Mehlsichten. Als er aber bemerkte, wie das Mehl staubte und sein Kleidchen bedeckte, warf er das Sieb hin und sprach:

Der Junker ist geputzt,
Der Mehlstaub beschmutzt,
Mit dem Sichten ist's vorbei!

Afzelius Schwed. Sag. 3, 175 fügt diesem Geschichtchen das erklärende Sprichwort bei: Ein geputzter Knecht macht einen armen Dienstherrn. — Als das Wilde Männlein zu Conters in Graubünden sich ebenso mit hübschen Kleidern ausgelohnt sieht, spricht es hochmüthig (bei Vernaleken, Alpensag. 213):

Was wett au so na Weidlemann
Meh mit den Kühen z' Weidele gan!

13) Kohlen in Gold verwandelt.

In Dangstetten, am rechten Rheinufer, lag eine arme Wittwe im Siechthum, das Spinnen ihrer fleißigen Tochter brachte nicht einmal so viel Geld ins Haus, als allein die Arzeneien kosteten, und dazu kam eben noch die große Plage verlassener alter Frauen, ein äußerst strenger Winter. Die Tochter war eines Tages weit in dem Wald hinaufgestiegen um ein Bündelein dürres Leseholz, da stand mit einem male ein Männlein unter den Tannen, das gar freundlich drein sah. Es hatte ein grünes Röcklein an, dazu Kniehosen, weiße Strümpfe und Schuhe mit Silberschnallen, aber auf dem Kopfe trug's einen so überaus großen Dreiröhrenhut, daß man sich hätte fürchten mögen. Doch dazu ließ es der Kleine gar nicht kommen. Heb die Schürze dar, sprach er artig zum Mädchen, dies da gehört für die Mutter, hab Sorge dazu und brings gut heim, es hilft gegen Kälte, Hunger und Schwindsucht. Damit warf er ihr drei glühende Kohlen in die Schürze und war verschwunden. Das Mädchen fürchtete sich nicht mehr, als sie sah, daß die Kohlen ihr das Kleid nicht versengten. Sie nahm ihr Bündelein Leseholz auf den Kopf und sprang damit heim. Als sie da vor der Mutter die Schürze aufthat, lagen drei rothe Klümpchen Gold drinnen. Noch schneller sprang nun das gute Kind nach Zurzach in den Flecken hinüber zum Arzte, den sie schon lange aus Armuth nicht mehr hatte holen dürfen. Und der stellte denn auch die Mutter gar bald wieder her. (Karl Schmid von Zurzach.)

14) Silberne Eiszapfen.

Ein bejahrter Mann aus dem Dorfe Reckingen, Bezirks Zurzach, erzählt folgendes aus seiner Nachbargemeinde Böbikon, im Bezirke Zurzach.

Das Böbikoner Wiesenthal verliert sich zuletzt zwischen steilen Felsen, durch deren Kluft der Kreuzlibach geht. Oben im Gestein glaubt man noch einige Mauertrümmer zu bemerken und nennt sie das Schlößlein Grünenfels. Zu Anfang unseres Jahrhunderts gieng einmal ein Bursche aus Böbikon den selten mehr betretenen Pfad oben durch diese Felsen- oder Burgtrümmer und gelangte unvermuthet zwischen dem Geklüfte in eine unterirdische Grotte hinab, von deren Decke die allerschönsten Eiszapfen herunter hiengen. In der Bestürzung über dieses fremde Wunder entlief er, erzählte aber seine Neuigkeit frisch den Kameraden daheim. Diese jedoch schalten und höhnten ihn über seine Verzagtheit. Du Narr Du, sagten sie, solche Eiszapfen sind eitel Silber! Hättest Du Deinen Schuh, oder sonst was aus Deiner Tasche, ein einziges Bröselein Brod in die Grotte hinein geworfen, so hättest Du da einen ungeheuren Schatz heben können. (Oberlehrer H. Herzog in Aarau.)

Eine Sage über dieselbe Localität, an welcher die Zwerge Silberzapfen verschenken, ist erzählt und erklärt: Aargau. Sag. 1, Nr. 192 und S. 348.

---

15) Die Walchwiler Zwerge beim Schweinefleisch.

In den Felsen und Klippen der Almende des Zugerdörfleins Walchwil haben ehemals die Bergmandli gewohnt, welche den Leuten bald Schutz- bald Plagegeister waren, je nachdem man sich ihr Wohlwollen oder ihren Haß zugezogen hatte. Sie waren zwar äußerst klein von Gestalt, aber von besonderer Körperstärke, erkletterten blitzgeschwind die Bäume, verschwanden pfeilschnell in den Abgründen, waren in verschiedenen Handwerkskünsten wohlerfahren, konnten das Feuer besprechen, Krankheiten heilen und besaßen Gold, Geld und Edelsteine, ohne daß sie selber was davon brauchten. Die Männer waren von Farbe schwarzbraun, die Weiber aber um so schöner. In ihren Ehen lebten sie gar zärtlich. Als das Weibchen, das in dem Tobel der Kalten Hölle wohnte, einem Geklüfte auf der Almende, ins Kindbett kommen sollte, holte ihr

Mann die Hebamme aus Walchwil herbei und füllte dieser dann dafür die ganze Schürze voll Kohlen. Die etlichen, die sie davon mit heimbrachte, hatten sich Tags darauf in Edelsteine verwandelt. Geizige Leute verfolgten sie aufs bitterste, so zum Beispiel jenen Bauern, der ihnen bei der Metzelsuppe nicht einmal genug Schweinefleisch vorsetzte. Sie hatten ihm einen Kunstgriff beim Schweinesengen gezeigt, aber schon beim nächsten Schweineschlachten zündete sich der Bauer damit sein eignes Haus an. Dem Freigebigen dagegen brachten sie den Segen Gottes in allen Dingen, und man hielt schon einen solchen Mann für glücklich, dem sie im Sommer heuen halfen. Sie verrichteten nemlich solcherlei nicht nur mit besonderem Geschick, sondern es kam damit Fülle und Gedeihen in Scheune und Stall. Aber die Leute wurden in solchem Glücke endlich zu übermüthig und kränkten die Bergmännlein, und seitdem diese fortgegangen sind, ist auch die goldene Zeit aus dem Dorfe gewichen. Nun kommt es Vielen zu ärgerlich vor, daß das Glück in der guten alten Zeit dagewesen sein soll und heute gar nicht wieder kommen will, wo man doch um so viel gescheidter ist. Sie läugnen darum die ganze Geschichte und behaupten: diese Bergmännchen seien nichts anderes gewesen als braune Zigeuner, die ehemals bandenweise beim Zuger Landvolke sich umhertrieben als Keßler, Hufschmiede und Kleinmetzger und durch ihre Verschmitztheiten in den Ruf von Zauberern kamen. Allein die Großältern jetzt lebender Greise erinnerten sich, die Erdmännchen selber gesehen und noch neben ihnen im Felde gearbeitet zu haben. Das Heilbad im Dorfe Walterswil mit seiner kalten und seiner warmen Quelle gehörte damals noch den Zwergen, und daher rühren auch die Benennungen dortiger Wege und Plätze: Heidengaß, Heidenstube, Herdmandliloch. Am Eingange dieser letztgenannten Höhle findet sich rechter Hand sogar eine Art Felseninschrift; es sind vier Linien wunderlicher Charaktere, welche man theils für eine noch unerklärte Inschrift, theils für ein bloßes Naturspiel hält. (Fidel Villiger von Cham, Kant. Zug.)

Das lebhafte Verlangen der Zwerge nach Schweinefleisch, besprochen in den Aargau. Sagen 1, S. 337, deutet auf jene Periode der Urzeit zurück, da das Schwein vorzugsweise oder allein das Stallthier ausmachte und die Kuh noch nicht gehalten war. Die Ausgrabungen in den sogenannten Zwergenküchen ergeben eine große Menge Knochen wilder und zahmer Schweine, nie aber auch solche von Rindern. Es ist daher den Sagen geläufig, Zwerge auf Schweinen einher reiten zu lassen. In der Edda verfertigt der Kunstschmied Sindri den Goldeber Gullinbursti, indem er dazu eine Schweinshaut in die

Esse legt. Ein Sprichwort der Inselschweden heißt: Viel Geschrei und wenig Wolle, sagte der Schrat zu einem gesengten Metzelschwein. Rußwurm, Eibofolke 2, 131 Nr. 28. Weil die Zwerge mit metzeln helfen, so müssen sie sich auch aufs Einsalzen des Fleisches verstehen, und so erscheinen sie als die ältesten Salinenleute: Aargau. Sag. 1, Nr. 224. Im Salzgebirge entstehen durch das Auslaugen des Salzes innere Höhlungen, die soweit gegen die Oberfläche hinaufreichen, daß die Decke einbricht. Solcherlei theils bergmännisch angelegte Sinkwerke, theils willkürlich entstandene Einsenkungen nennt man Pingen. Der Oberpfälzer aber nennt diese um bairisch Velburg und Hemau häufig sich zeigenden Bodenversitzungen Felsengriengruben und hält sie für Löcher von Zwergen und Wichteln. Schriftl. Mittheilung von Minist. Secretair Gräßer in München. Daß dieselbe Meinung hierüber auch im Aargau gilt, zeigen die Erzählungen: Teufelsloch auf der Neuburgerhalde, und die Erdbiberli, in deren Höhle ein steinernes Salzfaß aufgefunden wird.

---

16) Die Zwergenkuh im Chraitel.

Der Bornberg, der sich von der Stadt Aarburg bis zur Stadt Olten am linken Aarufer entlang zieht, zeigt oben in seinem klüftigen Kamme eine so große Höhle, daß man sie vom Thale aus weithin genau unterscheiden kann. Sie heißt das Hexenloch und war vormals die Wohnung der Herdmännli gewesen. Diese winzigen Männlein waren von Gestalt und Gesicht schmuck und hübsch, und mit ihren kleinen blitzenden Augen konnten sie den Leuten bis ins Herz hineinschauen. Dazu waren sie heiteren Muthes, halfen am Lande bei aller Feldarbeit, wurden dafür auch bei keiner Sichellöse oder Flegelrecke vergessen, sondern vom Bauern zu derlei Mahlzeiten herkömmlich eingeladen, und wenn sie da bis zum Abend Alles mit ihren Kunststücken erheitert hatten, und es zum Heimgehen kam, beschenkten sie noch den Gastherrn und Jeden im Hause bis auf die Dienstboten hinab besonders. Und so war und blieb denn zwischen ihnen und den Leuten Alles lieb und gut, bis die weltbekannte Neugier des Weibervolkes diese Freundschaft aufhob. Denn da waren zwei Aarburger Mädchen, die stach ihr Wunderfitz gar zu sehr, und sie fanden alles auf der Welt begreiflich, nur allein dies eine nicht, warum doch diese guten Männlein mit ihren Mäntelchen und langen Röcken beständig die Füße bedeckt hielten. Darum kletterten sie den Berg hinauf, fiengen da an, den Felsenpfad, der vom Hexenloche in den Wald aufwärts geht, mit Chrüsch (crusca, Kleie) zu bestreuen und versteckten sich dann lauernd in den nächsten Busch. Es dauerte gar nicht lange, so kamen alle Erdmännchen zur Höhle herausgegangen, vertraut und paarweise wie Schulkinder, um miteinander zu spazieren. Aber was sahen nun die Mädchen! Nichts als lauter spindeldünne Ziegenfüße, die trippelten und wateten in der Kleie herum, und die Mädchen mußten darüber in ein helles Gelächter ausbrechen. Dies verdroß die Männlein so sehr, daß sie auf der Stelle verschwanden und hier nie wieder angetroffen worden sind. Sie giengen nun vom linken Ufer der Aare über die Oltner-Brücke auf das rechte herüber, wo jenseits des Städtchens damals noch die Geisfluh lag und in ihr ein hohler Felsen, welcher die Heidenküche hieß. Hier meinten sie, es besser getroffen zu haben. Allein bald wurde in Folge der Eisenbahnbauten diese ganze Ackerzelge ebengelegt und zugleich der Felsen mit weggebrochen. Also mußten sich die Zwerge nun zum Drittenmale eine ruhige Heimath suchen und wanderten von da weg wiederum bergan zu dem Bauernhofe Chraitel (Krähenthal), der am Fuße des Engelberges zwischen den zwei Heilbädern Walterswil und Lauterbach liegt. Dieser Hof, zur Solothurner Gemeinde Rothacker gehörend, ist heute noch eine Einöde oder ein sogenannter Steckhof, nur aus zwei Häusern bestehend. Hinter demselben liegt gegen den Wald hin ebenfalls eine Felshöhle, die abermals denselben Namen Heidenküche hat, und in dieser schlugen nun die Zwerge ihre Wohnung auf. Sie waren auch hier anfänglich umgänglich und dienstbereit; die Art aber, wie sie sich dafür bezahlt machten, gefiel den Leuten nicht auf immer. Sie schnitten nämlich jede Nacht einer andern Kuh des Bauern ein Stücklein Fleisch aus dem Leibe und brieten sichs. Dies aber schadete nicht etwa dem Thiere, sondern eine solche Kuh wurde darüber immer fetter und bekam ein ganz herrlich glänzendes Fell. Nur ein kleiner Flecken in der Haut deutete die Schnittstelle an und machte sich durch das Haar bemerkbar, dessen Strich hier nach rückwärts lag.

Aber im Stalle des jetzigen Hofbauern ist kein solch glänzendes Stüh Vieh mehr zu sehen; und wer da auf diesen Unterschied zwischen einst und jetzt bescheiden anspielt, dem erwidert der Mann trocken: schon zu seines Großvaters Zeiten seien die Zwerge in der Heidenküche immer stiller und zurückgezogener geworden und müßten wohl längst gänzlich verschwunden sein. (Stud. Schenker von Dänikon, Kant. Soloth.)

Die deutschen Götter besitzen Wunschthiere, deren Milch unerschöpflich ist, deren Fleisch, noch so oft verspeist, immer wieder nachwächst. Der Eber Sährimnir steht täglich gekocht auf der Tafel der Unsterblichen, und täglich ist er wieder heil und ganz. Doch diese Einbedingung scheint dabei angenommen gewesen zu sein, daß man des Thieres Haut und Knochen nicht mitverzehre. Gott Thorr, auf seiner Fahrt Abends im Bauernhause einkehrend, schlachtet da seine beiden Wagenböcke zum Mahle; der mitessende Bauernsohn schlürft gierig einen Röhrknochen aus, und des Morgens darauf hinkt einer der beiden Böcke beim Anspannen. Dieser Sagenzug ist sowohl in den Aargau. Sagen (1, Nr. 48. 49 und Seite 383) wie auch von J. W. Wolf (Beiträge 1, 89. Zeitschrift f. Mythologie 1, 214) mehrfach nachgewiesen und namentlich an der angelsächsischen, irischen und niederländisch-friesischen Heiligengeschichte aufgezeigt. Das gewirkte Wunder erstreckt sich anfänglich nur erst auf die Jagdthiere und es wird der Reihe nach erst Hirsch und (Stein-) Bock genannt; dann treten in den weiteren Erzählungen, statt der wilden, die Hausthiere hervor, wie sie dem Menschen unterthan wurden: Ziege, Schwein, Kuh, Ochse, Kalb und Roß. Der Unterschied verbleibt, daß in der nordischen Fassung dieser Sage häufiger das Schwein, dagegen in der süddeutschen vorzugsweise die Kuh genannt zu werden pflegt. Während also im dänischen Märchen (bei Grundtvig) dem Schweine ein Stück Fleisch ausgeschnitten wird und alsbald wieder nachwächst, schlachten in den Tiroler-Alpen die Zwerge des Bauern Kalb, das dann am andern Tage gleichfalls wieder lebendig und ganz dasteht bis auf jenes eine Stückchen Fleisch, von welchem der Bauer selbst gegessen hatte. Vernaleken, Alpensag. Nr. 134. Auch in der indischen Mythe scheint dieselbe Tradition bekannt gewesen zu sein. Von den seligen Geistern Ribhus heißt es, daß sie den Göttern wunderbare Kleinode und darunter die wiederbelebte Opferkuh geschmiedet hätten. Ein Preisgesang zu Ehren dieser Kunstschmiede sagt: Aus der Haut habt ihr die Kuh durch eure Lieder hervor gehen lassen, aus einem Rosse machtet ihr ein anderes Roß! Mannhardt, German. Mythen, 42.

---

17) Ende der Genoßsame zu Waldhausen.

Der Schanzenberg, der vom Kaiserstuhler Rheinthale sanft ansteigend stundenweit in das Zürcherische Bachsee-Thal hinüberstreift und dorten steil abfallend die Grenze des Aargauer- und Züricherlandes bildet, war ehedem der gemeinsame Weideberg einer Gaugenossenschaft gewesen, von der nun nichts weiter mehr als die geschichtliche Erinnerung übrig ist, die sich an drei getrennte Bauernhöfe knüpft. Das ist der Hof Thalmühle, nun Zürcherisch, und der Hof Hägelen auf aargauer Boden, jedoch beide im Züricher Dorfe Bachs pfarrgenössisch; der dritte ist der Bergweiler Waldhausen, jetzt der aargauer Gemeinde Fisibach zugetheilt, alle drei im Bezirke Zurzach. Bei dem letztgenannten Weiler steht noch die Ruine der Adelsburg, in deren Twing einst diese Freihöfe lagen; sie wurden von einander getrennt, als der adelige Hofbauer von Waldhausen so viele seiner Güter an das Stift St. Blasien im Schwarzwalde verschenkte, daß dieses aus ihnen die Probstei

Wislikofen errichten konnte. Aber auch diese gieng wieder ein, und rings um das noch vorhandene leere Probsteigebäude auf seinem Hügel droben hat sich ein eignes Dörflein Wislikofen angebaut. Noch eine Reihe anderer Höfe ist vorhanden, die zu den vorigen gehörten und noch gehören: Mühlebach, Bauernmühle, Lochmühle, Goldenbühl, Belchen, Böbikon, Imberg, Rütihof, Hasle. Sie alle haben sich eines gleich hohen Alters zu berühmen und wissen ihre Geschichte nicht blos auf die Tage der Ritter und Aebte, sondern bis auf jene Urzeit zurückzuführen, da noch die wohlthätigen guten Bergmännchen den Landstrich bewohnten. Diese hatten ihr Haus ganz in der Nähe der Thalmühle, in der großen Felsenwand des jäh abstürzenden Schanzenberges. Vom Thale aus sieht man in der Fluh die Erdmännchenhöhle wohl, doch niemand weiß, wie weit sie sich nach innen verzweigt, denn sie ist keinem zugänglich, als nur den Raben, die da brüten und schaarenweise ein und ausfliegen.

Als die Bergmännchen da droben wohnten, war ein solches Wohlleben im Lande, daß man jetzt noch davon erzählen hört. Kam der Mäher des Morgens auf die Matte, der Pflüger auf den Acker, der Schnitter ins Aehrenfeld, siehe, da fand er die Arbeit oft halb, oft schon ganz gethan. Der Fuhrknecht sah am Morgen die Rosse gestriegelt und gefüttert, die Magd ihre Wäsche herausgewaschen und zum Bleichen in die Sonne gelegt, der Bäcker den Teig geknetet und schon in den Ofen gestoßen, und dem Müllersknecht wurde die Nacht durch regelmäßig das Korn aufgeschüttet, ohne daß er sich umzudrehen hatte. Da brauchte der Fuhrmann nur anzuspannen, der Bäcker nur zu verkaufen, und Knecht und Magd konnte manches Stündchen länger schlafen, ohne daß einem was am Lohne abgieng. Die Leute waren aber auch erkenntlich für solche Hülfe. Die Bergmännchen bekamen manchen hübschen Wecken, sie durften manchen vollen Krug Most oder Wein mit forttragen, um ihn leer wieder zu bringen. So weit gieng das gute Einvernehmen gegenseitig, daß die Erdmännchen auch da und dort zu Stubeten kamen und den Kindern allerlei Spielzeug und Naschwerk mitbrachten. Auch ihre Neckereien waren artig und überraschend. Wenn ihnen ein Kind zu begehrlich entgegen sprang, sagten sie: Mach die Hand auf und die Augen zu und nun trags hinter in den Stubenwinkel! Das Kind that so, und obwohl es dabei sah, daß es nichts anderes als eine kleine Kohle bekommen hatte, schwieg es doch aus Scheu und kroch still ins Bette. Aber wenn es am Morgen die Kohle nehmen und zum Fenster hinaus werfen wollte, fand es einen Edelstein, der von nun an sorgfältig aufbewahrt, oder in einen Ehering gefaßt und oft bis auf die Neuzeit vererbt wurde.

Es hat jedoch von jeher unnütze Leute gegeben, die zur Unzeit über Alles nachgrübeln müssen, und zu diesen gehörte auch der junge Thalmüller. Wenn die Bergmännchen Abends bei ihm eintraten in langen Mänteln, die bis auf den Boden reichten, konnte er ihre Füße niemals zu Gesicht bekommen, ja sie thaten, als ob sie gar keine hätten, so leicht und geräuschlos war ihr Gang. Der Anschlag, den er nun ersann, gelang ihm freilich, jedoch bloß zu seinem eignen Schaden. Bevor die Erdmännchen wieder zu ihm kamen, hatte er Hausgang und Stubenboden bereits mit Mehl bestreut. Als er dann das Licht nahm und damit herum zündete, entdeckte er allerdings überall nur Spuren von Gänsefüßen. Aber ein solcher Mißbrauch des schönen feinen Mehls, der lieben Gottesgabe, sollte ihm schlecht bekommen. Von Stund an blieben die Männchen aus und mahlten ihm kein Mehl mehr, ja als er mit kommendem Frühjahr sein Vieh wie sonst auf den Schanzenberg zur Weide trieb, verlief es sich und stürzte über die steile Felswand zu todt. Niemand zweifelte damals daran, daß der Zorn der Bergmännchen das Unglück angestiftet habe, und ein jedes Kind, das die Felsen dorten kennt, weiß noch heut zu Tage davon zu erzählen. Die Erdmännchen sind ausgewandert, die Gaugenossenschaft hat sich zerschlagen, Ritter und Aebte haben die Höfe in Besitz genommen, zuletzt sind sie gar noch in zweierlei Religionen geschieden worden und nun auch an zweierlei Kantone vertheilt. (A. Schuhmacher v. Siglistorf.)

---

18) Das Goldloch auf der Schafmatt.

Ein Theil des Waldgebirges auf dem Jurapasse der Schafmatt heißt Rothholz. Es finden sich einige verlassene alte Erzgänge in den Schluchten. Eine derselben heißt Goldloch. Eine Goldader, so dick wie ein Sägebaum, soll den ganzen Berg durchziehen. Als ein Fremder sich von einem Erlisbacher Dorfknaben hier über den Berg führen ließ, sahen sie in der Röhre des Goldbrunnens, der bei dieser Höhle fließt, einen gelben Zapfen aus purem Golde hängen. Das Wasser, sagt man, fließe im Innern über Gold und ströme das Abgelöste fortwährend durch diese Röhre aus. Benachbart fließt der St. Laurenzenbrunnen beim gleichnamigen Bad an der Ramsfluh. In dieser letzteren haben die Erdmännchen ihre Wohnung gehabt. Wie sie dorten gehaust und gelebt haben, ist berichtet in den Aargau. Sag. Nr. 183. Folgendes soll ihre Auswanderung aus dem Gebirge veranlaßt haben. Ihrer zwei waren eines Tages nach Breitmoos an der benachbarten Solothurner Grenze in ein ihnen wohlbekanntes Haus gegangen. Die Hausfrau, eben mit Brodbacken fertig geworden, war nun an dem Wähenmachen, als die Zwei dem Hause nahten. Da rief eins der Kinder: Thut die Wähen weg, die Erdmännchen kommen! Darüber wurden jene so erzürnt, daß sie gar kein Haus mehr betraten. (Lehrer Jb. Roth v. Erlisbach.)

19) Zwergenrath an Mädchen.

Im Dorfe Remigen, Bezirks Brugg, kamen die Erdmännchen in ein bestimmtes Haus auf Besuch, in dessen Keller der unterirdische Gang mündete, von dem Herdmännliloch herabführend, das man noch droben auf dem Bützbergköpfli zeigt. Diese Besuche dauerten fort, so lange die Leute rechtschaffen, freigebig und friedfertig lebten. Als die Tochter des Hauses eben auf dem Wege war, um zum Tanze zu gehen, sagte ihr eins: Vreneli, blib du hübsch deheimen, me suecht die guete Chüe im Stal und nid uf em Märit. (Lehrer J. Vogt in Remingen.)

20) Heidenhaus in Zuzgen.

Heidenhäuslein heißt man eine Zelge im Gelände des Frickthaler Dorfes Zuzgen. Die Erdmännchen, die hier wohnten, pflegten den Bauern, die über Nacht den Pflug auf dem Felde stehen ließen, einen Kuchen sammt einem Messer drauf zu legen. Den Kuchen konnte man essen, das Messer mußte man liegen lassen. Nach einem solchen Frühstücke gieng das Tagewerk doppelt gut von statten und der Segen ruhte sichtbarlich auf dem Acker. Als der Bauer Kaister sich den unglücklichen Spaß machte und das Messer nicht mehr zurück gab, blieben die Erdmännchen aus, und die schöne Zeit der Kuchen war dahin. Man hat seit einem Jahrzehend auf dieser Zelge zu verschiedenen Malen Heidengräber aufgepflügt. Die vorgefundenen Gerippe waren groß, von gutem Zahnbau, mit kriegerischen Ehren bestattet, denn ein jedes hatte dreierlei Schwerter zur Seite liegen und am Ellenbogen des Einen fand sich ein sogenannter Nabel, eine eiserne schalenförmige Einfassung, die zur Schildbuckel diente. Zweierlei Lanzenspitzen aus Bronze und aus Eisen, Schnallen von verfaultem Riemwerk, und ein an beiden Enden zugespitzter Nagel von sechs Zoll Länge, in der Mitte mit einer Messingzwinge versehen, lagen dabei. (Lehrer Aug. Frisch in Zuzgen.)

---

21) Das Bruderhäuschen auf dem Wiedereck bei Effingen.

Der Wiedereck ist ein Berg vom Fuße bis zur Krone mit Reben bewachsen; er liegt beim Dorfe Effingen im Frickthal. Der Effinger weiß, was es heißt, im Frühlinge Grund in diese Rebgelände tragen. Doch im Herbst wird der saure Schweiß zu süßem Moste. Die Krone des Wiedereck's ist mit einem jungen Buchenwalde bekränzt, aus welchem die Amsel ihr herrliches Lied ins Thal erschallen läßt und bisweilen ein saftiges Beerlein wegschnappt. Durch das Gesträuch schimmert eine Felsenwand, eine Höhle in ihrem zerklüfteten Jurakalk wird das Bruderhaus genannt; der Eingang gleicht einem offenen Thore. Vorsichtig dringen wir gegen fünfzig Fuß ins Innere, das sich allmählich verengert, zuhinterst tröpfelt beständig klares Wasser in zwei Tropfsteinschüsseln. Links glauben wir ausgehauene Vertiefungen wahrzunehmen, ähnlich einem Backtroge. Herabgefallene Felsstücke dienen uns als Bänke zur kurzen Rast. Wir bemerken in der Nähe in kleinern Höhlen Geräusch. Es sind fette Dachse, die ihr Winterquartier einrichten. Das ist ein verlockender Ort für Wildschützen, wo sie aber oft magern Geldbeutel statt erwünschter Beute bekommen. Der Führer leitet uns durch einen zweiten Ausgang ins Freie. „Das ist das Bruderhäuschen," antwortet er unserer noch nicht ganz befriedigten Neugierde. Also ein Waldbruder hat früher hier gehaust. Wirklich scheint die ganze Einrichtung dazu geschaffen zu sein. Eine ähnliche Höhle findet man auch bei Brugg, welche an den Einsiedler Berthold Strobel erinnert. Erdmännchen und Erdweibchen, sagen Andere, haben diese Höhlen bewohnt. Das waren winzig kleine, geheimnißvolle Wesen. Kein Mensch konnte sie näher beschreiben, im Augenblicke waren sie da und im Nu wieder verschwunden. Aber gute Geschöpfe müssen sie gewesen sein; wer im Walde verirrte, den führten sie wieder auf den rechten Weg. Den hungrigen Arbeitern und Taglöhnern brachten sie Brod „z'Nüni und z'Abed." War die Arbeit bei anbrechender Nacht nicht vollendet, so machten sich die Erdweibchen daran und Morgens war sie fertig. Lag irgendwo ein Kranker, der ärztlicher Hülfe und pflegender Hände entbehren mußte, gleich waren die Erdweibchen da mit Tränklein, Tüchlein und Kanne; wurde ihnen ihr Geschenk nicht abgenommen, so giengen sie traurig fort. Sollte einem Bäuerlein Haus und Hof versteigert werden, so waren es die Zwerglein, die in der Nacht dem Bedrängten Geld zum Fenster hineinwarfen. Sie waren das Glück der ganzen Gegend. Wer aber mit dem Glücke sein Spiel treibt, verliert es. So ergieng es unsern Vorfahren. Sie fiengen an, die Erdmännchen zu verhöhnen. Ein Wunderfitz wollte wissen, wie sie auch Füße hätten, denn das konnte man ihrer Röcke wegen nie sehen; daher streute er auf den Fußboden der Höhle Asche, und es zeigten sich Entenfüße. Von diesem Tage an aber waren die Erdmännchen und Erdweibchen verschwunden. (A. Wülser, Lehrer in Zeihen.)

Die Zwerge sind besonders häufig mit Verfertigung von Schuhen beschäftigt oder zeichnen sich durch besondere Stiefeltracht aus. Wenn Grimm dies auf die metallschmiedenden Zwerge bezieht, da vom Metallschmied her der ältere Handwerksname des Schusters Schuhschmied hieß, so ist dies in etlichen Fällen richtig, doch nicht überall ausreichend. Der Zwerg auf dem Berge Graneckle trägt blecherne Stiefel. Birlinger, Schwäb. Sag. Nr. 52. So sind eben daselbst, Nr. 50 die guten Erdluitle beschäftigt, dem Dorfschuster alles, was von Stiefeln und Schuhen ungeflickt unter der Bank liegt, über Nacht herkömmlich fertig zu machen. Allein anderwärts dient dem Zwerg der Schuh als Längenmaß, ist Mittel der Besitz-Ergreifung und Symbol des ertheilten Fruchtsegens. Der Berggeist Schusterle bei Glurns bringt durch falschen Eidschwur, den er in derselben Form leistet, wie der Aargauische Zwerg Stiefeli, seinem Dorfe die fremde Gemeindewaldung zu. Zingerle, Tirol. SM. Nr. 262. Die Zwerge sind Acker- und Grenzgottheiten, nach ihrem Fußmaße bestimmt sich das Landmaß. Und wie es im Alten Testamente heißt „deine Fußtapfen triefen von Fett" (Psalm 65, 12), oder wie wir von den reifenden und gelben Streifen in Wiese und Kornfeld sagen: da ist der Alber drüber gegangen, so drückt der Zwerge Fußspur dem Lande, in dem sie wohnen, und über das sie wandeln, den Fruchtsegen ein. Daher hört aller Segen mit einem Schlage auf, wenn man neugierig ihre geheimnißvollen Füße, oder ihre Fußtritte in der vorgestreuten Spreu und Asche betrachten will.

22) Die Katharinenhöhle bei Zuzgen.

Auf dem linken Ufer des Thalbaches, zwischen Helikon und Zuzgen, erhebt sich der „Häulig,“ ein Berg, dessen obere Höhe ein hübsches Fruchtfeld ist. Sein nördlicher, oft sehr steiler Abhang ist ein Buchenwald von vielen Kalksteinklüften und Höhlen durchzogen, die man für Wohnungen der Erdmännchen hält; die Sage weiß nichts als Gutes von diesen Dingerchen zu erzählen. Sie waren äußerst dienstfertig, treu, den Menschen sehr gewogen, arbeitsam bei Tag und Nacht, so daß die Bauersleute am Morgen, wenn sie das Feld wieder besuchten, die reife Ernte geschnitten und die Aecker gepflügt fanden. Ja sie sollen den Landleuten oft sogar Kuchen an den Weg oder auf die Aecker gebracht haben. Nur mußte man die äußerst zierlich gemachten Messerchen und Gabeln, sowie die reinlichen Schüsseln bei Seite stellen, damit sie dieselben wieder behändigen konnten. Diese Sage war so tief in viele Gemüther gedrungen, daß vor etlichen Jahrzehnden noch eine wohlhabende Bauersfrau von Helikon, Namens Katharina, auf die Idee gerathen war, in den Höhlen und unterirdischen Wohnungen der Erdmännlein müsse eine Art von Seligkeit und himmlischer Wonne herrschen. Eines Abends wär die Frau verschwunden: Niemand konnte sich ihr Ausbleiben erklären. Es wurden vergebens Boten nach allen Richtungen ausgeschickt. Des andern Tags kam ein Bannwart oder Waldhüter und meldete, daß er in der Buchhalde in einer der Höhlen eine menschliche Stimme gehört zu haben glaube. Jetzt erinnerte man sich, daß die verschwundene Frau oft mit großer Vorliebe von jenen Höhlen erzählt hatte und wie es dort wunderschön zu wohnen sein müsse, Auf jener Stelle angekommen, hörte man nach langem Rufen ein klägliches Stöhnen aus der Tiefe, und man erkannte die Stimme der Frau. Eine Menge herbeigeeilter Menschen von Helikon und Zuzgen mit Schaufeln und Pickeln fiengen nun mit großer Vorsicht zu graben an, denn man konnte ihr nur mit Hinwegräumung des Schuttes von oben beikommen. Große Vorsicht war nöthig, um die unten Harrende nicht durch hinabrollendes Gestein vollends zu tödten. Ein großer Stein hatte sich unmittelbar über ihrem Kopfe verkeilt. In einer Tiefe von 30 Fuß traf man die Beklagenswerthe; auf dem Schooße trug sie noch Feuerzeug und Lichtstock, die sie von Hause mitgenommen hatte. Sorgfältig wurde sie herausgehoben. In der Dunkelheit der Nacht war sie hier durch eine Felsenspalte vorgedrungen, bis der Boden unter ihren Füßen wich und sie in die Schlucht hinunterrutschte. Sie war äußerst leidend und schwach und mußte auf einer Bahre nach Hause getragen werden, wo sie fünf Tage nachher den Geist aufgab. Seither ist dieser Ort die Katharinenhöhle genannt worden. (Ign. Waldmeyer in Waldbach.)

---

23) Das Neunuhrbrod am Steigfeld.

Auf dem Wege von dem Bergdorfe Hettenschwil nach Leuggern, wo die Aare ihrer Mündung in den Rhein zugeht, hat man die Waldungen der Mooshalde und das quellenreiche Gehölz des Stubenbrünnli zu durchwandern, dann führt der Pfad auf das Ackerland des Steigfeldes und man ist einem bewaldeten Hügel gegenüber, in dessen Abhang die Höhle der Erdmännchen liegt. Schwarzwälder, wie sie aus dem benachbarten Amte Waldshut auch jetzt noch in die Heu- und Kornernte auf den Taglohn ins Aargau herüber kommen, hatten einst wohl eine halbe Stunde nach Feierabend auf einem dieser Kornfelder fortgeschnitten und waren doch nicht fertig geworden; am folgenden Frühmorgen indeß, als sie wieder kamen, lag derselbe Acker bereits ganz geschnitten in Garben. Das sei eben das Nachtwerk jener Männchen, hieß es, die unter dem Steigfelde wohnten und nach der Abendglocke zur Feldarbeit herunter kämen, so oft ein Regen der Frucht oder dem Heu zu schaden drohe. Solches war dem Schwarzwälder Gesinde gar erwünscht zu hören, sie beschlossen sofort sichs zu Nutzen zu machen, und bestachen den Sigrist von Hettenschwil, daß er morgen eher als gewöhnlich die Abendbetzeit läute; damit sei ihnen ein heißer Tag verkürzt, die Zwerge würden die Arbeit schon fertig machen und man könnte diese Männchen dann einmal in ihrer wahren Gestalt betrachten. Nach Verabredung läutete der Sigrist am folgenden Tage die Abendglocke wohl eine Stunde früher. Eben erst hatte sich die Sonne hinter den Berg gelassen, es war noch heller Tag; da kamen die Männlein zusammen hervorgetrippelt und schauten nach allen Himmelsgegenden aus. Doch da war ringsum kein Wölkchen und kein Zeichen zu sehen, das auf kommenden Regen gedeutet hätte; und so, geblendet vom Tageslicht, giengen sie blitzschnell wieder in die Höhle zurück und haben sich seitdem nicht wieder täuschen lassen.

Wenn im Herbste das meiste Land schon gepflügt und besäet war, lag vielleicht ein einzelner Acker noch unbestellt dazwischen, weil dem armen Bäuerlein, dem er gehörte, sein Zugvieh erkrankt war. Da kamen sie in den Stall, fütterten und striegelten die Thiere, daß sie wieder gediehen, und nicht zufrieden damit, pflügten sie oft des Nachts dem Manne auch seinen Acker um. Ein andermal konnte es geschehen, daß er und sein Treibbube vom Morgen bis Mittag hinter dem Pfluge stand und Beide noch nichts als die längst verdaute Mehlsuppe im Magen hatten. Da trugen ihnen die Männchen das Neunuhrbrod aufs Feld, einen großgebackenen Waijen. Um diesen Kuchen für Zwei hübsch theilen zu können, brachten sie immer auch ein Messerchen mit, nicht größer als unsre Kindermesser sind, Hegel geheißen, deren eines einen Kreuzer gilt. Mit solchen kleinen schwachen Klingen geht das Zerschneiden eines braungebackenen Speckkuchen gar langsam, und der Treibbube, der gierig nach dem Leckerbissen sah, sagte vorwitzig zum Männchen: Wenn ihr doch stets so schlechte Krappenstecher habt, so gebt uns die Waijen lieber ganz, wir werden sie schon in Frieden theilen, anstatt da die Zeit mit Zuwarten zu verlieren. Bedauerlich schaute das Männchen den Gernklug an und gieng hinweg. Woher nehmen sie aber auch ihre Waijen, fuhr der Bube fort, da sie ja kein Korn pflanzen? Und der Bauer erwiderte: Hast du denn nicht von den Schnittern gehört, daß in der Ernte ein großer Theil unsrer Halme ohne Aehren ist, weil die Zwerge sie für sich abkuppen? Donner, sagte der Bube, da haben sie's leicht einem um neun Uhr einen Bissen Schleckwaare zu bringen, wenn sie die geschlagene Nacht das Korn vom Acker stehlen. Aber ich will noch heute mit dem Feldhüter Wache halten und den Dieben von meiner langen Schaafgeißel eins zu versuchen geben!

Kaum war dies Wort heraus, so hörte man den Scheucheruf des davon gegangenen Erdmännchens. Auf dies Zeichen sah man seine Kameraden rings aus den Fluren ihrer Höhle zuspringen, und seitdem scheinen sie die Gegend ganz verlassen zu haben.

Die Bemerkungen, welche S. 30—32 dieser Schrift über den Bilmeßschnitt gemacht sind, finden in dieser Zwergensage eine augenfällige Bestätigung. Wo der Zwerg unter der Furche des Feldes wohnt, da dringt sein unterirdisches Schmiedefeuer mit reifender Kraft in die droben stehende Saat; so weit geht dann ein rothbrauner Grasstreifen durch die Matten, ein gelber Kornstreifen durch die Frucht, in der Breite einer Heerstraße, in der geraden Richtung einer Kegelbahn (vergl. Aargau. Sag. Nr. 113. 440). Nach etruskischer Sage ist der Zwerg Tages der ausgeackerte Enkel Jupiters, und von ihm haben die Menschen die Weissagungskunst erlernt. Cicero De divinatione II, cap. 23 fügt bei, er habe Kindesgröße und Greisenklugheit gehabt. Unfern dem See qui pliau (Fels, welcher weint) im Waatlander Thale von Thomay, oberhalb des Schlosses Chatelard, haben die Feen gewohnt und noch befinden sich dorten ihre Backöfen. Im Thälchen bei Bex wohnten sie auf der Staubmühle, le moulin de la poussière, es gab auch unter ihnen, der Ormonder-Sage zu Folge, solche von mohrischer Gesichtsfarbe. Man konnte sie durch hübsch bebänderte Schuhe anlocken. H. Runge, in der Zeitung Bund 1857, Nr. 230—234.

6.

Waschende Jungfrauen.

1) Die Rosenkranzjungfer bei Hägglingen (Freien Amt).

Hau nennt man den rechtsliegenden Waldsaum an der Straße, welche von Hägglingen nach Wohlenschwil führt. Hier ist ein altes Kreuz aus Tannenholz aufgerichtet ohne einen andern Schmuck als einem alterschwarzen Crucifixbildchen, das im Mittelpunkte, wo sich die Balken schneiden, hängt. Der Querbalken ist beinahe vermodert, der Kreuzesstamm aber obschon neuer, auch mehrfach ausgestückt und nachgeflickt. Diese theilweise Erneuung rührt von einem habsüchtigen Bauern her, der das herrenlose Kreuz einmal wegschleppte, daheim den Stamm klein zu spalten anfieng und nach und nach in den Ofen warf. Damit aber hatte er sich eine Reihe von Ungemach ins Haus gebracht. Sein Leib verfiel und wurde schwach, als ob ihn Jemand Tag und Nacht geritten hätte, der Sturmwind drohte sein Haus niederzureißen. Er sah seinen Frevel ein, zimmerte zu dem noch unverbrannten Querbalken einen neuen Stamm und setzte das Kreuz wieder an den alten Straßenplatz zurück. Hier muß es dazu dienen, die Leute vor dem Gespenste der Rosenkranzjungfer zu behüten. Diese war einst ein Mädchen aus dem Dorfe Hägglingen und that ihrer Eitelkeit damit ein Genügen, daß sie sich in den Ruf besonderer Frömmigkeit zu setzen wußte. Sie trat an die Spitze eines solchen Jungfrauenvereins, den man Rosenkranzgesellschaft nennt, weil er durch eifriges Abbeten des Rosenkranzes die Jungfräulichkeit Mariä in ausgedehntere Verehrung zu bringen wünscht. Allein jenes Mädchen selbst lebte keineswegs jungfräulich und als sie vorzeitig Mutter wurde, tödtete sie ihr Kind und verscharrte es hier im Walde. An derselben Stelle wurde sie dann später hingerichtet. In schönen Gewändern, einen Blumenkranz im Haar pflegt sie hier sich sehen zu lassen; wer aber ihrer spotten will, der fühlt sich plötzlich wie gefesselt an den Füßen und mit kalter Hand in den Rücken geschlagen. Entrinnt er, so kommt er doch fieberkrank heim. (Laurenzius Borner von Hägglingen.)

---

2) Das Müserifraueli in Maiengrün.

Der obere Theil der Waldung Maiengrün, zwischen Hägglingen und Megenwil gelegen, wird Ofeholz genannt. In Mitte desselben führen die altüblichen Fußwege auf einen hübschen Wiesenplatz; er ist ringsum mit Dornsträuchen gegen den Hochwald hin abgegrenzt. Aus dem sammetgrünen Rasen entspringt das Brünnlein des Müserifraueli oder Moosweibes. Die Quelle ist überreichlich mit Brunnenkresse und Kuhblumen umwuchert; ein Felsblock liegt dabei, den man nach seiner Klüftigkeit für einen Ofen angesehen hat und so trägt die Waldung von ihm den Namen Ofenholz. An diesem Brünnlein soll die mächtige Burg einer volkreichen Stadt gestanden haben, deren Mauern und Thürme über den ganzen Bergrücken hinab gegangen sein sollen. Sie hieß Baumgarten. Nach ihr wird ein Theil des Dorfes Hägglingen noch die Vorstadt genannt. Man läßt sie durch einen wilden Eroberer bis auf den Grund gebrochen oder durch ein Erdbeben verschüttet werden. Aber alle diese Mauern erheben sich wieder und wachsen himmelhoch empor, wenn ein Unberufener Nachts dieses Weges geht; sie drohen ihn von allen Seiten einzuschließen und er kommt nicht anders aus der Klemme, als indem er seine Tabackspfeife anzündet. Auch vielerlei große schwarze Männer wandeln umher. Die Wiese gehört dem Moosfräueli und an der Quelle wäscht sie bei Nacht ihre Kleider. Der Wald Maiengrün aber ist Eigenthum des Stifelirüters, der ihn wie sonst auch heute noch im Auftrage des Klosters Muri behütet. Zu diesem Zwecke umreitet er ihn, wendet sich hierauf nach dem Dorfe Hägglingen, wo er an einem alten Bauernhause Halt macht, sein Pferd füttert und tränkt, selber ein wenig ausruht und dann weiter hinauf ins Freienamt zieht.

---

3) Das Heumütterli bei Niederwil.

Auf dem Isenbühl, einem steilen Abhang nordwestlich vom Dorfe Niederwil, ist ein Kloster von der Erde verschlungen worden, so daß dasselbe nun unter der Riedmatte versunken liegen soll, einer sumpfigen von einem Bäche durchflossenen Wiese, welche am Fuße des Abhanges ist. Der Eigenthümer des Mattlandes hat zu verschiedenen Zeiten hier Mauertrümmer, sogar modernde Pergamentstücke und erst noch im Jahre 1852 ein walzenförmiges Gefäß aus dem Boden aufgegraben. Das Gefäß war kupfern, einen Fuß Höhe und einen halben im Durchmesser haltend. Es war durchaus mit Geldstücken angefüllt, von verschiedener Größe und Form, dick, eckig, gehöhlt, von rauhem Gepräge, ohne alle Schrift und Zahl. Die meisten Stücke zeigten die Figur eines Mannes, oder eines Thieres; weil aber nur gegen zehen darunter von Silber waren, so vertheilte man das Geld auf der Stelle unter die Arbeiter und andre aus Neugier herbeigekommene Leute. Und so könnte man vielleicht bei den Bauern in Niederwyl und Nesselnbach noch ein und das andere Stück davon finden. An diese Wiese und den Berghang Isenbühl stieß sonst ein Wald. Da man ihn vor etwa siebenzig Jahren vollständig niederschlug, sah ein Theil der Holzhauer hier ein uraltes Weibsbild durchs Dickicht gehen, das kurze Kleider, einen breiten Hut, am Arm ein Körbchen und in der Hand einen Rosenkranz trug. Zur gleichen Zeit kam ein ähnliches Weib zu zwei Holzhauern her, die eben ihr Abendbrod verzehrten, und setzte sich, ohne ein Wort zu reden, zwischen beide hinein. Die Arbeiter sahen sich staunend an, wagten aber gleichfalls nicht, sie anzusprechen, und so verschwand sie wieder und zwar unter einem starken Pferdegetrappel. Das war das Heumütterchen. Die Namen der beiden Arbeiter, denen dies begegnete, weiß man im Dorfe noch zu nennen. (Seminarist Stephan Seiler von Nesselnbach.)

Vorausstehende Erzählungen stammen aus einem katholischen Landstrich, tragen also auch eine confessionelle Färbung. Der umgehende Geist hat den Rosenkranz zum Gebet in der Hand, oder den Haarschmuck des Rosenkränzleins auf dem Haupte, wie es Jungfrauenvereine zu Mariä Ehren zum Kirchgang zu tragen pflegen. Diese Rosenkranzjungfern sind die Frau Holle mit dem Schlüsselbunde und der Wunderblume. An ihrer Höhle auf dem Sachsenstein wächst ein Blümchen; wer's auf den Hut steckt, kommt damit durch verschlossene Bergthüren zu lauter Gold und Silber. Als einem Schäfer dies gelingt und er im Berge den Hut abzieht, um ihn mit Gold zu füllen, entfällt ihm vom Hute die Lilie, und da er ohne sie fortgeht, schlägt ihm die Bergthüre fast die Fersen ab. Das Gleiche geschieht einer Cantorsmagd, als sie den ihr überreichten Rosenkranz vom Kopfe nimmt und auf den Goldschrank ablegt. Pröhle, Harzsag. 1, 211. 298. Mithin sind unsere Rosenkranzjungfern nach der mythischen Wunsch- und Schlüsselblume zubenannt; ihr kirchliches Schäppelein tragen sie statt der Erlösungsblume, statt des „Vergiß- das Beste nicht!" Vgl. Aargau. Sag. Nr. 123. 124. Die hessische Frau Holle theilt fleißigen Mädchen vollgesponnene Spindeln aus, denn sie steht dem Flachsbau und der Webekunst vor; faulen aber verwirrt sie den Spinnrocken und zerzaust ihnen das Haar. Daher nennt man in Hessen Leute mit verworrenem Haar hollerig, verhollert, Hollerkopf. Lynker, Hess. Sag. S. 18. Haar heißt Flachs, Haarwäsche ist das Flachsrösten, daraus entsteht die Meinung, Frau Holle verwirre und zersause die Hauptthaare. Auch wir in der Schweiz nennen einen struppigen Haarwuchs Heuel, d. h. Hollenkopf, und das Spinnmütterli heißt uns zugleich Heu'lmütterli, endlich Heu'mütterli. Während der Ehefrau zu Ehren die von ihr vorgesponnenen Flachsreißen sonst kirchlich hergezeigt wurden, so in der Kirche zu Havelte (Wolf, DMS. Nr. 472) macht nun das Mißverständniß aus ihr eine über ihre Geschlechtssünden heulende Rabenmutter und Kindsmörderin; eine über ihren Handwerksbetrug winselnde, den falschen Maßstab unter dem Arme tragende Lohnspinnerin. Der Rockenstiel verkehrt sich schließlich sogar in den Ellenstab, die Göttin in einen betrügerischen Bauernschneider. (Nr. 15.) Doch auch dieser noch muß den Wanzengraben beherrschen, wie Frau Holle die Bäche und Quellen. Sie heißt in Kuhns Nordd. Sagen Frau Harke und hat den eignen Weg und Steig, den Harkengrund und Harkenstieg, auf welchem sie zum See geht, um Wasser zu holen. Dies heißt aber in der Sprache des Alterthums: diesen Weg fährt sie zum Bad in den ihr ohne Zweifel geheiligten See. Wolf Beitr. 2, 164. Dies läßt sich erweisen. Eine Frauengestalt steigt vom Kirchhofe zu Thun, der hoch oben bei der Bergkirche liegt mit seiner weltberühmten Aussicht, die langen Kirchentreppen herab in die Stadt, geht die Stadtlauben rechts hinab bis zum Kronenwirthshaus im Untergäßli und verschwindet am Mühlibach. Hart daran ist der See. Ihr fortdauerndes „Geheul" weckt die Leute aus dem Schlafe. Man hält sie für den Geist einer Kindsmörderin (Frau Roth-Gaffner aus Thun). Die Rittерstochter auf Castelen im Aargau hatte in ihrem Hochmuth eine ganze Schaar von Freiern abgewiesen und ergab sich zuletzt einem Knecht niedriger Abkunft. Das Kind, das sie ihm gebar, ertränkte sie im Schloßbache. An diesem hört man sie bald schreien, bald beten, als ob guter und böser Wille miteinander in ihr rängen, und wenn so ihre große weiße Gestalt vom Berg herunter steigt, spricht sie die Worte „Vater unser, der du bist Bapperlabab!" (Seminarist Sam. Bryner von Mörikon.) Im Walde Bremgarten, der zur Stadt Bern gehört und eine große Halbinsel an der Aare macht, liegt der wegen seines Quellenwassers von Spaziergängern viel besuchte Glaßbrunnen. Das zunächst im Boden anstehende Grundgemäuer deutet man auf ein einstiges „Jagdschlößli". Die Wilde Jagd geht mit großem Halloh um Ostern und Weihnachten hier durch. Der Jäger schleppt in grüner Schürze Geld zum Austheilen mit, seine Hunde sind dreibeinig. Allein zugleich spült dann eine Jungfrau in alter Landestracht Schüssel und Geschirr am Brunnen, alles pures Gold und dem zu eigen, der sie erlöst. (Mündlich.) In Birlingers Schwäb. Sag. Nr. 81 ist es das Burrenwible, vom Tode seines Kindleins singend und Windeln aufhängend. Noch verkommner ist die Gestalt in Schöppner's Bair. Sagb. Nr. 1282: Beim Wildbrünnlein der Grenzstadt Furth vor dem Walde wohnt die lange Agnes mit Bürste und Stahlkamm. Sonst hat sie hier an Feiertagen ihre Wäsche am Bache geschwadert, jetzt taucht sie die Leute ins Wasser, bläut und zwagt sie, daß Haut und Haar abgeht.

---

4) Bachmaidli im Uriwinkel bei Veltheim.

Die Hohle Gasse nennt man jenen Theil des Weges zwischen den Juradörfern Auenstein und Veltheim, bei dem die Veltheimer-Straße gegen das Schloß Wildenstein hin ausmündet. Dorten am Scheideweg bei einem vereinzelt stehenden Hause kommt mit jedem Vollmond eine weiße Frau daher mit einem Kindlein im Arme. Hier schägt sie den Fußweg ein, der erst einem Wildbächlein entlang, das im Sommer meistentheils trocken liegt, und dann über das Feld der Rüschmatten hingeht. Hier, wo das Wasser in eine Schlucht abfällt, Namens Uriwinkel, steigt das Weib hinunter, kommt dann auf dem unterhalb liegenden Mattlande der Bös-Au wieder hervor und wendet sich dem mit Gestrüpp überwachsenen Schachen des Aarufers zu. Am Strome angelangt, wirft sie ihr Kind in die Aare. (Erzählt vom Fergen an der Aare zu Auenstein.)

Man fügt bei, das Bachmaidli habe ihr neugebornes Kind zerstückelt und in den Veltschenbach geworfen, der von Thalheim über Schinznach in die Aare geht; windelnwaschend ruft sie:

O hätt i numme das nit tho,
So wär i jetzt i Himmel cho!

Dieses Maidli wird wohl unterschieden von dem Veltheimer Dorfthiere, welches in Gestalt eines Schweines in demselben Veltschenbache umhergeht.

---

5) Der Kindsschrei in Oberkulm.

In der Gemeinde Oberkulm führt von dem Dorftheile, der Im Obersteg heißt, ein Fußweg westwärts bergan zu einem Schutthaufen, welcher das Ueberbleibsel einer alten Wohnstatt ist. Als man dies Haus auf den Abbruch verkaufte, räumte man nicht alles Gestein mit weg, sondern ließ zur Vorsicht gerade soviel am Platze, als einem unsaubern Geist zum Unterschlupf nöthig ist. Fährt man aber alles Baumaterial mit fort, so schafft man sich damit den alten Hausgeist in den Neubau hinein. Von diesem

Steinhaufen her hören die zunächst wohnenden Bauern bisweilen nacheinander drei laute Schreie, als ob ein Kind schmerzhaft in den letzten Zügen aufschriee. Ein älterer Bauer aus der Nachbarschaft kennt dieses Wehegeschrei gleichfalls und giebt an, das sei der Angstruf von des Seckelmeisters Kind. Ein Seckelmeister habe vor langem sein Haus an jenem Steinhaufen gehabt und es allein mit seinem unehlichen Kind bewohnt. Eines Tages gieng er mit diesem in den oberen Berg hinauf, wo zur linken Seite des steilen Pfades ein Stück Land liegt, das ehemals, als hier der Weidgang noch nicht abgeschafft war, das chli Weidli hieß und nun Eichenrain. Die Stelle ist bis auf eine Lücke rings von Wald umgeben und wird in ihrer einzigen Lichtung noch durch einen hohen Hügel verdeckt, so daß sie ganz einsam liegt. Der Mann hatte Haue und Schaufel mit genommen und grub hier ein Loch. Auf des Kindes Frage, wer da hinein müsse, sagte der Vater, „das Hündlein." Als er das Loch fertig hatte, ließ er die Schaufel hinunter fallen und befahl dem Kleinen, sie wieder herauf zu holen. Während das Kind hinab stieg, schlug es der Vater mit der Haue todt und scharrte das Loch zu.

Der aus Wald und Einöde plötzlich herschallende Kindsschrei deutet auf Witterungswechsel, verkündet Regen oder Schnee. Aargau. S. 1, Nr. 109. Das Gewitter sammelt sich an den Gebirgsfelsen, in denen der Kleinkindertrog steht (ibid. 1, Nr. 77), und kommt mit den Quellen und Waldbächen zu Thale, in denen Frau Holle wohnt und die wiederum Kleinkinderbrunnen sind. Die Schwarzwäldersage vom Kinde Dolder, das man nach einer allgemeinen Fluth auf der Dolde eines Baumes fand und nach dieser zubenannte, erinnert an die sächsische Stammsage, wornach das Menschengeschlecht auf den Bäumen (des Harzgebirges) gewachsen ist. Aus diesen Verhältnissen erklärt Kuhn, Westfäl. Sag. 1, Nr. 274: daß Wald und Baum, Fels und Berg, Brunnen und Teich Ausdrücke seien für Wolke und Wolkenbild.

6) Das Lirenkind.

Zwischen den Dörfern Ober- und Unter-Siggingen liegt am Abhange des Siggingerberges das kleine Wäldchen Lirenhölzli, östlich und westlich von Weinbergen umgeben. Alljährlich vor jeder heiligen Zeit hört man hier in der Liren (so nennt man verschiedene Fluren, von latein. lirare, die dritte Wendung und Pflügung des Bodens bezeichnend) ein Kindsgeschrei, und deutet es auf die Seele desjenigen Kindes, das hier von einem Mädchen über der Arbeit im Rebberge geboren und sogleich ermordet worden ist. Die Verbindungsstraße der beiden Dörfer führt an diesem Ort vorbei, und die von ihren Nachtbesuchen heimkehrenden Kiltgänger wissen also wohl von dem Lirenkindli zu erzählen; auch der Nachtwächter ängstigte sich über dieses Jammergeschrei dermaßen, daß er beim Pfarrer zu Kirchdorf Hilfe suchte. Auf dessen Rath geht er seitdem mit gezogenem Säbel an der Stelle vorüber, denn nacktes Eisen hält die Geister ab. (F. J. Keller, Lehrer in Unter-Siggingen.)

7) Fraufasten bei Gränichen.

Bei der Bleienbrücke in der Gemeinde Gränichen war früher ein Weiher, der jetzt entsumpft und mit Erde zugefüllt ist. Ein weißgekleidetes Weib trägt ein Kind auf den Armen hierher und thut, als wenn sie es in den Weiher werfen wolle. Dann fängt sie jämmerlich an zu schreien. Sie ist im Neumond und in den Frohnfastennächten sichtbar.

8) Die weiße Frau in Zurzach.

In Zurzach steht fast inmitten des Fleckens ein Haus, genannt das weiße Rößli. Der Eingang in dasselbe führt durch ein kleines Vorbergebäude, welches ehemals zur Meßzeit als Magazin diente. Um Mitternacht vor hohen Festtagen, so berichtet die dortige Waschfrau Magdalene, schreitet eine hohe schneeweiße Frau aus diesem Vorhöflein heraus und begiebt sich zum sogenannten mittleren Brunnen auf dem Markte. Hier spült sie ihr Weißzeug aufs sorgfältigste, und stolzen Ganges kehrt sie auf den Vorhof zurück. Wenn eine reine Jungfrau sie beim Brunnen anreden möchte, so würde sie erlöst sein. Und dies müsse wohl geschehen sein, heißt es, denn seit manchem Jahre hat man „die weiße Frau" nicht mehr gesehen. (Mitgetheilt von Hr. Lehrer Herzog in Aarau.)

9) Das Wäscherli bei Birri.

Der Wäschebach entspringt in einer bewaldeten Bergmatte des Dorfes Birri im Freien Amte, bewässert die Wiesen von Aristau und mündet nach kurzem Laufe in die Reuß. Seinen Namen hat er von dem ehemaligen Brauche der Birrer-Weiber, alle ihre

Wäsche in ihm zu waschen; und noch jetzt frischt man in ihm die Schwellen und Balken, die zu dieser Arbeit dienen. Die jetzigen Waschhäuschen im Dorfe sind also noch nicht alt. Man hat sie angelegt, seitdem die Frauen eines Gespenstes wegen sich nicht mehr zum Bache wagten. Dies ist das Wäscherli. Am häufigsten zeigte es sich im Frühling und im Spätherbste, und Jedermann scheute sich dann den Weg am Bache zu gehen, denn dann war es am bösartigsten. Unter der dorten stehenden Eiche saß es weiß gekleidet und fiel die Leute an. Ein starker Bursche hat vergebens sich in einen Ringkampf eingelassen, er erkrankte darauf und konnte kaum vom Tode gerettet werden; einem alten Mann sprang es dorten auf den Rücken und verließ ihn nicht eher, als bis er sein Haus erreicht hatte. Er starb darauf nach wenigen Tagen in Fiebern. (Jos. Küng.)

---

10) Schloß Reifenstein in Baselland.

Am Berge von Reigoldswyl nach Titterten zu steht die Ruine Reifenstein. Dort läßt sich einmal im Jahre am Stillen-Freitag eine Jungfrau mit einem schwarzen Hündchen blicken. Als sie einst einem armen Manne von Arboldswyl einen großen Schatz ausgebreitet hinlegte, wollte sich dieser die Sache so bequem als möglich machen und gieng schnell in die gegenüberstehenden Gebüsche, um sich Tragstecken zu seiner reichen Last zu schneiden. Ebenso schnell kam er zurück, stürzte über Baumwurzeln, und da er ärgerlich in Flüche ausbrach, war von einem Schatze keine Spur mehr vorhanden. Auch wäscht sich die Jungfrau alljährlich im Brünnlein drunten in der Wiesen-Ebene, und wiederum gelangt der zu ihren Schätzen, der sich dann nicht fürchtet, ihr die Zöpfe aufzuflechten und das wallende Haar zu strählen. Aber nicht bloß ihre Augen funkeln alsdann und blitzen, sie fängt auch an, Feuer zu schnauben, während der Erlöser ihr die hellen Flammen aus den Zöpfen kämmen muß.

---

11) Die Waschfrau am Frenkenbach.

An der ersten Brücke, die der Frenkenbach im Reigoldswyler Thale hat (Baselland), liegt ein mit Wald bedeckter Hügel, und dies ist der Platz, wo ein Weib, so oft der Mond voll ist, allnächtlich Wäsche hält. Unreinlichen Leuten, die sich die Mühe nicht nehmen wollen, ihren Kindern die Betten frisch zu überziehen, holt sie unvermuthet Windeln und Leintücher aus dem Hause, und wäscht sie ihnen blüthenweiß. Dann erhält die nahe Wiese, auf der sie die weißen Laken zum Trocknen ausbreitet, wenn der Mond plötzlich über den Berg herauftritt, ein so wehendes und lebendiges Aussehen, daß jeder mit schnellem Schritt und abgewandtem Gesichte vorübereilt.

Ein Mann, der Abends noch mit den Seinen vor dem Hause saß, sah, wie dasselbe Weib mit zusammengerafften Tüchern eben zu seiner Hinterthüre hinauseilen wollte. Er sprang ihr nach und erreichte sie bei jenem Buchenhügel am Bache. Hier aber überschüttete sie ihn mit solchen Strömen Wassers, daß er triefend und beschämt zu seinen Leuten zurückkam.

Im Waatländer Dorfe Renens, bei Lausanne, spukt in der Blancherie ein Kobold, der den Leuten, die zu einer ungehörigen Stunde die Wäsche buchen, siedendes Wasser ins Gesicht spritzt. Vulliemin, Cant. Waat 2, Abthl. 2, S. 170.

12) Die weiße Frau von Wartenstein (Kant. Bern).

Wenn man von Sumiswald nach Langnau geht, und dann von der Landstraße rechts abschwenkt, so kommt man auf einem kleinen Umweg nach Lauperswil. Ueber der Zollbrücke drüben sieht man oben auf dem Kalchmattenberge die Ruine des Schlosses Wartenstein. Es ist ein verwitterter viereckiger Thurm, dessen eine Seite eingestürzt ist, das übrige Grundgemäuer liegt im Verstecke schöner Buchen und Tannen. Zwischen inne sieht man eine runde Einsenkung durch Schutt ausgefüllt, dies ist der Sodbrunnen des Schlosses gewesen.

Hier lebte der letzte des Geschlechtes von Wartenstein, ein bejahrter Mann. Er hatte außer seiner sehr hübschen Tochter niemand als einen weitläufigen Verwandten bei sich, einen von Weißenfels, den er zum Adoptivsohn angenommen hatte. Im übrigen lebte er mit einer nur geringen Dienerschaft zurückgezogen und stille, und kümmerte sich, anstatt um Welthändel und Ritterfehden, nur um seine Bauern im Thale, die mit großer Liebe ihm anhiengen.

Trotz der Entlegenheit des Schlosses und dem bescheidenen Leben der Familie, war die Schönheit des Schloßfräuleins doch weitum bekannt, und der wilde Ritter von Brandis, der im Emmenthal seine Burgen hatte, warb um sie. Man konnte dem Mächtigen nichts abschlagen, und so verlobte man ihm das Mädchen. Darüber verfiel der von Weißenfels in den tiefsten Gram; er nahm brieflich von Vater und Tochter Abschied und zog noch in derselben Nacht ab. Allein des Fräuleins Thränen waren vor Brandis nicht unbemerkt geblieben, er gerieth in Eifersucht, ritt dem Abziehenden nach, überwältigte ihn und brachte ihn verwundet in sein Schloß, um ihn hier im Kerker hinsterben zu lassen. Jedoch des Freiherrn Schwester verband den Armen, speiste und pflegte ihn und war ihm zuletzt, während der Abwesenheit ihres Bruders, auch zu seinem Entkommen behülflich.

Inzwischen hatten sich aber Wartenstein und Brandis entzweit, und letzterem wurde die Verlobte wieder versagt. Jetzt belagerte er ihr Schloß und stürmte es endlich. Als der Alte die Feinde eindringen sah, stürzte er sich mit seinem Kinde in den Sodbrunnen. In diesem Augenblicke betrat der stürmende Brandis den Burghof und sah die Unglücklichen versinken. Während ihn der Schrecken übernahm, kam ein Pfeil durch sein Helmvisier gezischt, und auch er sank todt zusammen. Ein treuer Diener des Wartensteiners hatte den Schuß gethan. Das angezündete Schloß brannte vollends nieder. In jener verschütteten Grube, wo einst die Oeffnung des Brunnens war, erhebt sich jetzt in mondhellen Nächten die Gestalt der weißen Frau und schwebt zwischen den Bäumen. (Mitth. von Ed. Scheidegger von Huttwil.)

---

13) Das Nachtfräulein in Näfels, Kant. Glarus.

Das Nachtfräulein in Näfels war bezaubernd schön und stellte sich des Nachts auf alle Gassen und Wege, wo nur immer ein Bursche vorüber gehen mußte, der auf den Nachtbesuch zum Schatz wollte oder wieder davon herkam; es stellte sich ihnen mitten in den Pfad, verschwand auf einen Augenblick, wenn man ihm zu nahe trat, und stand ein paar hundert Gänge entfernt abermals da. Die Kiltgänger waren endlich räthig geworden, es zusammen einzufangen, und zu diesem Zwecke spannten sie Nachts Seile über die Straße, um es im Entspringen wenigstens zu fällen. Allein das Nachtfräulein wußte um solche Bosheiten schon im voraus und übersprang alle Seile mit leichter Mühe; ja es machte sich aus solchen Nachstellungen ein bloßes Gaukelspiel. So dauerte es mehrere Jahre, bis das wunderliche Ding einmal in den Dorfbach springen mußte. Hier ist es so gänzlich verschwunden, daß man es seither nie wieder erblickt hat. (Mündlich.)

---

14) Magdhildenbrünnlein bei Dingten.

Auf dem kleinen Berge, auf dem das Schloß Dingten gestanden hat, sprudelt ein silberheller Quell aus dem Fels hervor, er kommt aus einem See im Innern des Berges, den lauter Jungfrauen bewohnen. Eine derselben ist die schöne Magdhilde, die mit dem Laufe der Quelle hinab ins Thal lustwandelt und dorten jede Nacht sich badet. Daher trägt auch das Brünnlein selber ihren Namen. Ehemals pflegte sie da den Landleuten zu zuwinken, als wollte sie ihnen alle erdenklichen Schätze bieten. Doch diese, welche sich bei Tage nur mit Befangenheit der berufenen Stelle nähern, entflohen vor der nächtlichen Erscheinung. Seit einigen Jahren soll sich die Jungfrau nur dann noch am Brunnen blicken lassen, wenn anderes Wetter eintreten will. (Seminarist Jak. Matter von Wittinsburg in Baselland.)

Schon der Name Magdhilde deutet auf die Kirchenlegende von den eilftausend Jungfrauen, die mit der heiligen Ursula den Rhein befahren haben. Deshalb behauptet die Sage, lauter Jungfrauen bewohnen den See im Innern des Berges. Verwandtes erzählt man im Weiler Langrüti im Kanton Zug; er liegt an der Landstraße nach Luzern, nahe bei Cham. Im Walde Langholz daselbst fließt der Jungfernbrunnen mit klarem kalten Wasser. Die Quelle entsprang, um den Tod zu bezeugen, den hier drei Jungfrauen erlitten von der Hand eines Zwingherrn. (Mündlich aus Hünenberg.) Nicht also ins Wasser stürzen wollen diese Jungfrauen ihr Kind, sondern aus dem Wasser der Hollenteiche und der Kleinkinderbrunnen wollen sie die Neugeborenen holen und den Aeltern überbringen. Daher unser Glaube, daß die Ammenfrau die kleinen Kinder aus den Teichen hole; daher der bekannte Kinderreim über sie: „Geht damit nach Hollabrunn, find't ein Kind'l in der Sunn.“ Auch Isaak und Jakob, die Patriarchen, treffen ihre zukünftigen Weiber am Brunnen. Unser ältestes naturhistor. Werk in der deutschen Literatur ist das Buch der Natur, von Konrad von Megenberg. Dorten Blatt X4 heißt es: auf dem veld zu Babiloni seind sechß brunnen vnd in der einem, sprechen ettlich, hat vnser Fraw vnsern herren Jhesum cristum gebadt, vnd von dem brunnen vnd den andern fünffen wirt des balsams veld durchfeucht.

---

15) Wanzenschneider von Obermumpf.

Die Felder von Schupfart nach Obermumpf hin, zweien Frickthaler Nachbardörfern, sind breit ansteigende Berggüter, durch die eine muldenförmige Bodenvertiefung mit zur Höhe emporgeht, der Wanzengraben. Er ist mit Holz bestanden und gehört zur Almende von Obermumpf. Hier spukt der Schneider von Obermumpf, der einst seinen Kunden das Tuch stahl, nach seinem Tode im Hause fortpolterte, Thieren und Menschen lästig fiel, endlich aber von einem geisterbannenden Kapuziner in eine Flasche hineingeschworen und hieher getragen wurde. Er hat die Erlaubniß, alle hundert Jahre einen Hahnenschritt näher gegen Obermumpf gehen zu dürfen; kann er so seine ehemalige Wohnung wieder erreichen, so muß ihm Recht gehalten und der Aufenthalt im Dorfe für immer gestattet werden. Dies dauert ihm aber zu lang und er sucht sich auf anderem Wege zu helfen. Als vor einigen Jahren ein Schupfarter Knecht ein eben angekauftes Rind hier nach Obermumpf durchtrieb, sprang der Wanzenschneider dem Thiere zwischen die Hörner, und versuchte so in seine Heimath reitend zurück zu kommen. Allein das Thier scheute, warf ihn ab und kam allein in den alten Stall heim gelaufen. Mehrere Männer, die ihn zu verschiedenen Malen erblickt haben, schildern ihn als einen Menschen von gewöhnlichem Aussehen, doch trägt er noch den Ellenstab unter dem Arm, und statt der Hände gucken Geißenklauen aus dem Rockärmel. (A. Ruflin und Uebelhart von Schupfart.)

---

16) Der Geißer am Oberblegi-See.

Von dem Glarner Dorfe Bettschwanden aus nach der Alpe Oberblegi zu gehen, braucht man nicht mehr als ein paar Stunden Zeit, frischen Muth und gutes Wetter, dann wird man sich berühmen dürfen, einen der schönsten Spaziergänge im Schweizerlande gemacht zu haben. Der Name der Alpe Blegi drückt zugleich ihre Lage aus, er bezeichnet die staffelförmigen schmalen Flächen, die an den Gebirgswänden hingeschmiegt liegen, von den Strahlen der Sonne und der Wasserfälle immerdar befruchtet werden und so das duftigste Alpengras gedeihen lassen. Im Hinaufsteigen durch prächtige Berggüter behält man stets eine freie

Uebersicht über das Großthal von Glarus, wo ein Dörflein ans andere reicht, alle zusammengehalten durch das silberne Band der Linth, die an ihnen vorbeiströmt. Bald ist die untere Grenze der Alpe erreicht und die folgende Höhe des Vorberges erstiegen. Schon hier, indem man einer sanften Absenkung nachgeht, befindet man sich plötzlich unter einer Schaar hereingestürzter uralter Felsblöcke, deren wunderliche Formen uns allerlei erstaunte Fragen abnöthigen. Im Sammet der Moose und umwuchert von allen Frühlingsblumen liegen sie umher gebreitet da wie Ruhebänke für jenen Wilden Mann, als er noch mit seiner Riesensippschaft aus den Glariden herabstieg und hier rastend in die wimmelnde Menschenwelt hinunter sah; denn von hier aus kann man sich der Betrachtung einer Alpenlandschaft überlassen, deren Stil die Größe und Erhabenheit selbst ist. Wir beginnen zunächst nach links auf die Braunwaldsberge zu blicken. Zahlreiche Berghäuschen schauen freundlich aus ihren Matten und Waldschatten hervor, sogar ein neugebautes Schulhaus macht sich darunter kenntlich. So weit schon haben also Schiefertafel und Fibel das Hochgebirge erobert. Aber rasch hinter diesem zahmen Höhenzuge starren gethürmte schlanke Felsstöcke in die Luft und gleichen einer ganzen Reihe von ragenden Ritterburgen. Abermals hinter diesen grauen Bollwerken muß das Auge noch weiter hinan klimmen zu den Schneewänden und Eisfeldern, hinter denen der Winter seinen unersteiglichen Palast hat. Er selbst liegt noch weit entfernt und tief nach innen, so daß wir nur die einzelnen Spitzen und Zinnen davon sehen können, die Firnen des Tödi, des Biferten und Kisten. In märchenhafter Schweigsamkeit und Ruhe thronen sie droben in dem blanken Aether; sie steigen nicht zum Himmel empor, sie neigen vielmehr das mit ewigem Schnee bedeckte Haupt mild aus dem Himmel herab. Ihr Schimmer ist nur dem ewig gleichen Lichte der Sonne vergleichbar, ihre Unermeßlichkeit überwältigt und betäubt, das Menschenauge verliert jeden Maßstab, und die Vernunft, die so gerne die Entstehungsgründe der Dinge ergrübelt, läßt hier die Schlüsse ihrer Bücherweisheit wie Trödel aus der Hand fallen. Eine Stille herrscht hier oben, von der die Ebene auch in ihren einsamsten Nächten kein Abbild hat. Wenn zumal die Mittagswärme beginnt, wo das Wild und das Weidethier im Schatten lagert, so tönt hier nicht einmal das Glöcklein einer sich versteigenden Geißenheerde, selbst jede Vogelstimme schweigt. Auch der Dießbach, der an dem gewaltigen Käpfstock dort drüben herabspringt, erreicht unser Ohr nicht mehr. Hundert senkrechte Felsenwände sind es, die er als eben so viele Treppen braucht, um seine Strudel und Wasserfälle darüber hinab ins Thal stürzen zu lassen; aber selbst diese Donnerschläge zerplatzender Wassermassen bringen aus ihrer Ferne nicht bis zu unserem Gehöre, sie werden nur von dem Auge wie ein lebendes Bild aufgefaßt; man kann ihnen nachschauen weit hinein in unbekannte Thalschluchten, in gründämmerige Winkel, die alle von einem leisen Staubregen erbeben und schimmern. Wenn dann das Auge sich satt geschweift hat in diesem ewigen Frieden der Höhen und nun auch auf der Alm einheimisch werden will, in deren Gras man lagert, so wird es da von einem neuen Reiz gefesselt. Man hat den Oberblegi-See vor sich, abermals ein Bild vollkommner Ruhe. Er vermag keine Wellen zu werfen; denn auf unsrer Seite liegt er in grüne Alptriften eingebettet und der Wind erreicht seinen Spiegel nicht. Er vermag auch nicht zu rauschen oder sich in Gang und Zug zu setzen; denn noch ist es ein Geheimniß, wo seine Zuflüsse oder seine Abflüsse sind. Er scheint nur ein großer Landschaftsspiegel zu sein, um hier das Immergrün unsrer Bergweiden abzumalen, und drüben die senkrechten Felswände des Glärnisch sammt dessen ganzer Gletscherwelt in ungetrübter Herrlichkeit zurückstrahlen zu lassen. Wohl mögen in jenen Firnen zugleich die Quellen des Sees liegen; allein nirgend sieht man sie einmünden, nirgend sich ergießen, und so herrscht denn der Glaube, des Sees Mündung sei der Leuggelbach, der auf Stunden entfernt, drunten beim Dorf Luchsingen als ein gediegener Strom aus einer Bergwand herausgeschossen kommt. Ein schrecken erregender Gedanke, daß die ganze Last des Gewässers diese weite Strecke unterirdisch fortfließe in dem schauerlichen Innern eben des Berges, auf dessen Höhe wir so entzückt ausruhen!

Als ich im vorigen Sommer den See eben verlassen hatte, um nach Bettschwanden zurückzugehen, traf ich mit einem gesprächigen Greis zusammen und bekam von ihm die ganze noch ungeschriebene Chronik dieser Alpe zu hören. Es war der Alte Adam von Bettschwanden. Niemand in der Gemeinde pflegt ihn mit einem andern Namen zu nennen. Er ist jetzt seine vierundneunzig Jahre alt, und gleichwohl weiß man, daß er noch vor zwei Jahren die Kirschen auf seinen Bäumen eigenhändig abgelesen hat. Dieser Dorfpatriarche also ist es, der im Nachfolgenden unser Erzähler wird.

Ich war noch etwas jünger, als Du jetzt, begann der Alte Adam und dutzte mich aufs erste Wort, da war ich schon manchesmal hier auf Oberblegi gewesen. Denn mein Götti (Pathe) hatte damals die Alpe in Pacht, und wenn ich an Sommersonntagen voll Bubengelüste nach einer süßen Ankenbrut (buttergebackne Honigschnitte) zu ihm herauf kam, hatte er immer einen guten Bissen in Bereitschaft und ließ meinen mitgebrachten Durst durch alle Milchgeschirre lustwandeln. Als ich nun in das Alter kam, daß ich zur Unterweisung ins Herrenhaus mußte (ins Pfarrhaus zum Confirmanden-Unterricht), traf es sich einmal, daß mein Götti auf einen Samstag seine Butterballen ins Thal gebracht hatte, und den dafür eingekauften Brodvorrath am gleichen Abend noch zu Berg geschafft wünschte. Unter uns daheim war gerade niemand entbehrlich, als ich, und so traf mich eben das Loos, den Nachtmarsch antreten zu müssen. Freilich lag mir das Bette näher als der Berg, doch halb aus Gehorsam, halb in der Hoffnung, droben was Gutes aufgewartet zu bekommen und einen ganzen Sonntag mich mit der Heerde herum zu treiben, machte ich mich wegefertig. Natürlich nahm der Götti den schwereren Theil des Brodes und Mehles voraus und lud mir die kleinere Last auf meine Meiße (Tragkorb). Ich sprang ihm ungeduldig voran, er hingegen ließ sich nicht aus seinem Gewohnheitsschritt bringen, und als er weiter oben unter dem Vorwande eines Geschäftes in einem Berghause abstellte, gieng ich den mir wohlbekannten Weg allein weiter. Es war schon dunkel geworden, da ich dem Ufer des Sees entlang unserer Alphütte entgegen stieg. Da hatte ich ein Begegniß, das ich all meiner Lebtage nicht vergessen kann. Ein schauerlicher Ruf kam plötzlich aus dem See heraus. Ich stand still und besann mich. Noch einmal rief's, doch nun schien es jenseits des Wassers zu sein, wohl eine halbe Stunde von mir entfernt in den Schroffen. Ohne mich sonderlich zu fürchten, gieng ich meines Weges weiter. Allein abermals und näher scholl der fürchterliche Ruf, nun schien er mitten auf dem See, eine ganz entsetzlich mächtige, niegehörte Klagestimme. Mich befiel eine furchtbare Angst. Ein noch unverstandenes Wort vom „Geist" fuhr mir plötzlich durch den Kopf. Nun war's um all meine Bubenkühnheit geschehen, ich rannte, was ich vermochte, vom Ufer weg bergan. Die Erhitzung vom raschen Steigen, das Gewicht meiner Bürde, die Schwüle der Nachtluft in diesen Schluchten und nun der unbegreifliche Wehschrei dazu, alles raubte mir

Athem und Besinnung vollends, ich stürzte in der Finsterniß und kollerte sammt meinen Broden eine abschüssige Stalde hinab. Ich mußte im Sturze hart auf meine Meiße gefallen sein, denn als ich mich wieder aufraffte, hatte ich sie noch immer fest auf dem Rücken, aber die Glieder schmerzten mich und mir war nichts anderes erklärlich, als daß mich eine Faust in den Nacken und zu Boden geschlagen habe. Ich nahm meine paar Sinne zusammen und sprang unsrer Hütte zu. Wie froh war ich, als bald nach mir auch mein Götti hereintrat. Er meinte, das Vorauslaufen sei zu nichts gut, nun habe er mich zum Schlusse ja doch eingeholt. Ich schwieg dazu, schloß aber daraus, wie lange ich wohl an jener Stalde halb bewußtlos gelegen haben mochte. Er leerte die Körbe aus, um das frische Brod sogleich in das kühle Milchgadem zu tragen. Allein nun zeigte sichs, daß ich beim Sturze ein paar verloren hatte, und es blieb mir nichts übrig, als zu meiner größten Beschämung mein kindisches Abenteuer zu bekennen. Doch zu meinem Erstaunen schalt der gute Mann mich keineswegs, er schob meinen ganzen Unfall auf den Geißer, und mit dem Versprechen, mir morgen hierüber das Weitere zu sagen, jagte er mich in mein Laubbette. Der Geißer von Luchsingen, begann des andern Tages mein Götti, hat einst auf unserer Alpe als Geißhirte gedient. Ueber Mittag, wenn die Ziegen nicht weiter klettern mögen, durfte er zur Hütte kommen und konnte zu seinem Stück Käse oder Ziger eine Gepse warmer Schotten trinken. Da war denn zwischen ihm und dem Meister auch das Gespräch davon, daß auf diesem See noch nie ein Schifflein gefahren, daß noch kein Mensch ihn überschwommen habe, weil in der Mitte eine heimliche Gewalt — man wisse nicht, ob ein Strudel oder ein riesiger Fisch — Alles ergreife und in die Tiefe reiße. Der Geißer aber war ein erfrechter Bursche und meinte auf diese Rede des Meisters, wenn man ihm morgen nur einen recht fett gekochten Fänz aufstelle (geschmorter Mehlbrei in zerlassener Butter), so wolle er wohl noch vor dem Mittagsessen über den See schwimmen. So sehr man ihm solche Vermessenheit verwies, so blieb er doch bei seinem höhnischen Wort: Sei's dem Herrgott lieb oder leid, ich will nun einmal über den See! Am folgenden Tage that er nicht anders. Mit possenhaften Geberden nahm er vom Sennen einen ewigen Abschied, empfahl ihm, den Fänz ja recht fett einzukochen und auf Mittag fertig zu haben, dann gieng er lustig zum See hinab, warf sein Lederkäppchen in die Lüfte und stürzte sich ins Wasser. Anfangs gieng ihm sein Wagestück ganz gut von statten, und schon meinte man, er habe mehr als die halbe Strecke hinter sich, da erfaßte ihn eine unsichtbare Strömung und er verschwand auf immer. Als ein paar Stunden nachher des Geißers Mutter drunten im Thale zum Leuggelbach gieng, um ihren Wasserkessel voll laufen zu lassen, sprang ihr ein Menschenhaupt in den Züber, und mit Entsetzen erkannte die arme Frau die Züge ihres bösen Sohnes. So schnell hatte ihm der Haggenmann den Kopf abgebissen, den Rumpf aber hat er bis jetzt behalten. Denn seither soll der Geißer hauptlos aus seinem nassen Grabe aufsteigen und fürchterliche Klagen ausstoßen. Er hat von solchem Weheruf auch seinen Namen. Denn Geißer nennt man in der Glarner Mundart sowohl die Eule, die mit ihrem Geschrei Seuchen und Tod vorverkündet, als auch die Wilden Männer und alle Verwünschten, welche die Gletscher und Bergeinöden mit ihrem Geheule erfüllen müssen. Solche Unholde sind nun bald überall sesshaft, seit man den Menschen bewundert, der sich seiner Bosheit berühmt und mit schlechten Streichen groß thut, und darüber sind nun auch die letzten guten Berggeister ganz bei uns verschwunden, die hülfreichen Erdmännchen. Sie hatten sich schon vor Zeiten aus dem Linththale zurückziehen müssen, weil sie dorten den Uebermuth nicht mehr mit ansehen mochten, und nahmen seitdem auf Oberblegi ihren Aufenthalt. Für die vielen Dienste, die sie dem Sennen leisteten, beim Viehhüten, beim Käsen, beim Wildheuen und jedem anderen Tagesgeschäfte, brauchte man sie nicht anders zu lohnen, als indem man ihnen am Abend ihren Napf voll Rahm an den bestimmten Platz stellte. Aber auch diesem glücklichen Verhältnisse machte ein frecher Streich der Aelpler bald ganz ein Ende. (Mitgetheilt von Stud. G. Heer aus Bettschwanden und von Dr. Schuler aus Bilten, Kt. Glarus.)

Der Untergang des Oberblegi-Sennen findet sich in Glarner Mundart erzählt von Heer, Der Cant. Glarus, S. 315. J. J. Wagner, hist. nat. helvet. pg. 57, und ihm nach Scheuchzer, Alpenreise 1, 72 sagt von diesem Oberblegi-See: „er enthalte insonderheit viele Hechte, unter denen einer von ungeheurer Größe sein soll; der die übrigen bald alle verschlungen haben werde. Die Worte des Geißhirten legt die Aargauer-Sage Nr. 19 vom Heiterech-See bei Muri, einem Berner Dragoner in den Mund, der auf gleiche Weise zu Grunde geht. Die Warnungsstimme des Geistes im Egel-See am Heitersberge (Aargau. Sag. Nr. 8) ruft denen zu, die den Grund abmessen wollen:

Wenn ihr nit höret senke,
So thu i-nech vertränke!

Am Appenzeller Altmann liegt der Wilde See; ein Hirtenknabe, der seine Tiefe erforschen wollte, wurde durch eine grauen erregende Stimme zurückgeschreckt, die aus der Tiefe rief: Laß mich oder ich friß dich! Rüsch, Kant. Appenzell, S. 25. Missest du mich, so fresse ich dich! rufts aus dem Schwarzwälder Tittisee, da man das Senkblei auswirft. Aehnliche Beispiele bei Grimm Myth. 564. Als man den schwedischen Wettersee mit einer Leine von 300 Faden Länge ergründen wollte, fand sich beim Heraufziehen statt des Senkelsteines ein Pferdeschädel daran gehängt. Webderkop, Bilder aus d. Nord. 2, 259. Die Gewässer, die an den Göttersitz grenzen, sollen keinem menschlich-irdischen Zwecke dienen, sie würden dadurch entheiligt. „Wer in das Wasser spuckt, speit unserm Herrgott in die Augen." Curtze, Waldecker Volksüberlief. S. 412. Bei A. v. Platen heißt es im Parsenliede:

In kristallne Quellen schleudre keinen Stein;
Bete zu den Wellen: wär' auch ich so rein!

Niemand außer der Priesterin soll und kann in den heiligen Grenzfluß treten. Als die Königin Bertha zu Solothurn wohnte, und die Stadt damals noch ohne Brücke war, gieng Bertha über die Aare trocknen Fußes hin und her, aber auf ihren lang nachwallenden Schleier mußte die Dienerin treten, wenn diese hinter ihr her das jenseitige Ufer erreichen wollte. Zeitung Der Bund 1857, Nr. 115.

Zweite Abtheilung.

Dorfsagen.

1) Schloßjungfer in Wölfliswil.

Auf der rechten Bachseite des Dorfes Wölfliswil im oberen Frickthal steht ein steinernes dreistöckiges Haus, schmal an die Berghöhe hingebaut, mit steiler Dachung und gezinnten Giebeln einem alten Vogthause gleichend. Es wird Badhaus, ein Zimmer darin, die Badstube geheißen. Gegenüber auf der linken Bachseite auf der Jurahöhe stand vor Jahrhunderten das Adelsschloß Eptingen. Der Burgherr und seine Frau waren sehr mild gegen ihre Unterthanen gewesen; die Tochter dagegen that äußerst hochmüthig und prunksüchtig, dazu preßte sie den armen Leuten in diesen rauhen Hochthälern auch noch ihr bischen Geld mit aller Härte ab. Im Schwedenkriege wurde endlich das Schloß zerstört und die Tochter von den Soldaten erschlagen. Nachher sah man ihren Geist in der Ruine umher gehen und sich an denjenigen Plätzen niedersetzen, wo in eingestürzten Gewölben das zusammen gegeizte Geld in eiserner Kiste verwahrt lag. Alles fürchtete sich gar sehr vor dem Gespenste, nur ein Jüngling aus dem Dorfe nicht. Der hatte sich aus seinem Hause nun schon mehrmals zur Nachtzeit weggeschlichen, und da er kein Kiltgänger und Nachtbube war, so konnte man sich gar nicht denken, wohin er wolle, wenn man sah, wie er gegen das Schloß am Berge in der Finsterniß seine pfadlose Richtung nahm. Es versteckte sich daher sein Vater Nachts in der Ruine und lauerte ihm auf. Kaum war auch der Sohn hier oben angelangt, so trat diesem die Schloßjungfrau freundlich entgegen und bot ihm die Hand. Ebenso vertraut that der Jüngling. Als wüßte er schon ganz genau, was es hier gelte, nahm er die Jungfrau frisch auf den Arm und begann sie dreimal um das Schloß herum zu tragen. Jedesmal wenn er an die Stelle kam, wo der Vater im Verstecke war, hielt er inne, setzte das Mädchen ab, küßte sie herzhaft, nahm sie rasch wieder auf und verschwand mit ihr hinter dem Gemäuer. Da er sie nun das dritte und letztemal hergebracht und geküßt hatte und sie eben wieder auf den Arm hob, hielt der Vater nicht länger an sich und schrie voll Angst: „nit, nit! die zwo Schlange bîßet!" es waren aber nur die zwei mächtig langen Zöpfe der Jungfrau, die der Alte für zwei Schlangen angesehen hatte. Ueber diese wohlbekannte Stimme erschrak der Sohn, ließ das Mädchen auf den Boden fallen und entsprang.

Die einstige Seligkeit dieser Jungfrau ist an einen Kirschbaum geknüpft, der im nahen Bergwald Lammetholz steht. Wenn er einmal so dick wie ein Sägbaum geworden und dann zur Wiege verzimmert sein wird, so kann das Knäblein, das man in dieselbe legen wird, der Jungfrau Erlöser werden.

Die Wölfliswiler wissen, daß gegenüber diesem angeblichen Schlosse Eptingen ein zweites stand, dessen Grundmauern man noch im Boden erkennen kann. Es lag auf der sonnigen Höhe, wo nun die Dorfkirche steht. Diese alte Baustelle nennt man das Stöckli (d. h. Nebenhaus). Die jetzige Dorfkirche war damals die Schloßkapelle, und der Kirchthurm war der Schloßkerker gewesen. Schon öfters wurde hier nach Münzen und Alterthümern gegraben, der jetzige Pfarrer hat es aber den Leuten strenge untersagt. Als man da vor noch nicht langen Jahren im Gemeindewerk arbeitete, um den Kirchhof ebner zu legen, stieß man auf ein sehr großes Rittergrab. Es war durchweg aus lauter aufeinander gestellten Hohlziegeln gebaut und enthielt ein Skelett nebst zwei besonders langen Schwertern. Das eine hielten die Bauern für das ihres ehemaligen „Zwingherren", das andere war sehr von Rost zerfressen und schien den Leuten werthlos. So zerschlugen sie alles, Gerippe und Schwerter, unter Hohnlachen vollends. Auch noch von einer ledernen Brücke hört man reden, welche diese beiden Burgen mit einander verbunden habe. Nachdem man jenes Rittergrab wieder zugeworfen hatte, gieng ein frecher Bursche aus Wölfliswil nach Basel, um da eine städtische Familie Von Eptingen aufzusuchen, welche man für die Nachkommenschaft der Wölfliswiler Schloßherren hielt. Er soll die Unverschämtheit gehabt haben, sich bei ihr als Mitbürger einzuführen und als Abgesandter des Dorfes, der beauftragt sei, der Stadtfamilie den frisch aufgefundenen „Stink-Aehni" gegen eine entsprechende Ablösungssumme zu verkaufen. (Mitgetheilt vom Bauern Franz Frey v. Wölftiswil.)

Die Tochter des Böhmenkönigs Ottober ist ein Seefräulein am Müggelnsee bei Berlin, sie zeigt sich alle dreimalsieben Jahr und kann von dem erlöst werden, der sie alsdann dreimal um die Kirche trägt. Steinau, Volkssag. S. 282.

2) Alte Burg bei Waldhausen.

Der Bauernhof Waldhausen liegt zunächst beim Dorfe Fistbach auf einem kleinen Berge, über den die Kantonsgrenze des aargauer- und züricher Landes geht. Hier stand eine Raubburg von solcher Festigkeit, daß man ihr mit Gewalt nichts anzuhaben vermochte. Die Bauern kamen daher auf den Gedanken, oberhalb des Schlosses einen Stollen in den Berg zu treiben und darinnen die Grundfesten der Burg zu unterwühlen. Dies gelang, die stolze Burg stürzte ein, die Räuber wurden unter dem Schutt begraben, mit ihnen aber auch alles Geld und Gold, das sie den Thalleuten abgepreßt hatten. Da nun in der Nacht eines jeden Charfreitags sich alles Verwünschte wieder regen muß und darum befragt sein will, wie man es erlösen könne, so giengen auf dieses Ziel einige kecke Männer an den Burgstal, thaten ihre Anfrage und erhielten alsbald den gewünschten Aufschluß. In der nächsten Nacht am Charsamstag müsse man weißgekleidet hieher kommen und den Marchstein ausheben: unter ihm liege ein Schlüssel, der die Eisenthür öffne, hinter welcher der ganze Schatz stecke. Mit dem Nachgraben habe man fertig zu sein, bevor es im Städtchen Kaiserstuhl zu Christi Auferstehung läute, und mit den Schatztruhen müsse man unter Dach kommen, ehe das Morgenläuten beginne; die eine Kiste könne man gegenseitig vertheilen, die andere müsse für gute Werke verwendet und zu Kirchenzwecken geopfert werden. Sprechen dürfe bei Allem Keiner ein Wort. Die Männer führten dieses ohne Scheu und Fehler aus. Sie fanden Schlüssel, Eisenthüre und Schatztruhen. Am allerschwersten war's, letztere fortzuschleppen; doch kamen sie auch damit heim. Als der vorderste Träger eben den Fuß über die Dachtraufe hineinsetzte, da gerade fieng es in Kaiserstuhl an, Betzeit zu läuten, und wie die Geister es vorausgesagt, so geschah es nun. Gerade so viel, als von der ersten Truhe noch nicht unter Dach war, verschwand. Es war der kleinste Theil, den sie nun hatten, aber er war groß genug, um unter Alle vertheilt und Allen ein schönes Vermögen werden zu können. Damit sollen zugleich jene Burggeister alle bis auf einen erlöst sein. (Mitgetheilt von Seminarist G. Burkhard von Fisibach.)

---

3) Teufelsloch und Schloßfräulein auf Brunegg.

Der schmale Felsengrat, auf welchem das Schloß Brunegg auf dem Kestenberge steht, ist auf etwa dreißig Fuß Tiefe und fünfzehn Fuß Breite durchhauen, so daß die Burg wie durch einen tiefen Wallgraben von ihrem Mutterberge abgeschnitten und isolirt hinausgesetzt erscheint auf den letzten luftigen Fels dieser Bergkante. Auf der Ostseite des Schlosses findet sich gleich unterhalb des Grundgemäuers eine Felsenspalte, welche das Teufelsloch heißt. Hier soll ein Geist hinter einer rothen Thüre Schätze hüten. Diese Spalte trägt keinerlei Spur von Behauung, sie verengert sich gegen innen bald, so daß nur verwegne Jungen sie bekriechen können. Gleichwohl heißt es, sie gehe durch den ganzen Kestenberg unterirdisch fort und münde erst in dem Schlosse Wildegg, welches weitentfernt auf dem jenseitigen Bergzuge des Thales in ähnlicher Höhe gelegen ist. Versuchsweise ließ einmal ein Bursche seinen Hahn in diese Kluft hinab, und nach drei Tagen kam er im Schlosse Wildegg in der dortigen Küche aus dem Boden herauf. Es gieng gerade gegen Mittag, die Köchin hatte eine Schüssel Brei übers Feuer gestellt und war weggegangen, um noch Milch herbeizuholen. Als sie wieder zurückkam, hatte der Hungrige alles rein ausgefressen. Aber sie konnte ihn fangen, und die Brunegger erkannten ihn wirklich als den ihrigen. Im Thale zwischen diesen beiden Schlössern, auf dem Altfelde beim Dorfe Mörikon, hat ein Bauer unlängst einen Kessel voll viereckiger Münzen ausgepflügt; hier liegt eine alte Heidenstadt verschüttet, Namens Lenz.

Der ehemalige Schloßwächter auf Brunegg, von Geschlecht ein Hächler aus Lenzburg, der im vorigen Jahrzehend gestorben ist, hat den wenigen Leuten, die ihn zuweilen in seiner entlegenen Wohnung besuchten, öfters vom Schloßfräulein erzählt. So oft ich des Abends, sagte er, in meinem Pächterhause auf der Ofenbank sitze, erscheint an der Stubenwand gegenüber eine schön gestaltete Hand in der Bewegung, als wollte sie in aufgespannte Saiten greifen. Sogleich dann hört man die wundervollsten Lieder spielen. Dies ist die Hand des Schloßfräuleins, das hier einst aus unbekannten Gründen verschmachten mußte. Wir haben den Ort ihres Todes entdeckt, als die Familie Hünerwadel hier in den

Besitz kam und ein paar Gemächer im Thurme wieder bewohnbar machen ließ. Damals pflegten nämlich Vögel in großer Zahl in eine Mauerlücke des Erdgeschosses ab- und zu zu fliegen. Als man deshalb jene Mauerstelle, welcher bei der Steilheit des Felsens nicht außerhalb beizukommen war, von innen aufbrechen ließ, stieß man auf ein Gewölbe von der Größe, daß eben ein Mensch darin Platz hat, ähnlich den Einmauerungszellen in Klöstern. Es fand sich jedoch außer einer Menge Vogelnester nichts weiter darin. (Seminaristen J. Brugger und Joh. Fischer v. Mörikon. — Gottl. Häusler v. Lenzburg.)

4) Der Römerstein im Lintwalde.

Der Findlingsblock, der im Lintwalde bei der Stadt Lenzburg liegt, wird Römerstein genannt und dient seit alter Zeit dazu, seine Gesteine an Neubauten abzugeben. Vor etlichen Jahren erst hat man solche Massen von ihm gesprengt, daß man sämmtliche Kanäle des Lenzburger Stadtbaches daraus hauen konnte. Gleichwohl ist er noch immer bei 12 Fuß hoch, gegen 15′ breit und 20′ lang. Er soll das Schatzgewölbe der untergegangenen Römerstadt Lenz gewesen sein, durch geheime Maschinen war er zu heben, da sie zerstört sind, deckt er mit seiner Wucht die unter ihm begrabenen Reichthümer. Einige Schlupflöcher an seiner Grundlage scheinen nicht dem bloßen Zufall anzugehören; man kann sie zur Noth bekriechen. Man erzählt, des Nachts kämen Rauch und Funken daraus hervor gefahren, ein dumpfes Getöse im Innern sei zu hören. Ein Jäger, dessen Hund hier den Füchsen nachgeschlupft und nicht wieder zum Vorschein gekommen war, beschloß durch eines dieser Löcher hinabzusteigen. Er gelangte bald an eine eiserne Thüre, und da sie unverschlossen war, konnte er durch sie hindurch in ein Gewölbe schreiten, in welchem Grubenlichter brannten. Aufgesprengte Geldkisten standen umher, bärtige Gesellen arbeiteten eben daran, eine neue aus dem Boden zu heben. Sobald sie den ungebetenen Gast bemerkten, stürzten sie auf ihn los, entrissen ihm sein Weidmesser, und geknebelt und niedergeworfen, mußte er nun den grausamen Rathschlag mit anhören, wie man ihn unschädlich machen wolle. Sie beschlossen, ihm einstweilen die Zunge abzuschneiden, damit er ihnen als Arbeiter dienen und doch nichts ausplaudern könne. Sein Flehen half ihm nichts und schon begannen sie zur That zu schreiten. Doch diese Unmenschlichkeit sollte nicht zum Vollzug kommen. Entweder erbebte der Stein in seinen Grundfesten, oder es wich die schon so tief unterwühlte Erde, mit einem male senkte sich der Fels und begrub die Mörder sammt ihrem Opfer. Seitdem glaubt man, das Wimmern und Stöhnen der zerschmetterten Schatzgräber Nachts beim Römerstein zu hören. (Th. Bertschinger v. Lenzburg.)

(Vgl. Aargau. Sag. Nr. 96.)

---

5) Der Keller im Rost.

Ehe die Limmat in die Aare mündet, theilt sie sich beim Stroppel noch in zwei Arme und bildet den Limmat-Schachen mit einer Insel, welche in den Gemeindebann von Gebensdorf gehört. Ihr zunächst ist der Rostbauer wohnhaft; gleich einer Hochwacht überschaut sein neues Haus droben auf der Rosthalde die drei Ströme Limmat, Aare und Reuß, die hier sich vereinigen und an deren Ufer die Eisenbahn mit hinab gegen Rhein und Schwarzwald läuft. Der alte Rostbauer Joh. Meier war hier Fährmann gewesen und kam in der Aare ums Leben, während er die Leute vom Brugger-Jahrmarkt über den Strom setzte. Sein ehemaliges Wohnhaus war auf der entgegengesetzten Steige gestanden, die zur Fähre nach Lauffohr führt, wurde aber 1799 beim Flußübergang der Franzosen vom Geschütz übel mitgenommen und ist von den Söhnen abgebrochen worden. Schon von jeher hatte Meier sagen hören, in seinem Hause liege ein Schatz verborgen, deshalb wendete er sich an einen Wahrsager in Birmensdorf, den man den Gütterlig'schauer hieß. Dieser ließ ein offnes Schaff Wasser vor's Haus in die Sonne tragen und daraus ergab sich: daß das Haus auf zwei unbekannten Kellern stehe, deren einer sechs Fuß tief unter dem andern sei und Weine von solchem Alter enthalte, daß sie nicht mehr im Holz der Dauben, sondern in ihrem eignen Weinstein lägen. Auch zwei silberne Engel seien drunten in einem Gange, welcher in die Burgruine Freudnau führe, deren ehemaliger Schloßherr einst seine Schätze hierher geflüchtet habe. Den ersten der beiden Keller fand Meier nach einigem Graben wirklich genau so, wie ihn der Wahrsager beschrieben hatte, und die Quader der alten Kellertreppe wurden gleich zum Umbau des durch die französische Artillerie zerschossenen Hauses verwendet. Aber schon im Jahre 1801 ertrank Meier und hinterließ nur unmündige Kinder, die von seinem Geheimnisse nichts wußten. Sie stießen beim Weiterbauen zwar ebenfalls auf den erstentdeckten Keller, ließen ihn aber ohne weiteres mit in den Neubau einschließen, und als sich später abermals Schatzgräber dahinter machen wollten, wurde ihnen von der Obrigkeit das Handwerk gelegt. Der Keller mit den Engeln ist noch nicht entdeckt. Als man nun neulich den Bau der Eisenbahn hier vorüber führte, stießen die Arbeiter wiederum auf Gewölbe, und der Boden schütterte, wo man die Hacke einschlug; doch das Werk duldete keinen Aufschub, und nun liegen die Schätze unter noch höheren Dämmen verschüttet. (F. J. Keller, Lehrer in Unter-Siggingen.)

---

6) Gekrönte Schlange zu Niederlenz.

Südwestlich vom Dorfe Niederlenz liegt im ebenen Fruchtfelde ein anmuthiger Hügel, mit hohem Grase reich überwachsen und mit vielen Kirsch- und Apfelbäumen bepflanzt. Eine einzelne Vertiefung auf seiner Höhe, aus welcher man allerlei Scherben- und Ziegeltrümmer ausgegraben hat, soll den Standort eines verschwundenen Schlosses angeben und zugleich den glücklichen Finder zu ganz außerordentlichen Reichthümern führen. So hat es die Prinzessin erklärt, als sie einst an diesem Hügel vorüber fuhr und die hier liegenden Schätze in ihrem Bergspiegel erblickte. Ein Bauer war der Sache bereits auf der Spur, er hatte hier einen ehernen Hafen voll viereckiger Goldmünzen ausgegraben. Aber der Berner Landvogt, der damals auf dem Schloß Lenzburg regierte, nahm ihn dem Manne weg unter dem Vorgeben, es sei die Schatzgräberei verboten, und so gieng alles wieder verloren. Noch jetzt läßt sich hier zur Zeit der Tag- und Nachtgleiche eine weiße Schlange blicken, die Weihnachtsschlange. Sie ist gekrönt und trägt einen goldenen Schlüsselbund mit sich zu den Kisten und Kasten im Hügel. (Seminarist Kull v. Niederlenz.)

---

7) Else im Rüeschwald bei Zufikon.

Das Dörfchen Zufikon, eine Viertelstunde von der Stadt Bremgarten im Reußthal, grenzt an den Saum eines großen Tannenwaldes, den Rüeschwald. In ihm liegen mancherlei alte Mauertrümmer weitschichtig um eine Kapelle umher, bei der einmal des Jahres am Elsbethentage Messe gelesen wird. Dies sind die Ueberreste jenes Schlosses, welches hier einst der Ritter von Zufikon bewohnte. Er hatte seine Silber- und Goldschätze in einer Eisenkiste verwahrt, die er von vier Hunden beständig bewachen ließ, und nebstdem besaß der Freiherr noch eine schöne Tochter, um deren Hand zu werben jedoch sich keiner unterstehen durfte, welcher nicht gleichgroße Reichthümer in die Ehe mitzubringen vermögend war. Allein die Else hatte schon anders entschieden, sie liebte einen jungen Burschen aus dem Dorfe. An einem langen Seil, welches von ihrem Fenster bis an den Fuß des Schlosses hinab reichte, war derselbe schon manchesmal in ihre Kammer gestiegen, da entdeckte ihn endlich einmal der Ritter und jähzornig stach er ihn zusammen. Die Leiche wurde im Graben verscharrt. Bald gieng aber auch der Freiherr zu Grunde. Seine eigene Tochter beschlich ihn im Schlafe und traf ihn mit demselben Dolche, unter welchem ihr Liebster gefallen war. Dann entfloh sie und wo sie hernach geendet hat, ist unbekannt. Die Burg war herrenlos und zerfiel, nichts blieb übrig als die Geldkiste mit den vier Hunden. Bei ihr sieht man nun die Else sitzen, im weißen Brautkleide, mit offenen Haaren, weinend bis zur Morgendämmerung und das Wort stets wiederholend „wer mich lieb hat, hol mich heim!" Für ihre Seelenruhe hat man diese Waldkapelle erbaut und ihrer Namenspatronin St. Elsbeth geweiht. Sei still, sagen die Zufikoner Mütter zu boshaft schreienden Kindern, schweig, oder es muß dich die Zufiker-Else holen! (Emil Maurer v. Bremgarten.)

---

8) Verwünschte Jungfrau zu Oeschgen.

Auf einem Hügel, unmittelbar vor dem Frickthaler Dorfe Oeschgen gelegen, deuten noch Mauerreste und unterirdische verschüttete Gänge auf das Schloß zurück, welches hier einstens gestanden hat. Als der Burgherr nicht endete, die Leute unbarmherzig zu plagen, haben es die Bauern zuletzt zerstört. Darauf war hier jeden Charfreitag mitternachts ein unterirdisches Rumpeln und Tosen zu hören. Als zu dieser Zeit ein Mann vorübergieng und das Getöse gleichfalls vernahm, schlupfte er neugierig und herzhaft in eines der Löcher des Hügels hinein. Durch einen langen Gang kam er zu einer Eisenthüre, die sich von selber öffnete, und darauf in einen prächtig mit Tapeten behangenen Saal. Hier saß auf einem Ruhbette eine Jungfrau, neben ihr auf einer Goldtruhe ihr Schoßhündlein. Sie bot ihm alle ihre Schätze gegen drei Küsse an. Der Mann dachte, derlei lasse sich leicht thun, wenn man damit so viel auf einmal verdienen könne, und gab ihr denn sogleich einen Kuß. Allein jetzt schoß ein Schlangenhaupt aus dem Rumpfe des Weibes hervor. Gleichwohl machte er sich zum zweiten Kusse bereit, und auch diesmal gelang's trotz dem Hündlein, das groß anschwoll, zerrend, heulend und reißend an ihm emporsprang. Sogleich darauf war die Jungfrau in eine ungeheuerliche Kröte verwandelt, und mit Grausen entsprang nun der Mann. (Seminarist Zundel v. Oeschgen.)

---

9) Das Escherfräulein auf der Heidenburg.

Ein Waldberg in der Gemeinde Basserstorf heißt die Heidenburg und seine Vorhöhe der Engelrain. Hier fließt ein Bach vorbei, dessen Steg der Steg der Frau Escher genannt wird. Eine weiße Frau dieses Namens hütet ihn und weist des Nachts die Leute, die hinüber gehen wollen, drohend zurück. Jenseits des Steges kommt man durch einen Hohlweg auf ein Ackerland, Steinmürli genannt; man findet hier römisches Mauerwerk im Boden. Als Marke steht ein alter Birnbaum da, unter welchem nach der Sage ein Schatz liegt. Ihn behütet die Frau Escher. Sie machte sich mit dem Sohne auf dem benachbarten Bauernhofe Ofengipf bekannt und bewog ihn, Nachts mit ihr zum Baume zu kommen. Wenn er sie hier drei Nächte nach einander küsse, solle der Schatz sein werden. Als er es das erste Mal thut, ist das Weib schön von Körper und steht weißgekleidet da. Da er zum zweitenmale kommt, ist sie schon von Kopf bis zum Fuße in brandschwarzer Tracht und er wird besorgt. Doch sie wiederholt ihm, sie sei kein böser Geist, und er giebt ihr den zweiten Kuß. Sie hat ihm aber bereits angemerkt, daß er der dritten Probe morgen nicht gewachsen sein werde, und sagt deswegen beim Abschiede: Ich beschwöre dich, im Walde eine Tanne zu fällen, ein paar Kerne aus den Tannzapfen zu nehmen und sie zu säen; dann wächst doch einmal der Baum, der einst die Wiege für meinen Erlöser geben wird! In der dritten Nacht erschien der Bursche allerdings wieder, hatte aber vorsorglich seinen Bruder mitgebracht. Das Fräulein verwandelte sich in eine ungeheure Kröte und beide Brüder entliefen. (Dr. Ferd. Keller in Zürich.)

Eine weiße Frau mit drei Schweinsköpfen und einer Mulde voll Gold, in Müller-Schambachs Ndsächs. Sag. Nr. 118.

10) Jungfrau auf dem Laubsberge bei Seon.

Der Laubsberg liegt nördlich vom Dorfe Seon im Hallwiler Seethale. Einige kaum noch bemerkbare Trümmer einer zerstörten Burg stehen im Buschwerke umher, im Innern des Berges aber ist viel Geld verborgen, das alle hundert Jahre einmal von einer Jungfrau auf weißen Tüchern gesonnt wird. Könnte Jemand sie zu dieser Frist erlösen, so wäre alles Geld sein. Ein armer Mann gieng einstens an der Stelle vorbei und erblickte die Jungfrau, wie sie wirklich neben dem blanken Gelde in der Sonne saß. Er lief hinzu und bat sie zutraulich um ein paar Rappen. Ihre Antwort war: Gehe auf die Straße drüben zurück, lauf dann so schnell als möglich bergauf bis zu diesem Baum, verwende aber im Hin- und Herlaufen kein Auge von mir, und wenn du dies vollbringst, so bin ich erlöst und all das Geld ist dein! Der Mann that also, behielt die Jungfrau fest im Auge, lief rückwärts bergab bis an den Weg hinüber, streckte noch einmal treulich den Hals nach ihr empor, da trat er falsch und lag rückwärts im Graben. Als er sich wieder aufgerichtet hatte, war sein erster Blick nach der Höhe, aber Jungfrau, Tücher und Geld waren zusammen verschwunden. Seitdem haust sie zwar noch dort, läßt sich aber nicht mehr blicken, sondern giebt sich nur bisweilen durch ein Klopfen und Poltern im Innern des Berges kund. (Seminarist Joh. R. Suter v. Seon.)

11) Der Geist auf Landskron.

Schloß Landskron im Leimenthale beim Kloster Mariastein liegt seit dem Revolutionsjahre 1798 zerstört, die Schloßabhänge haben sich übergrast und die Bauern lassen ihr Vieh darauf weiden. Als das Knäblein eines armen Bauern aus dem Dorfe Leimen hier des Abends die Kuh hütete, sah er in seiner Nähe eine weißgekleidete vornehme Frau, die auf dem Boden saß, einen Bund Schlüssel in der Luft umschwang und ihm damit zuwinkte. Aber das Büblein scheute sich, trieb die Kuh heim und erzählte da das Gesehene nach Ort und Gestalt ausführlich. Der Vater suchte es ihm zwar auf eine gewöhnliche Weibsperson hinaus zu deuten, hatte sich aber alle Angaben wohl gemerkt und daraus gefolgert, daß dies die Schloßjungfrau sein müsse, an welche alle Leimenthaler lebhaft glauben. Am folgenden Abend fuhr er daher selber mit der Kuh zur Weide, traf auf der angegebenen Stelle alsbald die winkende Frau und hatte den Muth, sie um ihr Begehr zu fragen. Sie streckte ihm die Schlüssel dar und sprach: „Nimm, und wende das Geld gut an. Du hast mich aus der Hölle befreit!" An dem Platze, wo die Frau verschwunden war, zeigte sich jetzt eine Thüre, und als er diese mit einem der Schlüssel geöffnet hatte, sah er mit Erstaunen dahinter nichts als lauter gehäuftes Geld. Doch weil es Tag war, schloß der besonnene Mann die Thüre wieder ab und trieb erst noch die Kuh heim. Während der Nacht dann brachte er alles Geld ungesehen in sein Haus hinab. Bald hernach fieng er die Handelsschaft an. Als er aber gegen seinen sonstigen Brauch auch die Wirthshäuser besuchte und den Stolzen zu spielen begann, merkten die Leute, er müsse sein Geld vom Geiste auf Landskron bekommen haben. Und so gilt nun diese Geschichte überall im Thale als eine ausgemachte Wahrheit. (Fr. Jos. Bubendorf, v. Schönenbuch in Basellland.)

12) Goldkette zu Irchenhausen.

Beim züricher Dorfe Irchenhausen am Pfäffikonersee zeigen sich die wohl erhaltenen Erdwerke eines römischen Castells. Ein Bauer daselbst hat jüngsthin folgendes erzählt. Der frühere Besitzer dieses Platzes sah an manchen Abenden ein blaues Flämmchen innerhalb der alten Umwallung spielen. Weil dies stets ein Zeichen ist von unterirdisch verborgen liegenden Schätzen, die sich auf solche Weise anmelden, so begann er darnach zu graben und hatte lange, aber vergeblich gearbeitet. Auf einmal jedoch fieng es an im Loche zu blinken und zu funkeln. „Potz Dunner-Hagel, e goldige Chetti!" rief er, und schlug mit seinem Karst hastig drauf los. In diesem Augenblicke setzte sich die goldene Kette, denn eine solche hatte er seiner Meinung nach wirklich hervor gegraben, in Bewegung und schlüpfte wie ein Wurm wieder in das Loch zurück. Nichts war ihm davon geblieben, als das letzte Kettenglied, das an der einen Zinke seines Karstes hieng. Der Bauer machte sich in aller Stille davon, bot sein Gütchen feil und kaufte sich baldmöglichst in einer andern Gegend ein nicht verzaubertes Heimwesen.

Eine wunderliche Behauptung hört man um Trüllikon und Andelfingen. Dorten liegt das Dörfchen Wildenspuch, und dieses glaubt seit Menschengedenken bis heute in allem Ernste, es sei der Mittelpunkt der Welt. (Mittheil. v. Dr. Ferd. Keller in Zürich.)

Der Ring beim Pfäffikonersee erinnert an jenen Bauer zu Heiligensee, der in seinem Garten, am See gelegen, beim Nachgraben auf eine Eisenkette im Boden stieß und sie hervorzog. Allein sie wollte kein Ende nehmen. Ueber seiner Bemühung taucht nebenan im See ein großer schwarzer Schwan empor, und als der Bauer nun aufschaut und die Kette losläßt, ist sie sammt dem Schwane verschwunden. Kuhn, Märk. Sag. 165. Denselben Glauben wie das Dorf Wildenspuch, der Mittelpunkt der Welt zu sein, hat auch das Voigtländer Städtchen Pausa. Bechstein, Myth. Sag. u. Märch. 1854. 2, 144. Das Alterthum sah den delphischen Tempel, und den aphroditischen zu Paphos für den Erdnabel an und nannte jenen daher Omphalos, Schooß der Erdmutter. Auf denselben befruchtenden Genius der erzeugenden Mutter-Erde weisen die kugelrund gebauten Kuppeltempel der Herd- und Grenzgöttin Hestia hin. Bachofen, Gräbersymbolik 419.

„Pforzheim, sagt Beatus Rhenanus, lig im nabel vnd mitten des schwarzwalds. Pyrkheimerus acht, Nürenberg sey alles Europä nabel vnd mitten inn gelegen." Sebast. Franck, Germaniae Chronicon (Augsburg 1538) fol. CCXCVI und CCCI[b]. — Das Graubündner Pfarrdorf Malix heißt in der älteren rhätischen Landessprache Umblii, latein. umbilicum; weil hier am Grenzstein des Dorfberges in dem Zwischenraum einer Tischbreite die Gebiete aller drei Bünde des Kantons zusammenstoßen. Fäsi, Helvet. Erdbeschreib. 4, 195.

---

13) Die Felsenjungfrau im Simmenthal.

Ein Berner-Oberländer hatte allzufrüh schon sich um sein Lieseli umgeschaut, konnte sie nicht gleich zum Weibe bekommen und that nun sterbensverliebt und todesbetrübt. Um sich ein wenig zu zerstreuen, lief er zu Berg nach den Kühen auf der Weide. Als er bis zum Brunnen auf der untern Staffel gestiegen war, sah er neben der Fluh einen altrostigen Schlüssel liegen. Im Felsen gewahrt er auch bald ein Schlüsselloch, steckt an und dreht, die Wand öffnet sich und läßt ihn durch den Felsgang der Reihe nach in zwei große Gemächer. Im zweiten versperrt ein herabhängender Stein den Weg, doch mit Noth kann man drunter wegkriechen. Da dies gethan ist, erhebt sich eine Stimme: „Unglücklicher, vollende dein Vorhaben, geh auch ins dritte Gemach!" Er thut's und schreitet in einen neuen Saal hinein. Hier sitzt eine Jungfrau, alterthümlich gekleidet, einen Hafen voll Gold zu Füßen, neben sich an der Wand eine goldene Glocke. Sie sei hier auf so lange verwünscht, sagt sie ihm, bis ein Erlöser komme, nun habe er die freie Wahl zwischen drei Gaben. Entweder könne er diese Glocke, oder diesen Goldhafen mit sich nehmen, wähle er aber sie selbst, so bekomme er die zwei andern Schätze mit drein. Der Bursche denkt einen Augenblick an sein Liesi und schwankt, zuletzt nimmt er die goldne Glocke von der Wand. Während ihn die Jungfrau mit Klagen überhäufen will, entflieht er durch die Gänge, und hinter ihm wirft sich die Thüre wieder zu, daß die Bergwand bebt. Jetzt steigt er nicht mehr weiter bergauf zu den Weidkühen, sondern hinunter ins Thal zum Lieseli; wenn er ihr die Goldglocke bringt, eine goldene Glocke zur Alpfahrt, so wird sie ihn ohne Umstände heirathen. Aber da er zur Liebsten kommt, hat die ihn längst vergessen, hat längst einen andern lieb gewonnen, hat den geheirathet und hat schon manches Kind von ihm. Was soll der Bursche nun machen? Ruhelos geht er weiter, denkt immer an die Felsenjungfrau, die ihn mit dem ersten Worte schon ein Unglückskind geheißen hatte, und nun erst möchte er Schlüssel und Schlüsselloch an der Bergwand wieder finden, um es diesmal gescheiter zu machen. Er steigt mit seiner Goldglocke zur Alp und läutet auf allen Matten und Staffeln. Dies ist aber alles vergebens, er kommt darüber nur immer tiefer in die allerwildesten Berge hinein. Endlich erreicht er einmal Abends wieder eine Alphütte, vor der Thüre spaltet ein steingrauer Mann eben Holz. Hier möchte er übernachten, er bittet ihn flehentlich darum und erzählt sein betrübtes Schicksal. Aber dieser Alte ist nichts weniger als gerührt, kaum hat er den Hergang zu Ende gehört, so jagt er den Burschen auf der Stelle davon. Die Felsenjungfrau, ruft er erzürnt, ist meine eigne Tochter, nun muß sie wiederum ihre langen Fristen auf den Erlöser warten! (Sam. Beetschen aus Ringoldingen im Simmenthal.)

Der „steingraue Mann" erinnert an den schönsten Greis „noch gråwer dan der tuft", welchen Parzival, auf der Gralsburg eingekehrt, durch eine offene Zimmerthüre im nächsten Gemache sitzen sieht. Dahin gehört auch der Greis mit schneeweißem Haar, der darüber weint, daß ihn eben sein Vater geschlagen habe, weil er dessen Vater hat fallen lassen. Grimm, DS. Nr. 362.

14) Die goldnen Kohlen.

Dem Altmüller war eine Base gestorben und zwar eine hochbetagte und geizige, daß er seine Betrübniß wohl mäßigen konnte, zumal morgen schon der Tag für ihn da war, ihre ziemlich beträchtliche Erbschaft in Empfang zu nehmen. Er hieß also den Knecht Wägelein und Geschirr für morgen herrichten, und befahl der Magd, das Frühstück auf Schlag fünf fertig zu haben. Letztere nahm sich des Meisters Befehl so zu Herzen, daß sie vor aller Zeit schon erwachte, den hellen Mondschein für die Morgenhelle hielt, und in die Küche hinab sprang, um Feuer zu schlagen. Allein der Zunder war feucht und sie brachte kein Licht zusammen. Darüber schaute sie nocheinmal nach dem Tag zum Küchengucker hinaus und gewahrte draußen ein Feuerchen, nur zwanzig Schritte entfernt brannte es hübsch ruhig auf der Hauswiese. Sie lief drum schnell mit dem Kohlenbecken hinaus, um sich die Gluthen für des Herren Frühstück herbei zu holen. Dorten angelangt findet sie drei Männer, in weiße Tücher eingehüllt, um das Feuer sitzen. Bescheidentlich fragt sie, ob sie sich ein paar Kohlen nehmen dürfe und bringt alles mit in Verbindung, der Base Tod, des Müllers Erbschaft und die Morgensuppe. Als die Männer gänzlich stumm blieben, nahm sich Katharine etliche Kohlen, dankte hübsch und ordentlich dafür und machte sich ins Haus. Aber da sie die Kohlen auf den Herd schüttet, sind sie schon erloschen. Sie macht also wiederum den Gang zu den Männern am Feuer, grüßt, nimmt und dankt abermals und bringt das zweite Becken voll in die Küche zurück; doch auch diesmal ohne andern Erfolg, die Kohlen sind todt. Ihre Angst, der Müller werde erwachen, treibt sie zum drittenmale hin, wo die drei Männer noch immer sitzen. Als sie das frisch gefüllte Becken aufnimmt, sagt der älteste warnend, nun komm nicht wieder!

Erschrocken kam das Mädchen in die Küche zurück und leerte die Kohlen aus, sie waren und blieben erloschen. Da schlug es plötzlich drüben im Dorfe Mitternacht und um das Haus krachte es laut auf. Feuer und Männer draußen, alles war wie weggeblasen. Katharine kroch zu tiefst unter die Bettdecke. Jetzt aber verschlief sie wirklich. Es war schon sechs Uhr, da der Müller in die Stube herüber kam, und keine Schüssel und keine Katherine fand. Als er sie draußen in der Küche suchte, sah er den

Herd mit Gold überschüttet, in dreifachen Haufen lagen die Dukaten über einander, eine weit größere Summe als er heute aus dem Erbe bekommen sollte. Doch er war mit dem Seinigen zufrieden und ließ dem Mädchen, als sich nun Alles aufklärte, rechtschaffen das Ihrige. (Aus Zofingen.)

Die Magd, die im Bären zu Zurzach diente, war vor Tage aufgestanden, um zu backen. Da sie Feuer anmachen wollte, fieng der Zunder nicht; sie entschloß sich, geschwinde ins Rathhaus hinüber zu gehen, wo sie Licht sah. Als sie da eintrat, hielten die Rathsherren noch Sitzung. Ohne ein Wort zu sagen, saßen sie zu Zwölft auf ihren Stühlen da. Die Magd bat um Erlaubniß ihr Licht anzünden zu dürfen und gieng. Unter der Hausthüre aber erlosch ihr das Licht wieder und sie geht nochmals in das Rathszimmer zurück. Diesmal bringt sie ihre Kerze brennend nach Hause; aber darauf hin ist sie bald gestorben.

Carbones pro thesauro invenimus. Phaedrus 5, 26. — Müllenhoff, Schlesw.-Holst. Sag. Nr. 477. — Wolf, Hess. Sag. Nr. 179. 180. — Schöppner, Bair. Sagb. 2, Nr. 771. 772. — Aargau. Sag. 1, Nr. 221. Schmitz, Eifelsag. 2, S. 62. 63. Pröhle, Harzsag. 1, S. 18. Birlinger, Schwäb. Sag. 1, Nr. 132.

15) Dreierlei Schatzbohnen.

Am Strättlinger Thurm beim Schlosse Spietz am Thunersee gieng ein Mann nach Ostern im Gestrüppe umher und sah hier eine Jungfrau sitzen, die auf ausgebreitetem Tuche dreierlei Haufen Bohnen vor sich hatte. Dem Manne gefielen die Bohnen ihrer Art wegen und er erbat sich davon, um sie jetzt der Jahreszeit nach bald im Garten zu setzen. Die Jungfrau gab ihm bereitwillig die Hände voll von jeder Sorte. Auf dem Heimwege wurden ihm die Bohnen gar zu schwer im Sacke. Als er nachschaute, waren die der gelben Sorte in Goldstücke, die der weißen in Thaler, und die der schwarzen Sorte in Scheidemünze verwandelt. Jetzt wußte der Mann, daß er die Strättlinger Jungfer gesehen hatte. (Mündlich; Frau Roth-Gaffner aus Thun.)

Erbsen zu Gold geworden: Birlinger, Volksthüml. aus Schwab. 1, Nr. 134.

16) Erbauung der Kirche zu Montagny.

Geht man von Grandson nach dem Dorfe Montagny, so fällt auf jener ausgedehnten Ebene ein nicht gerade bedeutender Hügel ins Auge, welcher einige hundert Schritte von der Landstraße ab in den Gütern liegt. Dorten soll Karl der Kühne von Burgund einst sein Kriegszelt aufgeschlagen haben, da er zur Besiegung der Schweiz ins Land eingebrochen war und Grandson belagerte. Eine Eiche, von einem Kranz starker Tannen umgeben, steht auf der Spitze des Hügels; sie soll von den Ueberwindern Karls gepflanzt worden und gleich alt sein mit derjenigen, welche in der Nähe des Grandsoner Schlosses steht. Ein bejahrter Waatländer Bauer, dessen Aecker bei diesem Eichenhügel liegen, ist der Erzähler nachfolgender alterthümlich lautender Sage.

Vor mehr als hundert Jahren gieng einst der junge Johannes dieses Weges. Er war im Herzen tief betrübt, denn er kam eben von den Leuten her, welche ihm seine Armuth vorgehalten und damit die Hand ihrer Tochter, um welche er warb, abgeschlagen hatten. Es gieng auf die heilige Zeit, das Land lag voll Schnee, keine Seele war mehr auf dem kalten Wege, er überließ sich den trübsten Vorstellungen und in abgerissenen einzelnen Worten sprach er sich selber sein Herzeleid vor. Es dämmerte stark, da er hier vorüber den sogenannten Tuilerien zugieng. Da hörte er vom Eichenhügel herab unvermuthet sich mit Namen nennen, ein Mann in sehr kostbarer Rüstung stand vor ihm und sprach begütigend: Johannes, ich weiß wohl, was dich quält, faß' indeß nur guten Muth, bald soll Alles anders werden. Komm nächste Weihnachten nach eilf Uhr allein auf diesen Hügel, da reicht gerade die Zeit hin, mir etwas in den See zu tragen; und wenn du dann anstellig genug bist, mir bis zwölf Uhr auch mein altes Wehrgehänge abzugürten und damit in aller Stille fertig werden kannst, so sind die Schätze zusammen dein, die in diesem Hügel stecken. Johann hatte kaum Zeit, dieses zu versprechen, so war der Geist verschwunden und Alles wieder wie vorher.

Es waren noch zwei Tage bis Weihnachten. Johannes besann sich wohl, ob er nicht etwa eine Sünde begehe, wenn er die heilige Nacht zum Schätzeheben verwende. Doch er konnte sich aufrichtig gestehen, daß er es in keiner habsüchtigen Begierde unternahm, sondern in reinster Liebe zu seiner Margarethe. Er wußte, daß das treue Mädchen keinem andern als ihm die Hand geben werde, er erlöste und befreite also vielmehr sie, als nur den Geist eines muthmaßlichen Ritters; um diesen Schatz also war es ihm zu thun, und er konnte diesen ja aufs glücklichste heben, wenn er die in jenem Hügel verborgenen Reichthümer erwerben und damit zum einbedungenen Heirathsvermögen gelangen würde.

So gieng er denn auf die bestimmte Frist zum Hügel hin und traf da den Gerüsteten. Dieser klopfte an die Eiche, und sogleich versanken sie beide zusammen in die Erde hinab. Hier fanden sie sich in einem von vielen Pfeilern getragenen Gewölbe. Es war kerzenhelle. An den Wänden umher hiengen Banner und Waffen. Ringsum an den Mauern standen Kriegswerkzeuge aller Art, selbst Geschütze und Kugelpyramiden. Dazwischen aber waren eben so viele Gefäße offen hingestellt, die einen schimmernd von Gold, die andern blitzend von Geschmeide. Jedoch da war keine Zeit, sich lange umzuschauen; denn alsbald kam aus der Weite der Halle ein dickes, kohlschwarzes Ungethüm auf allen Vieren daher, und der Gerüstete sprach zu Johannes: Hier ist meine Lieblingskatze. Diese wirf mir sogleich vom Tophet hinunter in den See, alsdann komme so schnell du vermagst wieder hierher. Hüte dich, eine einzige Minute zu versäumen, hüte dich, ein einziges Wörtchen zu sprechen, es wäre dein Tod. Nun geh!

Johannes that unverweilt, was ihm geheißen worden war. Halb athemlos kam er mit der mächtigen Katze auf den Tophet hingerannt. Dies ist ein Felsen des Neuenburger See's, zu welchem eine aus Kieseln bestehende, aber von den Wellen längst wieder überspülte alte Straße geführt hat, ein sogenannter Heidenweg, auf welchem einst die Heidenpriester nach einem Tempel des Seegottes hinaus zum Opfer gezogen waren. Während er die Katze hier ins Wasser hinabwarf, kratzte ihn das sich sträubende Unthier noch so heftig, daß er schon ein Tonnerre de chat! im Munde hatte; aber der Warnung wohl eingedenk, die ihm der Geharnischte gegeben, verbiß er schweigend seinen Schmerz. Nun mußte er sich seine blutenden Hände schnell abwaschen, und auch dieses war aufs schleunigste abgemacht; denn kaum berührte er das Wasser, so wogte und stürmte der bis jetzt so zahme See in solcher erschreckender Höhe daher, daß Johannes aufs eiligste entsprang und in den Hügel zurückfloh.

Jetzt nimm dich zusammen, begann der Ritter, nunmehr ist das Schwerste zu thun. Wisse, ich bin der Herzog Karl von

Burgund. Seitdem ich vor jenem Schlosse dorten mein Wort den Schweizern brach, war das Glück von mir gewichen. Hier sitz ich in diesem Hügel geharnischt und bewehrt, bis sich ein Mensch finden läßt, der kühnlich mich entwappnet. Junge Eichen sind seitdem über meinem Haupte aufgewachsen und wieder zusammengefault; Tannen haben dann statt ihrer hier Wurzeln geschlagen; aber Keiner eueres Geschlechtes ist starkherzig genug gewesen, mir sein Wort zu geben und es bis zum Ende zu halten. Sei du es, und alle deine eigenen Wünsche werden zugleich damit erfüllt. Hier dieses Schwert gürte mir ab. Aber schweigend wie das erste mußt du auch dieses thun! Johannes machte sich daran. Der Mann schien neben seiner Hand emporzuwachsen, auf den Zehenspitzen stehend reichte er hinauf an das Wehrgehänge und knüpfte die gestickten Riemen auseinander. Da glitt das schwere Schwert aus der Scheide und schlug ihm eine tiefe Wunde. Sabre du ciel... wollte er schreien, aber zu rechter Zeit noch bemeisterte er sich, und da gerade schlugen die Thurmuhren zu Grandson und zu Yverdon auf einen Streich Zwölfe. Somit war das Werk geschehen. Herzlich dankend überließ es der Geist nun dem beharrlichen Johannes aus den offen daliegenden Reichthümern nach seiner Wahl sich heraus zu nehmen. Johannes hatte nichts anderes bei sich, als sein Taschentuch. Dieses füllte er mit goldnen Thalern, so viel ihrer bis zum letzten Knopfe hineingiengen. Beim letzten Goldstück sah er sich wieder droben unter der Eiche. Alles Uebrige war verschwunden, sogar die frische Wunde, nur das Geld im Tüchlein nicht.

Bald hernach heirathete Johannes seine treue Margarethe. Sein Eheglück war ein so dauerhaftes, daß er in seinen alten Tagen noch beschloß, dem lieben Gott dafür ein Zeichen schuldiger Dankbarkeit zu hinterlassen. Er vergabte daher an seine Mitbürger zu Montagny eine große Summe mit der Bedingung, daß man daraus eine eigne Ortskirche baue. So geschah es. Das Dorf hat es also diesem Abenteuer zu verdanken, daß es seither weder in die Stadt Grandson, noch in die Stadt Yverdon, zwischen denen es gerade in der Mitte liegt, in die Kirche gehen muß. Am eignen Altare traut es seine Hochzeitspaare und lange noch nannte es jeden glücklichen Ehemann einen Johannes.

Die Fundstelle der mitgetheilten Sage heißt die Tuilerien, und damit wird in jener Gegend der Standort des einen der zwei römischen Amphitheater bezeichnet, welche zum römischen Aventicum gehört haben. Meyer v. Knonau,

Schweiz. Erdkunde 2, 298. Es haben nämlich in der deutschen und in der welschen Schweiz ganze Fluren öfters den Namen Tuilerie, Ziegelei, Ziegelhütte, weil auf ihnen die Urnentrümmer römischer Bauwerke seit langer Zeit in so reichem Maße ausgepflügt werden, daß der Glaube des Landmanns hier eingegangene Ziegelbrennereien oder verwüstete Städte und Herrenschlösser vermuthete. Findet sich hie und da auch noch zugleich eine römische Münze mit vor, so ist die Phantasie bald bereit, daraus weiter auf die Reichthümer zu schließen, die versunken in unterirdischen Gewölben im Boden ruhen. Damit nimmt nun aber diese Waatländer Sage einen viel alterthümlicheren Wohnplatz ein, als derjenige sein würde aus der Zeit der Burgunderkriege, auf welchen sie sich selber zu beziehen versucht. Das Volksgedächtniß begeht damit einen Fehler, aber derselbe ist sehr erklärlich; denn die Burgunderkriege müssen dem Erinnerungsvermögen in diesen Gegenden, die Karl der Kühne verheerte, viel lebhafter verblieben sein als jede andere Zeit mit ähnlichen Verheerungszügen. Seit jenem burgundischen Karl begann Waatland erst zur Schweiz zu stehen, um dann selber ein Glied des Bundes zu werden. Somit lag es ganz und gar in der Art des Volksgedächtnisses, diesen Karl zum Mittelpunkt einer populären Zeitrechnung zu machen, auf den man alles früher Geschehene hinanschob und alles Folgende zurückdatirte. Daß diese Annahme nicht weit irre gehen wird, dies zeigen die übrigen Bestandtheile der erzählten Sage. Sie sind von solcher Alterthümlichkeit, daß es sich verlohnt, dieselben kurz im Einzelnen zu betrachten.

Die beiden Arbeiten, welche dem Erlöser Johannes auferlegt werden, bestehen darin, daß er Karls Katze in den See stürzen und ihm selbst das Schwert abgürten muß. Beide Züge finden sich in unseren ältesten Mythen vor. Thôrr, der Gott der Stärke, hat sich in Wettspiele beim Riesenkönig Utgardloke eingelassen und soll unter andern Kraftproben des Königs große Graukatze vom Boden heben. Allein nur einen Hinterfuß kann er ihr lüpfen, und schon darüber geräth die Versammlung der Riesen in Bestürzung. Sie mahnen ihn ab und erklären, die Katze sei das graue Weltmeer selbst, das allen Erdkreis umschlingt und das nun auf Thôrrs Handgriff hin schon ein ganzes Land zu überfluthen drohe. — Solche Beziehungen aus dem entlegenen nordischen Göttermythus auf eine hier zum erstenmal in die Oeffentlichkeit tretende kleine, unbeachtet gewesene Dorfsage scheinen unserem Verstande so unliebsam, daß wir sie entweder weit hergeholt nennen, oder mit einer vornehmen Kälte anzweifeln, wohl auch belächeln. Dies geht jedoch schon nicht mehr an, seitdem folgendes Volksräthsel aufgefunden ist, das in der Hallwyler Gegend vom stürmenden Hallwyler See gilt:

E graue Chatze rennt
Ueber ue d'Wänd.

Die Katze, das sturm- und windkündende Thier, wird hier als die aufspritzende Uferwelle des windgepeitschten See's personifizirt. Diese zerstörende Gewalt der anstürmenden Seewoge ist es, die den starken Johannes erst blutig reißt und dann in die Flucht jagt.

Der zweite Hauptzug der Sage ist das blindlings Wunden schlagende Schwert, welches, wenn es nun abgegürtet ist, nicht mehr Krieg stiftet, sondern Kirchen gründet. Unter dem Bilde eines in den Boden gepflanzten Schwertes, das vom Himmel gefallen war, verehrten die Skythen des Herodot (4, 62) den Kriegsgott Ares. Hier wird Karls aus der Scheide fallendes Schwert die Ursache, daß, statt des verfallenen Heidentempels am Neuenburger See, die Dorfkirche zu Montagny erbaut wird. Aber dazu bedarf es des allerentschlossensten Mannes. Hier heißt er biblisch Johannes. Sonst kennt ihn alle Sage als den starken Hans, der arm, zurückgesetzt, sogar albern scheinend, plötzlich das allen Andern Unmöglichgewesene ausführt. Ueber ihn erzählen: Müllenhoff, Schleswig-Holsteinische Sagen, S. 426. Menzel, Odin, S. 156. Aargauer Sagen 2, Nr. 494. — Karls Schwert gehört mit in die Reihe jener sagenberühmten Erbschwerter, die, entblößt und einmal aus der Scheide gezogen, zu verwunden und zu tödten fortfahren. Solche Waffen sind: Martis gladium beim gothischen Geschichtsschreiber Jornandes; das Nibelungenschwert Wasken und Balmung, des gothischen Dietrich Eckesahs, Högnis vom Zwerge Dain verfertigtes Schwert Dainsleif. Das berühmteste unter ihnen ist Odhinns Schwert Tyrfing. Es war von den Zwergen geschmiedet, war an Angantyr übergegangen und zuletzt mit dessen Leiche bestattet worden. Lange nachher wagte es Angantyrs Tochter, es dem begrabenen Vater unter dem Haupte wegzunehmen, und dies gab den Anlaß zur Ausrottung ihres ganzen Geschlechtes.

Die Namensdeutung der mythischen Siegesschwerter giebt W. Wackernagel in Pfeiffers Germania 4, 136. Hier sei die Erbgeschichte von einem mitgetheilt, demjenigen Attilas, das bis in unsere Zeit herein gereicht hat. Jornandes cap. 35 berichtet, wie Attila stets das Größte ertrachtend, all seine Hoffnung doch nur durch das Schwert des Mars erfüllt sah, das einst den Skythenkönigen eigen gewesen, von einem Hirten ausgeackert und ihm überbracht worden war. Es gieng von ihm an den Schatz der ungarischen Könige über. Die Mutter des Ungarkönigs Salomo schenkte es dem Baiernherzog Otto dafür, daß er ihren Sohn in sein angestammtes Reich wieder eingesetzt hatte. Herzog Otto gab es dem jüngern Dedo, dem Sohne des Markgrafen Dedo, als Zeichen und Pfand untheilbarer Liebe; als er aber ermordet worden war, gelangte es an König Heinrich IV. der es seinem vertrauten Freunde Lüpold von Merseburg schenkte. Als dieser nun im Jahre 1071 mit dem König von Herveld aus nach dem Landsitz Utenhausen, um dorten zu speisen, sich begab und sie auf dem Rückwege die Pferde in die Wette laufen ließen, stürzte Lüpold, und jenes Schwert, das er trug, durchbohrte ihn, daß er auf der Stelle den Geist aufgab. Die Freunde des Herzogs Otto v. Baiern versicherten, das sei ein Gottesgericht, denn Lüpold sei derjenige gewesen, der den König angetrieben, Otto zu verfolgen und aus dem Palaste zu entfernen. So erzählt Lambert von Aschaffenburg in seinen Annalen.

Eras. Francisci, Das eröffnete Lusthaus, Nürnberg 1676, Seite 1429, redet von Siegesschwertern, die in der Culmination des Planeten Mars geschmiedet und in ein Heft aus einer Eiche gefaßt werden, in die der Donner geschlagen. Vor einer solchen Waffe müssen alle andern zerspringen. Der Poet Johannes Rist bemerkte demselben Autor, er habe ein solches Schwert selber verfertigen helfen und drei Schlangenzungen mit in den Knauf gethan, dasselbe sei an einen Holsteinischen Edelmann übergegangen, der damit allzeit obgesiegt, es aber zu großem Unheil mißbraucht habe. Ein solches Goldschwert steckt bei Salurn am Titschenbach-Schlunde bis zum Griff in dem Boden und gehört dem reichen Manne, der drunten wohnt in Marmorsälen und Blumengärten. Zingerle, Tirol. SM. Nr. 374.

Weiß wohl auch die Neuzeit noch von solcherlei Waffen? So weit, als vor wenig Jahren noch Grillparzer's Schicksalstragödien über die Bühne giengen. In Grillparzer's Trauerspiel „die Ahnfrau" erschlägt ein Dolch eigenwillig die ganze Herrenfamilie. Weil so ein bloßes Messer der Schicksalsherr in unserem neuen Bühnenverstande werden wollte, ärgerte sich der Dichter Platen darüber, und so entstand sein Lustspiel „die verhängnißvolle Gabel".

---

17) Schatztruhe an der Brestenegg.

In der Brestenegg, ein an der Straßenkreuzung zwischen den Dörfern Suhr und Hunzenschwil liegendes Wäldchen, wo man die an einer bösen Seuche Verstorbenen begrub, liegt tief im Boden eine eiserne Schatztruhe. Benachbart wohnende Bauern gruben darnach unter dem gegenseitigen Versprechen, während der Arbeit ja kein einziges Wort zu verlieren. Als nun eine lange Reihe von Geistern, aufs wunderlichste ausgerüstet, an den Leuten vorbeikam und der letzte des Zuges die Frage that: Wie viele ihrer nun schon vorüber marschiert seien, nannte ihm ein unbesonnener Arbeiter die fragliche Zahl, und verschwunden war der Eisenkasten sammt allen Geistern.

Das Spittelfeld, außerhalb dem Spittel des Dorfes Suhr gelegen, heißt Grod. Man geht von demselben bis zur vorhin erwähnten Straßenkreuzung und gelangt dann in ein Jungholz, genannt Eichlischlag, worin noch einige alte Ziel-Eichen stehen gelassen sind. Einen dieser Bäume in der Nähe zweier Waldplätze, welche Hexen- und Heidentanzplatz heißen, fällte 1860 der Eigenthümer und grub den Baumstamm mit aus. Der Mann heißt Isaak Schmid, ist aus dem Oberthale und wird nach beidem Oberdulisach genannt. An der Pfahlwurzel traf er mit der Axt mehrmals auf runde Steine und warf sie unwillig zur Seite. Schließlich betrachtete er einen davon näher und durch den Ortspfarrer, dem er ihn überbrachte, ist der Stein dem Schreiber dieser Erzählung eingehändigt worden. Es ist eine handvöllige Kugel, sauber aus Sandstein gearbeitet, auf der obern und untern Seite gleichmäßig abgeplattet und trägt eine ringsum laufende Rinne eingegraben. Es ist also ein Schleuderstein, von der Größe einer Falkonetkugel, in dessen Rinne der Schleuderriemen gelegt wurde. Somit stand die Eiche auf einem Heidengrabe, in welchem eine große Anzahl Steinwaffen mit versenkt war.

---

18) Die Jungfer am Reinacher Feuerweier.

Ein Mann aus dem Hohlenweg bei Reinach sammelte spät am Abend im Walde Reiser in jener Gegend, wo der sogenannte

Feuerweier liegt. Eine schöne Jungfer gesellte sich da zu ihm. Sie war schneeweiß gekleidet, nur über die Schulter trug sie ein schwarz seidnes Halbmäntelchen. Sie that freundlich und brachte das Gespräch auf die Frage, ob er sich wohl auch fürchte. Vor niemandem in der Welt, sagte beherzt der Mann. Nun denn, wenn dem so ist, sagte die Jungfrau, so kannst du schnell ein reicher Mann sein. Komm nur in der heutigen Mitternacht wieder auf diese Stelle, ich werde dann auch da sein; zwar nicht in der Gestalt, wie jetzt, sondern als wilder Eber, allein der Eber mag grunzen und anlaufen, wie er will, es geschieht dir kein Leid. Such ihm nur den Schlüssel zu entreißen, damit kannst du die verborgene Thüre, die ich dir zeige, öffnen und einen unermeßlichen Schatz erheben. Der Spruch, den du nicht vergessen darfst, lautet:

Eiserne Thür,
Oeffne dich zu Kisten und Kasten,
So kann die arme Seele rasten!

Der Mann versprachs, gieng heim, sagte Niemandem ein Wort über den Vorfall und stand zur rechten Zeit wieder am bestimmten Ort. Nicht lange, so kam ein Eber in gewaltigen Sprüngen und trug wirklich einen Schlüssel im Rüssel. Aber der Mann merkte bald, wie unmöglich es sei, den Schlüssel zu erhaschen, und je mehr er darüber in Befangenheit gerieth, um so ungestümer und wüthender that der Eber. Der Mann wagte nicht länger auszuhalten und lief dem Hohlenweg zu. Nun aber eilte ihm das Thier nach, und die Stimme der Jungfrau schrie unaufhörlich: Hundert Jahr, Hundert Jahr muß ich wieder wandeln! Darüber befiel den Mann ein solches Grauen, daß er erkrankte und bald darauf starb. (Salomon Eichenberger von Reinach.)

---

19) Jungfrau zu Birr.

Beim Pfarrhause zu Birr am Birrfelde ist früherhin öfters eine weiße Jungfrau gesehen worden, die bei einem Kessel voll Gold stand. Als Schatzgräber herbei kamen, diesen zu heben, stand sie unvermuthet unter ihnen und forderte sie auf, ihr die Hand darzureichen. Der eine streckte ihr den Schaufelstiel entgegen, der, als sie ihn berührte, in hellen Flammen aufloderte. Kessel und

Jungfrau sind seitdem verschwunden, aber ein Roß mit glühenden Hufeisen rennt in gewissen Nächten noch durchs Dorf.

---

20) Wingart zu Beinwil.

In der Gemeinde Beinwil am Hallwiler-See trägt ein großes Feld am Berghange den Namen Wingart, Weingarten. Eine uralte Kapelle mit schöngebauten Fenstern und Glasgemälden stand noch vor einigen Jahren hier und ist abgebrochen worden. An dem sogenannten Beschißgäßlein war der Standort eines untergegangenen Schlosses. Der frühere Eigenthümer dieses Landstückes hat beim Ausebenen der Umwallungen Ringe, Waffenstücke und Skelette im Boden ausgegraben, jedoch alles sogleich zerschlagen und sorgfältig wieder vergraben, um mit diesem Heidenzeug sich kein Ungeheuer mit ins Haus zu schaffen. Jetzt noch hört man, wenn man hier den Karst in den Boden schlägt, das unterirdische Gewölbe dröhnen, auf dem man steht; man sagt, einer der Arbeiter sei einmal bis zum Thürpfosten desselben gelangt. Beim Witterungswechsel sieht man einen schwarzgekleideten Mann an diesem Orte stehen; seine Lederstiefel nennt man Schwabenstiefel, sie sind bis über die Schenkel heraufgezogen, in einer großen Wanne lüftet er Kronenthaler. (J. Merz, Gemeindeschreiber in Beinwil.)

---

21) Salina auf der Scheibenfluh.

Hans Rudolf Grimm war zu Anfang des vorigen Jahrhunderts in der Stadt Burgdorf ein bürgerliches Factotum. Seines Zeichens war er nur ein Buchbinder, dagegen war er als der Pritschmeister der dortigen Schützenzunft ein stets fertiger Gelegenheitspoet, sprach seine Toaste zu Geburts- und Hochzeitsfällen und blies als Stadttrompeter gleich selbst den Tusch dazu. Er hatte auf langer Wanderschaft allerlei Chroniken gelesen, Märchen gesammelt, die er dann in etlichen kleinen Büchlein drucken ließ. Eines derselben ist sein Poetisch Lustwäldlein (Bern 1703), worin Nachfolgendes steht.

Es wird auch gemeldet von der Scheibenfluh in Tschangnaw, allwo die Emmen entspringt, daß auf demselben Berg ein großes

Loch hinab gehe, und wann man muthwillig etwas darein werfe, so geb es ein ungestüm Wetter. Es komme auch zun Zeiten, wann es ander Wetter geben wolle, ein Jungfraw heraus, welche an der Sonne ihre Haare sträle und zöpfe. Man haltet auch darvor, daß Pilatus alldort begraben liege.

Daß hiermit eine unverfälschte Gebirgssage aus dem Emmenthale berichtet ist, dies erweist sich aus den älteren Schriftstellern, die gleichfalls davon reden. Der Thuner Pfarrer Rebmann in seinem Poetischen Gespräch der Berge (Bern 1620) meldet, wer in diese Scheibenfluh bei Tschangnau Steine werfe, errege damit Gewitter und Hagelschlag. Der gelehrte Mönch Kircher (Mund. subterran. VIII. 4, 2) sagt: Auf dieser Fluh finde man weder Kraut noch Gras; in der Höhle sitze die verwünschte Jungfrau Salina auf ihrer Goldtruhe, und schon mancher, der hineingestiegen, habe einen Goldklumpen mit herab gebracht.

8.

Das Irrlicht.

Die Irrlichter, gewöhnlich feurige Mannen und Bründlige genannt, sind dem Volke die verdammten Seelen solcher, die bei Lebzeiten Grenzsteine verrückt, Furchen vom Nachbaracker abgepflügt und den Wässergraben für die Nachbarmatte zur Unzeit abgestellt haben; denn schon im Alten Testament (5 Mose 27, 17) heißt es: Verflucht sei, wer seines Nächsten Grenzen engert. Darum bewachen sie jetzt noch die Feldgrenzen und Hausthüren, und wenn man sie einlädt mit nach Hause zu kommen, und da Weijen (Kuchen) mit zu essen, so leisten sie Folge und pflegen ihren Sitz hinter dem Ofen zu nehmen. Dies eben ist der Sitz der Hausgottheiten, wo man ihnen die Brodopfer aufstellte. Daraus folgert sich, daß die Irrlichter die Schutzgötter der Feld- und Hausgrenze gewesen, daß ihnen Opfer dargebracht worden und daß sie aus goldspendenden Geistern (sie schütteln sogar Goldstücke aus sich heraus, bis sie darüber abmagern und verschwinden) zu verdammten Neckgeistern erniedrigt worden sind. Heute noch strafen sie die Bosheit, welche gegen die Ackerthiere oder gegen die Feldgeräthschaften verübt wird. Hierüber folgen hier zwei kleine Züge.

1) Strafe für Frevel am Feldgeräthe.

In der Burghalde, einer alten Bergvorstadt zu Lenzburg, stand noch vor wenigen Jahren ein alter Wagenschuppen, welcher von mehreren Leuten zusammen benutzt wurde. Hier schlich sich ein müssiger Junge ein und brachte die dastehenden Feldgeräthe in Unordnung. Plötzlich bekam er von hinten her einen tüchtigen Schlag an den Kopf; als er sich umdrehte, sah er einen feurigen Mann hinter sich stehn, der alsbald verschwand. Heulend lief er heim und klagte den Aeltern, was ihm begegnet war. Als diese die schmerzende Stelle am Hinterhaupte untersuchten, fanden sich statt des Haares nackte braune Striemen, die wie Fingereindrücke aussahen.

2) Bestrafung des Thierquälers.

Eine andere Erzählung handelt von der Strafe, die auf Mißhandlung der Hausthiere folgt.

Die Gemeinde Unterkulm wies das Brennholz, das sie alljährlich ihren Bürgern vertheilt, im Herbste des Jahres 1841 auf der Höhe jener Felsen an, welche droben den Hochwald säumen. Sie sind äußerst steil und glatt und waren bei dem damals andauernden Regenwetter um so schlüpfriger und gefährlicher. Eine Haushaltung hatte die ihr zukommende Holzgabe gegen Nacht fertig geladen, der Wagen stand an einem mit Buschwerk dicht bewachsenen Kreuzweg, in welchem die Kuh graste, die das Fuhrwerk herauf gezogen hatte. Da kam ein nackter Mann mit einem Lichte aus dem Hohlweg herauf gesprungen und verschwand unter lautem Geschrei wieder im Busche, sein Licht erlosch. Sogleich nahmen die Leute dies für ein sehr böses Zeichen; gleichwohl holten sie den Stier nicht, sondern spannten die eine Kuh wieder ein. Beim Heimfahren rissen die Stricke und die Ueberlast schlug dem Thiere ein Bein ab. Damit wars noch nicht genug; als Tags darauf der Sohn die Aepfel vom Baume abnehmen wollte, stürzte er gleichfalls herunter und beschädigte sich übel.

3) Irrlicht unter Dach.

Irrlichter erscheinen am häufigsten zur Zeit des Neumondes, wo sich das Wetter zu ändern pflegt; und so hält sie der Bauer für gute Wetterpropheten. Allein näher will er mit ihnen nichts zu schaffen haben. Denn sie sind längst verstorbene Uebelthäter, welche nach der Art ihrer Sünden fort und fort in der fremden Wiese wässern, am versetzten Marksteine graben und pickeln müssen. Als Skelete, an denen man alle Knochen zählt, von einem großflackernden Lichte durchschlagen, irren sie zur Nachtzeit umher. Steht aber ein Wetter am Himmel und droht Regen, so fürchten sie gar sehr, naß zu werden; und alsdann hat man Zeit, Fenster und Thüre fest zu zu thun und in der Stube ein Licht anzuzünden. Denn die Irrlichter, die sonst nicht unter-den Eren eindringen, gehen alsdann unter Dach. Da bleiben sie dann in dem einmal gefundenen Hause und wohnen oben auf dem Ofen. Dann sind sie nicht mehr leuchtend, sondern machen sich dem Vorbeigehenden nur wie ein schwacher Luftzug bemerkbar; daher rührt es überhaupt, daß in so vielen Häusern Gespenster sind. (Haberstich von Entfelden.)

Irrlichter gelten auch als Seelen ungetauft verstorbener Kinder. Als solche sind sie jedoch erlösbar; man muß nämlich die Kinderleiche nahe unter die Dachtraufe der Kirche begraben. Wird dann, während es gerade regnet, in dieser Kirche die Taufformel gesprochen, und läuft zugleich das Regenwasser herab aufs Grab eines solchen Kindes, so tauft's der liebe Gott, denn da ist Wort und Wasser beisammen. Zerrenner, Ackerpredigten 1783. 248. Das in den Sagen von den Irrlichtern Ursprüngliche und Naturwüchsige verdankt seinen Ursprung nicht erst dem Glauben an die Feuerhölle und die Flammenpein der Verdammten. Zwar auch diese Deutung der Sage ist bei uns schon alt; denn die Ursperger Chronik erzählt S. 281 von „feurigen Reitern der Verdammniß", die nach dem Volksglauben Raubritter gewesen waren und nach dem Tode feurig in der Welt herum ziehen mußten. Allein Maurer in seinen „Isländischen Sagen der Gegenwart" hat gefunden, daß der isländische Aberglaube von feurigen Männern solcher Annahme nichts wisse, vielmehr denkt sich der altnord. Glaube, eine Flamme, hrævareldr, die Leichenbrandsflamme, umgebe noch die Todten. S. 57.

---

4) Der Hockauf am Hausgraben.

Vor mehr als fünfzig Jahren lebte im Dorfe Mellikon, Bezirks Zurzach, ein Bauer, der Oeler genannt. Er pflegte sein

Getreide stets selber und nur sackweise zur Mühle zu tragen. So brachte er es auf der Hutte (Tragkorb) nach Reckingen und holte es da ebenso wieder ab. Er mußte sich jedoch wohl beeilen, es genau vor Betzeit heimzubringen. Denn jedesmal, so oft er erst nach Betzeit mit seinem Mehl dieses Weges kam, ergieng es ihm an einer Stelle keineswegs nach Wunsche. Man nennt den Platz Hansgraben, behauptet aber, in Wahrheit solle er Mannsgraben heißen. Dieser Graben, der die Grenze zwischen den beiden Ortschaften Mellikon und Reckingen bildet, gleicht, soweit er durchs Ackerfeld führt, mehr einer bloßen Furche und wird bei längerem Regenwetter von einem Bächlein angefüllt. Hier aber hockte dem Manne ein Brennender auf die Hutte und ließ sich von ihm nach Mellikon tragen. Hatte dann der Oeler schweißtriefend und keuchend die Dachtraufe seines Hauses erreicht, so sprang der Brennende von der Hutte ab und machte sich blitzschnell wieder nach dem Hansgraben zurück. Dann pflegte der Oeler überdrüßig und halblaut zu sagen: So, du Hund, gohst wieder! Und immer war dann der Mehlsack an der Stelle, wo der Hockauf gesessen hatte, schwarz wie Ruß. (Mitgetheilt von Hrn. Lehrer Herzog in Aarau, nach mündlichem Berichte seines Großvaters.)

---

5) Der Feuermann bei Reckingen.

Zu Anfang dieses Jahrhunderts fuhr der Ziegler von Reckingen ein Fuder Kalk von der Ziegelhütte. Es war noch vor Tagesanbruch und eben befand er sich auf jener Strecke der Rheinstraße, die längs dem sogenannten Zelgli geht. Da kam ein feuriger Mann die Straße hergelaufen und blieb dicht vor dem vordersten Zugochsen stehn. Deutlich konnte man sehn, wie ihm die hellen Flammen aus dem Munde, zu Augen und Nase, und zwischen den Rippen herausschlugen. Dann kehrte er wieder um und erlosch plötzlich. So ist er auch von Andern, am öftesten zu den heiligen Zeiten gesehn worden. (Von Hrn. Lehrer Herzog in Aarau, nach seiner Großältern Erzählung.)

---

6) Brennender Aufhock bei Zofingen.

Bei Zofingen sind die sogenannten Brühlmatten ein Ort des Spukes für die brennenden Mannen, und man gieng früherhin des Abends öfters vors untere Thor hinaus, um diese feurigen Lichtlein und Flämmchen „in den Brühlen" zu betrachten. Es wird nun Folgendes von einem Augenzeugen erzählt. Es mag ungefähr vierzig Jahre her sein, als ich an einem Herbstabend bei meinem Freunde zu Kilt (Besuch) war, der am untern Thore wohnte. Wie wir da zusammen plaudern, geht die Thüre auf und unser beider Bekannter, Fuhrmann Matter, der damals das städtische Amt eines Wässermannes hatte, kommt herein, todtenbleich und zitternd. Ach Gott, sagte er auf unsere Frage, wenn Ihr wüßtet, was mir eben begegnet ist! Da hab ich in den Brühlen gewässert und gieng, als ich fertig war, bei des Stiftschaffners Brühl über das Brückli heim. Da ist mir einer „uf d' Krucke g'hocket" und wie streng und eifrig ich auch betete, Alles half nichts, er wurde schwerer und immer schwerer, daß ich ihn, da ich dorten über das Rainli hinauf kam, nicht mehr zu tragen vermochte. Da fieng ich denn an, alle Zeichen vom Himmel zu fluchen, dann wich er, aber jetzt ist es mir zum Sterben übel!

Der Erzähler hat darauf sein Wässermannsamt aufgegeben.

---

7) Markenfrevler zu Uerkheim, Döttingen und Eien.

Bei Uerkheim an einem gewissen Hause wird in stürmischen Nächten bei einer Ackermarke ein Licht sichtbar und jeweilen beim Jahreswechsel wirds ein feuriger Mann mit einer Schaufel. Er gräbt den Markstein aus, setzt ihn tiefer in das Landstück zurück und spricht: Du bist nicht am rechten Ort. (P. Siegfried von Zofingen.)

Ein Döttinger Bauer hatte seine Frau durch den Tod verloren. Um ihr keinen Grabstein kaufen zu müssen, fuhr er mit seinem Nachbar Nachts in seine Wiese, lud einen großen Stein auf, der da die Marken der Matten bezeichnete und setzte ihn aufs Grab der Frau. Als der Bauer einige Jahre darauf ebenfalls starb, sah man auf seiner Wiese sogleich einen brennenden Mann, und dieser verschwand nicht eher wieder, als bis sein Freund jenen

Grabstein vom Kirchhof weggeholt und an die alte Stelle zurückgesetzt hatte. (O. Schmid von Zurzach.)

Wohin soll ich ihn setzen, wo soll ich ihn lassen, schreit der Geist des Bauern, der einst den Grenzpfahl verrückt hatte. Ei Lumpenhund, giebt ihm ein Trunkenbold zur Antwort, dahin, wo du ihn genommen hast! Wolf, Ndl. Sagen Nr. 428. Wo muess i met hi, wo stell i-ne ab? fragt unser Irrlicht, indeß es den centnerschweren Grenzstein auf den Händen halten muß. Nennt man ihm darauf den rechten Platz, so ist es erlöst.

In Eien, eine Stunde von Koblenz, mußte der Markenversetzer Knable nach seinem Tode mit einer feurigen Fackel so lange auf dem Felde wandeln, bis seine Kinder das von ihm Geraubte wieder zurück erstattet hatten. (Seminarist Fr. Jos. Kalt.)

---

8) Hackengeist in Ober-Endingen.

Vor vielen, vielen Jahren hatte ein Bürger in Ober-Endingen dicht bei seinem Hause einen Garten, der in besonderem Rufe stand. Wenn derselbe nämlich im Spätherbst geleert war, so hörte man am Abend, sobald es finster geworden, eine seltsame Stimme rufen: „En Karst oder e Haue!" Anfänglich wußten die guten Leute nicht, was sie thun sollten. Endlich stellten sie an einem Abend einen Karst in den Garten; und siehe, am Morgen war der Garten tief und sorgfältig umgegraben, und Niemand hatte darin hacken hören oder Jemanden graben sehn, auch kein Fußtritt war sichtbar. Auch fand sich der Karst auf demselben Fleck, wohin man ihn Abends gestellt hatte, aber sein Stiel war ganz schwarz und konnte nicht mehr rein geputzt werden. (Mitgetheilt von Hrn. Lehrer Herzog, aus dem Munde einer Urgroßmutter, die aus Ober-Endingen gebürtig gewesen.)

---

9) Erlöster zu Attelwil.

Aus seinem Hause sah ein Mann zu Attelwil oft, wie des Nachts ein Irrlicht auf dem nahen Landstück hin und herschweifte. Er geht einmal näher und erkennt seinen verstorbenen Nachbar, der bemüht ist, den Markstein der beiderseitigen Aecker tiefer in des Mannes Landstück zurückzuversetzen. Flehentlich bittet er ihn zugleich, doch behülflich sein zu wollen, sonst gebe es für ihn keinerlei Erlösung. Der Mann geht heim, holt eine Schaufel und gräbt ein Loch, in das er den Markstein hineinsetzt. Sogleich verschwindet auch der Geist. Als nun der Bauer seinem Hause zugeht, sieht er unter der Dachtraufe eine große schwarze Gestalt, welche ihm die Hand darreicht. Statt der seinigen bietet ihm der Bauer den Schaufelstiel entgegen. Der Schwarze ergreift diesen, fährt in die Höhe und ist verschwunden. An dem Stiel war deutlich die Hand dès Bösen zu sehn, denn der Teufel selbst war es gewesen, der statt des Erlösten nun dessen Erlöser holen wollte. (J. Weber aus Zofingen.)

In der Wallfahrtskirche des tiroler-Dorfes Thaur ist hinter Glas und Rahmen das Holzbrett mit den fünf schwarzen Fingergriffen zu sehn, die eine arme Seele drein gedrückt hat; das dabei liegende schriftliche Zeugniß der Bestätigung ist vom Jahre 1697. Alpenburg, Tirol. Sag. S. 150. Der doppelte Handgriff in die Kirchenmauer ist in der Leonhardskapelle im Passeier zu sehen. Zingerle, Tirol. SM. Nr. 148.

---

10) Lodernde Gerippe.

Ein furchtloser und wahrheitsliebender Mann, der früher als Colònist im Algierischen Setif gewesen war, nachher wieder heimkehrte und bei seinen Enkeln im Lenzburger Amte lebte, hat als vier und siebenzigjähriger Greis in unsern Tagen folgendes erzählt.

Als ich noch im Städtchen Lenzburg wohnte, mußte ich eines Nachmittags in Geschäften nach Egliswil hinüber. Nachdem die Sache zwischen mir und meinen dortigen Bekannten abgemacht war, tranken wir zusammen im Wirthshause noch eine Flasche Wein, für eine zweite bedankte ich mich, denn schon fieng es draußen an dunkel zu werden, und so sagte ich Adieu und machte mich auf den Heimmarsch. Ich hatte nun die Höhe des Egliswiler-Berges bereits erreicht, da bemerkte ich draußen in der Richtung meines Weges zwei hohe leuchtende Figuren. Sie standen unbeweglich seitwärts am Wege. Bald war ich ihnen ganz nahe und hatte da zwei menschliche Gerippe vor Augen, denen aus Brustkasten und Schädel Feuer herausloderte. Es wandelte mich zwar augenblicklich ein entsetzliches Grauen an, aber ich bemeisterte es; ich blieb stehn und redete sie an: Wer seid ihr? was thut ihr hier? Keine Antwort folgte, kein Laut, kei Lüftchen rührte sich rings in geräuschlosen Flammen loderten die Zwei. Rathlos stand ich, da hörte ich eine Stimme zu mir sagen: Sei fromm und geh deines Weges! das that ich denn auch auf der Stelle. — „Aber was ist dir begegnet?" war das erste Wort meiner Frau, als ich daheim in meine Stube trat. Ich antwortete ihr mit einer ausweichenden Gegenfrage; denn wer schämt sich nicht, so unmöglich Lautendes von sich selber zu erzählen. Sie aber drang in mich, und ihr liebreiches, von Besorgniß eingegebenes Wort zwang mir zuletzt denn doch mein Geständniß ab. Ich theilte ihr den Vorfall mit, unter dem ausdrücklichen Befehl, es an Niemanden weiter zu sagen. Allein schon am Morgen darauf war es dem ganzen Städtlein bekannt, und so kann ich es nun ohne Bedenken noch einmal erzählen. (Seminarist Sam. Beyer von Mörikon.)

---

11) Das Kuchen essende Irrlicht.

Von einem beim Bauern zu Gast gewesenen Irrlicht handelt Nachfolgendes.

Ein Mann aus der Aargauer Gemeinde Hirstal hatte sich am Ostertage in der Schenke bis Mitternacht gütlich gethan und kam auf seinem Heimwege an einer Hecke vorbei, die er dem allgemeinen Gerücht nach als den Wohnplatz eines brünnligen Mannes kannte. Durch seine etlichen Schoppen Wein übermüthig gemacht, rief er hier in die Nacht hinein: heh, Brünnliger, chum mit mer hei, du muesch Waeje ha! Und damit meinte er die Zwiebel= und Speckfladen seines Abendessens, mit dem er bis jetzt sein Weib daheim hatte zuwarten lassen. Er achtete sich nicht weiter und gieng seiner Wege fort nach dem ziemlich entfernten Wohnhause. Doch wie groß war sein Schrecken, als er sich in der Hausflur umkehrte und den Eingeladenen hinter sich sah, der ihm auf dem Fuße nachgefolgt war. So schnell er in die Stube zu eilen vermochte, eben so schnell war der Brennende drinnen und nahm sogleich hinter dem Tische Platz, wo die Frau schlaftrunken bisher ihres Mannes gewartet hatte. Beide Eheleute wußten sich in ihrer Angst nicht anders zu helfen, als daß sie alle möglichen Gebete hersagten, um den ungewünschten Gast zu entfernen. Der machte jedoch nicht im geringsten Miene, nur um ein Haar breit von seinem Platze zu weichen. Was blieb ihnen anders, als das allerletzte Mittel übrig, zum Pfarrer zu laufen. Dieser aber wohnt eine halbe Stunde von da entfernt im Dorfe Schöftland, wohin der Ort Hirstal pfarrgenössisch ist. Als sie ihm ihre Noth geklagt hatten, besann er sich lange, endlich sagte er: Ein solcher Fall ist mir noch niemals vorgekommen, auch habe ich noch in keinem Buche je davon gelesen, gleichwohl halte ich es fürs Beste, wenn Ihr dem Geist das Versprochene wirklich gebt und so seiner los zu werden sucht. Da die Leute mit diesem Rathe heim kamen, sahen sie die Wäjen bereits aufgegessen, der Bründlig mit seinem gesegneten Appetit war verschwunden. (Haberstich von Entfelden.)

Die Erdmännchen backen am Eisengraben, so sagt man im Frickthalerdorfe Gansingen, wenn auf dem dortigen Kaisacker Nebel aufsteigen. Zugleich liegt dorten das Milchloch, eine von den Zwergen bewohnte Höhle (Birrcher, das Frickthal 46). Die Berggeister kochen ihren Kaffee (Wolf, Hess. Sagen Nr. 81, Anmerk.). Die Milseburg, Berg in der Rhön, kocht Klöse. Bechstein, DSagb. Nr. 768. Es will regnen, die Zwerge kochen, sagen die Berner-Oberländer, wenn die Nebel aus dem Pfaffenloche an der Fluh von Gutbrunnen aufsteigen. Vernaleken, Alpensagen S. 186. Die Holzweiblein kochen Kaffee, heißt's von den dampfenden Bergen. Wolf, Ztschr. f. Myth. 4, 222. Regnet's im Sonnenschein, so ist „i der Höll Chilbi." Ebenso bei Kuhn, Nordd. Sagen 525: in der Hölle is Kermis. Dazu Kuhn, Westfäl. Sagen 2, S. 88. — Regen giebts, wenn der Schloßgeist Niggel in Rued mit dem Viertelsstreicher am Kornmetzen herumklappert. Die Vorstellung von wolkensammelnden und wettersiedenden Zwergen (sie gehen einher in Kapuzen, Tarnkappen und Nebelhelmen) führt über auf die Brod und Kuchen backenden. Daher kommt der schon im Mittelalter aufgezeichnete Volksglaube, die Geister hätten einen hohlen Rücken, statt des Rückens eine Mulde, einen Backtrog. Die Feurigen Männer, sagt man in der Oberpfalz (Schönwerth 2, 90. 92) sind zwar ebenso groß wie sonst ein recht geschaffner Mann, ihr Rücken aber ist ausgehöhlt wie eine Backmulde, ihr Leib gleicht zwei zusammen gesetzten Metzgermulden. Für ihre Dienste, die sie dem Menschen leisten, begnügen sie sich mit Brosamen, Mehl, einem Stückchen Brod, einem Stückchen schwarzen Tabaks.

---

12) Irrlicht bei der Radkapelle.

In der Nähe der beiden Weiher, außerhalb der Stadt Baden, gerade der dortigen Ziegelhütte gegenüber, stand vor einigen zwanzig Jahren an der Landstraße eine Kapelle, Namens Radkäppeli. Westlich davon steht jetzt noch ein Markstein mit einem Granitkreuz. Hier ist ein verrufener Spukplatz (vgl. Aargau. Sagen Nr. 310). Martin Kaiser von Rütihof, der Bruder meines Großvaters, suchte hier einst vor dem Unwetter Schutz, indem er durch einen zerbrochenen Gittersprossen in das Häuschen hineinstieg. Während er nun die Muttergottes Bildchen betrachtet, hört er plötzlich rufen, wie aus der Wand heraus: Marti, Marti, wotisch für en armi Seel bete! Der Mann ist der Meinung, ein vorbeigehender Bekannter habe ihm von draußen zugerufen, steigt sofort aus der Kapelle, läuft auch um dieselbe herum, kann aber Niemand erblicken. Dies fällt ihm plötzlich aufs Herz und er eilt trotz allen Unwetters fort nach Baden zu. Dorten erzählt er dem reformirten Ortspfarrer Rengger sein Erlebniß. Dieser macht ihn aufmerksam, daß diese Kapelle an der Stelle gebaut sei, wo dereinst ein vielbesprochner Mord geschehn. Falls er dorten je wieder gefragt würde, ob er für eine arme Seele beten wolle, so solle er nur antworten: Ja, wenn sie zu erbeten ist.

Mein Großvater Heinrich Renold, der Steuermeier, hatte auf der gleichen Stelle in Gesellschaft seines Nachbarn Hans Obrist ein anderes Begegniß. Auf der entgegengesetzten Seite der Straße stand damals ein ziemlich hoher Hag, an dem Beide von Baden kommend ihres Weges plaudernd hin giengen. Da wird mein Großvater plötzlich vom Boden gehoben und über seinen Begleiter und den ganzen Hag hinweg das Straßenbord hinabgeschleudert. Donner hol! rief ihm Hans Obrist zu, was machst du denn? „Es het mi e so en Siebechetzer do abe gheit!" rief der Großvater hinter dem Hag. So oft Hans Obrist später das Begebniß erzählte, fügte er mit seiner Gewohnheitsphrase hinzu: Donner hol, es het domole nummen ekei Stud gnappet! d. h. es hat sich nicht ein einziges Laub bewegt. (H. Renold von Tätwil, Gemeindeschreiber.)

---

13) Tabakrauchender Hausgeist in Lengnau.

In einem großen Bauernhause zu Lengnau wohnten mehrere Familien gemeinschaftlich zusammen, die in sehr übelm Ruf standen. Besonders der Meister der einen Sippschaft war im Dorfe gemieden und gefürchtet. Obschon seine mancherlei Diebstähle nicht erwiesen werden konnten, nagten sie doch, je älter er wurde, an seinem sonst so verhärteten Gewissen, und am Ende fand man ihn erhängt. Selbstmörder aber werden zu Gespenstern. Bald schleppte er daher seine Ketten rasselnd im Hause herum, legte sich als Sack quer vor Stiegen und Thüren, daß man über ihn wegspringen mußte, und machte sich Allen lästig. Schließlich ließ man einen Kapuziner gegen diese Hausplage kommen. Er bannte den Geist in eine Kiste, beschlug sie tüchtig mit Nägeln und brachte sie unter die Dachfirst hinauf in den dunkelsten Winkel. Dies half, allein nicht auf die Dauer. Sobald im Frühjahr die Leute wieder aufs Feld hinausgiengen und die kleinen Kinder daheim sich selbst überlassen mußten, durchmusterten diese das Haus bis unter das Dach und zogen da auch die vernagelte Kiste hervor. Weil sie ihnen zu schwer war, um sie bis ans Licht vorzutragen, schoben sie dieselbe durch die Dachlücke hinaus und ließen sie so in den Hof hinabstürzen, drunten platzte sie und der Geist war wieder los. Obschon die Knaben höchlich verwundert waren, in der Kiste gar nichts vorzufinden, räumten sie die Bretter doch aus dem Gesichte und schwiegen darüber, als Abends die Aeltern vom Acker heimkamen. Die Abendsuppe wurde gekocht, man setzte sich zu Tisch, doch sogleich trat auch der verstorbene Meister zur Thüre herein, mit den Ketten klirrend, die er um Leib und Beine gewunden hatte, nahm seinen alten Platz hinter dem Tisch ein, stopfte seine Tabakspfeife und rauchte geruhig drauf los. Nach einer Weile gieng er wieder zur Stube hinaus, ohne sich für diese Nacht weiter hören zu lassen. Allein schon am Morgen darauf lagen die Kinder krank, schwollen auf und starben rasch. Dies gieng den Aeltern so zu Herzen, daß sie das Haus verkauften und aus dem Dorfe fort nach Spreitenbach zogen. Andere mietheten sich nach ihnen ein, fanden aber ebenfalls keine Ruhe und verließen das Haus wieder. Jetzt steht es unbewohnt. (A. Schmid von Zurzach.)

Einige Berge der Schweiz sind der bestimmte Platz, auf dem man den Berggeist Tabak rauchen sieht. Wenn sich der Kirchenberg im Dorfe Staufen mit einem feinen Wölklein umzieht, so sagt man im Aarthale: Der Pfarrer tubäklet. Dasselbe gilt vom Titlisberge bei dem Urner Aelpler (Alpenros. 1813, 27.) und aus dem ähnlichen Grunde heißt auch eine der einzelnen Höhen des Rigiberges der Tabakgütsch. Meyer-Knonau, Kant. Schwyz, 55. Regen giebts, wenn der Lochluegenjäger, ein Wilder Jäger im Walde zu Staffelbach, sein blaues Räuchlein über den Berg wirbelt. Beim Dorfe Entfelden gilt das Oberthal als Wettergegend, daher heißt es, wenn dorten Nebel aufsteigt: Die Obelther-Bueben räuke, sie räuke wieder im Obelthel. In der Oberzelge der Gemeindegüter des Frickthaler Dorfes Möhlin heißt eine Anhöhe Dubackacker. Nie noch wurde in jener Landschaft Tabak angepflanzt. Allein dorten eben ist der Spukort des berüchtigten Fritze-Böhni (Argau. Sag. 2, Nr. 363) und dieser erscheint hier also als ein die Gewitterwolken sammelnder Thalgeist, dampfend und rauchend. Ein Aargauer Kinderspruch unterscheidet zwischen männlichen und weiblichen Irrlichtern und läßt sie gleich schwarzwälder Hausierern mit Feuerstein und Zundel handeln:

Zunselwibli, Zunselwibli!
Füersteimanndli!

In Hebels Gedicht, Geister am Feldberg, fragt der Engel den mit ihm des Weges gehenden Tabakraucher: Worum schlagsch denn Füür, und worum zündisch di Pfifli nit am Puhuh a, dem füürige Ma? Der Schwede pflegte in früherer Zeit seinen Hausgeistern am Weihnachtsmorgen, also am Tage der allgemeinen Freude, zu opfern: eine Schaufel Spreu, einen grauen Tuchlappen und etwas Tabak. Afzelius 2, 358. Auch den Todten gab er solches mit in den Hügel, und noch vor einem Menschenalter wurde Branntweinflasche und Tabakspfeife mit in den Sarg gelegt. Weinhold, Altnord. Leb. 403. Daraus sind die neuen Sagen entstanden, daß der Teufel Tabak rauche, und daß jene Pfeifchen unbekannter Herkunft, die man auspflügt, den Unterirdischen und Erdmännchen angehören. In Bezug auf den Teufel zeigt Fr. Dörr (Plattdütsche Volks-Kalenner 1859, 9) das Sprichwort: de Düwel stäik sin Pip an un makede sick upn Weg na Ellerndörp. In den Niederlanden finden sich auf gewöhnlichem Ackerlande neben den sogenannten Zwergentöpfen und Krügen auch kleine Tabakspfeifchen im Boden von sehr roher Form. Daraus haben die Zwerge Kabouterchen ehedem geraucht, eines hielt das kurze Pfeifchen fest, ein zweites zog am dicken Stiel und ein drittes hielt das Feuer daran. Wolf, DMS. Nr. 65. Der lange Wapper ist ein Antwerpner-Stadtgespenst. Da einst der Wirth zu den drei Schinken zu seinem Speicherfenster mit der brennenden Pfeife im Munde heraussah, ersuchte ihn ein dahergehender Matrose von der Straße drunten, ihn sein Pfeifchen anzünden zu lassen. Ihr braucht nicht all die Treppen herunter zu kommen, sagte der Matrose, und in weniger als einer Sekunde war er so lang geworden, daß er sich noch bücken mußte, um mit dem Kopfe ans Speicherfenster zu kommen. Da zündete er seinen Bartbrenner an und verschwand. Dies war der lange Wapper. Wolf, DMS. Nr. 236.

Der Alte am Löffelspitz, einer über 9000 Fuß hohen Alpe, ist ein weißhaariger Eismann, raucht mit Vorliebe recht stinkenden Bauerntabak und läßt sich solchen gern von den Aelpern schenken. Alpenburg, Tirol. Sag. S. 104. Schilt man auf das Kasermanndl von Oberwalchen, einen Almgeist, so steckt es dem Scheltenden „sein Pfeifl in den Hintern." ibid. pag. 168. So oft das Jägergespenst des Kaplaneimannes den Leuten in die Fenster hineinguckte, riefen drinnen die Buben: Kaplaneimann, komm und zünd mir mein Pfeifle an! Birlinger, Schwäb. Sag. 1, Nr. 16.

9.

Schlange und Drache.

1) Der Stollenwurm von Wölfliswil.

Das kleine Mädchen einer Bauernfamilie von Oberhof, einem Berghofe im Frickthaler Jura, zunächst Aarau, hatte den Auftrag, Bohnenstangen in der Bergwaldung Saal zu hauen, und war eben beschäftigt, sich an den Stamm einer jungen Föhre zu machen. Das Bäumchen ragte auf drei gleichmäßig emporstehenden Wurzeln dreifußartig aus dem Boden und ließ so unter sich einen kleinen Höhlenraum leer.

Da kam nach dem ersten Axthiebe ein junger Stollenwurm drunter hervor und auf das Kind los. Er war graufarbig, nicht ganz armslang, in Leibesmitte von Katzendicke, hatte zwei aufrechtstehende rund geschnittene Oehrlein, fleischig und unbehaart, und lief auf zwei kurzen Vorderfüßen mit breiten Tätzchen. So war die ganze Erscheinung des Thierchens eine niedliche, allein vorn im Kopfe saßen ihm befremdlich große Augen, rund wie Rädlein und hell wie Neuthaler. Dieser überaus glänzende Blick trieb das Kind augenblicklich in die Flucht.

Die Erzählerin, welcher dieses in ihrer Kindheit widerfahren, ist nun eine siebenzigjährige Wittwe; sie beharrt nicht nur jetzt noch auf der täuschungslosen Wahrheit des Erlebten, sondern fügt bei, die Erscheinung jenes Stollenwurmes sei zusammengetroffen mit dem damaligen außergewöhnlich heißen Sommer.

Die alte Bauernfrau Frey, die Erzählerin des Voranstehenden, hat in der Beschreibung von dem feurigen Glanze der Rollaugen des Stollenwurmes den Inhalt des Wortes Drache richtig herausgefühlt. Der Name bedeutet blicken und blinken, leuchten und lohen, wie Grimm Myth. 653 zuerst nachgewiesen hat. Der Geschlechtsname Drak ist noch jetzt ein an der Aargauer Limmat und Reuß nicht ungewöhnlicher. „Jagle Trackh im Trackenhof, Gemeinde Siggenthal." Wettinger-Archiv 762. 763. So leiten auch die Namen Lindwurm ab von lint, glänzend; Eidechse von eit, Feuer. Grütsche, d. i. Grünling, heißt die Schlange wegen des frühlingsgrünen Feuerschimmers ihrer Schuppen beim Glarner. Wagner, **Mercur. helvet. 1680, 243.** Diesen wasserlechzenden Hitzebrachen der sommerlichen Mittagsschwüle kennt man in der Vierwaldstätter-

Seesage; er taucht plötzlich zwischen dem Seelisberg und dem Gestade von Beckenried empor und umspannt die Ufer mit seinem blitzenden Ringe. Unter dem gleichen Bilde des ausgestreckt rastenden Drachen beschreibt Aeschylos im Agamemnon das in der Mittagshitze leise zitternde, seine Wogen gleich Drachenschuppen glattlegende Meer: „wo es auf schweigendes, windstilles Mittagslager sinkt, in Schlaf gewiegt.“ Bricht diese drückende Schwüle in ein Mittagsgewitter aus, so bildet sich der große Schlangenkönig um in den fliegenden Feuerdrachen, der sich schlängelnde Blitz zur Feuerschlange des Himmels, welche Feuerbälle speit und Drachensteine fallen läßt. Wenn der Drache vom Rigi nach dem Pilatus fliegt, erzählt Cysat in der Beschreibung des Vierwaldstätter-Sees, so läßt er in der Gegend von Horw einen Drachenstein fallen; der Bauer, der eben dorten graste, hob ihn auf und besaß damit ein Heilmittel gegen Pestilenz, Ruhr und Blutfluß. In den Sagen der nordamerikanischen Indianer (Altenburg 1837, 21) wird der Donner das Zischen der großen Schlange genannt; ein paar Schlangen werden am Horizont sichtbar, die mit ihren Köpfen über die Wälder herüber reichen. Schwartz (Progamm, Berlin 1858), der dieses Citat giebt, macht dabei die schlagende Bemerkung: Der Drache mit seinem langen Papierschweif, den unsre Knaben im Herbst steigen lassen, ward in Franklins Hand das Mittel, den Blitz finden zu lernen. Ist der Drache golden und feurig, so legt er auch ähnliche Eier, oder Krystallkugeln, Karfunkel- und Diamantensteine; das ist die nach dem Gewitter wiederkehrende Himmelsbläue, die in angelsächsischer Bezeichung gemma coeli (Myth. 665) genannt ist. Dies Sinnbild ist schließlich zusammen geschrumpft zu jenem Eier legenden Fibelhahn, welchen die Schulanekdote auf Rechnung des angeblichen Pfarrer Balhorn geschrieben hat. In Grimms Märchen Nr. 197 wird dies so ausgedrückt. Ein wilder Auerochse steht kampfbereit an einer Quelle. Glückt es, ihn zu tödten, so erhebt sich aus ihm ein feuriger Vogel, der trägt in seinem Leibe ein glühendes Ei, und in dem Ei steckt als Dotter eine Krystallkugel. Er läßt das Ei nicht fallen, bis er dazu gedrängt wird; fällt es aber auf die Erde, so zündet es und verbrennt alles in seiner Nähe, selbst das Eis zerschmilzt und mit ihm auch die krystallne Kugel. Wird der Drache durch einen Auerochsen bekämpft, oder durch den Uristier (Argau. Sag. Nr. 246), oder muß er in ein vorgehaltenes Ochsenfell beißen, oder auch wenn der Drachentödter sich durch eine umgeworfene Ochsenhaut schützt, wie das Fridlev thut (Fridlevus, bovino tergore tectus. Saxo Gramm.), so ist dies nur das Ueberbleibsel der ursprünglichen Stiergestalt des Drachentödters, wie die Irrseer Bauern und die Holzberndorfer den Gott und die Göttin als eingewickelt in eine Kuhhaut darstellen, an der noch die Hörner sitzen. (Panzer, Bair. Sag. 2, S. 117.)

---

2) Drache im Simmenthal.

Ein Drache erscheint einem Kinde und sagt: Flieh nicht, sondern erlöse mich! thu nur, was ich dir sage, dann wirst du glücklich werden. Das Kind antwortet: Ich will es thun, wenn es der Vater mir erlaubt, dem ich es erst sagen muß. Dies geschieht;

es kommt mit dem Vater zur angesetzten Zeit und soll mit den Zähnen den Drachen einen Schlüssel aus den seinigen nehmen. Indem es hinzugeht dies zu thun, ruft der Vater entsetzt: B'hüt mer Gott mis Chind! Damit ist alles verschwunden. (Samuel Beetschen von Ringoldingen im Simmenthal.)

Bei den Simmenthaler Sennhütten am Röthi- oder Seehorn liegt der Alpsee; in ihm steckt ein Lindwurm, der sich unterirdisch durchfrißt, bis er einst jenseits gegen Bettelried bei Zweisimmen herauskommen wird. Alpenrosf. Jahrg. 25, 349. Die Sage erklärt sich aus einer in Tirol üblichen Redensart. Wo den Bergen und Bergseen kleine Bäche entquellen, sagt man: Hier hat sich ein Lintwurm ausgebissen. Alpenburg, Tirol. Sag. S. 238. Conrad von Megenberg in seinem Buch der Natur (Augspurg. H. Schönsperger 1499. Blatt 93b.) weiß sich dieses bereits trefflich zu erklären: es sagen die mêrler, wenn man dem traken ein haubt abschlüg, so wüchsen jm dreü an der stat. aber das ist nit war. eine stat hiesz ydra, dz ist ein wasserstat, die was dieszend mit wasser, vnd so man ye ein runst vermachet, so entsprangen dreü oder vier anderhalben. das sach der held hercules vnd grub das erdrich ab aller ding vnd trug nun erden vnd stein dar, vnd beschütt die strasz zumal vnd macht die stat trucken.

Petermann Etterlin, Feldhauptmann in den Burgundischen Kriegen, später Gerichtsschreiber zu Luzern, erzählt in seiner Chronik vom Jahre 1499, es sei im Mai desselben Jahres ein Drache aus dem See zu Luzern unter der Brücke die Reuß hinab geschwommen und von vielen Leuten mit großem Staunen gesehen worden; bei der Tiefe und dem Strudel des Wassers konnte seine Größe nicht bemessen werden. In demselben Jahre verfaßte Schradin seine Reimchronik vom Schwabenkrieg (abgedruckt im Geschichtsfreund 4, 42) und reimt von dem Drachen also:

vff den xxj tag meyen ist beschechen
zu Lutzern, hat man ein seltsam ding gesehen,
ein wurm, sin hals ward geacht zwei klaffter lang,
sich vß dem sew durch die Rüßbrugk schwang.
sin houpt mit breiten oren, gestalt eins kalb,
vnd die grosse des Libß allenthalb
ouch einem kalb ze glichen vnd ze schetzen.
daby hab ich die welt horen schwetzen,
des wurms lengy sy by xj klaffter gewesen.

Diese ganze Lucernergeschichte stammt aus Paulus Diaconus, der im 3. Buche, cap. 23 von der allgemeinen Ueberschwemmung ums Jahr 590 berichtet: Damals kam zu Rom mit dem Tiberstrom auch ein Drache von wunderbarer Größe und schwamm zur See hinunter. Gregorius von Tours (Fränk. Gesch. lib. 10, c. 1), der desselben Vorfalls erwähnt, setzt über des Drachen Gestalt bei „so dick wie ein starker Balken."

Dieser aus den Kirchenscribenten entlehnte Drache wird von nun an am Gelände des Vierwaldstätter Sees allenthalben localisirt und in die kirchliche und politische Geschichte des Landes hinein versetzt. Er wird zum naturhistorischen Thiere gemacht, wirft Junge und bevölkert so auch die benachbarten

Landschaften. Dies haben die beiden Luzerner Geschichtsschreiber Rennwart und Leopold Cysat, Großvater und Enkel, veranlaßt, die als Rathsschreiber und Archivare zu Luzern, ihre willkürlich ersonnenen Märchen mit dem Ansehen ihrer Stellung deckten und durch ihre kirchliche und literarische Kameraderie weiter verbreiten ließen. Die Vernunft der Sage geht dabei ganz zu Grunde und nichts als eine absurde Curiosität bleibt übrig. Bereits in den Argauer Sag. 2, S. 12 ff. ist an zahlreichen Beispielen der feuerspeiende Drache nachgewiesen als das Leuchten und Funkeln des Blitzes, die schwimmende Riesenschlange als das mit dem Hochgewitter sich entladende Wildwasser. Neugewonnene Beispiele mögen dies hier noch unterstützen. Das Wesentliche der Erscheinungsweise des Drachen als eines sich hinwindenden Stromes drückt Göthe aus in Mahomets Gesang: „Durch die Ebne dringt sein Lauf schlangenwandelnd." Der vom Gebirge rauschend und zischend herabstürzende Waldbach, im sanskrit Ahi, im ahd. Agi, führt auf Egi Schlange, und auf Eidechse, egidehsa, die zur Krokodils-Gestalt des geflügelten Drachen dienen mußte. Die Pueblos-Indianer haben in den Höhlungen der Felswände am Rocky-Creeck phantastische Bilder von Drachen eingegraben und behaupten, die Gewalt über alle Wasser sei einer großen Schlange ertheilt; von ihr erflehen sie sich Regen (Möllhausen, Prairien und Wüsten im Westen Nordamerikas 1860, 168). Die Hazaren halten einen bei Bisut in Afghanistan 170 Ellen aufragenden cylinderförmigen Felskegel für die versteinerten Ueberreste eines von ihrem Stammhelden Hazrat Ali, dem Schwiegersohne Mohameds, erschlagenen Azdha, oder Drachen. Sein vorspringender Gipfel, durch dessen Spalte Schwefeldämpfe dringen, soll die Mähne des Drachen sein. Von dem andern Theile, dem Kopfe des Drachen, rinnen viele kleine warme Quellen über den bunten Fels herab. Sie schwitzen aus dem Gehirne des Azdha hervor. Um den Gipfel herum zieht sich ein hellrother Felsen; er ist das herunter geflossene Drachenblut. Bei einem zunächst stehenden kleinen Gebäude Ziarat, Bergaltar, zeigt man die Spuren der Hufe Dandal's, des Schlachtrosses Alis, wo er stand, als seine Pfeilschüsse das schlafende Ungeheuer erlegten (C. Masson, Reis. in Afghanistan. Weltpanorama 1843, Theil 4 und 6, S. 322). Die chinesische Regierung hält sich einen besonderen Regendrachen, dem man in Zeiten der Trockniß alle möglichen guten Worte giebt. Nach monatelanger Dürre ließ ihn der Kaiser über die Grenze in die tatarische Wüste verweisen. Die Unterthanen flehten jedoch um Begnadigung, man schickte einen Courier nach und ließ ihn wieder zurückführen (Ule, Ztschr. Die Natur 1856, 273). In der Legende und Sage des Alpenlandes ist dieses Verhältniß, in welchem der Drache gedacht wird gegenüber den Bergseen, Sturzbächen und Gewitterfluthen in besonders sprechender Weise ausgedrückt, so daß die sich wieder rührende Schlange und der ausfahrende Drache noch jetzt in der Redeweise des Aelplers das Anschwellen der Frühlingsgewässer bezeichnet. Petrus Canisius „Zwo wahrhafte lustige Historien von S. Beato und S. Fridolino, Freiburg im Uchtland 1590" hebt S. 52 es besonders hervor, daß eine Reihe von Heiligen den von ihnen bekämpften Drachen an Gewässern erlegt hätten; St. Beatus einen an der Höhle der Beatenwand am Thunersee, der heilige Donatus einen bei der Brücke. Domitianus, Bischof in Lüttich hat an der Stelle des Drachenkampfes einen Brunnen entspringen lassen (Diebolt, Histor. Welt, Zürich 1715, 665). In der tiroler Pfarrkirche zu Wilten wird die große Zunge des Drachen hergezeigt, den dorten der Riese Thiersch (Türst) erschlagen hat, und der dabeistehende Reim besagt von dem Thiere:

Speit aus das Gift und windt den Schwanz,
Zerkratzt ihm auch die Mauer ganz,
Auch wie das Wasser reißen thut,
Wanns-aufbricht ein Archen gut (Uferfaschine)
Sodann bringts durch die Felder aus,
Daß sicher ist kein Hof noch Haus.

(Alpenburg, Tirol. Sag. 1, S. 376.) Und so sehr geläufig ist dorten diese Vorstellung des Drachen als eines Gießbaches, daß am Hause hinter Melans noch Drachenköpfe an den Dachrinnen als Erinnerungszeichen an jenen Drachen ausgegeben werden, der hier im Weiher aus einem Hahnenei ausgekrochen ist. In der Grazer Zeitung „Der Aufmerksame" (1856, Nr. 24) ist von dem Drachen zu steierisch Baiersdorf an der Klatsch die Rede, der aus einem dortigen Wildbache hervorbrach. Die Bauern schickten ihm eine Fuhre Kalk in den Weg, von Ochsen gezogen und von einem Blödsinnigen geleitet. Der Drache verschlang die ganze Equipage und verreckte daran. Beim Drachenstich, einem Volksfeste im Baierischen Walde, faßt das Volk das Drachenblut, das aus einer zerstochenen Rindsblase fließt, mit weißen Tüchern auf und legt diese in die Felder, daß der Flachs gerathe und lang werde. Das Fest wird zur Erinnerung an eine Pestzeit gegeben (Panzer, Bair. Sag. 1, S. 110. 359). Hält der Drache die Fruchtbarkeit ab, weil seine Gewässer das Land versumpfen und verpesten, so fühlt sich die Sage genöthigt, ihn in Verbindung zu setzen mit den Symbolen des Weines und Brodes. Ein Küfergeselle ists, der auf dem Rig Reifholz und Faßdauben hauen will, aber darüber vom Drachen in die Schlucht entführt wird. Als dann im Frühjahr der Drache auf Raub ausfliegt, hängt sich ihm der Küfer an den Schwanz und entkommt so. Aus Dankbarkeit schenkt er in die Luzerner Leodegarskirche ein Meßgewand, das jetzt noch daselbst hergezeigt wird. Ueber diese Casula ist ein purpurner Atlasstreifen chinesischen Gewebes der Länge nach aufgenäht, darauf ist ein asiatischer Fahnendrache gestickt, dessen sechs Füße je mit vier Klauen und ihrer entsprechenden heraldischen Fahnenquaste versehen sind. Der Rücken läuft in einen gezahnten Kamm aus, aus dem Rachen geht eine Pfeilzunge, ein Duzend molchartiger Quappen umringeln ihn auf beiden Seiten. Cappeller (hist. mont. Pilati 1767) giebt die Abbildung davon. Wie dieser Drache einen Küfersjungen raubt, so verschlingt derjenige im Spitalkeller zu Eßlingen einen Küfersknecht und auch von ihm zeigt man ein krokodilartiges Ueberbleibsel dorten vor (Pfaff, Gesch. v. Eßlingen, 502). Derjenige im Keller zu Stuttgart hat bereits zwei Brauknechte verschlungen, und wird durch einen ihm vorgehaltenen Spiegel getödtet (Panzer, Bair. Sag. 2, Nr. 113). So endet auch jener Basilisk, von dem die Chronisten den Namen der Stadt Basel ableiten; er lag bei der Wasserquelle, aus welcher der jetzige Gerberbrunnen geworden ist (Wurstisen, Basl. Chron. Anhang.) Der Basilisk heißt namentlich auch Kellerhahn (Seifart, Hildesheim. Sag. 2, S. 167). Zur Strafe, daß er den Sonnenschein verschließt, fängt man den Strahl seines neidischen Blickes im Spiegel auf, gleichwie man in einem Krystall den Sonnenstrahl auffieng, um das Oster=, das Noth= und das Johannisfeuer damit zu entzünden. Dabei hatten dann die Konzer an der Mosel das Vorrecht, von den umliegenden Weinbergen ein Fuder Weins erheben zu dürfen (Myth. 583, 587). Der St. Clemensdrache Graouilli (Gräuel) zu

Metz wird am Himmelfahrtstage dreimal in Prozession durch die Stadt getragen und jeder Bäcker, an dessen Laden der Zug vorbei kommt, hat ihm ein Weißbrödchen an die Stachelzunge zu spießen. (Regis, Uebers. des Rabelais 2, S. 733). Hier wird ihm Brod geopfert, damit er die Kornsaat nicht verderbe. Und so wird der Korn und Wein verheerende nachmals wieder zum Korn und Wein bescherenden, allen Ueberfluß mit sich führenden feurigen Drachen.

Sehr merkwürdig bleibt die Fortdauer der Angst vor dem bereits erlegten Drachen; denn noch immer entsteht Sturm, wenn man Steine in die Wetterlöcher und Seen wirft, die er vormals bewohnt hat. Dieser Glaube hat von des Plinius bis auf unsere Zeiten ausgedauert. Auf der Küste von Dalmatien, sagt er (NG. 2, 44) giebt es eine weite steile Höhle, aus der auch sogar bei heiterem Wetter, wenn man einen kleinen Stein hinabwirft, ein wirbelartiger Sturmwind herauffährt. Dieser Ort heißt „Senta." So pflegte beim Feste der Palilien (Ovid. Fast. IV, 721) der Hirte Vergebung bei allen Gottheiten zu erflehen, gegen deren Recht er bei der Arbeit unabsichtlich sich vergangen haben konnte:

Es schade mir nicht, zu trüben den See! o Verzeihung, ihr Nymphen,
Wenn das badende Schaf dunkel die Welle zertrat!

Diesem Glauben hat man die vielen Sagen von Gespenster-Seen in unserm Hochlande zuzuschreiben; man darf sie nicht ergründen, jeder Steinwurf in sie bringt Gewitter hervor. „Pilat, wirf aus dein Kath!" caenum tuum disperge, Pilate! sagte man, wenn man Steine in den Bergsee auf dem Pilatus schleuderte (Cappeller, S. 10). Das Gleiche gilt von dem Wildsee ob Filters im Sarganserlande (Henne, Schweizerbl. 1832, zweite Hälfte). Dasselbe gilt in Graubünden von dem kleinen See im Zezninathal; von dem Calendarisee auf den Schamseralpen, an dem Wetterloch auf dem Kamor, von dem kleinen Urtensee im Schamfigg, von dem Lüschersee zwischen Domleschg und Savien, oberhalb Tschappina, von dem Bischolersee bei Flerda. In sie etwas zu werfen, galt für Sünde, und der Drache der in ihnen haust, kündet durch schauerliches Geheul bevorstehende Hochgewitter an (Röder-Tscharner, Kant. Graubünden I. 172. 197. 217). Wirft man bei Krainburg in Krain Steine ins Wetterloch, oder ins Loch bei Rubenstein, oder in das Windloch bei Veternigk, oder in ein ähnliches bei Katzenstein, so entsteht Gewitter (Compendieuse Staatsbeschreib. Braunschw. 1719. I. 183).

---

3) Die Hausschlange im Emmenthal.

Auf einer Emmenthaler-Bergheimat hatte ein Dienstmädchen die Kühe ihres Meisters zu melken, als darüber eines Abends eine große Schlange mit einer goldenen Krone auf dem Kopfe durch die offene Stallthüre zu ihr herein kam. Das Mädchen gerieth beim Anblick des Thieres in Bestürzung, aber sie erinnerte sich, schon gehört zu haben, daß die Schlangen besonders gern Milch tränken. So faßte sie sich nun, machte behende ein Grübchen in den Boden, und schüttete Milch hinein. Der unbequeme Gast kroch herzu, trank behaglich und verschwand. Am andern Tage aber stellte er sich wieder um die Melkzeit ein. Da merkte das Mädchen, daß es sich nicht zu fürchten brauche, und gab dem Thier fortan die Milch aus einem eignen Schüsselchen. Weil sie sonst ein heitres und frisches Mädchen gewesen war, seither aber manchmal in sich gekehrt schien, dachte endlich der Meister, sie nehme etwa von einem Sennen der Nachbarschaft Besuche an.

Als sie ihm aber nach langem Sträuben ihr Erlebniß anvertraut hatte, schärfte ihr dieser ein, es ja recht geheim zu halten, fleißig zu beten und den Verlauf der Sache unter Gottes Schutz abzuwarten. Die Schlange kam noch immer, wurde täglich zutraulicher und schlief endlich beim Mädchen im Bette, und so blieb es bis auf die Zeit, da ein braver und hübscher Jüngling offen um die Magd freite. Als der Abend vor der Hochzeit da war, kam die Schlange wie sonst in des Mädchens Schlafkammer und nahm den gewohnten Platz ein. Morgens beim Erwachen war das Thier schon verschwunden, aber seine Krone hatte es diesmal in des Mädchens Schooß liegen lassen. Nie kam es wieder. Das Mädchen ward ein glückliches Eheweib; die Schlangenkrone hinterblieb als Hausschatz ihren wohlgerathenen Kindern.

Nach einer mir neuerlich zugekommenen Mittheilung spielt der Vorfall auf den Luzerner Bauernhöfen Maihausen (vgl. S. 19 dieser Schrift), die zwischen Menzikon und dem Städchen Münster liegen. Die junge Frau, die mit dem Schlangenkrönlein beschenkt worden, hat dann im Luzerner Dorfe Neuhausen gewohnt. (Mündlich.)

Hier folgen einige Nachweise über das hohe Alter und die weite Verbreitung der Sage von der mit Milch getränkten und dafür Gold bescheerenden Schlange. Die goldspendende Schlange ist eine Sage betitelt im 3. Buche der indischen Märchensammlung Pantschatantra, übersetzt von Benfey Th. 2, S. 244. Ein armer Brahmane lag in der Mittagshitze, ausruhend von der Arbeit, im Schatten eines Baumes und sah aus einem Ameisenhügel in der Nähe eine furchtbare Schlange hervorkriechen, geschmückt mit einer großen Haube. Sicher ist dieses, dachte er sich, die Gottheit des Feldes und von mir noch nie verehrt; darum ist dieser mein Ackerbau auch so gewinnlos. So will ich ihr denn gleich auch meine Verehrung bezeigen! Er holte Milch herbei, goß sie in eine Schale, brachte der Schlange die Milch dar und gieng nach Hause. Als er am folgenden Morgen wieder zum Ameisenhaufen kommt, erblickt er einen Denar in der Schale; und so geht er Tag für Tag allein hin, giebt ihr Milch und findet immer einen Denar. Eines Tages aber befahl der Brahmane seinem Sohn, Milch zum Hügel zu bringen, und gieng selbst in ein Dorf. Der Sohn thats an diesem und am folgenden Tage, doch als er dann den Denar erblickt und genommen hatte, dachte er bei sich: Sicher ist dieser

Ameisenhügel voll von goldnen Denaren, darum will ich die Schlange tödten und alles auf einmal nehmen. Am folgenden Tag schlug er die Schlange, während er ihr Milch gab, mit einem Knüttel auf den Kopf. Sie aber, die durch des Schicksals Willen eben mit dem Leben davon kam, biß ihn ergrimmt mit ihren Giftzähnen so sehr, daß er augenblicklich todt war. Am zweiten Tage kam sein Vater zurück. Nachdem er von seinen Leuten den Anlaß durch den sein Sohn umgekommen, erfahren hatte, billigte er es ganz und gar und sagte: Wer den Geschöpfen nicht hold ist, die Schutzes halber ihm genaht, des frührer Reichthum geht unter.

Ueber das Vorkommen desselben Zuges in der deutschen Mythe handelt Grimm, Myth. 651, er erkennt in der dargereichten Milch ein Opfer, das den Genien des Hauses gebracht wurde. Die von uns gegebene schweizerische Sage findet sich schon in der älteren schweiz. Literatur. In naturhistor. Absicht redet davon als von einem im Luzerner Lande geltenden Volksglauben Cappeller (hist. montis Pilati 1767, 116. 118). Weil der Lindwurm, sagt Cappeller, den Kühen auf den Weiden des Pilatusberges die Milch aus dem Euter gesogen habe, so werde derselbe wohl richtiger Rindwurm geheißen haben. Vom Gelände des Thuner Sees erzählt darüber R. Wyß (Schweiz. Idyll. 1, 327). Die Sage redet in doppelter Verzweigung theils von dem mit Milch genährten, theils von dem bei seinem Ernährer schlafenden Thiere. Ich nehme beide Zweige hier nach einander vor. Die älteste Erinnerung an beide ist der Eddische Odhinn, der selbst der Schlangenkönig gewesen ist und die Schlangen-Eigennamen Ofnir und Svâfnir führt. In Schlangengestalt schlüpft er durch eine enge Kluft in den Hnitberg hinein, trinkt dorten zu dreien malen dem Riesenmädchen Gunnlöd den süßen Methtrank weg und schläft drei Nächte in ihrem Schooße. Eine Erinnerung an letzteres allein findet sich in Müllenhoffs Märchen (Schleswig-Holst. Sag. S. 383): Das Töchterlein Oda bekommt vom Vater zum Jahrmarktsgeschenk eine Schlange, die aber vor der Thüre schlafen soll. Da nimmt das mitleidige Kind das Thierchen mit zu Bette: 'bistu verfraren, arm dink, so kumm man herin und warm dy! Die Krön'lnatter schlupft zum armen Bauernjungen ins Bette, das Goldne Würmlein kommt zum Mädchen; da werden beide steinreich (Zingerle, Tirol. SM. Nr. 405). Diese Vorstellungen fügen sich enge dem Wortbegriffe an, der in Schlange und Lindwurm liegt; das umschlingende, sich anklammernde Thier ist, wie Weinhold bemerkt (Deutsche Frauen), ein Bild des liebenden Weibes. Armlinner: Armschlange, war skaldische Umschreibung für Weib. Das freigebigste Weib heißt in den Nibelungen Gotelint, und das allerweiseste Siglint. In den Frauennamen Otlint, Bouglint (Schatzschlange, Armspange) ist die auf den Schätzen geringelt ruhende Schlange ausgedrückt. Jene Schlange, die in der Hortsage „Schlüsseljungfrau von Tegerfelden“ (Aargau. Sag. 1, S. 235) eine so bedeutende Rolle spielt, ist damit erschöpfend erklärt.

Die beim Menschen schlafende Schlange ist sodann eine milchtrinkende. Auch hier sind zahlreiche Nachweise vorhanden. In den Fastnachtspielen aus dem 15. Jahrhundert (von A. Keller) ist 3, 1357 zu lesen: Von einem slangen in dem hûse gespîset. Neuere Erzählungen dieser Art finden sich: Mone' Anzeiger 8, 537. — Meier, Schwäb. Sag. Nr. 229. 203. — Woeste, westfäl' Volksüberlief. 50. — In vorarlbergischer Mundart erzählt durch Vonbun in Frommanns Mundarten 1856, 210. — Panzer, Bair. Sag. 2 theilt mit, jenes dem Milchgefäße, aus dem die Schlange trinkt, unter zu breitende Tüchlein heiße Siebenjahrgarn, weil es von Kindern bis zu ihrem siebenten Jahre gesponnen seyn müsse. Dies besagt, daß nur ein unschuldiges Kind das Schlangenkrönlein erhalten kann; gleichwie nur derjenige Senne, der noch nicht zu Heimgarten gegangen ist, die Schlangenjungfrau zu befreien vermag (vgl. Drachenkampf in der Galtenkuh), deshalb schließt die richtig auf uns gekommene Volkserzählung ihre Geschichte vom Milchtrinken mit jenem bewunderten Sätzchen naivsten Kinderausdruckes. Das Kind auf der Scheideck im Bern. Oberland, schlägt die Schlange, die mit ihm Milchsuppe aus der gleichen Schüssel ißt, mit dem Löffel auf den Kopf: Lå g'seh, frissist och Brot, wenn du Mammi wifist? (Mitth. von Studios. Mäder aus Baden.) Anderwärts sagt es: Ding, iß au Mocke! In Meiers Schwäb. Sagen, Nr. 228: Iß et no Ilch, iß au Ickle!

Biancabella wird mit Hülfe einer Schlange geboren und von derselben dann in einem Kessel Milch gebadet; hierauf wird dieses Kind so schön, daß ihm beim Kämmen Perlen aus den Haaren fallen und seine Hände Rosen streuen. So erzählt Strapparola ums Jahr 1550, vgl. Kletke's Märchensaal 1, Nr. 26.

Die Volksmedicin nennt den Bandwurm Bauchschlange und glaubt ihn durch Milch abtreiben zu können. Mit offnem Munde legte sich ein Knecht über einen Kübel siedender Milch und athmete den heißen Dampf ein. Dann zog er den zur Süßigkeit der Milch heraufsteigenden Wurm mit der Hand sich aus dem Schlunde.

---

4) Schlange zu Brittnau.

Am Fuße des Kirchberges beim Dorfe Brittnau, im Bezirk Zofingen, mußte man im Jahre 1812 von Gemeinde wegen einen Nußbaum auf der Almende umhauen, der vor Alter den Einsturz drohte und die des Weges vorbei Gehenden gefährdete. Unter der Arbeit kam eine Schlange von mindestens 10 Fuß Länge aus dem Baume hervor, und sogleich waren die Bauern mit allen Mordwerkzeugen hinter ihr her. Dennoch war man nicht im Stande, sie völlig zu tödten, immer rührte sie sich und begann fort zu kriechen. Da erschien ein Greis und peitschte sie mit frisch geschnittenen Haselruthen. Dies half, mit dem Untergang der Sonne starb endlich das Thier. Nun aber befürchteten die Leute, es müßten auf diese Begebenheit Theuerungsjahre einfallen, und als diese dann mit dem Hungerjahre 1817 wirklich kamen, erinnerte Alles sich wieder der erschlagenen Schlange. (J. Rob. Widmer von Brittnau.)

Im gleichen Dorfe war ein Untervogt gewesen, ein habsüchtiger, harter Mann. Wenn er Pfändungen und Vergantungen vorzunehmen hatte, kam er nie an den Ort gegangen, sondern stets geritten in Mantel und Degen, um dadurch die Auffallskosten noch zu vergrößern. Als er einst von solchen Geschäften heimkehrte und das Gewicht des mitgebrachten Freikäses untersuchen wollte, hatte sich eine Schlange in die Wage verwickelt, und Niemand als ein gewisser Schlangenkari war im Stande, den häßlichen Wurm aus der Wage zu ziehen. Von dieser Stunde an hatte der Vogt keinen gesunden Tag mehr, er verfaulte bei lebendigem Leibe.

5) Schlange zu Linn.

Zur Zeit der Pest im Jahre 1610 war das Kirchdorf Linn auf dem Bözberge noch der Begräbnißplatz dreier Nachbardörfer. Als man damals die vielen Leichen nicht mehr auf dem einen Kirchhof unterbringen konnte, grub man auf dem benachbarten Felde eine tiefe Grube, warf die Todten unterschiedslos, wie sie nackt oder mit Kostbarkeiten geschmückt hergeschafft wurden, in sie hinab und pflanzte schließlich eine Linde auf den Platz. Dies ist die große Linde von Linn, die nun ihre 251 Jahre steht. Vor Alter ist ihr Stamm gespalten; in ihrer Höhlung, heißt es, haben große Schlangen ihren Wohnsitz und hüten die Schätze, die hier einst mit den Leichen in die Erde gelegt worden sind. Wer in die Klüftung des Baumes hineinsteigt, um den Geistern das ihrige zu nehmen, der muß auf der Stelle sterben.

6) Genuß des Schlangenfleisches.

Ein erst in diesen letzten Jahren zu Grindelwald im Berner Oberlande verstorbener Bauer hieß bei seinen Nachbarn wegen allerlei geheimer Künste der Wunderdoctor. Bei seinen Besegnungs- und Zaubergeschäften pflegte er sich stets in seine Kammer einzuschließen. Sein Knecht, längst neugierig geworden, machte ein Bohrloch durch die Holzwand der Stube und sah nun von außen zu, wie der Doctor eine weißköpfige Schlange mit der Hand faßte und in einem Wasserkessel zu sieden anfieng. Bald stieg ein weißer Schaum am Rande auf und ballte sich zu einer schneegleichen Masse. Indessen schien dem Doctor noch ein Geschirr oder sonst ein Siedmittel zu fehlen, denn er gieng plötzlich, ohne die Thüre abzuschließen, nebenaus in die Küche. Diesen Augenblick benutzte der

Knecht und schlich sich in die geheimnißvolle Kammer hinein. Hier strich er den weißen Schaum, den er für wallende Milch hielt, fingerweise vom Rand ab, schleckte ihn hastig hinein und lief, als ob nichts geschehen wäre, hinaus in die Matte, um da zu mähen. Aber da sah er, als er die Wiese betrat, wie jeder Halm und jedes Mattenblümchen sich vor ihm verbückte. (Stud. phil. Mäder von Baden.)

Sigfrid briet das Herz des getödteten Drachen Fafnir am Feuer, bis der Saft daraus aufschäumte. Als er dann forschend, ob es gar gebraten wäre, den Finger daran legte und sich verbrannte, fuhr er, um den Brandschmerz zu lindern, mit dem Finger in den Mund. In Folge dessen verstand er die Sprache der Adlerinnen, die ihm zunächst auf den Bäumen saßen. Eddasage. In Grimms DS. Nr. 131 ißt Graf Ilsang eine silberweiße Schlange, als Aal zubereitet, und versteht hierauf die Thiersprache; sein Diener, der die Ueberbleibsel von der abgetragnen Schüssel verspeist, kommt darüber zum gleichem Verständnisse. Vgl. Myth. 934. Du hast vom Haselwurm gegessen! ruft der tiroler Doctor seinen Knecht an, da dieser von dem Elixier genascht hatte, das er hatte kochen sollen (Zingerle, Tirol. SM. Nr. 736). Eine Volksmeinung sagt: Wer das Schmalz einer weißen Schlange ißt, weiß was jeder Andere sich denkt.

7) Kaiser Karl und die Schlange zu Zürich.

Der Zürcher-Chronist Heinrich Brennwald, Sohn des Bürgermeisters Felix Brennwald, geb. 1478, gest. 1551, letzter Probst des Chorherrenstiftes in Embrach, erzählt in seiner Handschriftl. Chronik, Bl. 23:

„Als hievor gemeldet ist, wie daß Karolus Magnus das Gestift zu der Pröbstj gepuwt hat, derselben Zyt war er nun vil mit Wesen zu Zürich, und namlich enthielt er sich in dem Hus glych nebent dem großen Münster, das zu dem Loch genempt und dieser Zyt ein Korherrenhof ist, das er sin selbs gebuwen hat. Und damit Rych und Arm zu Recht möchtend kommen und niemand sin Zugang gewert wurde, so ließ er ein Sul ufrichten und ein Glöggli daran henken an dem Ort, da die lieben Heiligen St. Felix und St. Regula enthauptet warend, und ließ menklichem verkünden: wellicher Rechts begerte, daß er zu diser Zyt, so der Kayser esse, diß Glöggli lüte, so wöllt er den verhören. Und als dis etlich Zyt geweret, und der Kayser zu Tisch saß, so hört er lüten, schickt angenz sinen Diener dahin, zu besechen, wer Rechtes begerte. Da fundent sy nieman; und sobald sy da dannen kamend, so lüt man aber, das beschach zu dem dickeren Mal. Da hieß der Kayser, daß man wartete, wer das bete. Also kam ein großer Wurm (Schlange), hanget an das Gloggenseyl und lüt; das verkündtend sy dem Kayser, der stund uf von dem Essen, und redt, man söl der unvernünftigen Geschöpft durch Eer ihres Schöpfers glych als wol Recht lassen gan, als den Menschen. Und als der Kayser an den Ort kam, da neygt ihm der Wurm und kroch vor hin gegen dem Wasser in ein Rüschi, da er sine Eier gelegt, darüber sich eine große Krott gesetzet hat. Und als das der Kayser und all sin Hofgesind ersachend, da saß er zu Gericht und bekannt, daß die sollte verbrennt werden. Und nachdem das beschach, über etlich Tag, so der Kayser ob Tisch sitzet, so kumpt der Wurm für den Hof. Das ward Im kund gethan. Also hieß er, daß man in ließe ingan und in niemand an sinem Fürnemen hinderte. Damit kroch der Schlang für den Kayser, neygt ihm, und kroch demnach uf den Tisch, stieß das Lid*) (Deckel) von sinem Trinkgeschirr und ließ einen edlen Stein darin vallen, kart sich umb, neygt dem Kayser und gieng von dannen. Diß groß wunder, und daß die seligen Heiligen St. Felix und Regula uf diser Hofstat umb Christens Glauben willen gemartert waren, bewegt den Kayser, zu ewiger Gedächtniß, Gott zu lob und Eer ein Gotzhus dahin zu buwen, wird diser Zyt die Wasserkilch genempt, uß der Ursach, daß der Merteyl Zytes das Wasser darum flüßt. Es ist ouch in der Krufft unter dem Altar der Brunnen, by dem die lieben Heiligen gewonet und gefangen wurden, den nempt man deßhalb den heiligen Brunnen." (Zürich. Neujahrs-Bl.: Von der Stadtbibliothek 1842.)

Aufzeichnungen, welche der Zürcher Scheuchzer nach Brennwalds Handschrift über diese Erzählung machte, giebt Grimm DS. Nr. 453. In vdHagens Gesammt-Abenteuer 2, 635, 3. CLXIII. steht sie als mhd. Gedicht. Sie findet sich aber bereits in der indischen Literatur vor und zwar im Mahavansa. Eine Kuh, der des Königs einziger Sohn unabsichtlich das Kalb getödtet, sucht und findet Schutz durch das Ziehen der Richtglocke, und ebenso eine Krähe gegen eine Schlange. A. Weber, der dies mittheilt — Indische Studien III, 2. 3 —, scheint geneigt, eine so auffallende Correspondenz des Mythus den bekannten Gesandtschaftsverhältnissen zuzuschreiben, die zwischen Karl dem Großen und Harun al Raschid wiederholt angeknüpft waren. Dies ist überflüssig. Wir haben eine Rechtssage vor uns, die dem Inder und dem Germanen gleichmäßig angehört, weil nach beider Gesetz auch dem Thiere Recht gesprochen und gehal-

*) Lid, der Deckel des Pokals, kehrt wieder in schwäbisch Lidkratte, ein halbrunder Armkorb mit Deckel, und in nhd. Augenlid, Augendeckel.

ten werden muß. Bis ins Jahr 1780 dauerte im Züricherlande die Rechtssitte an, für die Katze Mordbuße und Wergeld zu zahlen, wie es in der Edda vorgeschrieben ist. Mone, Anzeiger 1836, 43. Unter den Rathsherrnämtern der Stadt Winterthur hatte dasjenige eines „Thierherren", des Sachwalters und Vormunds aller zur Gemeinde gehörenden Thiere, bis in die Neuzeit gegolten. Aber auch den herrenlosen und wilden kam etwas von diesem Schutze zu, nach der Bestimmung des Sachsenspiegels (lib. II, Art. 61, § 2): das den wilden dieren vrede geworcht is bi Konninges banne, sunder beren vnde wolve vnde vôssen. Das Morgenländische Gesetz befahl Aehnliches und gieng dabei in die einzelsten Fälle. Im Avesta (ed. Spiegel 1852. Bd. 1, S. 71 und 216) sind durch Dutzende von Paragraphen die Strafen für einzelne am Hunde verübten Grausamkeiten dictirt. „Sechs Monate beschütze man die jungen Hunde, sieben Jahre lang die Kinder." In der Yajnavalkya (von Stenzler 1849. III, 270): „Für einen Wasservogel und Geier, den man getödtet, soll man eine junge Kuh geben; für getödtete Schlangen einen eisernen Stab."

---

8) Der Liebesstein.

Jener Edelstein, den die Schlange, welcher zu Zürich Recht gesprochen worden war durch Karl den Großen, dem Kaiser in den Trinkbecher hatte fallen lassen, kam an die Kaiserin und war ein Liebesstein. Als Fastrada seine Beschaffenheit erfuhr, trug sie ihn unter ihrer Zunge verborgen, damit ihn sonst Niemand finden und sich des Herzens ihres Gemahls bemächtigen könne. So starb sie und ward mit dem Steine begraben. Allein nun fühlte sich der Kaiser von einem unabwendbaren Verlangen an sie gefesselt, so daß er ihre Leiche achtzehn Jahre lang sich überall nachführen ließ. Zuletzt wurde der Stein entdeckt und nach Aachen gebracht, um dorten mit den übrigen Reichskleinodien aufbewahrt zu werden. Nun aber vergaß der Kaiser wiederum Alles über diesen neuen Wohnplatz des Kleinods, so daß er jetzt Aachen so lieb gewann, wie früherhin Zürich, auch dorten Münster und Pfalz erbauen ließ und nur an diesem Orte begraben sein wollte.

Die Lateinlegende des 13. Jahrhunderts nennt diesen Liebesstein ein Weizenkorn (granum auri) und erzählt, wie Karls Freundin auf ewig entschlummert, sobald ein Sonnenstrahl in ihren Mund trifft und dieses unter der Zunge drinn verborgen liegende Körnlein bescheint. Myth. 405. In niederrheinischer Sprache aus dem 14. Jahrhundert urspünglich abgefaßt und im 16. Jahrhundert copirt, liegt eine Handschrift auf der Stadtbibliothek zu Zürich (neu abgedruckt in den Antiquar. Mittheill. 1846), die von diesem Liebesstein und den Wirkungen erzählt, die derselbe zu Aachen hervorgebracht. In der Gesta Romanor. (bei Gräße, cap. 105) wird dieselbe Begebenheit unter Kaiser Theodosius versetzt und dessen Blindheit mit dem von der Schlange gebrachten Stein geheilt; ebenso als Heilstein ist er behandelt in Schmid's Straparola, Berlin 1817, 281. Konrad von Megenberg, Buch der Natur, nennt ihn Leutstein und Allectorius, der eine sei der Schlange, der andere dem Hahnen eigen. „Der Leutstein wirt aus eines menschen herz. den stein trug Alexander in purpur in vndergürtel. vnd do er wider kam aus India vnd über das wasser Eufraten kam, zoch er seine kleider ab, das er badet in dem wasser. do kam ein schlang vnd piß den vndergürtel ab mit dem stein vnd ließ jn vallen in das wasser. das hat Aristoteles geschrieben in ein buch von der schlangen. von dem stein spricht man, das er den menschen behüt vor dem yehen ende vnd das er nit ersterben müg, dieweil er den stein hab an seiner hand." Blatt C 4[b]. „Allectorius ein stein an der größe als ein bon wechst in eins hannen magen, wenn man jn capaunet, nach dreien iaren vnd lest yn darnach sechs iar leben. wer den stein in dem mund tregt, dem lescht er den durst. er machet den menschen sighafft vnd bringt frid, vnd allermeist macht er die frawen lieb iren mannen. darumb heist er allectorius, das ist ein zuo-zemer." Blatt B 4 (Augsburg 1499). Den Leutstein läßt also die Schlange Alexanders, gleichwie diejenige Karls den ihrigen fallen, beide machen unsterblich; der Allectorius ist zwar gleicher Entstehung wie der sonst bekannte Drachen- und Hahnenstein, allein wie der Stein Karls macht er, in den Mund genommen, das Weib liebreizend. Die Fornmanna-Saga deutet auf denselben Sagenzug hin; Harald Schönhaar sitzt drei Jahre bei der Leiche seiner Sniofrid und bleibt versunken in Betrachtung ihres unvergänglichen Liebreizes. Aber es wird ihm der falsche Zauber entdeckt, sobald man einen Mantel von der Leiche entfernt. Schließlich wird aus allem der Krötenstein, an dessen Wirkungen man heute noch glaubt. Man meint bekanntlich, gleich der Schlange trage auch die Kröte einen zauberkräftigen Stein im Kopfe. Daher tragen die Fuhrleute und Tiroler auf ihren Gürteln, die Bauern an ihren Geld- und Tabaksbeuteln noch die sogenannten Otterköpfchen und Schlangenköpfchen; es ist die Caurimuschel (Cypraea Cauri), die im ganzen Negerlande als Scheidemünze gilt, und von der man bei uns meint, ihr Träger werde im Marsche nicht ermüden und beim Heben von Lasten keinen Schaden nehmen. Im Baireuther Voigtlande nennt man auch die im blauen Thon- und Mergellager versteinert liegenden Echiniten- und Nymphäenmuscheln Krötensteine; gleichwie der Franzose die Krystall- und Quarzdrusen crapaud heißt. Beides hängt wohl mit dem Glauben zusammen, daß die Kröte in Steinen und Bäumen eingewachsen zu unermeßlich hohem Lebensalter komme; sterbe sie endlich doch, so müsse ihr Ueberrest, eben jene Versteinerung, fortfahren, demjenigen, der ihn besitzt, das Leben zu sichern und zu verlängern. Wo dieser Wahn nicht mehr besteht, da herrscht doch noch die märchenhafte Vorstellung, als ob Schlange und Edelstein untrennbare Begriffe sein müßten. So hört man in reformirten Landschaften häufig behaupten: Wird Jemand in kostbaren Gewändern, geschmückt mit Ringen und Juwelen begraben, so legt sich ihm eine Schlange auf sein Herz und bewacht sie. Solcher Weise entstand der Glaube, es gebe einen Alles bewältigenden Siegstein (lapis bufonius), einen Gerichtsstein, mittelst dessen man bei Rechtsstreitigkeiten obsiegt, einen Leut- und Liebesstein, der alle Herzen gewinnt; einen Krötenstein, mittelst dessen der Schwinger und Raufer die Oberhand behält. Noch legt man todte Kröten auf das Spundloch der Fässer, um den eingekellerten Wein gesund zu erhalten;

denn die Kröte trat ja schließlich an die Stelle jener Schlange, die den Stein in des Kaisers Trinkbecher fallen ließ. Im Grabe der Frau Barbara von Giech zu Thurnau wird 1628 nebst anderem „Edeligestein und Güldenring befunden 1 Krottenstein in Gold gefaßt" (Aufseß, German. Anzeiger 1861, 88). Im Morgenländischen Märchen (Kletke's Märchensaal 3, S. 95) hat der Prinz einen Frosch aus dem Rachen der Schlange befreit und dieser bringt ihm dann den Ring aus dem Flusse wieder, den dorten der König beim Fischen verloren. Darüber erhält er des Königs Tochter zum Weibe.

---

9) Der Schlangenbanner zu Dottikon.

Vom Dorfe Dottikon im Freienamte liegt rechts der Straße, die nach Otmarsingen geht, und herwärts dem Steinhofe der sogen. Hendschicker-Rebhügel, östlich von diesem ist der Schauplatz folgender Erzählung. Ein mageres Landstück von fünf Jucharten, früherhin Waldland, seit ungefähr zehn Jahren urbar gemacht, aber noch immer wie sonst in die Almende Dottikons eingezelgt, heißt der Hungerbühl. Vor mehr als zweihundert Jahren war dieses Waldstück ein Ort des Schreckens für Jeden, der hier vorbei zu Feld mußte, denn alles wimmelte von Schlangen. Man konnte kein Mittel ausfindig machen, diese Landplage zu entfernen. Da kam eines Tages ein Fremder ins Dörfchen, den man den Schlangenbanner nannte und bot den Leuten seinen Dienst unter der Bedingung an, daß sie ihm im Kampfe mit der Schlangenkönigin aufs Wort folgen und beistehn würden. Man gieng darauf ein und zog schon am nächsten Morgen, bewaffnet mit Sensen, Aexten und Schoßgabeln, nach dem Hungerbühl. Hier mußte das Volk aus Feldsteinen Wälle kreisförmig zusammen schlichten und drinnen große Feuer anzünden. Sobald dies Alles gemacht war, begann der Fremde auf einer Pfeife zu pfeifen, und augenblicklich kamen die Schlangen in Menge aus dem Wäldchen herausgekrochen, wälzten sich über die Steinwälle empor und fanden in den Flammen ihren Tod. Von Wall zu Wall hatte sie der Mann mit dem Ton der Pfeife gelockt. Aengstlich hatte das Volk diesem Beginnen zugeschaut. Der Schlangenbanner bedeutete sie, daß heute noch kein Grund zur Furcht vorhanden sei; kommt aber morgen die Königin, sagte er, dann wehe mir, wenn Ihr nicht Wort haltet und muthig bei der Hand seid.

Am zweiten Tage loderten die Feuer abermals, eine Menge des Gewürms hatte wiederum seinen Tod gefunden, aber die Königin erschien nicht.

Kaum war man am dritten Tage zur Stelle, so wurde das Pfeifen des Banners durch ein schreckliches Gezische erwidert; „das ist die Königin, helft!" so rief der Banner und kletterte auf den nächsten Baum. In diesem Augenblicke wälzte sich eine gewaltige Schlange zum Feuerplatze; sie war grau am Leibe und ihr Kopf mit einer Krone geschmückt. Sie richtete ihre funkelnden Augen erst auf die Bauern, dann nach dem Banner und stürzte sich dann wie ein Blitz auf den Baum, um den Mann droben zu erdrücken. Laut schrie er um Hülfe herunter, schon wollten die Leute entweichen, da faßte doch einer ein Herz, sprang hinzu und durchstach das Thier noch am Stamme mit seiner Schoßgabel; dann kamen auch die Uebrigen und schlugen es mit Keulen vollends todt.

Schonet der Krone! rief der Fremde im Herunterklettern den Leuten zu. Dann brach er diese sorgfältig vom Haupte, steckte sie zu seiner Pfeife und sprach im Fortgehen unter den Segnungen der Bauern: „Liebe Leute, nun bin ich reich genug, und Ihr habt fortan Frieden."

So war's; die Schlangen sind aus dem Hungerbühl verschwunden. (Schullehrer Fischer von Dottikon.)

J. Bodinus Daemonomania ist von Fischart 1586 ins Deutsche übersetzt und ergänzt; in der zweiten Auflage 1591 ist S. 87 die Sage vom Schlangenbeschwörer in Salzburg erzählt, der alle Schlangen auf eine Meile Wegs in eine Grube bannet, bis die letzte und größte herbeikommt und im Ansprunge ihn tödtet. Gleiche Erzählungen in Birlingers Schwäb. Sag. Nr. 145 — 152. In Zingerles Tirol. SM. Nr. 212. Bei unserer Bevölkerung gilt der allgemeine Satz: Mauser und Natterntödter brauchen ein Pfeifchen, auf dessen Ton alle Unken und Würmer aus dem Kellerhalse heraufsteigen und ihnen nachschleichen. Allein auch die in Gestalt einer Schlange Schätze hütende Jungfrau von Tegerfelden erscheint auf den Ton eines von ihr verschenkten Pfeifchens (Aargau. Sag. 1, S. 231).

---

10) Schlangenhöhle zu Bayards.

Im Neuenburger Jura bei den Dörfern Groß- und Klein-Bayards liegt eine durch zwei vereinigte Hügel gestaltete Vertiefung, welche Combe a la Vuivra heißt, das Vippernloch. Nach alten Nachrichten soll eine furchtbare Schlange die Gegend so gefährlich gemacht haben, daß drei Jahre lang die Straße nach Burgund nicht mehr gebraucht worden sei, bis ein Sulpicius Raimond aus Sulpice (einem Dörfchen in wilder Felseneinsamkeit am Ursprunge der Reuse) ihre Lebensweise erspähte, und sie aus einer Kiste heraus, in die er sich vor ihre Höhle hinsetzen ließ, mit vielen Pfeilschüssen verwundete. Dann erschlug er sie mit der Hellebarde. Als er den Sieg seinen Mitbürgern verkündet hatte, starb er zwei Tage nachher an den Folgen seines Kampfes, 1273. Nordwestlich davon ist die Berghöhle la Baume, mehr als 100 Fuß tief, bis auf 30 Fuß hoch und breit, reich an Stalactiten; die Quelle des Flüßchens Reuse liegt benachbart. So also fehlen die Hauptbedingungen der allgemeinen Sage zum Schauplatz dieses Drachenkampfes auch hier nicht. (Vgl. Meyer-Knonau, Schweiz. Erdkunde 2, 363.)

11) Drache am Spielmoos.

Im Entlebuch zu Hurbenen, auf einer Berg-Ecke Schimberg, zwischen den Wildbergen Schafmatt und Feuerstein, wo die Grenzen von Schüpfen und Hasli zusammentreffen, wurde ein Drache von einem Manne erlegt, der in dieser Gegend alpete. Der Mann blieb ebenfalls im Kampfe. Das Plätzchen, wo das Unthier verscharrt worden, zeigt man noch. Es heißt das Spielmösli, denn hier läßt sich zuweilen eine mächtige Musik hören. Zerfallenes Mauerwerk und sogar Mühlsteine deuten darauf, daß hier an der sogen. Mülliporte, wo nun kein Mensch mehr zu überwintern wagen würde, eine Dorfmühle gestanden. Jäger haben hier alte Münzen gefunden. (Schnider, Gesch. von Entlebuch 2, 246. 258.)

12) Drachenkampf in der Galtenfluh.

In der Galtenfluh ob Engelberg in Uri ist eine Höhle in welcher ein Drache hauste. Er hatte eine Urnerin bei sich, die einen armen Urner hatte heirathen wollen, statt des reichen Sennen, den der habsüchtige Vater ihr geworben hatte. Dafür hatte er sie zum Drachen verwünscht und nur ein keuscher Knabe konnte sie erlösen. Als sich ihr reicher Bewerber dazu anschickt, umwickelt ihn der Drache mit dem Schwanz und wirft ihn wie einen Schleuderstein über die himmelhohe Felswand herab. Du bist ja auch schon garten gewesen! ruft er ihm nach. (Garten gehen, oder Heimgarten gehen ist der Kiltgang, der nächtliche Besuch bei Dorfmädchen.) Sodann steigt der arme Brautwerber empor, weiß den ihm entgegen speienden Drachen bei den Beinen unter dem Leib zu packen und beide stürzen mit einander ringend über die Fluh herab. Im Sturze kommt jedoch der Bursche oben zu liegen, ist gerettet und ehlicht seine schöne Urnerin. (Mündlich.)

---

13) Schlangen gebärende Frauen.

Es wird mit Gewißheit berichtet, wenn eine auf dem Gebirge Karst in Krain wohnende Frau gebiert, daß ihre Frucht in Gestalt einer Schlange sein soll. Solchem Ungeheuer passen die bestellten Weiber sorgfältig auf, treiben es in eine Wanne voll Wasser, geben ihm hernach Streiche mit Ruthen, bis daß es sich in ein Kind verwandelt, welches, wo mir recht ist, durch Abstreifung der Schlangenhaut geschieht. Bei jedem Streiche nennen sie ein Handwerk oder eine Profession, und bei welcher Nennung die Verwandlung geschieht, solches muß das Kind hernach lernen (Compendieuse Staatsbeschreibung. Braunschweig 1719. 1, 183).

10.

Die Wolken.

---

1) Der Wolkenhut.

Derjenige Berg einer Landschaft, an welchem sich das auf Regen und Gewitter deutende Gewölk herkömmlich anzusammeln pflegt, dient der Bevölkerung als Wetterprophete und heißt dann im Allgemeinen ein Hut- oder Hüetlisberg. Die Rundwolke, die auf seinem Gebirgsscheitel lastet und sie verhüllt, ist der Hut; die Kranzwolke, die den Berggipfel frei hervorragen läßt, ist der Kragen des Mantels; ein die ganze Bergwand belastendes Gewölk ist der Mantel sebst, und die spitzige Schichtwolke, wagrecht über die Bergwand gezogen, heißt der Degen. Das Erscheinen einer Degenwolke deutet man ebenso, wie wenn Hunde sich wiederholt schäppeln, auf den Eintritt schlimmer Witterung. Daher der Kinderreim:

Potz tûsig, tûsig Dege,
Der Wind chunnt vorem Rege.
Potz schockmillione Patrone,
Der Dodôli chunnt sih goh flohne.

Aus leichten, dünnen Flatterwolken macht man denselben Schluß, je mehr sie einer gezackten Zahnsäge gleichen, man nennt sie auch Säge (serra). In den Freienämtern gilt der Pilatusberg als Wetterprophete und man hat über seine Hut- und Manteltracht mehrfache Reime:

Het der Pilatis en Huet,
So ist das Wätter guet.
Het er en Däge,
So git's Räge.
Het er e Schürz,
So git's gern Rägen und Pfütz. (Reinach.)

Hat er eine Kappen,
So wird das Wetter gnappen.
Hat er einen Strich wie ein Hecht,
So wird das Wetter schlecht.
(Businger, Kant. Unterwald. 30.)

Wenn Pilatus hat ein Hut,
Ist das Wetter fein und gut.

Si Pilatus pileatus,
Aër erit defoecatus.
(Cappeller, Hist. Mont. Pilat. 1767, 41.)

Im Juradorfe Asp heißt es vom Berge Asperstrichen:

Der Asperstriche het e Chappe:
Morn' cha me de ganze Tag lappe (in Koth waten).

Aehnliche Reime vom Berge Niesen am Thunersee verzeichnet R. Wyß, Idyll. 2, 411:

Hat der Niesen einen Hut,
Wird das Wetter gut.
Hat er einen Kragen,
Kann man's noch draußen wagen.
Hat er Mantel und Degen,
Giebt es Wind und Regen.

Das Bedeutsame dieser Reime liegt darin, daß dem Wetterberge die gleichen Abzeichen beigelegt werden, die der Wettergott Odhinn führt, nämlich Hut, Mantel und Schwert; aber der Hut, dieses den Göttern und ihren Priestern besonders zukommende Abzeichen, wird dabei am liebsten wiederholt. Unser Küttiger Bauer sagt von der Wasserfluh bei Aarau:

D' Wasserflueh het en Wullhuet,
's git Räge.

Bemißt er den Himmel nach Nord und Süd, so theilt er ihn in einen Winterhut und Sommerhut. Im Heuet verlangt er Abends als günstige Wetterbestimmung einen dunkeln Südwesten und einen hellen Norden, daher der Spruch:

Dört durh îe, wie ne Wullhuet,
Dört durh âb, wie ne Schinnhuet,
Und dört durh âb roth wie ne Gluet:
Denn isch 's Heuwetter guet.

Der Freiburger Moléson trägt statt des Hutes eine Nachtmütze: Moléson l'ia son caperon. (Kuenlin, Alpenblumen, Sursee 1834, 107). Solcherlei Hutberge sind in den Steireralpen der Eisenhut; die Bischofskappe beim Dorfe Zuckmantel im schlesisch-mährischen Gebirge; Sturmhaube im Riesengebirge; Sneehättan, der Schneehut in Norwegen; Nebelhelm in der Grafschaft Cumberland (Ausland 1835 Nr. 311). Kaiser Friedrich hat einen Hut auf, heißt's in Thüringen, wenn der Kyffhäuserberg mit Nebel bedeckt ist (Menzel Odin 336). Die Sturmwolke steigt aus dem Schwarzwälder Mumelsee in Form eines runden Hutes auf. (Schnezler, Bad. Sagenb. 2, 131). Der Nanos (Zwerg), ein schroffer Berg nördlich des Karst, gilt für die Stadt Triest als der Wettermacher (Augsburg. Allgem. Ztg. 1855 Nr. 151). Der Alte zieht seine Kappe über, gilt vom Kötterberg (Kuhn, Westfäl. Sag. 2 S. 89). Der heutige Isländer nennt jede, einen landschaftlichen Punkt unsichtbarmachende Wolke hulinhjalmr, Hüllhelm oder Tarnkappe (Maurer, Isländ. Sag. 181). Der Ausdruck stammt noch aus der Edda, in welcher die Wolke ein hehlender Helm, hjalmr huliz genannt wird. Es heißen daher in Pröhle's Harzsagen 1, 208 die Nebelkappen, mit denen sich die Zwerge unsichtbar machen, Verhehltnißkappen. Im finnischen Epos Kalewala (Schiefner, 14te Rune, Vers 319) geht der alte Finne Wäinämöinen einen Liederwettstreit ein mit dem Lappenjüngling Joukahainen und:

Singt dem Mann die Mütz' vom Kopfe,
Wandelt sie in Wolkenhaufen,
Läßt sein blaues Wollenwämmschen
Lämmerwolken sein am Himmel.

Siegreich reißt also der Finnische Sonnengott dem Lappländer Winter die Sturm- und Nebelhaube vom Kopfe, und verwandelt sie in sommerliche Lämmerwolken. Das gleiche geschieht im Kinderliede, der Sonnenregen zieht dem Berg den Nebelhelm ab (bei Simrock, Kinderb. Nr 288):

Sonnenregen, Hut abnehmen:
Morgen wirds schön Wetter werden!

In dieser Anschauung gründen die naturhistorischen Märchen, deren eines noch in Hebels Schatzkästlein (S. 48) erzählt wird: ein in Sachsen niedergegangenes Gewitter habe alles Feld mit Hüten schwarz überdeckt. Man suchte sichs mit der Annahme zu erklären, hinter dem Berge habe damals ein Regiment Soldaten exercirt, welchem der Wirbelwind alle Hüte vom Kopf gerissen und ins Thal herüber entführt haben müsse. In dem Städchen Altorf beobachtete man im Jahre 1577 einen am Himmel vor sich gehenden Streit um die Sonne. Dreierlei Wolken kämpften von Morgen an mit der Sonne, sie ganz zu bedecken. Endlich kam aus einer der Dreien eine große Menge schwarzgekleideter Kriegsleute heraus und zog zu Pferd und zu Fuß in Schlachtordnung in die Sonne hinein: hinter ihnen her ein mächtig großer Mann, der sie alle überragte. Aus einer Reihe von Blutwolken aber, die nun mehr und mehr aus der Sonne hervorflogen, sah man bald Dinger herabfallen wie große Hüte, und ringsherum schien die ganze Erde bedeckt mit diesen Hüten, die verschiedene Farben trugen, roth, blau, grün und schwarz (Wolf, DMS. Nr. 202). Im Berner-Oberlande galt noch im vorigen Jahrhundert die Sage als Thatsache, ein Hutmacher aus Thun habe mit seiner Tracht Markthüte über den Lauterbrunner Gletscher ins Wallis reisen wollen, sei in einen Gletscherschrund gestürzt, und war also verschollen, bis nach manchen Jahren ihn sammt seiner ganzen Bürde von Hüten der Gletscher wieder herausgeschoben habe (Aargau. Sagen 1, S. 125).

Diese Sagen umschreiben nur den Namen des Wetter- und Erntegottes. Odhinn selbst hieß nach der Tracht des Breithutes Sidhötter, pileatus. Er hat nach seinen Wolkenarten und nach den Wetterbergen der Thalschaften den Mantel und Kragen und heißt daher auch Hakolbärend. Tragen also die ihm dienenden Witterungsgeister solcherlei Hüte, so werden erst die Huttänze begreiflich, welche man in Württemberg beim Erntefeste abhält, beschrieben von Meier, Schwäb. Sag. S. 242; und ebenso die Sitte der Tiroler, beim Berchtenlaufen um Wintersmitte die besonderen Spitzhüte zu tragen, während auch der Ochsenhüter und Weinberghüter seinen sonderbaren Hut trägt, den man Krapfenhut nennt. Diese Hüte tragen Namen und Form des aus dem neuen Korn gebackenen Kuchens und Krapfens, den man Bhüetis nennt, und sind ein Sinnbild der durch die Sturmwolke vollzogenen Ackerbefruchtung. Auch die oberpfälzische Legende (Schönwerth 3, 301) erzählt davon. Die Apostel giengen einst voran unserm lieben Herrn durch ein Kornfeld. Da lief der Bauer herbei, pfändete sie und nahm jedem den Hut. Doch der heilige Jakobus sagte: Laßt mir meinen Hut, ich will dafür euer Kornpatron sein. Seitdem ist St. Jakob Kornpatron der Bauern, und trägt kein Heiliger einen Hut als er.

Dem huttragenden Apostel Jakobus entspricht der heilige Oluf. Im Mälarsee heißt ein schroffer Felsen der Königshut; auf einer eisernen Stange trägt er einen gewaltigen Hut. Webderkop (Bild. aus d. Nord. 2, 360) sagt, derselbe diene zur Erinnerung an den Schwedenkönig Erik Emundson, mit dem Beinamen Wäderhatt; denn wohin er auf seinen Seereisen seinen Hut schwenkte, daher blies günstiger Wind. Afzelius (1, 297) erwähnt gleichfalls dieser Sage, aber als einer auf Oluf den Heiligen bezüglichen, welcher auf der Flucht vor dem Feinde hier seinen Hut verloren.

2) Das Schiff.

Länglich geformte Wolken, gegen Norden gerichtet, heißen Windstreifen, weil man sie auf kommenden Wind deutet. Sie sind das eddaische Windschiff der Vanen. „Es chunnt wieder es Schiff voll," hört man dann im Berner Seelande befriedigt sagen, wenn dieses Abendgewölk nach wochenlanger Sommerdürre sich zeigt: „Es chunnt wieder es Loch voll, hunderttusig Gulde werth." Dieses ist die Guetwetterwolke, weißgefärbt, vom Norden anziehend; ihr Gegentheil ist die dichte, dunkelanwachsende Regenwolke. Am Neuenburger See heißt jene la voile (Segel, Schiff). Wir werden ein Gewitter bekommen, sagt der Jurassier, es macht sich da droben ein Segel. Ebenso dichtet Schiller in der Maria Stuart: Eilende Wolken, Segler der Lüfte! Und bei Rückert heißt es:

> Lieblich steuerst du dein Boot,
> Wolke, Götterbote.

Der Franzose unterscheidet zwischen la voile, Segel, und le voile, Schleier. Die Schleierwolke verbirgt die dahinter wirkende Wetterfrau, wie die Braut ihrem Bräutigam verschleiert zugeführt wird. Leukothea, die weiße Göttin, erbarmt sich des schiffbrüchigen Odysseus und giebt ihm ihren Zauberschleier; als er sich ihn umwindet, ist er gegen das Untersinken in den Wellen geschützt. Aber die Wolke ist ein Luftbild und kann trügen. Voiler führt auf romanisch velar, bedecken und betrügen, und so entstand das alte Sprichwort: Eine Wolke statt der Göttin umarmen. Jakob erhält so bei Laban statt der Rahel die verhüllte Lea zur Frau. Die Riesentochter Skadhi wünscht in Asgard aus der Reihe der Götter sich einen Ehemann auszulesen; da aber der zu wählende Gemahl ihr mit verhülltem Leibe vorgestellt wird, so daß sie nichts als seine Füße zu erblicken vermag, erhält sie nur einen unfreundlich alten Riesen. Die gleiche Rolle spielt in der Theseussage das schwarze und das weiße Segel. Denn da dieses letztere aufziehen zu lassen vergessen wird, stürzt sich Aegeus, des Sohnes Tod nun als gewiß nehmend, betrübt ins Meer. Die gleiche Täuschung ist im indischen Gedichte Ramajana erzählt. Die schön geschmückte Fürstentochter Santa läßt ein Schiff mit Gartenbäumen bepflanzen und fährt darauf in den Hain zu dem Brahmanen, dessen weit gehende Buße selbst den Regenhimmel bisher verschlossen hielt; als sie ihn durch einen Kuß mit sich ins Fahrzeug gelockt hat, ergießt sich zugleich der ersehnte Regen auf das dürstende Land. In dem Sonnengesang Sämunds des Weisen herrscht dieselbe Anschauung (Afzelius, Schwedische Sagen 3, 27):

Odhinns Gattin fährt
Wollustathmend kühn
Auf dem Erdenschiff.
Daß nur unverhofft
Nicht der Sturmwind nah',
Untergang bereitend!

Die Germanen führten das Schiff der Göttin (liburnae figura. Germ. cap. 9) im festlichen Aufzuge über Wasser und Land. Es ist das Marien- und Muttergottesschiff daraus geworden, und Modelle von solchen hängen noch an den Gewölben von Stiftskirchen, z. B. in Zurzach. Daher nennt der Wetterkundige am Niederrhein eine spitze Abendwolke, die bei anhaltender Dürre nach Westen steht, das Marienschiff (Montanus, Volksfeste 1, 38). Die seefahrtschützende Jungfrau, Maria della navicula, wurde in Schwaben zum Frühjahre im Schiffe über Wasser und Land gezogen. Ein Ulmer-Rathsprotokoll von 1530 verbietet diese Sitte; sie dauert aber heute noch fort (Meier, Schwäb. Sagen 2, 374). Das steierische Wilde Gjaid besteht aus Dirnen und Wilden Frauen; es zieht um Fastnacht einen Schlitten durch die Lüfte, welcher die Gestalt eines Schiffes hat (Wolf, Ztsch. f. Myth. 2, 32). Ebenso ist es ein Brauch bei der Glarner-Jugend, kleine Schifflein, bewimpelt und getheert hergerichtet, am Feste des Landespatrons Fridolin Nachts mit brennenden Lichtlein zu bestecken und die nach und nach sich entzündenden mit Quelle und Bach fortschwimmen zu lassen.

3) Die Feder.

Die Federwolke erscheint als ein Wolkenstreifen, dessen Verästungen in vielfältige Federsicheln oder Federfahnen auslaufen; alle Götterboten haben daher goldene Flügel. Engel fahren im altsächsischen Heliand einher im Federgewande: quam engil faran an fetherhamon. (Vilmar, Alterthüm. im Heliand. Marburg 1845, 14). Die Sage legt das Federkleid der Freyja bei, den Nornen und dem göttlichen Schmied Wieland. Goldfeder ist in dem Mythus der Beiname Svanhildens, die als eine Tochter der Sonne und des Tages genannt wird. Demnach ist diese schwanenweiße Götterjungfrau leuchtend wie eine golden durchstrahlte Federwolke, und noch wird die Sonne angerufen, sie möge in einem so schönen Wolkenstande wieder scheinen:

Sunne, kum weder
Mit diner guldnen Feder!
Regen, ga weg
Mit diner langen Nase!

Man vermuthet bei trübem Wetter eine das Gewölk ansammelnde Wetterhexe. Sie ist langnasig wie der Teufel und wie der Eiszapfen. Man schießt daher gegen das Wetter, damit die im Nebel fahrende Zauberin herunterfalle. Dahin deutet der Basler Kinderreim (1857, S. 49):

Es rägelet, es schneielet,
Und s'goht e chüele Wind.
Do köme die Frau Base
Mit ihre lange Nase
Und laufe grüsli g'schwind.

Das Gegentheil dieser häßlichen Zesenmacherinnen ist die Sonne selbst, die Frau Mundlos, die den Schnee, den Vogel Federlos frißt; und deswegen heißt es im gleichen Zusammenhange: Da kam die Mutter Bonzio (Meier, Kinderr. Nr. 306), da kam die Jungfrau Säuberlich (E. Fiedler, Anhalt-Dessau. Volksreim. Nr. 42), da kam die Frau Munterroß (Meinert, Kuhländchenl.). Ein tatarisches Märchen hierüber entdeckte Castrén (Ethnolog. Vorles. über die altaisch. Völker. 1857, 187). Die Jungfrau Alten-Arga wird vom Riesen Alten-Aira zur Frau begehrt, sie aber knöpft sich ein Federngewand um und entfliegt ihm durch die Lüfte. Er eilt ihr auf seinem Riesenrosse nach und erreicht sie.

mitten auf der Steppe. Hier schlug er nach ihr empor mit der Peitsche, daß ihr das goldfedrige Gewand auf dem Rücken platzte. Sie stürzte auf den Boden herab und blieb liegen. Jetzt suchte Alten-Aira sein Roß anzuhalten, um sie noch schlimmer zuzurichten. Allein der Glutathem des Thieres hatte bereits den Zügel geschmolzen, anstatt sich lenken zu lassen, sprang es mit dem Reiter zwei ganze Tage in einem Strich fort. Indessen bekam Alten-Arga ihre Besinnung wieder, entflog und erreichte schnell den hohen Berg am blauen Meere.

---

4) Lämmerwolke.

Wolkenflocken, so zart geschaffen und hochschwebend, daß die Bläue des Himmels sie durchscheint, werden dem Vließe des Lamms oder den Flocken geronnener Milch verglichen. Lanae vellera. Virgil. Georg. I, 397. Aus ihnen schließt man Glück und Himmelsseligkeit. Pamphili Gengenbach von Basel in seiner Practica (herausgeg. von Karl Gödecke, S. 166): Got geb ioch wie der hymel stot, er sey im wider oder schoff, vns ist gemacht ein schäffer-hoff, do werden wirs all's innen werden. Dieselbe Sinnbildlichkeit spricht Goethe aus, der in Howards Ehrengedächtniß die viererlei Wolkenformen bedichtet:

> Ein Aufgehäuftes, flockicht löst's sich auf,
> Wie Schäflein trippelnd, leicht gekämmt zu Hauf.

Im Kinderspruche ist diese Wolke in Verbindung gebracht mit Maria, die am Freitag, als am Frauentage, dafür sorgen soll, daß sie am Samstag ihrem Christkindchen die Windeln trocknen kann, d. h. daß gutes Wetter sein wird. In Simrock's Kindb. Nr. 89:

> Laß den Regen vorübergehen,
> Die Himmelsthür soll offen stehen.
> Maria, Gottes Amme,
> Kommt mit dem weißen Lamme,
> Weist die Wolken über Land,
> Von Brabant nach Engelland.

Die Namen Wolle, Wolke und Schäfchen verkehren sich, um schlechte Witterung auszudrücken, in Wollhut und schwarzen Widder; der Wetterherrin Maria steht die krummnasige Hexe, oder die böse Stiefmutter gegenüber. Von struppig aussehenden Wolkenstriemen heißt es: es wullhuetet, man vergleicht sie einem ungebürsteten, langhaarigen Filzhut. Darüber heißt es in Hebels „Gewitter":

Und lueg mer dort sel Wülkli a,
I ha ke grosze Gfalle dra.
Lueg, wie mer's usenanderrupft,
Wie üser eis, wenn's Wolle zupft.

Das Regenliedchen der Kinder in Mähren sieht, statt der Wolle, schwarze Wachholderbeeren in der Hand der Hexe; Feifalik hat es slavisch und deutsch mitgetheilt in Wolf's Zeitschr. f. Mythol 4, 349.

Es regnet, regnet Wachholder,
Fünf Schafe giengen verloren
Und ein Widder mit goldenen Hörnern.
Wer die Hörner findet,
Umgeht vier Meilen hinter Prag,
Jagt ein krummes Luder,
Die Krumme entlief ihm,
Er hinter ihr zur Hölle.

Das Sprüchlein findet seine Auflösung in der griechischen Sage. Nephele's, d. h. der Wolke, Kinder sind der Knabe Phrixus und das Mädchen Helle. Sie entfliehen der bösen Stiefmutter, die das zur Aussaat bestimmte Korn hatte dörren lassen, damit im Lande eine Hungersnoth entstehe. Als der Vater Athamas auf den Befehl des Orakels auswandern und da sich entsühnen mußte, wo ihn wilde Thiere zu Gaste lüden, stieß er auf einen Haufen Wölfe, die bei seinem Anblick entflohen und die Schafe, die sie eben hatten verzehren wollen, ihm überließen. Von den beiden Kindern, die indessen auf dem goldnen Widder über das Meer nach Kolchis ritten, ist Helle ins Meer gestürzt. Auch die böse Stiefmutter geräth in Raserei, stürzt sich darüber ins Meer, wird aber durch Poseidon gerettet und zur Meeresgöttin gemacht. Dies ist die dreimalige Erzählung eines und desselben Vorgangs. Die Stiefmutter hat den Saatweizen rösten und somit das Land unfruchtbar machen lassen. Deswegen stürzt sie nach ausdörrender und versengender Sonnenhitze ins Meer, gleichwie „das krumme Luder zur Hölle." Ein verwandtes Schicksal betrifft die Schwester Helle, die gleichfalls als eine Regen ergießende Wolke in den Hellespont stürzt. Der entsühnte Vater Athamas kann dann die ernährende Lämmerweide sammt der Heerde wiederfinden, weil der Haufen Wölfe entflohen ist, und ebenso glücklich entkommt der Bruder Phrixos (φρυγειν, rösten) in das Sonnenland Kolchis. Wie hier die feine Flocke (cirrus) des Gewölkes mit der dichten Wolle des Lämmervließes in Verbindung gebracht ist, so steht in der Schweizermundart Wolle = Wulle, und Wolke = Wulche, dem Wortstamm und dem Begriffe nach in Verwandtschaft. Pott, Etym. Forsch. 2, 472, giebt denselben Nachweis über Wolle, Wolke und Schaf an den Sanskritwörtern urabhra und urana.

Wenn diese glückskündende Lämmerwolke sich undurchsichtig und gestockt weiß von Farbe zeigt, deutet man sie auf Sturm; es hat in Amerika gedonnert, es ist Sturm auf dem Meer, heißt es dann. Der Senne, auf dessen Hochweiden sich unser Sommerregen so oft in Schneefall verwandelt, nennt diese weißkrausen Wölkchen, die mit bloßem Auge oft schwer zu sehen sind, Schneebluest und Gefögletes Wölkli (Scheuchzer, Nat. Gesch. 1, 214). Der Bauer in der Ebene, vorzugsweise auf Heu- und Kornbau angewiesen, vergleicht sie einer gemähten Matte voll Heuschober. Dieser gemähte Himmel, wie in Heuhaufen zusammengerechet, ist dann gschöchlet, gschöflet, gmæjet. Sie schöflet am Himel ab, sie wenddit (zetten das Heu); wenn de lieb Gott, wenn d' Engel schöchlet, muesz de Bu'r au schöchle. Sie hüffelit (Garben häufen) am Himel d'obe, sie werdit wölle Garbe mache. Scheint dann das Wölklein gestriemt wie Wellen (g'wellet), also wasserfeucht, oder läßt sich gar schon ferner Donner hören, so deutet man dies auf das Rollen, mit dem der Erntewagen des Himmels droben ins Scheunenthor hineinfährt: sie müend meine, sie heigit ılt (Eile) mit de garbe unters dach, dasz sie so durhe ıfahr ûe sprengit (mit den Rossen durch die hohe Scheuneneinfahrt aufwärts sprengen).

Von dem geschäfelten Himmel springt der Begriff auf einen solchen über, dessen Wolken aus Ziegen und Böcken bestehen. Unser Bauer hält die Ziege für elektrisch und glaubt, daß Funken aus ihr herausfahren, wenn man ihr mit der flachen Hand über den Rücken fährt. Die Wetterhexe macht daher ihre Luftfahrt zum Blocksberg auf einem stinkenden Bocke. Das phosphorescirende Gewitterphänomen nennt man die springende Geiß. Etliches hupft auch als eyn Gayß, etliches vert als eyn langer Wyßbaum, vnd heissent es die Layen die Tracken (Konrad von Megenberg, Buch der Natur. 1499, Bl. d. 4 f.). Eine solche Erscheinung wurde 1629 zu Zürich beobachtet. Scheuchzer (Nat. Gesch. 1, 288) hielt sie verwandt mit dem feurigen Drachen und verglich ihre Erscheinungsweise einem verbrennenden Stück Papier, in welchem die Fünkchen dem Rest der noch entzündlichen Papierstoffe nachhüpfen. Bekanntlich fährt der eddaische Gott Thôrr mit einer Bespannung von Böcken. Loke treibt seine Geißen aus, sagt der Däne bei Gewitterschwüle (Müllenhoff). Am vielberühmten Wetterbaum Lerad in Walhall steht die Himmelsziege Heidrun und wenn sie seine Zweige benagt, so fließen Ströme Methes aus ihrem Euter herab nach Walhall. Sie vergleicht sich der riesengroßen Zottelgeiß am Thunersee, deren ungeheure Gestalt sich Nachts gleich einem Schneeberge über die Heerstraße schiebt. Solch eine schlangenschwänzige und feuerschnaubende Ziege ist die homerische Chimaira. Der Sturmschild des Zeus, dessen Schütteln den Regenstrom hervorlockt (Aen. VIII, 354), ist die Aegis, d. h. das Ziegenfell und der Stoßwind. Und selbst Zeus Tochter, die blauäugige Aethergöttin Athene, trägt in ihren Statuen über Schulter und Arm eine Gewandung von Ziegenfell (Welcker, Griech. Götterl. 1, 167. 305). Herodot erzählt, wie Herakles einst nach Aegypten gezogen sei, um hier seinen Vater, den Gott Amun, zu sehen. Da schlachtete Amun, nachdem er es verweigert hatte, sich blicken zu lassen, einen Widder, setzte dessen Kopf auf und zeigte sich so dem Sehnsuchtsvollen. Seitdem, setzt Herodot hinzu, opfern die Thebaer jährlich am Amunfeste einen Widder, behängen das Bild des Gottes mit der Haut und führen des Herakles Bild mit zu diesem Schauspiel. Dasselbe erzählt Papst Gregor der Große in seinem Hasse gegen die arianischen Langobarden, sie hätten noch im Jahre 578 dem obersten Gotte den Kopf einer Ziege geopfert und angebetet.

Im mongolischen Märchen (Kletke, Märchens. 3, S. 8) schüttelt der Zauberer einen Sack von Ziegenfell; darauf beginnt ein so derber Regen, daß Feuer und brennende Kohlen weggeschwemmt werden und ein See am Orte entsteht.

Wenn die flatternden Strichwolken, von der Sommersonne durchschienen, abendlich über unsern Rhein in den Schwarzwald hinüberziehen, sagt man im Frickthal und Zürchergebiet, sie gehen ins Schwabenland in die Ernte. Man vergleicht sie jenen Schnittermädchen, die aus der innern Schweiz schaarenweise ins Hegau und Klettgau auf den Taglohn zum Kornschnitt ziehen. Die Erscheinungsweise eines solchen Mädchens findet unser naturdichtender J. P. Hebel gleichfalls in derjenigen der Wolke, nur stattet er sie in ihrer Tracht reich und schmuck aus:

Zwanzig Ehlen, lang und breit, e Meiländer Halstuch:
Wie ne lustig Gwülch am Morgehimmel im Früehlig
Schwebt's der uf der Brust, stigt mit em Othem und senkt si.

Eine dieses Bild viel deutlicher fassende Redensart hat man im untern Aarthale. Wenn da die zarten Sommerwölkchen vom Rhein her über den Jura heraufsteigen, heißt es: Die Schwarzwälderinnen haben die Hemdärmel hintergelitzt, die Wäldermädchen strecken die blanken Arme herüber. Diese reizende Naturanschauung findet sich bereits in der Edda. Als der Sonnengott Freyr von Odhinns Stuhl aus einmal vom Himmel herab nordwärts blickte, kam dorten Gerda, des Bergriesen Tochter, eben zu ihrem Hause herangegangen, und wie sie die Hände unter dem Gewande aufhob, die Thüre zu öffnen, leuchteten von ihren Armen Luft und Wasser, Himmel und Erde strahlten davon wieder. Auch wohnen im eddaischen Schwarzwalde (Myrkvidh) die liebreizenden Schwanen- und Waldfrauen, deren Erscheinung das Herz zur Liebe rührt. Statt der Schwarzwälderinnen sieht der Freienämter um Muri alsdann einen rüstigen Schwarzwälderburschen, der als Mäher im hohen Mattengrase mit hochhinaufgestülpten Hosen dasteht. Weht nämlich die Abendluft aus dem Schwarzwalde herüber, und deutet zugleich das Purpurroth des hellen Sommerhimmels auf einen abermals kommenden Sonnentag, an dem sich wieder eine ganze Matte mähen und trocken heimbringen lassen wird, so heißt es: Der Wälder lupft d'Hose, der Wälder het d'Hose ûe g'litzt. Man muß sich diesen bildlichen Ausdruck durch die rothe Weste vervollständigen, die dem Hauensteiner Bauern im Schwarzwalde vom Halse bis auf die Schenkel reicht. Im Berner Oberlande gelten eben dafür die blonden Mädchen im Roththale; es hat sie ein Hexenmeister, der Mühleseiler aus dem Emmenthal, und der Gunten-Josi aus dem Sanenland, auf ewig in die Gletscheröden zwischen der Jungfrau und der Ebnenfluh hineingeführt. Wenn nun im Gebirgskessel sich Gewitter entladen und der Sturzbach des Geltenschutzes, der wie ein Silberband über die Flühen niedergeht, von Thonerde geröthet, herabbraust, sagt man im Lauenenthal, die blonden Mädchen rühren sich wieder, sie flechten ihre Trütschen, ihre langen Haarzöpfe. Das Ziel aller dieser Naturbilder führt auf die Wolke als die Weiße Frau. Sie ist seit hundert Jahren eingeschlossen in die Wolkenburg des Grummelthurms, in die Gewitterburg, die der Inselschwede Bisaborg nennt (Rußwurm, Eibofolke 2, 248). Hier seufzt sie als schwäbisches

Waldweib nach Erlösung (Meier, Schwäb. Sagen S. 262); hier sucht das Bergweiblein den Augenblick, um aus dem Busche entwischen, herausschießen zu können (Redensart in der Gegend von Lauban).

Ihr erscheinender Erretter muß stets ein armer Müller- oder Schäferknecht sein (Aargau. Sagen 1, S. 244). Sobald er sie, trotz ihrer Wandlungen in Drache, Kröte, Hund und Schlange, geküßt und umarmt hat, steht sie in ihrem wallenden Goldhaar, in weißen Gewändern, freudestrahlend vor ihm und ist erlöst. Dies ist die Wolke, in welcher Zeus die Hera umarmt; Homer nennt sie eine goldene, glänzender Thau träuft aus ihr nieder.

---

5) Wolke in Form von Roß und Rind.

Wenn sich im Hochsommer die Haufenwolke aufthürmt (cumulus), kopfig und stotzig, gleich einem jähen Schneegebirge, so heißt dies im allgemeinsten, ein Blast ist am Himmel, die Blasten rücken an. (Ahd. plâst, altn. blâstr, lat. flatus: anaplaast dînan: spiramen tuum. Diutisca 1, 519 b.) Man sagt auch: es macht en böle z'weg; bölimâ ist Kobold und Ungethüm. Dies ist diejenige Wolkenbildung, aus welcher die Phantasie alle erdenklichen Figuren und Aehnlichkeiten von jeher herausgedeutet hat, wie Goethe Bd. 51, 234 es darstellt:

Nun regt sich kühn des eignen Bildens Kraft,
Die Unbestimmtes zu Bestimmtem schafft.
Da droht ein Leu, dort wogt ein Elephant,
Kameeleshals zum Drachen umgewandt.

Der arabische Dichter sagt, statt es regnet: des Himmels Kameele werden gemolken (Friedreich, Symbolik 473). In Shakespeare's Hamlet Akt 3, Scene 2 fragt Hamlet: Seht ihr die Wolke dort, beinahe in Gestalt des Kameels? Und Polonius erwidert: Beim Himmel, sie sieht auch wirklich aus wie ein Kameel. — Der Neugrieche läßt den von Menschenseelen umschwebten Todesgott Charon auf einem Rappen durch die Wolken reiten, bei uns ist es der durch die Nebel jagende Wilde Jäger, Schimmelreiter. Der Altgrieche läßt seine Kentauren bald aus dem thessalischen Dorfe Nephele (Wolke) abstammen und die wilde Stierherde des Lapithenkönigs Irion heimtreiben; bald, wie Pindar den Mythus weiter erzählt, sind sie mißgeborne Söhne des Frevlers Irion, als dieser den

Reizen Hera's nachstellend, statt ihrer nur eine Wolke zu umarmen bekam. Bei Sacharja cap. 6 fahren vier Wagen zwischen zwei ehernen Bergen hervor, je einer bespannt mit rothen oder schwarzen, weißen oder scheckichten Rossen, die nach den vier Himmelsgegenden hinjagen, alle Lande durchziehend. „Und ich sprach zum Engel, der mit mir redete, mein Herr, wer sind diese?" Der Engel antwortete: „Es sind die vier Winde unter dem Himmel." Diese Wolkenrosse wandeln ihre Namen in Hengst, Esel, Ochs, Kalb und Widder, und geben den obersten Berghöhen nach den dorten in Thierform lagernden Wolkenmassen ihre geographischen Namen: Die Sieben Hengste der Sohlflühe im Berner-Oberland; der Klaushüttenhengst und der Klaushüttenesel, zweierlei Namen für die Bergspitze am Entlebucher Napf; das Widderfeld und der Esel am Pilatus; der Ochsenkopf im Fichtelgebirge. — Goldene Kälber sieht man mit rothem Seidenband um den Hals bald auf Hügeln weidend, bald liegen sie in solchen vergraben (Zingerle, Tirol. SM. Nr. 443. Aargau. Sagen Nr 91). Es ist jenes Kälblein, von dem der Kinderspruch (Alemannisches Kinderl. p. 476) besagt, daß es im Schiff am Ruder stehe und rudere: Es Chälbli zieht am Rieme (lat. remus). In Hohenstatt heißt es, die jungen Kälber würden aus der Benz geholt, in Röthenbach verschwindet die weiße Kuh mit großem Geräusche im Wasser, und den Stier hört man im überfrorenen St. Georgenweiher brüllen und brummeln (Birlinger, Schwäb. Sagen Nr. 219. 194. 222). Dies ist der apfelgraue Bulle, der aus den schwedischen Gewässern als milchweißer Nebel aufsteigt; der englische Elfstier waterbull; in der Schweiz der winterliche Kuhtod, Viehschelm, Greiß, lauter örtliche Minotauren, die mit ihrem Horn Trinklöcher in das Eis der überfrorenen Gewässer bohren. Von dem seine Eisdecke spaltenden Hallwylersee heißt es: er brüllt; und wenn die winterlich überfrorenen Gewässer knallen und platzen, sagt der Isländer: der Nix wiehert, und setzt dabei ein Wasserroß voraus, das in der Tiefe gefohlt habe (Maurer, Isländische Sagen 32). Ein allmählich vertobendes Gewitter „zieht die Hörner ein;" ein sich umwölkender Gewitterhimmel wird finster — „as wie in ere Chue ine".

In den tatarischen Märchen und Heldensagen von Castrén (Ethnol. Vorles. über die altaisch. Völker. Petersburg 1857, 204) kommt Katai-Chan auf seinem vierzighörnigen Stier Kar-Buga vor die fremden Zelte geritten und fordert alle die drinnen lebenden Kinder. Unter des Stieres Huftritt schwankt die Erde, schwillt das Meer, stürzen die Gezelte des Aul's zusammen. Die ihm überlieferten Kinder steckt er in einen Sack*) zu den übrigen schon geraubten und wirft sie, zusammengebunden mit einem Riemen, einem Fische vor, der in der Sonne glänzend mit offenem Rachen am Meeresufer liegt und mit dem Schweife jenseits des Meeres. Doch zwei Kinder werden errettet. Ein Hengst und eine Stute, beide isabellfarben, haben ein weißes Füllen gezeugt, dieses hat die beiden Kinder auf den Rücken genommen und ist mit ihnen so schnell entsprungen, daß der Verfolger Katai-Chan einen halben Tag lang zwischen der Fährte der Vorder- und Hinterfüße nachzureiten hat. Er sitzt auf seinem vierzighörnigen Stier, hält in der Hand statt der Peitsche einen großen, hölzernen Hammer, und des Stieres Augen werden roth unterlaufen, wenn er ihn damit zwischen die Hörner schlägt. Er schießt einen Pfeil durch die Luft, doch dieser trifft nicht das mit den Kindern entspringende Roß, sondern einen Berg, der durch den Schuß in zwei Theile zerspringt. Das Roß verneigt sich hülfeflehend vor Sonne und Mond, sie helfen ihm, den unersteiglichen Eisenberg zu erklimmen. Nach dreimaligem Anlauf kommt auch Katai-Chan auf die Spitze. Die beiden Kinder nehmen den Kampf mit ihm auf, ihr Roß den Kampf mit dem Stiere. Als sie einander packen, bleiben große Fleischstücke in ihren Händen. So kämpfen sie drei Jahre, sie verlieren alle Kraft und vermögen nicht mehr auf ihren Beinen zu stehen, doch noch auf den Knieen ringen sie fort. Der Stier bohrt zürnend seine Hörner in die Erde und sammelt Stärke. Aber dem Füllen wachsen zwei Schwerter an den Vorderfüßen und es zerhaut ihn in zwei Theile. Da fällt Katai-Chan mit zu Boden, und mit Mühe kann sich der eine Knabe über ihn erheben und ihm das Leben nehmen. Er selbst kroch dann mit Mühe zu einer siedenden Wasserquelle, trank und versank in einen siebentägigen und neuntägigen Schlaf. Endlich am zehnten Tag erwacht er als ein vollwüchsiger Held.

Solche Erzählungen haben bisher als Münchhausiaden und Lügenmärchen gegolten; um so überraschender ist es nun, von der tatarischen Sage hier dasselbe Abenteuer zu vernehmen, das mit nicht geringerer Erhabenheit der Sinnbilder vom „Uristier an der Reuß" erzählt ist (Aargau. Sagen Nr. 246). Es sind echte Tradi-

*) **d'Sunne schlüeft in e Sack**, sagt man im Aargau, wenn die untergehende Sonne hinter eine Wolkenbank tritt, und schließt daraus auf trübe Witterung.

tionen über die Naturanschauungen, welche der viehzüchtende Nomade und der Senne den Erscheinungen des Gewitters im Hochgebirge entnimmt. Einen halben Tag hat der Verfolger zwischen den Fährten der Vorder- und Hinterfüße nachzureiten, welche das weiße Füllen in der Steppe abgespürt hat. Eben dasselbe gilt vom Ochsen, der aus Schwaben her durch den Bodensee spaziert und als er ans Schweizerufer kommt, ihn unterweilen schluckweise aufgetrunken hat. Ein Adler flog ihm in der Schweiz aufs Horn und als der Ochse schüttelte, aufs andere, hatte aber, bis er dieses erreichte, zwei volle Stunden zu fliegen (Birlinger, Schwäb. Sagen Nr. 153). Der vierzighörnige Stier ist die Wetterwolke mit ihrem vierzigtägigen Regen; blutroth unterläuft ihm das Auge, so oft ihn sein Reiter mit dem hölzernen Hammer zwischen die Hörner schlägt. Für dieses Bild des Donnerstieres wählt sich der von Milch und Käse lebende Senne häufiger dasjenige der Kuh. Dies beweist uns der Dichter J. P. Hebel. Scherzhaft fordert er seinen, im Briefschreiben lässigen Freund Hitzig auf, ihm mit all den Schreibfedern zu antworten, welche die Schneeschwäne des Schwarzwaldes aus den Schwingen fallen lassen, und mit all der Tinte, die den schwarzen Wetterwolken am Belchen ausgemolken wird:

Jetzt stell Böggen und Bütten und Züber, soviel in dem Pfarrhof
Dicht sich reihen mögen und vor den Fenstern im Garten!
Siehst du nicht das Gewitter, das schwere, vom Belchen daherziehn?
Siehst du die schwarzen Wolken mit Tintengase geschwängert?
Auf und melke die Walken in alle Bütten und Böggen!

(Basler Hebelsalbum 1860. 263.)

11.

Das verlorne Thal.

Die Erzählung vom verlorenen Thal, in welchem unsre deutschen Landsleute sammt ihren Rinderheerden ein von aller Welt abgeschnittenes, unbekanntes Leben bis heute fortführen, gehört mit unter die ältesten Aufzeichnungen in der deutschen Sagenliteratur; sie läßt sich vom sechsten Jahrhundert bis auf die Gegenwart in einer Reihe übereinstimmender Ueberlieferungen nachweisen, sie ist mit dem Gothen an die untere Donau, mit dem Norweger nach Island und Grönland gewandert und hat sich mit dem Burgunden an den Schweizergletschern niedergelassen. Sie soll hier von ihrem erreichbar ältesten Ursprunge an bis auf diejenigen jüngsten Keime mitgetheilt werden, die sie in den Alpen unter dem uns umgebenden Volksschlag getrieben hat.

Der gothische Notar Jornandes lebt um 580 und hinterläßt ein auf uns gekommenes Geschichtswerk De rebus Geticis, worin er die Schicksale und die seiner Zeit noch geltende Sage seines Volkes behandelt. Gleich im Eingange (cap. 3. 4) erzählt er von der Einwanderung der Gothen ins Scythenland. Um hier einen fruchtbaren Landstrich zu besetzen, der zur Niederlassung einlud, mußte ihr Heer einen breiten Fluß überschreiten. Als ihn bereits die Hälfte im Rücken hatte, so geht die Sage, brach die Brücke, so daß kein Mann zurückkehren, der hinüber war, und keiner mehr übersetzen konnte. Die ganze Gegend ist durch Moor und Sumpf, den niemand zu betreten wagt, eingeschlossen. Man soll aber noch heut zu Tage, wie Reisende versichern, von jenseits aus weiter Ferne Vieh brüllen hören und andere Anzeichen daselbst wohnender Menschen finden (Grimm, DS. 2, 369).

Der Geschichtsschreiber Widukind (in seiner Sachsengeschichte 1, cap. 18) läßt die Gothen, unter Berufung auf ihren Historiker Jornandes, aus der Insel Sulza gegen die Mäotischen Meeressümpfe wandern. Hier stieß man eine große Zahl Weiber aus dem Heere, weil sie der Giftmischerei beschuldigt waren. Die Verwiesenen zogen dem nächsten Walde zu, konnten ihn aber nicht überschreiten, da er jenseits von den Meeressümpfen umschlossen war. Einige von ihnen, die schon schwanger waren, gebaren hier Kinder; von diesen wurden Andere und abermals Andere erzeugt, so daß allmählich hier ein großes Volk heranwuchs, jedoch ungebildet und nach Art der wilden Thiere lebend. Viele Jahrhunderte über hatten sie nicht das Geringste von einem andern Theile der Welt erfahren, bis einst ein fliehendes Hind den nachsetzenden Jägern einen bis dahin unzugänglichen Ausweg durch diese Sümpfe zeigte. Sie melden es ihrem Volke, man brach auf, die Nachricht zu prüfen, durchzog den Sumpf und traf auf ein bisher nie gesehenes Menschengeschlecht. Doch das Volk entfloh aus seinen Städten und Flecken, sobald es die an Körperbau und Tracht bösen Geistern gleichenden Gestalten dieser Wilden erblickt hatte. So blieb ihnen das Land überlassen, das Pannonien hieß, und so wurden sie hier das häßliche Stammvolk der Hunen und Avaren.

Einer ähnlichen Meinung, wie sie hier Widukind zu geschichtlichen Zwecken erzählt, ist noch der heutige Bewohner Islands; er glaubt, die unzugänglichen Eiswüsten im Innern seiner Insel seien von einem eignen wilden Menschengeschlechte bewohnt, das aus flüchtig gegangenen Verbrechern, Geächteten und Verbannten bestehe. Diese angeblichen Leute nennt er Utilegumenn, die außer dem Gesetze (erklärten) Männer. Sie bilden eine organisirte Gesellschaft, wie die Angehörigen eines für sich bestehenden Staates. Selbst ganz verständige Leute halten dafür, daß man nicht mit Bestimmtheit behaupten könne, daß dies nicht der Fall sei; denn da alljährlich gegen 40,000 Schafe auf den Hochweiden im Innern der Insel zu verschwinden pflegen, ohne daß man doch eine Spur ihrer Gebeine wieder findet, so können, sagt man, nur die räuberischen Utilegumenn an diesem massenhaften Verschwinden der Thiere schuld sein. Hirtenknaben sind schon solchen Männern begegnet, bärtig, Röcke tragend aus schwarzer Schafwolle gestrickt, eine Heerde von 300 Schafen mit Stangen den Bergschlünden zutreibend. Sie haben auch braune Rosse, statt der Hufeisen mit Hornscheiben beschlagen. Sie wohnen in einem unzugänglichen kleinen Thale, ein Bach durchfließt es, dessen Bord auf einer Seite schneefrei und rotherdig ist (Maurer, Isländ. Sagen der Gegenwart, 244. 251).

Schon hier macht sich das verlorene Thal geltend mit dem Roththale und seinem belebenden Bache. Wir werden auf Beides besonders zurückkommen, wenn erst diese Heerden des verlorenen Volkes näher besprochen sind. Denn diese letzteren spielen auch in der noch weiter nordwärts gehenden Sage fort. Die skandinavischen Niederlassungen auf der Westküste von Grönland, welche sich bis zur Mitte des 14. Jahrhunderts eines sehr blühenden Zustandes erfreut hatten, mußten bald hernach gänzlich und auf immer verlassen werden. Die Sage behauptet, dies sei geschehen in Folge einer Anhäufung von Treibeis, das sich als eine Mauer unbeweglich vor die Küste legte und die Kolonie von ihrem Mutterlande plötzlich abschnitt. So entstand hernach die Erzählung, ein vorbeisegelnder Bischof von Skalholt habe ein Jahrhundert nach diesem Vorgang, im Jahre 1540, jenseits jener Eismauer Schäfer ihre Heerden weidend gesehen (Humboldt, Kosmos 2, 459). In der schwedischen und norwegischen Sage spielen diese plötzlich herziehenden oder fernher brüllenden Heerden unbekannter Hirten und unbetretner Landstriche eine große Rolle, werden aber dorten dem Volke der Bergriesen zugeschrieben. Diese, in die Felseinöden zurückgedrängt, heißt es, halten sich da große Schaaren von Ziegen, gleichwie die Ziege in den Stein- und Gletscherwüsten der Hochalpen noch ihr Futter zu finden vermag. Aber der Riese ist auch räuberisch und versteht die Kühe des Norwegers mit dem Ruf der Hirtensprache an sich zu locken. Vergebens ist dann des Menschen Bemühen, das entlaufende Vieh zurückzuhalten, und er wendet sich in seiner Noth zum Oeku-Thôr. Socke Thore, Sküvers man! Such, Thôr, du Sifs Gemahl, ruft er, und hofft, der Gott mit seinem Donnerhammer werde den Räuber zerschmettern. Man sucht daher ebenso wieder den Riesen zu bestehlen, und wer einen Stahl unter dessen stattliche wohlgenährte Rinder wirft, die des Nachts am Fuße der Felsen grasen, dem gelingt es, ein Stück mit sich heimzuführen. Von solcher Beute stammt das sogenannte Riesenvieh und Brandvieh; es ist rostbraun mit schwarz- geflammten Flecken und unterscheidet sich vortheilhaft von dem übrigen Rinderschlag (Weinhold, Altnord. Leben 36. 57).

Wir kommen nun auf die Sagen von der verlorenen, verschütteten, zugegletscherten, übergossenen Alpe, die von einem Gletschersturze ringsum eingeeist wird und ihre Hirten und Heerden seither von der übrigen Welt abgeschlossen hält. Die in den österreichischen Gebirgen spielenden Erzählungen solcher Art sind von Alpenburg, Zingerle und Vernaleken gesammelt; die schweizerischen stehen zum Theil in den statistischen Handbüchern und Beschreibungen einzelner Kantone. Hier bedarf es keiner Wiederholungen, vielmehr soll hier erst ein diesen Sagen gemeinsamer Grundzug erkannt und aufgezeigt werden. Es ist dies nämlich der Glaube des Aelplers, daß seine Ahnen sammt ihren Kindeskindern und vermehrten Heerden in einer ihm selbst unzugänglich gewordenen Berg=Heimath ein glückliches Urleben fortführen, und von unbetretenen Felsenzinken herab manchmal ihre Bergluſt und ihren Alpenfrieden in das Nachbarthal hinüber jauchzen. Und gerade diejenige Sage, die man in ein göttliches Strafgericht umgedeutet hat, welches über sündige und übermüthige Menschen hereingebrochen wäre mit Berg= und Gletscherstürzen, erzählt vielmehr von einem solchen in den Hochalpen fortbestehenden Paradieseszustand der Menschen und der Thiere; denn wer auf diesen Höhen lebt und haust, wohnt dem Himmel zunächst und ist mit einem Schritte im Himmel selbst. Drum herrscht hier das Leben der Seeligen. Man brückt den Bach mit langen Wecken, man staffelt den Steig mit Käselaiben, verklebt die Wandritzen mit Butter, geht in Semmelschuhen, badet sich in Nidel; schiebt mit Käsekugeln nach Butterkegeln. Die schönsten Gemsen und Steinböcke weiden friedlich zusammen mit anderen wunderbaren Thieren. So wird noch in Oberwallis erzählt von dem unersteiglichen Fels des Matterhorns (Grimm, DS. Nr. 300). Diese Sage, die heut zu Tage immer ausschließlicher nur auf den Klaridengletscher angewendet wird, ist ehedem im ganzen Alpengelände überall mit örtlichen Einzelbelegen geltend gewesen. Ihr Inhalt ist bereits genugsam bekannt: Ein Senne oben auf der Alpe erwartet den Besuch seiner aus dem Thal kommenden Geliebten und belegt ihr den Weg von der Oberstaffel bis zur Sennhütte, damit ihr Fuß nicht hart trete, im voraus mit lauter Käselaiben. Aus einer solchen ihr Alles aufopfernden Liebe hat die nachherige Erzählung einen die Gottesgaben mit Füßen tretenden Frevler und Verschwender gemacht und ihn sammt seiner Dirne von der Erde verschlingen lassen. Diese grobe Deutung ist schon an sich unmöglich, es erweist sich aber auch aus alten Aufzeichnungen, daß sie keineswegs früher vorhanden gewesen ist. Konrad von Megenberg, ein Priester zu Regensburg, hat im Jahre 1349 sein Buch „Von der Natur" geschrieben. Es ist gedruckt 1499 in Augsburg bei Schönsperger; daselbst Blatt G 2 redet er von den versteinernden und Alles verwandelnden Wirkungen der Erdbeben, und behauptet, Meister Bitterolf (Peytrolff), Kanzler des österreich. Herzogs Friedrich, habe ihm darüber mitgetheilt: daz auff einer hohen alben in

Kerenden wol funfftzig haubt (Stück) menschen vnd rinder zu stainen worden waren vnd daz die magt noch vnder dem rind säsz mit einem hendschuoch. Konrad weiß also nichts von dieser Aelpler Versündigung, läßt sie aber versteinert noch immer beim Melkgeschäfte fortfahren. Dasselbe erweist sich, wenn man die sogenannte Klaridensage an Ort und Stelle erforscht, wie dies in der Neuzeit der Geologe G. Studer (Topograph. Mittheill. Bern 1844) gethan hat. Er zeigt im Berner Oberlande diese Sage in folgenden Landschaften localisirt nach: 1) im Amte Frutigen am Blümlisalp-Gletscher, den man die Frau nennt, 2) am Gauli-Gletscher, wo ebenfalls eine Blümlisalpe liegt, deren Besitzerin das Gauliwibli heißt; 3) im Lauterbrunnenthale an der Jungfrau; 4) am Unteraargletscher, wo das hauptlose Walliser-Wibli bis zu den letzten dort stehenden Arven herunter kommt. Im Nachbarkanton Wallis setzt sich dann dieselbe Sage weiter fort. Die Hirten der Zentum-Alpe behaupten ebendasselbe vom Turtmangletscher und von dessen Blümlisalpe, was das Berner-Oberhaslithal vom Gauli-Gletscher weiß: Noch bis auf diesen Tag hört man von beiden Gletschern das Glockengeläute der durch den Eisberg droben abgeschnittenen Heerden herunterschallen. So erzählt im Jahre 1859 der Oberländer Pfarrer Schatzmann in seiner Schrift über die Alpenwirthschaft Heft 1, 14. Auch kennt man dorten den Gletscher-Sennen und seine ganze Sippe noch mit Namen. Zwischen Altorf und Engelberg liegt am Uri-Rothstock eine andre Blümlisalp mit derselben Firnsage (Escher, die Schweiz 161) und diese wiederholt sich an der Surenenalp (Wyß, Reise ins Bern. Oberl. 2, 418). Jährlich am Jöristag (Georgi), der für die Sennen noch sonst von Bedeutung ist, zeigt er sich dann auf dem unwirthlichen Selbsanft im Glarner Sernftthale; am gleichen Tage erscheint er ebenso am Glärnisch, oberhalb der Oberblegi-Alpe, oder er tritt selbviert aus den Klariden hervor, und überall ist sein Ruf der, daß er mit Frau und Magd, mit Hund und Heerde seit ewiger Zeit auf dem Firn sein Aelplerleben fortsetze:

Ich und mein Hündlein Parin
Und meine Magd Katherin
Und meine Kuh Brändlin
Müend ewig uf Klariden sin!

So lautet dieser Spruch schon im Jahr 1705, da ihn zuerst Scheuchzer (Alpenreise) an Ort und Stelle aus dem Volksmund aufzeichnete. Und im Bündnerlande freut sich der Sennengeist, daß die milchreichsten Gräser, das Ritzheu und der Mutternklee (phelandrinum mutellina) noch auf seinem Firn fort gedeihe, drum ruft er in die Rheinthäler hinab (vgl. Flugi, Volkssagen aus Graubünd. 1843, 125):

Behüt mir Gott Muttern und Ritz
Vom Rhein bis auf die höchste Spitz!

So lautet auch die Sage von der schönen Sennerin Agnes bei Berchtesgaden (Panzer, Bair. Sagen 1, Nr. 12). Als der Teufel, verlockt von ihrer Schönheit, sie verfolgte, entrann sie ihm durch einen Felsen, den ihr die Jungfrau Maria aufthat, wurde aber darüber selbst zum Fels. Wenn nun alljährlich am Sonnewendstage die Sonne in jene Berchtesgadner Schlucht des Teufelsloches hinab scheint, hört man das Jauchzen der steinernen Agnes. Wo Jauchzen, Gesang und Glockengeläute tönt, kann der Tanz nicht mangeln. Schiller's vorahnende Phantasie redet davon im Berglied:

Zwei Zinken ragen ins Blaue der Luft,
Hoch über der Menschen Geschlechter;
Drauf tanzen, umschleiert mit goldenem Duft,
Die Wolken, die himmlischen Töchter;
Sie halten dort oben den einsamen Reihn,
Da stellt sich kein Zeuge, kein irdischer, ein.

In den Gletschern des Gadmenthales im Berner Oberland liegt die Gyglisalp. Ein rothhosiger Spielmann mit einer goldnen Zaubergeige hat hier zum Tanze aufgespielt; fiedelnd gieng er in die Gletscherspalten voran, tanzend und paarweise folgten Sennen und Sennin ihm nach. Im Aetzthale drüben wiederholte er dies Spiel; dorten stehen die Tänzer in Stein verwandelt, hier aber tanzen sie in der Gletscherhalle bis zum jüngsten Tage fort. (Westermann's Monatsh. 1858, S. 30.)

Wie unser Geist der stillen Erkenntniß nachstrebt, die in der Sage eingeschlossen ruht, so hört auch die Sage selbst nicht auf, über sich selbst nachzusinnen, und in dieser Selbstbetrachtung ist zugleich der Grund enthalten, warum die scheinbar jüngste Volkssage oft derjenigen wortgetreu ähnlich ist, die uns als eine schon vor Jahrtausenden verstorbene irgendwo aufbewahrt worden ist. Was Jornandes über die frühesten Wanderungen seines Gothenvolkes erzählt, bei denen es während eines Stromüberganges durch den Einsturz der frisch geschlagenen Brücke in zwei Volkshaufen geschieden wurde, die sich niemals mehr wieder zusammenfinden konnten — das wissen uns am heutigen Tage die deutschredenden Gemeinden Piemonts am Monterosa als ihr eignes Geschick und aus den frischesten Erlebnissen wieder zu berichten. Es ist die Sage vom Verlorenen Thal.

Die acht deutschredenden Gemeinden, die in den Südthälern des Monterosa-Gebirges in Piemont liegen, sind aus dem schweizerischen Wallis in einer geschichtlich noch nicht ermittelten Zeit eingewandert. Doch seitdem ein ewiger Winter ihre ehemaligen Verbindungswege zwischen ihnen und der alten Heimath vergletschert hat, hat sich ihnen die Erinnerung an ihre Herkunft verdunkelt und anstatt ihre Brüder in den deutschredenden Oberwallisern zu erkennen, vermuthen und suchen sie diese in den Eiswüsten, die hier in einer Länge von sieben Tagereisen ununterbrochen sich hindehnen. Wenn man vom Sasserthale aus den Paß des Monte Moro übersteigt, steht man dem einen Scheitel des Monterosa zunächst, der Cima di Jazzi, und klettert dann viele tausend Fuß in den senkrechten Wänden hinab nach Macugnaga, dem ersten dieser deutschredenden Italiener-Dörflein. Hier steht eine noch in ihrem Untergang riesige Dorflinde, die einst als Reis durch ein Weib in der Schürze herübergetragen wurde aus den nördlichen Bergen. Von allen Seiten starren die Gletscher in die Bergmatten herein, gleich schimmernden Wasserfällen, die im Sturze still gestanden sind. Gemsen werden hier jung eingefangen und gehen zahm mit der Ziegenheerde auf die Weide. In der Höhe gegen das Eisfeld hin trifft man auf Mauern und Trümmer alter Hofstätten, Beweise, daß hier Menschen wohnten, aber aus Furcht vor den Gletschern längst weggezogen sind. Man findet weiterhin alte Grubenwerke, man weiß, daß sie auf Gold gebaut sind, noch liegen die Stollen offen, allein die Goldadern und Gänge sind schon hoch vom Eis überwachsen. Dorten dann in dem Eisfelde selbst kommt plötzlich ein Bach in die Luft hinaus gesprungen. Die Gletscherabgründe haben sich verschoben, sind abermals geborsten, haben den Lauf und Zugang des Baches verschüttet, nun bricht er unterirdisch aus dem Eise in die Luft empor. Er fließt das ganze Jahr unverändert. Woher kommt dieser „Große Brunnen"? wohin sind die Bewohner jener alten Hofstätten, die Besitzer jener Goldgruben gekommen? Sie sind dem Bache wohl nachgestiegen hinüber in sein „Verlorenes Thal". Solcherlei Fragen reizten die Vorstellungen der Eingebornen noch mehr, als im vorigen Jahrhundert langdauernde Erschütterungen im Innern des Berges sich spüren ließen und die Gemsjäger ihre erstaunlichen Mären davon verkündeten. Sie wollten, hieß es, den alten Weg wieder gefunden haben, auf dem man einst von Macugnaga zum Dorfe Gressoney über den Gebirgskamm in etlichen Stunden hinübergieng, während man nun für die gleiche Strecke zwei harte Tagmärsche zu machen hat. Alsbald waren die Gressoneyer bereit, diesen Pfad aufzusuchen. Nikolaus Vincent führte sie an. Es waren ihrer sieben Gemsjäger, die im Jahre 1783 mit Flinten, Aexten, Seilen, Leitern und Riemwerk ausgerüstet, über den ihnen zunächst liegenden Lysgletscher in die Wildnisse emporklommen. Oben auf dem Lyskamm ragt in dem meilenweiten Firnenschnee ein Felszahn empor, schwarz von Farbe, weil an seinen steilen Flanken der Schnee nicht haften kann. Ihn erreichten sie; da lag vor ihnen, was sie suchten: ein weites Höhenthal mit finstern langgestreckten Tannenwäldern, und der Länge nach durchflossen vom „Großen Brunnen.“ Allein keine Leiter, kein Seil reichte nur auf die nächsten Klippen zu ihren Füßen hinab, alles war ringsum zugegletschert, senkrecht von furchtbaren Felswänden eingeschlossen. Um nicht im Schneesturm unterzugehen, mußte man für diesmal den Rückweg antreten. Und als man hierauf zum zweiten male mit neuen Werkzeugen dorthin vordrang, erreichten nur drei jenen schwarzen Felsen wieder, die übrigen erlagen. Seither nennt man diese Stelle den Erkennungsfelsen, aber erreicht hat denselben nach Nikolaus Vincent kein andrer Bergsteiger mehr. Der kühne Entdecker starb hochbetagt zu Gressoney, und sein Sohn selbst ist es, der dem Schreiber dieser Zeilen einst ein lieber Tischgenosse in Gressoney gewesen ist und ihm von diesen Sagen vorerzählt hat.

12.

Der Mond.

1) Mondsymbole.

Vom Mond geht die Zeitrechnung aus, er giebt am deutlichsten die Grenzen an zwischen den größeren Jahresabschnitten. Er hat davon in den indogermanischen Sprachen übereinstimmend den Namen: der Messer (Lassen, Ind. Alterth. 1, 765. 2, 1118). So benennen ihn noch immer die Slaven; er heißt böhmisch měsic, illyr. měsec, russisch mesätz, denn mez heißt die Grenze, die Scheide (Jacobi, Böhm. Dorfnam. 126). Der Sabbat und die Neumonde sind die Träger des jüdischen Cultus. Auch der Germane konnte nicht anders urtheilen; im Vafthrudnismal heißt es: Neumond und Mondabnahme, ny ok nidh, schufen die Götter den Menschen zur Berechnung des Jahres. Noch immer verrathen die Kalenderregeln über den Einfluß der verschiedenen Mondphasen den Glauben an die Wirksamkeit einer in dem Gestirne unablässig thätigen Gottheit, und wenn in deren Verehrung das Heidenthum zweier Welttheile in verschiedenen Zonen und Zeiten geistig schon einig gewesen ist, so muß „in dem Unsinn unseres Mondaberglaubens doch wohl Methode liegen". Hier wird der erste Versuch gemacht, die Naturnothwendigkeit wieder zu erkennen und darzulegen, die zu so übereinstimmenden Anschauungen beim ältesten Menschengeschlechte geführt und ihre Dauer bis auf unsern Tag gebracht hat.

Wir beginnen mit den Mondsymbolen und der Mondanbetung.

Bei den Aufgrabungen altceltischer Wohnstätten am Ebersberge auf dem Zürcherischen Irchel, welche vor einigen Jahren Dr. Ferd. Keller von Zürich veranstaltete, fanden sich aus rothem Sandstein verfertigte Mondsichelbilder. Neuerlich hat man unter den Alterthümern der Pfahlbauten beim Steinberg im Bielersee ähnliche Symbole mit aus dem Seegrunde erhoben. Es sind gegen zwei Dutzend Halbmonde, aus ungereinigtem, mit Quarzkörnern vermengtem Letten angefertigt, auf beiden Seiten platt gedrückt, unten mit einem breiten Fuß versehen und also zum Aufstellen bestimmt. Sie messen von einer Hornspitze zur andern zwölf Zoll, von der Basis zur Spitze acht Zoll. Ihre Vorderseite ist mit eben den Zickzack- und Kreislinien geschmückt, die als Verzierung auf dem Thongeschirr und Broncegeräthe heidnischer Grabhügel vorkommen. Aus dem Umstande, daß in einem kleinen Umfange auf dem Ebersberg drei solcher Halbmonde, und im Bielersee deren in Menge gefunden wurden, darf man schließen, daß sie einst in großer Zahl an den Wohnungen als ein bedeutungsvolles Schutzbild aufgestellt gewesen sein werden. Cäsar im sechsten Buche seiner Commentarien erwähnt ausdrücklich des Mondcultus der Germanen, und Plinius (XVI, 95) eben desselben bei den Galliern. Diesen hieß er der allesheilende, und somit wird sein Symbol, gleich dem Halbmond, der so häufig auf gallischen Münzen erscheint, zur Abwendung von Krankheiten gedient haben (Zürch. Antiquar. Mittheill. XII, Heft 3, 147). In den deutschen Heidengräbern zu Ranis im thüringischen Orlagau, die älter sind als die Eroberung Thüringens durch die Franken und in das fünfte Jahrhundert zu setzen sind, fanden sich in drei thönernen Todtenschüsseln drei steinharte Thonkugeln vor, die das Mondzeichen tragen (Weinhold, Altheidnische Todtenbestattung 1, 45). Sogar noch im Kindermärchen vom Mond (Grimm Nr. 175) klingt die Erinnerung nach an dieses den Leichen einst mit ins Grab gegebene Verjüngungs- oder Auferstehungssymbol. Da haben vier Bursche zusammen den Mond aus der Fremde mit heimgebracht und auf den Eichbaum gestellt. Einer um den andern altert, erkrankt, stirbt, und nach seinem letzten Willen muß ihm der vierte Theil des Mondes mit ins Grab gegeben werden. Als aber die vier Theile des Mondes in der Unterwelt sich wieder vereinigten, so erwachten dorten, wo immer Dunkelheit geherrscht hatte, die Todten aus ihrem Schlaf. Sie erhoben sich und nahmen ihre alte Lebensweise wieder an, giengen zu Spiel und Tanz, liefen in die Wirthshäuser und betranken sich. Der Lärm drang endlich bis in den Himmel, und der heilige Petrus mußte sich auf sein Pferd setzen und in die Unterwelt reiten. Da brachte er die Todten zur Ruhe, nahm den Mond mit sich fort und hieng ihn wieder am Himmel auf.

Der wachsende und abnehmende Mond mußte den ihm zugeschriebenen Wirkungen zufolge frühzeitig schon die Bedeutung eines allsehenden Grenzhüters haben, der seine Hörner der heimischen Mark zukehrt, ihr damit fortdauernd Wachsthum und Ausdehnung verleiht und beides ebenso der Nachbarmarke des Feindes entzieht. Gebirge, Seen, Grenzwälder, Bergvorsprünge und Ortschaften tragen daher des Mondes Namen. Die lunae montes des Ptolemäus werden von unsern alten Geographen in den Manhartsbergen und dem Manhartswalde in Niederösterreich gesucht. Die tassilonische Klosterstiftung Mondsee in Baiern heißt mâninseô, lunae lacus. Der bairische Markt Monheim besteht bereits in der ältesten Aufzeichnung der Walpurgislegende, also seit des Bonifacius Zeit. Schloß Magenheim am Michelsberg im Zabergau hat zwei Halbmonde im Wappen und soll ehemals Monheim geheißen haben (Schönhuth, Burgen Würtembergs 1, 129). Manegg und Monegg heißt der Burgstall auf einem Vorsprung des Zürcher Albis (Meyer, Zürch. Ortsnam. Nr. 954). In einer Urkunde Friedrichs I. von 1185 werden die Grenzen der Konstanzer Diöcese bestimmt, mit der Angabe, daß sich an einem Felsen am Rhein das Zeichen des Mondes eingehauen befinde, so wie es dorten einst König Dagobert in seiner Gegenwart auf der Schneeschmelze des Gebirges habe einhauen lassen zur Unterscheidung der Grenze von Burgund und Rhätien (Neugart, Cod. Al. 2, 87). Die Beziehung der Urkunde auf König Dagobert ist, wie Rettberg (Kirchgesch. 2, 101) gezeigt hat, freilich unhaltbar, allein jenes Mondzeichen hat daselbst unzweifelhaft bestanden. Mondstein heißt jetzt noch die Appenzeller Häusergruppe, die an der Gebirgswand oberhalb der altrhätischen Gemarkung und dem jetzigen Grenzort St. Margarethen gelegen ist. Der hier in den Bodensee gehende Rhein trennt Oesterreich und die Schweiz, die Bewohner wissen noch, daß ihr Ortsname von jenem ins Gebirge eingehauenen Mond herrühre. Das Dörfchen hat ein Schloß und über demselben liegt der Burgstock Heldberg. Der rhätische Monte Luna, 7396 Fuß hoch, liegt hinter Valenz bei Ragatz, und merkwürdig heißt sein Nachbar, der vergletscherte, Monte Sol. Das Bündner Pfarrdorf Monstein, berühmt durch seine alten Silbergruben im Schmelziboden, liegt an der Mündung des Spinathales. Jenem dagobertischen Mondsteine gegenüber bei Ueberlingen am Bodensee hat Joseph von Laßberg im Garten des Frauenberges, wo man die fränkische Kaiserpfalz Bodman vermuthet (Palatium Bodamicum) im weichen Sandstein des Schloßfelsens das gleiche Grenzzeichen eingehauen gefunden, einen die Hörner aufwärtskehrenden Mond (Schnars, der Bodensee 1859. 2, 139; Uhland in Pfeiffers Germania 4, 36). Noch in den westfälischen Urkunden des 17. Jahrhunderts werden die Schnadsteine als Gemarkungszeichen „Halfmondsteine" genannt. Religiös verwendet findet sich das Mondzeichen eingehauen auf den teutoburger Externsteinen, und ebenso auf dem heidnischen Steinbilde an der tiroler Pfarrkirche zu Mais, das in Wolfs Zeitschr. (1, 284) besprochen ist. Die Bildsäule des Wendengottes Triglaff, dessen Tempel in eine berühmte Marienkirche umgewandelt worden, weil er nach der Meinung Einiger selbst eine weibliche Gottheit gewesen sein soll, trug noch im Jahre 1526 die Mondsichel in der Hand, und die drei Berge, welche Stetin einschließen, wurden nach ihm Trigelaus benannt (Panzer, Bair. Sagen 1, S. 349). Mondförmig ist auch jenes gigantische Markzeichen, welches, wie die Gressoneyer behaupten, beim Lesiagletscher oben an der Südwand des Monte Rosa eingehauen stehen soll. Von gleicher Form sind auch die Spuren der Hufschläge gewesen, die das in den Pilatussee versenkte Roß dem Wagsteine eingedrückt hatte, der dorten vormals der Grenzstein zwischen der rhätischen Bevölkerung der Unterwaldner gewesen ist und der Deutschen. Dieser Wagstein ist in Folge eines neuerlichen Bergsturzes nun verschüttet. Cappeller (Histor. Montis Pilati, 8) giebt nebst dessen Abbildung auch Zeichnungen solcher Sonnen- und Mondsteine (Ammoniten), von denen man sagt, die Sonne oder die Jungfrau Maria habe ihr Glorienbild in den Mittelpunkt hinein abgeprägt; sie hätten goldgelbe Augen, weswegen man sie auch Goldmuggen nennt (Meier, Schwäb. Sagen Nr. 283). Die altdeutsche Dichtung nennt die Himmelskönigin Maria: du voller mân, du voller stern (Lobgesang auf Christus und Maria, dem Gotfried von Straßburg zugeschrieben) und stellt sie, gleich dem Weibe in der Apokalypse (cap. 12), auf die Mondsichel, als Diadem ihr den Halbmond aufs Haupt setzend; ire füeze hat der mâne.

Grimms Mythologie hat verschiedene Zeugnisse zusammengestellt für die Verehrung, die einst dem Mond als einem göttlichen Wesen gewidmet war; wir fügen hier solche bei, die dem noch lebenden Volksbrauch angehören. Wenn der Oberpfälzer eben auf dem Marsche ist und der Mond aufgeht, so zieht er den Hut ab und setzt beschönigend hinzu: der Mond scheint so schön, daß es schade ist, wenn man den Hut aufbehält (Schönwerth, Sagen 2, 51. 61). Wir wissen aber, daß die Katholiken um Quimpert vor dem Neumond niederknieen, ein Paternoster und Ave betend, gleichwie man auch in den Cevennen, den Mond betrachtend, sich verbückt (Wolf, Beitr. 1, Nr. 649; Zeitschr. 2, 418). Obschon eine Predigt des heiligen Eligius im 7. Jahrhundert verbietet, den Mond unsern Herrn zu nennen (Myth. Anhang XXX), so wird er doch in Baiern und der Schweiz allenthalben noch so betitelt. Der „Herr Man" (Schmeller, Wörtb. 2, 230. 582). 's Himmelsliechtli heißt er dem Aargauer Kinde, 's Herrgotte Liechtli in der Glarner Kindersprache, überall vorzugsweise aber „e liebe Mâ." Solche Liebe und Güte ist dem Mond in unserem Volksliede verblieben, z. B. „Guter Mond, du gehst so stille." Und der junge Goethe erklärt seiner herzgeliebten Sesenheimer Friderike: „Mir ist es, denk' ich nur an dich, wie in den Mond zu seh'n." An diesen tröstlichen Mond verweist der verstorbene Bräutigam im schwedischen Volksliede seine weinende Christel, wenn er von ihr fort wieder in sein Grab zurück muß:

„Den Mond dort schau, schöne Jungfrau Du!"
Und verschwunden war der Reiter im Nu.

Man öffnet im Mondschein den Geldbeutel und spricht:

Bis willkommen, holder Herr!
Mach mir meines Geldes mehr!

(Reynitzsch, Truhtensteine 1802, 135). Esthnischer Glaube besagt, die Hand, die nach dem Vollmond weist, kann im Grabe nicht verwesen (Sievers, Taschenb. der Deutschen in Rußland 1858, 211). Oder man bekommt einen hölzernen Finger, oder man sticht einem Engel die Augen aus (Myth. Abgl. Nr. 1123. 334. 497). Den Kindern, die mittelst künstlicher Fingerstellung Schattenbilder des Häschens an die Wand werfen, verwehrt man dieses Häschen zu machen. Man darf den Hasen im Monde nicht nachmachen, nicht verspotten; der Finger fault ab, mit dem man Häschen spielt. „Schweine, lieber Mone, so lützel, als die heilige Sonn am Himmel schwinde!" (Segensformel in Birlingers Schwäb. Sagen 1, S. 207. 208.) Man soll im Mondschein nicht arbeiten. Das Garn der Spinnerin hält nicht, sie spinnt sich einen Galgenstrick; d. h. die Leinsaat und das Kind im Mutterleibe wird mißrathen, wenn man das Mondlicht zur Arbeit entweiht. Zum Zeichen dessen sitzt die Spinnerin im Monde mit einem aufgeweiften Rockenstiel (Schönwerth 1, 418; 2, 62). Die vielen ähnlichen Sagen über den Mann oder die Frau, die im Monde sitzen, stimmen in dem Glauben überein, man entweihe durch unzeitige Arbeiten den Mondschein; der Christenglaube hat daraus die Entweihung des Sonntags gemacht und den Sonntagsschänder zur Strafe in den Mond gesetzt. Dies beweist der lange Wapper, das Stadtgespenst zu Antwerpen. Er liegt des Nachts als Serviette, als weißes Schnupftuch auf den Wegen; denn das Mondlicht bleicht das Garn auf der Bleiche, wie man glaubt, in drei Mondnächten mehr, als das Sonnenlicht in drei Wochen. Aber er klopft auch an die Fenster des dritten Stockwerkes, wenn dahinter die Spitzenklöpplerinnen noch bei später Nachtarbeit aufsitzen, und schreit hinein: die Nacht ist für mich, der Tag für dich (Wolf, Ndl. Sagen Nr. 379). Aus Buxtorfs Judenschule (Basel 1643. 490) sind folgende Bräuche der Juden auszugsweise hier beizubringen. Drei Tage nach Neumond versammelt man sich Nachts unter offenem Himmel, hebt die Augen gegen den Mond empor und spricht dem Rabbi ein Gebet nach, bei dem man dreimal gen Himmel aufspringt und zwar je höher, um so besser. So wird der Mond, wie man sagt, eingesegnet und mit Freuden empfangen, auf daß alle, die im Mutterleib getragen werden, sich also erneuern wie der Mond thut.

Der Bilmeßschnitt ist ein nach der Quere durch Getraidefelder fortlaufender Schnitt, schuhbreit, vermöge dessen Halm und Aehre der Aecker zwei Schuh ob der Erde abgeschnitten erscheinen. Die Aufgeklärten schreiben solches den Hasen zu (Leoprechting, Lechrain, 20), aber der Volksglaube denkt sich darunter ein Gespenst, das mit Sicheln an den Füßen die Saaten durchschneidet. Man legt ihm große Kuchen in eine Berghöhle und spricht beim Binden der ersten Korngarbe zur Abwehr: Ein Sprung, zwei Sprüng: macht der Bilmerschnitt wieder einen Ring! Ring ist, was die Sichel in ihrer kreisförmigen Bewegung mit einem Zuge abschneidet (Panzer, Bair. Sagen 2, S. 210). Bereits die Lex Salica 37. handelt von diesem Volksglauben, und wer nach Bajoar. Gesetz (XII, 8) die Saat durch solche Zauberkünste verletzte, hatte sich des Verbrechens der Aranskart, der räuberischen Ernteschneidung, schuldig gemacht und kam auf ein Jahr in des Beschädigten Botmäßigkeit. Anton (Gesch. der Landwirthsch. 1, 100) erkannte in diesen Gesetzen die früheste Spur dieses jetzt in Thüringen und Baiern noch fortdauernden Glaubens an den Bilmeßmäher. Unsere Arbeit ergiebt nun, daß es der Mondhase ist, daß er selber den Namen des Jedem sein Theil zumessenden Mondes trägt, und daß jetzt böses Gewissen und ererbte Angst dem Sichelgespenste diejenigen Kuchen in die Höhlen trägt, welche sonst die Dankbarkeit dem Gott des gerechten Maßes opferte.

2) Der Mondwolf.

In dem Verzeichnisse des Heidenaberglaubens, das unter den Karolingern angefertigt worden, findet sich Nr. 21 das Vince Luna! mitaufgeführt als ein Schrei, mit welchem das Volk bei

Mondsfinsternissen dem Gestirne beizustehen und zur Wiedergewinnung des Lichtes zu verhelfen suchte. Es war der Glaube, der Mondhund Hati suche das Gestirn zu verschlingen, der Mond werde darüber blutroth, Blut falle vom Himmel, eine Pest breche aus und vertilge das Menschengeschlecht. Vom Jahre 1371 steht in Laßbergs Liedersaal die meteorologische Bemerkung, dazumal sei alles Gras roth geworden:

> es was do der rote mond,
> den snee er rotet unverschont,
> als wenn ein tier gebluotet hätt.

Bei Dante ist der Mann im Monde der brudermörderische Kain, und weil Kain den Abel auf einem Roggenacker erschlagen hat, heißt es bei uns, so kommt der Roggen deshalb stets blutroth aus dem Boden. Am Portale der Regensburger St. Jakobskirche dagegen ist jener gestirneverschlingende Drache in Stein ausgehauen, wie er Sonne und Mond bereits im Rachen hält. Die Abbildung giebt Panzer im 2. Bande seiner Sagen. Das Sprichwort bei Erasmus, luna tuta a lupis, wendet Fischart im Prognostikonbüchlein S. 7 also an: Lasset nur ab, für den Mond zu beten, daß ihn Gott für den Wölfen woll hüten, denn heuer kommt ihm keiner zu nah; — und im Gargantua erzählt er von den Kindervorstellungen seines jungen Helden, cap. 14: Er sah den Wolf des Monds, sah im Mond ein Männlein, das Holz gestohlen hatt. Bei Rabelais in seinem Gargantua (1. Buch, cap. 11) heißt es: Er hütete den Mond vor den Wölfen — und (Buch 5, cap. 22): Ich sah auf einem hohen Thurm zwei Gibroiner Schildwach stehn und man sagte uns, daß sie dem Mond die Wölf abwehrten (Rabelais, übersetzt von Regis 2, 61). Im bretonischen Volksliede, der Thurm von Armor, nach der Sammlung v. Villemarqué (übersetzt von Hartmann=Pfau 1859, 272) werden die Bretonen zum Kampfe gegen diesen Wolf aufgefordert:

> Ihr Söhne der Bretagne, seid ihr noch gewohnt,
> Zu hüten vor dem Wolf den Mond?

Die Ammenuhr im Alemannischen Kinderlied Nr. 228 läßt um Mitternacht alle Mondwölfe hervorbrechen:

> Oelf, Zwölf:
> Git es Chrätteli volle Wölf.

Noch deutlicher zeigt sich der den Mond verschlingende Hund Managarmr in Meiers Schwäb. Kinderreim. Nr. 42:

Um Zwölfe kommt der Mâ
Und ißt Alles z'samme na.

Daher hat der Drache im Filzthale der Kaiserstochter, die er geraubt hat, drei herrliche Brautkleider zu verschenken, auf dem einen sind alle Sterne gestickt, auf dem andern der Mond, auf dem dritten die Sonne. Wenn nach der Oberpfälzer Sage der alte Riese nicht mehr zu Fuß gehen kann, setzt er sich vom Berggipfel hinüber auf den aufgehenden Mond und drückt mit seinem Gewichte ihm die Scheibe wie einen Sattel ein. Deshalb ist der Mond in Furcht, läßt sich oft längere Zeit gar nicht sehen, und trägt am Bauche die Striemen, die der Riese ihm geritten (Schönwerth 2, 263). Der abnehmende Mond ist daher den Menschen ein Todesbote. Er heißt auf Island Halbzunge, tungl halfr, und Mond der Norne Urdhr, urdharmâni. Zeigt er sich in einem Gehöfte, so stirbt der größte Theil der Bewohner (Mannhardt, Mythen 555). Derlei phosphorische Streifen an den Hauswänden schreibt man einem Insektenschleim zu, man nennt sie in Westfalen quadlechter, böse Irrlichter, und giebt ihnen die Bedeutung, daß alsbald im Hause jemand sterben werde (Wöste, Volksüberlief. 55). In der Kirchenlegende verwandelt sich der vom Wolf verfolgte Mond in das von der Maria beschützte Lamm und Zicklein. Im badischen Dorfe Eichel bei Werthheim gilt sprichwörtlich: In Eichel fängt das Schaf den Wolf. Es wird darüber ein Mirakel erzählt von einem Schäflein, welches hier vor dem verfolgenden Wolfe die Kirchenthüre zuschlug (Mone, Anz. 1837). Ein Widder mit dem Kreuz, nach dem ein Wolf schnappt, ist daselbst an der Thüre in Stein ausgehauen (Stöber, Elsaß. Sagen Nr. 150). Von der verfallenen Kapelle zu Kaltenhausen im Fichtelgebirge heißt es, eine an die offene Kapellenthüre gebundene Geiß habe die Thüre hinter sich zugeschlagen und so den verfolgenden Wolf hier mit gefangen (Schöppner, Bair. Sagb. Nr. 612). Der Pfarrer Swerhard von Seewis erzählt von der Kapelle, die auf der Lenzerhaide (Planura) an der Straße nach Parpan steht: Hier habe ein Bündner seine Ziege angebunden an der Kirchenthüre stehen lassen. Als der Wolf sie auswitterte, flüchtete sie sich in die Kapelle, und der Räuber drang ihr nach, buchstäblich in den Schafstall ein. Durch einen Sprung über ihn hinweg rettete sie sich ins Freie und zwar so, daß ihr eigener Strick die Kapellenthüre wieder zuschmiß. Der zurückkommende Bündner sah mit Erstaunen den Vorfall, holte Hülfe herbei und man bemächtigte sich so des Räubers (Meyer-Knonau, Schweiz. Erdkunde 2, 109). Diese kleinen Histörchen zusammen deuten in ihrer Uebereinstimmung auf den gefürchteten Himmelswolf in der Edda ungezwungen zurück; der Mond selbst ist dabei in den Schäfer und in das Lamm verwandelt, und von diesen beiden Mond=Sinnbildern ist nachher noch besonders zu sprechen.

Rhabanus Maurus in seinen Homilien berichtet, wie die Bevölkerung um Fulda bei einer Mondfinsterniß dem kranken Mond (laboranti) dadurch beistand, daß sie Pfeile und Wurfgeschosse in die Luft schleuderte, um damit das Ungeheuer zu verjagen, welches ihn zu zerreißen drohte. Sehr verwundersam lautet nun die folgende Angabe, welche Goffine, ein Prämonstratensermönch, gebürtig aus Köln, 1648 in seinem „christkatholischen Unterrichtungsbuch" (neue Auflage 1826. 2, 176) über den Entstehungsgrund des Fronleichnamsfestes macht. Juliana, eine Nonne zu Lüttich, sah in einer Vision den Mond lange Zeit mit einem Bruch oder Risse, und ebendadurch habe ihr Gott zu verstehen geben wollen, wie seiner Kirche, die durch den Vollmond vorgestellt werde, noch ein Fest abgehe, das er eingesetzt wünsche. Nachdem hierauf diese Erscheinung von gelehrten Männern untersucht worden, habe Bischof Robert 1226 das Fronleichnamsfest zuerst in seinem Sprengel Lüttich, und dann Papst Urban IV. dasselbe 1264 für die ganze Christenheit eingeführt. Unter den Zwecken nun, warum dieses Kirchenfest vorzugsweise so prunkvoll begangen werde, giebt Goffine an, es geschehe zur Erlangung des Segens über Land und Leute, und wie man im Alten Bund die Arche, in der das Himmelsbrod aufbehalten wurde, umhertrug, so opfere jetzt der Priester an viererlei Feldaltären, er erflehe in einer vorgeschriebenen Gebetsformel besonders das Gedeihen der Früchte und Saaten, und die zwei assistirenden Diakone schließen mit dem Verse: panem de coelo praestitisti eis, omne delectamentum in se habentem. Auch zum Eingang der Messe singt man an diesem Tage Psalm 80, 17: Er speisete sie mit der Fette des Getreides, und mit Honig aus dem Felsen sättigte er sie.

So wurde also die Gefahr, die der kranke Mond oder der von den Wölfen zerfleischte für die Geschöpfe herabzusenden drohte, erst durch heidnische Waffengewalt, und dann durch eine kirchliche Prozession abgewendet.

3) Der Hochzeitsmond.

Vollmond und Neumond sind noch immer die Zeiten, in denen die Geschäfte mit Vortheil begonnen werden können, und des Tacitus Wort von den Deutschen (Germania cap. XI) hat heute noch seine Gültigkeit: sie versammeln sich an vorbestimmten Tagen, entweder am Neumond oder beim Vollmond, denn das halten sie für den segensreichsten Anfang zu Geschäften. — Sonne und Mond sind Eheleute; durch einen Nadelstich in einem Blatt Papier sieht man das Frauenbild, das in der Sonne sitzt (Schönwerth 3, 362). Ihr Gemahl ist der Mann im Monde. Sein Wappenthier ist bekanntlich der Hase. Wird nun das Bild im Monde als Hase genommen, so entspricht die alle vier Wochen wiederkehrende Neugestaltung des Gestirnes der Fruchtbarkeit des Stallhasen, der alle vier Wochen junget. Vollmond, Hochzeit und Entbindung wird daher in einer großen Reihe von Mythen und Vorstellungen vollkommen gleichnamig gedacht. Der Mond der Inder hat die 27 Töchter Dakscha's, des Herrn aller Geschöpfe, zu seinen Eheweibern. Da er aber nicht mit allen von ihnen, sondern nur mit der einen Rohini lebt, so beklagen sich die übrigen bei Vater Dakscha:

Der Hasenträger, unser Gemahl,
O Vater, wohnet nie bei uns!

Darüber ergrimmt der Herr der Welt und schickt dem Mond die Schwindsucht:

Und machte, daß von Tag zu Tag
Der Hasenträger kleiner ward.
Da wuchsen keine Kräuter mehr,
Die Pflanzen waren ohne Geschmack;
Da schwanden auch die Thiere hin,
Die Menschen selber wurden schwach.

(Holtzmann, Ind. Sag. 2, 315.) — Ein noch ausführlicheres Liebesabenteuer von Sonne und Mond weiß die altdeutsche Dichtung zu erzählen, von König Orendel und seiner Frau Breide. Der rheinische Orendel ist der altnordische Oerwandil, der mit den Lichtpfeilen gewandt treffende Bogenschütze; die Frau Breide ist die in der Sonne sitzende strahlendweiße Frau Berchta. Um zu ihr die Meerfahrt unternehmen zu können, läßt der liebende Orendel 72 Schiffskiele bauen, eine poetische Wunderzahl, in welcher eine willkürlich angenommene von Gestirnconjuncturen liegen mag. Aus dieser Meerfahrt des in der Gestalt Oerwandils über das Weltmeer zur Sonne hinwandelnden Mondes hat sich die trierische Legende einen heiligen St. Wendel gemacht, welcher schiffbrüchig wird, über den Weiher zur Hungerburg bei Trier in einer Bütte oder Kufe übersetzt und dann dorten die Schafe hütet (vergleiche Hocker, Deutsch. Volksgl. 1853, 227). Es soll bald nachher gezeigt werden, daß der Mann im Monde wirklich eine solche Milchbütte trägt und selber ein Schäfer ist, wie der hier erwähnte St. Wendel als Patron der Schafhirten gilt. Gleichwie Orendel schiffbrüchig nur auf einer Diele oder Kufe angeschwommen kommt, so sagt man vom Vollmond, der ins Gewölk taucht, er badet; wenn er mit einem Hof umgeben ist: er macht Hochzit, er het Hochsig; und wenn er mit seiner Hauptphase im Wädel steht, so kommt er wirklich als Bettler zu seiner Hungerburg, nämlich zur leeren Kornscheune (Stadel), wie es Stöbers elsäßischer Kinderreim beweist:

Widele=Wädele,
Hinterm Städele
Hat der Bettelmann Hochzeit.

Daraus hat sich eine Reihe von Liebes= und Hochzeitsbräuchen entwickelt, die sich an Zeit und Licht des Vollmonds knüpfen.

Die heiratslustigen Mädchen in Belgien müssen am ersten Freitag jedes Monats, also am Tage der Ehegöttin Freyja, die Heiratsfähigen in Frankreich aber am Andreastage, also am Tage des Patrons der Mannsbilder, den Mond also anrufen:

Lune, lune, belle lune,
Faites me voir en mon dormant
Le mari que j'aurais en mon vivant.

(Wolf, Ndl. Sag. Nr. 271 und Beitr. 1, 122.) Sie sollen dabei ihre Strumpfbänder kreuzweise ans Fußende des Bettes legen und ein Handspiegelein unters Kopfkissen. Ein braver Bürger zu Kortryk bekam über diesen Brauch den Beinamen Klaremane, heller Mondschein. Als er nämlich einer Nacht auf seinem Söller schlief, wurde er durch eine Menge Weiberstimmen geweckt und erblickte auf dem Dache seines Hauses eine derartige Frauengesellschaft, welche trank und sang:

Wir trinken allhier den süßen Wein,
Burgunderwein, Champagnerwein,
Wir trinken den klaren Mondenschein.

Als er mit einem Stocke auf das Dach hinausrannte, war alles verschwunden, und ihm blieb nichts als sein Spitzname (Wolf, DMS. Nr. 154). Das Oberpfälzer Mädchen, gegen welches der Geliebte lässig werden könnte, spricht beim wachsenden Mond (Schönwerth 1, 133):

Grüß dich Gott, mein lieber Abendstern,
Ich sehe dich heut und allzeit gern.
Scheint der Mond übers Eck
Meinem Herzallerliebsten aufs Bett:
Laß ihm nicht Rast, laß ihm nicht Rou,
Daß er zu mir kommen mou.

Das Volkslied von Peter Unverdorben (bei Wackernagel, Altd. Leseb. 1167a) läßt beim Abschiede zweier Liebenden den Mond ebenso anbeten.

Got gesegen dich, sunn! Got gesegne dich, mon!
Got gesegen dich, schoenes lieb, wa ich dich hon!

Blickt ein Mädchen um Fronfasten beim Vollmond in einen Quell, der an einer Erle hinfließt, so sieht es den künftigen Gemahl im Wasser abgespiegelt (Panzer, Bair. Sag. 1, Nr. 150). Es trinkt die unfruchtbare Ehefrau aus dem mondbeschienenen Quell, um mit Kindern gesegnet zu werden (Wolf, Heß. Sag. Nr. 16; Schönwerth, Oberpfalz 2, 63). Der Hellene nahm die Zeit des Vollmondes für die günstigste und zur Vermählung einflußreichste (Hermann, Griech. Alterth. 3, 149). Das Gleiche bei Cicero: luna graviditates et partus affert maturitatesque gignendi. Träumt ein Mann, er habe den Mond im Busen oder in der Hand, so wird er ein hübsch und holdselig Weib nehmen, je nach dem Maße, als die Scheibe des Mondes vollgewesen ist (Traumbuch Apomasari's, Frkf. 1645, 33). Eine dem ersten Mondsviertel gleichende Mondscheibe war ehedem allgemein der Haupt- und Halsschmuck der Bräute und hieß Man-gold. Die weiße Menglöd nämlich (Edda, Saem. 111), die alle Krankheiten heilende, trug von diesem ihrem Halsbande zugleich ihren Namen: die an ihrem Halsband sich Erfeuende. Der Name ist im Hessenlande zum Familiennamen Mangold geworden (Vilmar, Hess. Familiennam. 1855, 53). Der schwäbische Graf Manegold ist Stammvater des Dynastengeschlechtes deren von Neufen und Sulmetingen im Beginn des 12. Jahrhunderts. Und in diese Sippe gehört der Minnesänger Gotfried v. Nifen um 1234, sein Wappen zeigt drei silberne Jagdhörner (ursprünglich Mondhörner) im blauen Felde. So führt auch das Aarauer Stadtgeschlecht der Siebenmann, bei welchem ehedem die richterliche Zeugschaft und Bestätigung gestanden hat, den Halbmond im Wappen; sie behaupten, ihr Name habe Siebenmond geheißen. Der Prangerkranz der Oberpfälzer Braut, ein aus Pappendeckel gemachter und mit Rauschgold verzierter Kopfschmuck, trägt das Bild des aufnehmenden Mondes. Am sprechendsten ist dieser Brauch bei den Inselschweden auf Dagö, wie ihn Rußwurm (Eibofolke 2, S. 88) beschreibt. Der Braut wird das Kopfband der Mädchenschaft abgenommen und dafür die Haube, ein halbmondförmiges Pappendeckelstück mit einem heruntergestülpten Schleier aufgesetzt. Die Gäste lüften dann dieses Tuch, gucken der Reihe nach der Braut ins Gesicht und zahlen ihr etwas Geld dafür. Das sind die Mondspfennige, *mâns-pengar*. Dies nennt man etwas vom Neumond sehen. Der Scherz besteht dabei in der Klage, doch noch mehr zu bekommen vom Mondschein, bei so finsterer Nacht und so weit verirrt. „Laß noch mehr scheinen, neuer Mond! aber ach, wie er spitz ist und zart!" ruft man, während das Brautpaar in die Schlafkammer geführt wird. Diese Spitze des Mondes hat sich anderwärts in das Brautschwert verwandelt, es ist Wuotans Symbol, mit dem er die Ehen knüpft, und noch trägt der Brautführer in Baiern und Schwaben den rothbebänderten Reitersäbel auf der Schulter voran. Fällt ein auf den Tisch geworfenes Messer auf den Rücken und bleibt so liegen, so bedeutets eine Hochzeit (Wolf, Beitr. 1, Nr. 85, 86). In der Figur des Vollmonds ist daher auch ein Schwert zu sehen. Andreas Schmeller macht im Münchner Kalender 1842 den Holzschnitt bekannt, womit der Bauernkalender vom Jahr 1493 die Tagesfolge des Januar dargestellt hat. Dorten trägt der 27. Januar statt des Vollmondzeichens ein aufrecht stehendes Schwert, und die Erinnerung an diesen schwerttragenden Vollmond, der zugleich bräutigamsartig Geld unter die Kinder auswirft, hat sich in einem Ringelreihenspruch erhalten, bei Simrock (Kindb. Nr. 201):

Kreideweiße Haare,
Schwarzgewichste Schuh,
Einen Degen an der Seite,
Ein Goldstück dazu.

Der Mond dieses Sprüchleins erscheint Marquisartig, in Seidenstrümpfen und Schnallschuhen, gepudert und frisirt; gleichwohl wirft er noch den Goldregen aus, der vom Hochsitze des Gottes himmelher fällt. Dasselbe thut er in den Niederlanden, wo er noch seinen redenden Namen Lodder bewahrt hat. Er legt sich dorten als Alp mit den Jungfern zu Bette, führt die Schnitter aus der Tageshitze in der Sommernacht an die kühlen Weiher, und läßt den Burschen, der in der Kiltnacht zu seinem Mädchen gehend rathlos bei einem ungebrückten Bache steht, über sich hinübersteigen ans Ufer, wie über einen Steg. Schon die Edda Saem. läßt einen Gott Lodhr bei der Erschaffung des Menschen mit thätig sein, ihm Blut, Färbung und Schönheit verleihen, und Weinhold (in Haupts Ztschr. 7, 10) hat in ihm den Gott der Ehen erkannt und auf sein Lichtwesen die Bräuche bezogen, wornach bei Hochzeiten Fackeln, bei Neugeborenen Kerzen entzündet und Proben der Jungfräulichkeit damit geleistet werden, daß man ein eben erloschenes Licht wieder anzublasen vermöge. Dieser Lodhr ist der Mann im Monde, und auf seine Namensform hat Grimm (Myth. 683) voraussehend hingewiesen, da er eine Stelle aus dem Dichter Van Wyn (14. Jahrhundert) anführt, die von den dunkeln Mondstreifen redet:

recht int midden van der mane,
dat men in duitsche heet Ludergheer.

Eine Handschrift von 1351 giebt auch Lodegeer zu lesen. Loder ist beim bairischen Gebirgsvolke um Miesbach der allgemeine Name von Bursche und Geliebter, die Loderin ist im Pinzgau jedes erwachsene Mädchen, und sie lödert, wenn sie den Mannspersonen allzuhold ist (Schmeller, Wörterb. 2, 525). Auch im Westfälischen ist loden, wachsen (Seibertz, Urk. 2, 418. — Wöste, Westfälische Volksüberlief. S. 102). Loder hieß man auch ehedem den Schauspieler, jedoch nicht ableitend von liothan, crescere, sondern vom lat. ludus. So nennt man gleichaltrige Mädchen und Bursche einer und derselben Ortschaft bei uns Gespiel, weil sie zu einer geschlossenen Junggesellenschaft zusammentreten. Daher kommt in das Verb. ludern, zusammen aufwachsen, die Bedeutung von zusammen spielen. Der Ludertag heißt in der Altgrafschaft Baden der letzte Fastnachtstag, weil da Alt und Jung Glücksspiele macht. Die beim Kinderspiel ausgesetzte Zahl von Spielnüssen heißt im Kaufe das Höck, im Spiele das Luder, dieselbe gewinnen, ist ludern. Sogar die Steuer auf Schlachtvieh und Holz heißt in Unterwalden Lueder (Businger, Kant. Unterwald. 176). Zuletzt kommt in das Wort Luder der alleinige Begriff von Beutemachen, Schlemmen, und von Ausgelassenheit. Heißen nun die dunkeln Mondstreifen in den Niederlanden Luderg'heer, so entspricht dieser Name ganz unserm oberdeutschen Guetisg'heer und Glücksheer, von welchem Aargau. Sagen 1, Nr. 80 die Rede ist. Letzteres bezeichnet das Heer der Glückseligen, Luderg'heer das Heer der Glücksgenossenschaft, gleichwie Einherier die einzigen und unübertrefflichen Heergenossen ausdrückt.

Der Mann im Monde, der als St. Wendel über den Klosterweiher zur Hungerburg schwimmt, oder als Orendel brautwerbend zur Königin Breide fährt und auf seiner Schiffsdiele scheitert, hat zu einem Hochzeits- und Kinderspiele Anlaß gegeben, worin der weite Lichtstreifen des Mondes, den er über die gestuften Wasserwellen hinwirft, zur Leiter wird, auf welcher er als kinderbringender Storch auf und ab steigt. Als Hochzeitsbrauch hat es sich auf der Halbinsel Hela bei Danzig erhalten, unter einer Bevölkerung von Fischern, die da seit Jahrhunderten in Abgeschiedenheit lebt. Unter Hersagen des bekannten Reims:

„Das ist kurz und das ist lang,
Das ist eine Hobelbank.“ ꝛc.

wird ein Storch auf den Tisch gekreidet und mit der Figur einer daran gezeichneten Lichtputzscheere geschlossen. Während dem verdeckt der Zeichner die Figur mit den Händen, und die dabei zuschauenden Weiber und Jungfrauen suchen sie ihm wegzureißen. Können sie dies, ohne dabei die Zeichnung zu verwischen, so wird ihre Ehe um so kinderreicher (Wolf, Zeitschr. 3, 260). Es ist ein Familienspiel, Bildergeschichten zu erzählen; während man ein Märchen vorträgt, zeichnet man es zugleich auf Tischplatte oder Schiefertafel in Umrissen, und läßt so Märchen und Bild sich gegenseitig ergänzen. Beim Märchen vom Mond verfährt die süddeutsche Mutter also. Man setzt oben in der Ecke der Schiefertafel ein Kreisrund an. Dies ist das Fensterchen im Himmel, da schaut durch die runde Fensterscheibe im alten Großvaterhaus alle Nacht ein Mann herunter, um zu sehen, was seine Fischchen drunten im Teiche machen. Für den Teich wird nun ein anderes Eirund in Mitte der Schiefertafel gemacht. Da sich nun einmal die Fischlein gar nicht rühren wollen, nimmt der Mann seine lange Leiter — hier wird Kreis und Eirund durch zwei enge Parallelstriche verbunden; — steigt zum Teich herunter, und sieht mit Verdruß, daß ihm die bösen Buben das letzte Fischlein durch zwei Wassergräben haben herauswischen lassen — diese zwei Gräben werden in Gestalt zweier langen Vogelbeine vom Eirund der Mitte an nach unten gezeichnet. — Da ist der Alte schnell wieder die Leiter hinauf, um die Ruthe zu holen, aber darüber ist ihm vor Zorn plötzlich ein so langer Schnabel gewachsen — jetzt setzt man ans obere Kreisrund einen Storchenschnabel an — daß er zu seinem Himmelsfensterlein nicht mehr hineinkonnte, sondern als Kinderstorch draußen bleiben mußte, und da steht er noch und klappert. Die Kinder verhöhnen ihn mit seiner Leiter, es heißt bei Stöber (Elsaß. Volksb. Nr. 79):

Wellemännele im Mâ,
Guck es bissel erunder,
Wirf din Leiderli ra,
Graddel driwer nunder!

---

4) Der Mann im Mond.

Der Mond ist allwissend und man schwört Eide auf ihn. Damit wird seine alte Göttlichkeit verbürgt. Man läßt in Altbaiern naschende Kinder, wenn sie leugnen wollen, die Formel nachsprechen:

hab i's thô, veschluck mi de Mô!

(Panzer 2, Nr. 118.) In Würtemberg heißt es: haun i's daun, so komm i in Maun (Meier, in Wolfs Zeitschr. 1, 169). Wenn unfolgsame Kinder in der Nachtkälte zum Fenster hinausgucken, so bedroht sie die schwäbische Mutter: Guck ett naus, s'Maunmändle nimmt di fort! (Zeitschr. 4, 49.) So wird der Mond zum Straf- und Wohnort der Verwünschten. In ihm büßt also die Spinnerin, welche Nachts zur Unzeit am Rocken fleißig war; der Bürdelimann, der am Feiertage Holz gehauen, muß dorten seine Reiswellen fortbinden; das Tangelmandli und der Dieterli, welche die Sense zur Nachtmahd gedängelt haben, dängeln auch dorten daran fort. Weil es dorten kalt ist, so sitzen sie im Winterpelze da und haben gewaltige Fuchshandschuhe an (Birlinger, Schwäb. Sagen Nr. 295). Es muß also ein Versuch gemacht werden, sie zu erlösen. Die Lausitzer Wenden sehen drum in den Flecken des Mondes einen Geiger, welcher vor Gott und der heiligen Jungfrau aufspielt, um seine Aeltern aus der Hölle loszubitten (Haupt-Schmaler, Wend. Volksl. 1, 273. 387). Letzteres meint eigentlich den pfeifenden Mond, da man sagt, er pfeife sein Licht auf, wenn er durch eine von Wasserdünsten überfüllte Atmosphäre mit rothem Lichte scheint.

Wir mustern nun diesen Mann nach seinen verschiedenen Emblemen. Bald ist es nur ein einsiedlerisch lebender Mann, bald Mann und Weib, Adam und Eva, zwei alte Eheleute, welche kinderlos sind und entweder Kinder stehlen oder über die Geburt anderer neidisch sich ereifern. Dabei spinnt die Frau, und der Mann führt sein Hündchen an der Leine, den Mondhund Mánagarmr. In Shakespeare's Sommernachtstraum trägt der Mann im Monde eine Dogge; und so kommt auch der Lodder in Antwerpen (Wolf, Ndl. Sagen) einhergegangen, die Zottelhaut eines schwarzen Hundes um seine Schultern geschlagen.

Ueber den Mond als Ehegott äußert Fischart in seiner Uebersetzung von Bodini Daemonomania (1591, 68): „Noch heutigs Tags folgen die Teutschen hierin ihrer heidnischen Vorfahren altem Brauch, daß sie nicht wie andere Völker den Mond weiblich luna oder mönin heißen, sondern männisch den Mon, ja an etlichen Orten gar den Heiland, oder etwa den Helland, der hell im Land scheint. Ja damit sie den Weibern allen zugang zur Meisterschaft benahmen, haben sie sich nach dem Mon Man genannt und ihrer männlicher Abkonft Kinder nach der Sonn Sön, als die an ihrer statt alltag frisch wie die Sonn aufgehen." Nach der noch lebenden isländischen Sage zeigt die Sonne das Gesicht der Eva, der Mond dagegen das Adams (Maurer, Isl. Sagen 185). In der westfälischen Sage (Kuhn, 2, S. 83) ist er ein junger Mann, der einmal Nachts zu seinem Mädchen ins Fenster hat steigen wollen. Weil eben der Mond gar hell geschienen, hat er eine Dornwelle genommen, um ihn damit zu verfinstern; wie er aber so gestopft hat, ist er zuletzt darin hängen geblieben. Im Berner Kiltspruche heißt der Mond Buebesunne, weil der Mondschein die Sonne der verliebten Kiltgänger ist. Damit bringt auch das wendische Volkslied (Haupt-Schmaler 1, Nr. 281 und S. 387) den Mond in ein buhlerisches Verhältniß, es macht ihn zum König David und läßt ihn um ein fremdes Eheweib die Harfe spielen:

Wer nicht den Liedern glauben will,
Der sehe auf den Mond.
Dort wird er schon den David sehn
Im Hollunderhandschuh stehn,
Ja ja im Hollunderhandschuh
Im Erlenjäckchen stehn,
Dann im Haarweidenstrumpfe und in der Birkenhose.

Aus dem leicht abzustreifenden Bast der hier genannten Waldbäume hat sich der Mondmann seine Kleider gemacht. Es wird sich nachher noch zeigen, in welch enger Beziehung zum Baumwuchse der Mond gedacht wird. Eine Tragstange kommt gleich in jenem Mondbild vor, das in der Edda beschrieben wird. Mundilföri hatte zwei Kinder, den Sohn nannte er Mond, die Tochter Sonne. Aber die Götter, welche zürnten über des Vaters Stolz, nahmen ihm die beiden Kinder und setzten sie an den Himmel. Wie da der Mond einst herabsah auf die Erde, bemerkte er Vidfinns zwei Kinder, Bil und Hiuki, die eben vom Brunnen kommend ihren Wassereimer an der Tragstange auf den Schultern heimtrugen. Der Mond raubte sie und nahm sie zu sich hinauf, wo man sie noch heute herumgehen sieht. In Schönwerths Sagen (2, § 4) sind es zwei alte, kinderlose Eheleute, die sich Läuse suchen. Er war ein Bauer, der alle Feiertage Wachholderstauden auf seiner Wiese ausgrub, und sein Weib hieß schon zu seinen Lebzeiten bei allen Leuten Mond. Als er erkrankte und sterben mußte, redete er es mit ihr ab, daß er sie nach dem Tode abholen wolle. So geschah's, und seitdem scheint der Mann vor, das Weib nach Mitternacht. Weil sie einen Pelz anhat, der keine Kälte annimmt, so fällt alle Kälte auf die Erde. In einem samojedischen Märchen, das Asbjörnsen mittheilt (Gräße, Märchenstrauß 1858, 76) messen sich zwei Zauberer mit einander. Der eine stellt die Sonne auf seine flache Hand, da wirds im Zelte glühend heiß bis auf den Tod; der andere zaubert den Mond auf seine flache Hand herab, darauf entsteht eine solche Kälte, daß sich beide in ihrem Zelte nicht mehr zu helfen wissen. Wegen dieser russischen Kälte gilt der Mond auch in Deutschland als Strafanstalt für Sonntagsentheiliger.

Der Mond fördert und hemmt die Geburten. Goethe beginnt seine Autobiographie damit. Der Mond, erzählt er, der da damals eben voll ward, habe mit der Kraft seines Gegenscheines um so mehr eingewirkt, als zugleich seine Planetenstunde eingetreten war, und so habe die Geburt des Kindleins nicht eher erfolgen können, als bis jene Stunde vorüber gewesen sei. Dies geschah auf den Glockenschlag Zwölf, Mittags 1749. Der Mond äußert seine geschlechtlichen Einflüsse auf Weib und Mann. Geht der Mann zum Weibe, während der Mond aufs Ehebette scheint, so giebt es mondsüchtige Kinder. Daher rührt der Ursprung der Bettvorhänge und des Betthimmels (Schönwerth, Oberpfalz 2, 65, 66). Kinder mit Hasenscharten sind im bösen Wedel geboren, unter dem schlimmen Einflusse des abnehmenden Mondes. Dies sind bei Ovid (Amores I, lib. 2, 23) die cornua sanguineae lunae, und bei Curtius (4, 10) ists die luna deficiens. Mondkind, Mondkalb, mola, conceptio falsa nennt Muralt (Hippokrat. Helvet. Basel 1692. 230. 308) alle zur Unzeit gepflanzten oder kommenden Gewächse. Das Mutterkalb heißt in seinem Hebammenbüchlein (Basel 1697, 47) die Mißgeburt an Menschen und Pflanzen. Holzkalb ist aargauisch die Holzmaser. Eberkalb, Aberkalb ist ein unächtes Kind (Myth. 1111), Donnerskalb, Donnerskind ist ein verwünschtes, Speckkalb und Wasserkalb die wässerige Mißgeburt beim Rindvieh. Ein in der falschen Mondphase geworfenes Kalb wird böse und arbeitsunfähig, und heißt deßwegen Narr. Alles dies heißt mönig. Mönige Aepfel sind verglaste, mönige Rosse sind irrsinnige, sie erblinden bei jeder Mondsveränderung und gewinnen erst nach und nach die Sehkraft wieder (Steinmüller, Alpenwirthsch. 2, 398). Der Mondwolf hat es ihnen angethan. Daher heißt's bei C. Geßner (Thierbuch CLV): „Die Wolfszän helfend den monsüchtigen Menschen.“ Aus dem Glauben der Steyrer Aelpler hat Lenau sein Mondlied geschrieben über den Einfluß des bösen Wedels:

Tief in den höchsten Steyrerfelsen
Kenn ich ein Dörflein, wo man meint:
Der Mond wird schuld an dicken Hälsen,
Wenn er in einen Brunnen scheint.
Dort meint man auch, wenn Mondgefunkel
Die Spinnerin am Rad umspinnt
Und widerglänzt von ihrer Kunkel,
Daß sie ein Leichenhemd gewinnt.
Bergjäger, der kein Raubschütz, meidet
Den Mond; ein Wild im Mondenstrahl
Geschossen oder ausgeweidet,
Verwest so frühe noch einmal.
Und eine Tann' im Wald geschlagen,
Wenn hell der Mond am Himmel blinkt,
Als Mastbaum in das Meer getragen,
Zerbricht der Sturm, das Schiff versinkt.
Wenn Schiffer Nachts das Meer befahren,
Umhüllen sie das Haupt genau;
Denn spielt der Mond mit ihren Haaren,
So färbt er sie frühzeitig grau.
Und bei Banditen geht die Kunde,
Ein Dolch, gewetzt im Mondenschein,
Sticht eine ewig stumme Wunde,
Trifft mittendurch ins Herz hinein.

Der Bannspruch, den die Tiroler Wilderer bei sich tragen, um sich gegen die Kugel des Herrschaftsjägers schußfest zu machen, ist mit neun Halbmondszeichen eingefaßt, deren Hörner nach oben stehen, und ähnliche Mondzeichen haben auch die Klingen der sogenannten Zaubermesser oder Pinzgauer Messer (Alpenburg, Tirol. Sagen 1, S. 358). Dagegen muß während einer Mondsfinsterniß der ehstnische Schütze sein Gewehr putzen, der Fischer Angel und Netz zur Hand nehmen, dann wird er eine beutereiche Jagd, einen gesegneten Fischfang haben, denn das Wild wird nicht den Schützen und der Fisch nicht den gestellten Angel sehen können (Dorpater Wochenschrift „Inland" 1856, Nr. 39, 629).

Unter dem Einflusse des Mondes soll die Saat von Hanf, Flachs und Korn gedeihen, daher sitzt bald die Spinnerin, bald der in die Strohgarbe gebundene, bald der das Garbenband, „die Wid", drehende Mann im Monde. Die letztere dreht er bei Hebel (Ausgabe 1853, 128), um seine Reiswelle damit zu binden:

Was tribt er denn die ganzi Nacht,
Er rüehret jo kei Glied?
He, siehst nit, aß er Welle macht?
Jo, eben dreiht er d'Wied.

Nach Freiburger= und Freienämter Glauben ist es das Gesicht des Judas Ischarioth, und während er die Wid dreht, um sich zu hängen, muß er vor Kälte in die Hände „chuchen." Nach Oberpfälzer Glauben (Schönwerth 2, §. 4) ist es ein altes Weib, sie flicht einen Weidenkorb, ein daneben sitzender großer Hund (der Eddawolf) lauert, ob der Korb bald fertig wird, und ist es daran, so reißt er ihn zusammen. Dann wird eine Mondsfinsterniß. Der Aargauer Mann im Mond steckt in einer Bohnenstrohwelle. Dies ist ein besonders redender Zug. Der sächsische Haferbräutigam und der österreichische Strohbartel wird zum Feste in Haberstroh eingekleidet, der thüringische Erbsenbär in eine Welle Erbsenstroh, im Oberaargau der Strohbär in Bohnenstroh. Dies ist theils der Donnergott, den wir als Mondmann den Dietrich nennen, theils der angelsächsische Stammheld Skeaf, der diesen seinen Namen daher erhalten hat, weil er als Säugling auf dem Schaub einer Strohgarbe an die Küste getrieben kam. Es ist der strohgelbe Sonnen= und Mondschimmer, der über alles Meer scheint und unter dem alle Frucht zeitigt. Die preußische Sage von der Strohbrücke bei Himmelpfort an der Mecklenburger Grenze behauptet, hier habe ein Mönch eine Nonne, in einen Büschel Stroh gebunden, auf dem Rücken über den See getragen (Kuhn, Märk. Sagen Nr. 204). Wenn die Herbstfäden fliegen, der Altweibersommer, so sagt man, die Spinnerin arnt, erntet. Das ist das Gespinnste der Tochter, die vom Spinnen weg zum Tanze entlief und von der Mutter verwünscht worden ist. Da sitzt sie nun im Mond und hält die dickbeweifte Kunkel. Nickt sie über der Arbeit zum Schlaf ein, so wallt ihr langes Haar über den Rocken, und es entsteht die Mondsfinsterniß (Schönwerth 2, S. 60). Sie gleicht jener Tochter in der Kirchenlegende, deren Schönheit die Lüste des eigenen Vaters entzündet, hülflos fleht sie zu Maria, da wächst ihr ein langer Mannsbart. Und so wurde der Mond auch auf Cypern unter dem Bilde einer bärtigen Jungfrau, als Venus barbata verehrt (Macrob. Saturn. 3, 8. Menzel, Literaturbl. 1852, S. 52). Wenn die Kornfrucht den ersten Fruchtbalg ansetzt, dann schosset und sich mit dem halben Blatt umkleidet, so heißt dies, „sie geht in die Hosen, sie behäset sich.“ So ist auch der Hase im Mond häufig in der Bedeutung von Schößling und Hasel zu verstehen, und daraus sind ihm die vielfältigen Beziehungen erwachsen, in denen er zum Baumwuchs und Holzschlag steht. „Der Mann mit dem Rebenhäsel“ heißt zu Landau in der Rheinpfalz der Mann im Monde, denn er trägt da ein Bündel Rebenschößlinge, er hat als Winzer den jungen Nachtrieb ausgebrochen. Daraus wird allgemein ein Holzfrevler. Alle Holzdiebe werden in den Mond verwünscht (Bezirk Baden). Der mon hat in jm schwartz flecken vnd sprechent die layen, es sitzt ein man mit einer dornpürd in dem mon. Es ist aber nit war. Konrad von Megenberg, Buch der Natur (schrieb's 1349 zu Regensburg. Druck von Schönsperger, Augsburg 1499. Blatt d. 3). Der Oberpfälzer Bauer bei Bernau hat am Feiertag Kronwittstauden (Wachholder) ausgehauen und muß nun als unseres Herrgotts Knecht im Mond Holz hacken (Schönwerth 2, §. 4). In Glarus heißt er der Bürdelimann. Im Aargau ist es der Bauer zu Hornußen, der am Sonntag eine Tanne gefällt hat. Beim Heimgehen begegnete ihm unser Herrgott und ließ ihm die Strafwahl, entweder ewig in der Sonne zu schwitzen oder im Monde zu frieren. Er gieng in den Mond und trägt nun, um anfeuern zu können, seine gestohlene Reiswelle auf dem Rücken heim. Gleichwie der W. Jäger mit umgedrehtem Halse und verkehrt auf seinem Rosse reitet, so muß auch der Mondmann verkehrt in seiner eigenen Reiswelle stecken. Das Wellenbinden ist in Rabelais' Gargantua (1, cap. 22) unter den

Kinderspielen mit aufgezählt. Die Knaben in der Sologne und zu Saintonge spielen es also, daß sie auf dem Kopfe stehend mit den Beinen sich an eine Mauer lehnen und so sich das Ansehen von starren Reisbündeln geben (Regis, Uebersetz. von Rabelais 2, 109).

Der Mond hat Hörner, also muß er wohl auch ein Widder, ein goldenes Schäfchen, eine kleine Kuh sein, da braucht er Gras und Heu und wird dann Milch, Butter und Käse bescheeren. Aber dafür kommt dann der Gras- und Krautdieb, der Schaf- und Roßdieb, der unzeitig dängelnde Mäher zur Strafe in den Mond.

Der die Heuernte ankündende Witterungsgeist ist der durch Hebel bekannte Dengeligeist. Dangelstock ist der Ambos, dängelen die Sense oder Sichel scharfschneidig schlagen. Der Dengeligeist ist ein Sabbatschänder, denn am Sonntage die Sense zu hämmern, gilt bei uns für eine viel größere Sünde, als das Mähen selbst. Nach Appenzeller Glauben ist das Dengelimannli zwar nur der pickende Holzwurm, das in den Wänden nistende Erdschmiedlein, allein es zeigt dem Sennen gutes Wetter an (Tobler, Sprachsch. 134 a.). Auf der Hochalpe Dengelstein wohnt der alte Berggeist, der das Wetter macht; man läßt ihm in den Sennhütten über Winter Käse, Brod und Schnaps stehen, denn sonst stopft er sich die Tabakspfeife, und dann bricht das Unwetter herein (M. Meyer, Tirol. Sagenkränzlein 1856, S. 53). So oft man das rothe Weiblein von Wissing Sichel oder Grasstumpf dängeln und wetzen hört, kommt eine gute Heuernte und die Stallkühe werden milchreich (Schöppner, Bair. Sagb. Nr. 1124). Die Leute des bair. Marktfleckens Enkering haben den Spottnamen Galgendenkler, weil sie zur Ernte ihre Sensen auf dem Galgenstock gedängelt haben (Bechstein, DSgb. Nr. 871). Hiezu sind die Sagen vom Weinklopferle zu vergleichen (Aargau. Sagen 2, Nr. 327). Im Walliser Sasserthale heißt der Mann im Mond Heumandli. Im Berner Oberland zu Frutigen wird also erzählt: Im Spiesse hinte hät Eine'e Thuete Heu gstole. wann es aber ebe im Mondschin gesi isch, so isch es us-chô. Und dô er derumb esô gfluchet het, so isch er in Maane' uff versetzt wore (Aufzeichnung von Stud. Mäder aus Baden). Der auf den Mond gerathene O'Rourke (Grimm, Ir. Elfen M. S. 149.) will sich an der zweischneidigen Mondssichel festhalten, aber der Mann im Mond klopft mit einem Hammer so schetternd dagegen, daß jener erschreckt losläßt und hinabstürzt. Der Mondmann trägt eine Heugabel voll Dörner (Curtze, Waldeck. Ueberlief. S. 243.). Der

Wegenstetter Mondmann hat eine Mistgabel, um damit den Dünger auf die Wiese zu zetten (Fríckthal). Der auf der Insel Sylt ist ein Schafdieb gewesen, der mit seinem Kohlbüschel fremde Schafe an sich lockte (Müllenhoff, Schleswig Holst. Sagen S. 360). Der in Waldeck (Curtze, 243) war ein Pferdedieb. In Holland gilt er als Gemüsedieb, ebenso in Westfalen (Kuhn, Westf. Sagen 2, S. 84).

Wenn vor Zeiten die Kölner Kinder ihren Kinderengel befragten, wo er denn zu Hause sei, gab er zur Antwort:

Wo de golde Schöfcher stohn,
Wann klein Kinder gückle gohn!

(Weyden, Cöln's Vorzeit S. 184). Der Mond hütet bekanntlich Lämmer und Kühe, das Sternbild der kleinen Bärin heißt dem Isländer die Melkweiber am Himmel (Myth. 688), die Milchstraße im Gröningerland heißt kaupat (Kuhn, Nordd. Sagen S. 457). Auch der Römer sieht im Siebengestirne Ochsen, triones. Das Wiegenkind wird eingeschläfert, unter dem Versprechen, ihm alle diese Milchthiere zu schenken:

Schloap, Kingeken, schloap!
Värre Dähre steht en Schoap,
Up em Flur ene bunte Kuh,
Kingeken, doh de Ogen to.

(Simrock, Kinderb. Nr 140). Im Oldenburger Hirtengebet sind die Mondspitzen die Zitzen am Kuheuter; „Aus dem Kinderleben" (Oldenb. 1851, 94):

mane mane witte,
wîs me dîne titte!
ik wil di mîne wedder wîsen
morgen an dem dage,
wenn ik de koie ûtjage.

In der Göttinger Gegend sitzt im Mond daher ein Weib, das am Sonntag gebuttert hat (Schambach-Müller, Ndsächs. Sagen S. 344), eine Frau mit einem Butterfaß, welche Butter kirnt (Kuhn, Westf. Sagen 2, S. 84). Diese Mondfrau entspricht der römischen Lucina, die man sich ebenso als eine stillende, milchende Mutter dachte. Der Graubündner nimmt dafür einen Sennen an mit dem Milcheimer (Meier, Schwäb. Sagen 1, 232), und Gleiches ergiebt sich bei Kuhn (Nordd. Sagen Nr. 349) und bei Müllenhoff (Schlesw. Holst. Sagen 483).

Die Mondgöttin Artemis herrscht über die Feuchtigkeit des Bergwaldes, über den Graswuchs und die Weidethiere; es wurde ihr daher ein in Löwenform gepreßter, weißer Käse, geopfert, und auch jener der Artemis Munychia dargebrachte Lichterkuchen war aus Butter, oder aus Käse, und mit brennenden Kerzchen umsteckt (Welcker, Griech. Götterl. 1, 584. 591). Der Aelpler, dem auf dem Gebirge Fleisch, Milch und Käse miteinander wächst, macht die kühne Folgerung, auch in dem Gletscher und der Berghöhle müsse alles dieses liegen. Er nennt das Gletschereis und Gletscherwasser Käs, Käswasser; verkäsen, heißt ihm sich vergletschern. Auch beim Chamounihirten hat der Ausdruck sérat die doppelte Bedeutung Gletschereis und frisch aus der Molke gezogener Käse (Schmeller, Wb. 2, 336). Im Glarner Sernftthale heißt der Vollmond jetzt noch Käslaib. Mondmilch, Bergziger, Bergmehl ist dem Sennen wassergesättigter Gyps, den wir Mondstein, Marienglas, Fraueneis nennen. J. X. Schnider (Entlebucher Geschichte. Luzern 1782, 2, 45.) protestirt gegen die Ableitung des Wortes Mondmilch, als lac montis, denn die Entlebucher, sagt er, haben dieser Trauferde immer den Namen mâmilch, manmilch gegeben, nicht aber munt- oder müntmilch, und sie unterscheiden diese beiden Wörter munt (Berg) und mâ (Mond) in ihrer Sprache gar wohl. Das litauische Räthsel vom Mond lautet: drin im Dorfe liegt ein Fladen (Sammlung von Schleicher 1857, 204). Mein verehrter Freund Dr. J. F. L. Wöste in Iserlohn theilt mir ein westfälisches Häufungsmärchen mit über den weggelaufenen Pfannenkuchen. Da waren einmal zwei Dirnchen, die buken sich einen Pfannenkuchen und setzten ihn ins Finstere, daß er bald kalt werden sollte. Aber der Pfannenkuchen kneipte aus und entlief in den Berg. Da kam ihm ein altes Männchen entgegen und fragte: Pfannküchelein, wo willst du hin? Da sprach dies: Ich bin zwei Dirnchen entlaufen, dir Männchen Graubart will ich auch wohl entkommen, und damit liefs wieder. Auf ein kurzes traf es einen Hasen, der fragte auch: Pfannküchelein, wo willst du hin? Da sprachs: Zwei Dirnchen bin ich entlaufen und dem Männchen Graubart, dir Häschen Weißkopf soll ich auch noch wohl entkommen. Wieder über ein Weilchen kommt ihm der Fuchs Dicksterz entgegen. Darauf das Schwein, das Rügelchen Wicksterz, dann der Wolf und der wilde Eber. Alle fragen und erhalten ihren Bescheid, aber der letzte schnappt zu und erwischt den halben Pfannenkuchen. Die andere Hälfte entkommt in die Erde; darum wühlen die Säue noch immer.

Nach einer dänischen Sage in vdHagens Jahrb. der deutsch.

Sprache (S. 360) erscheint der Mond als ein Käse, der zusammengeronnen ist aus der Milch der Milchstraße. Bei Schönwerth (Oberpfälz. Sag. 2, 64) bezeichnet er dagegen die Mannbarkeit der Brodbäckerin; als da die Dirne aus dem mondbeschienenen Brunnen Wasser geholt zum Ankneten des Teiges, und das Brod in den Ofen geschossen hat, ist der Mühlbach abgerissen, durch den Backofen gedrungen und hat gerade jenen Laib heraus geflötzet, in welchen der Mond hinein gebacken war. Als der Laib fortschwimmend aufweichte, schaute bald der Mond wieder heraus. In diesem Sinnbilde tritt das Backgeschäft, das Einstürzen des Backofens und der Ehemond zusammen mit Geburtsarbeit und Niederkunft.

Die Suhlaer im Hennebergischen behaupten, ihr Mond sei rund, wie ein Käse, und groß wie eine Backschüssel (Bechstein, Mythe, Märch. 2c. 1854. 3, 12). Wie der Mondhase sich zum Brode verhält, ebenso steht er auch zum Käse. Man trägt in der Neujahrsnacht einen Laib Brod und einen Käslaib rings um's Haus (Mythol, Abgl. XLIX, 33). Der Baier backt auf Ostern den Eierkäse und nennt ihn Osterlamm (Schmeller, Wb. 1, 126). Der Käsegötze ist ein schlesisches Festbrod (Weinhold, Dialektforsch. 111). Mit Begehung dieser Bräuche soll sich die Nahrung für das Haus auf eine wunderbare Weise vermehren. Daher nennt man eine offenbare Unmöglichkeit und ein Ueberwunder einen Chabiskäs und einen Häsinenkäs. Einen solchen Käse schlug U. Zwingli 1526 spottend als Disputationsprämie vor, als seine Gegner Faber, Murner und Eck in Baden zum Religionsgespräche eingetroffen waren, und deutete die voraussichtliche Erfolglosigkeit dieses Reformations-Disputes damit an (Kirchhofer, Schweiz. Sprichw. Nr. 87). Eine Schrift vom Jahre 1618 o. O. ist betitelt: Beschreibung des heil. römisch. vnd catholischen Hasenkeß, durch Publ. Aesquillum. Im deutschen Thierepos steigt der Wolf in den Brunnen hinab, um den für einen Käse angesehenen Mondschein zu verschlingen. Wierus (De praestig. daemon. 1586) sagt dasselbe vom Teufel, welcher jedoch schon so manchen Schulsack gefressen habe, daß er den Mondschein in einer leeren Schüssel wohl keineswegs für einen Käslaib ansehen werde. Verweigernde Redensarten im Elsaß heißen Jo Hasekäs, jo Lohkäs! (Frommann, Mundart. 3, 14). Benfey (Pantschatantra 1, 349) zeigt die Litteratur des altindischen Märchens vom Elephanten, der durch den Widerschein des Mondes getäuscht wird, so daß das Thier ihn bald für einen Käse hält, bald glaubt, den Mond selbst aus dem Bache getrunken zu haben, wenn er eben hinter eine Wolke getreten ist. Es ist dies nur eine Folge und Fortsetzung des noch älteren asiatischen Glaubens, daß bei Mondfinsternissen ein Drache den Mond zu verschlingen drohe. Daraus entstand die Lallenburger Geschichte vom Memminger Mann, der den Esel im mondbeschienenen Bach tränkt, und in der Meinung, das Thier habe den hinter die Wolke tretenden Mond mit hineingetrunken, es erst einsperrt und dann schlachtet, um den verlorenen Mond wieder zu bekommen. Memmingermå heißt daher im Zurzacher Rheinthale der Vollmond. H. Heine ahmt diesen Siebenschwabenwitz in seinen Reisebildern nach. Er läßt einen belesenen Jüngling aus dem märkischen Sand den Brocken besteigen und dorten Nachts die gelbléderne Jägerhose im Glasschrank als den über die Brockennebel aufsteigenden Mond in ossianischen Versen apostrophiren: Herrlich ist dein Aufgang im Osten! Die schwäbischen Bauern in Munderkingen und Knielingen haben den Spottnamen Mondfänger und Stangenstrecker. Die einen wollten den Mond aus dem Bach heraus im Fischnetz fangen und in ihren Schweinstall sperren; die andern wollten ihn mit der Obststange als wie vom Apfelbaume herabstoßen, und da die Stange nicht reichte, diese durch Ziehen erst strecken. Bei den Inselfriesen auf Sylt gilt statt unseres Eulenspiegels der Schalksnarr Pua Modders. Als einst am Strande von Sylt ein mit Holländerkäsen geladenes Schiff gestrandet war und Pua schon alle aufgefischt hatte, kamen auch noch die einfältigen Bewohner von Föhr herbei und fragten nach der Meeresströmung, wo man Holländerkäse fange. Seht, sprach Pua und deutete nach dem aufgehenden Vollmond, im Nordost taucht eben ein schöner aus dem Wasser. Daher stammt das dortige Sprichwort: Hi röd eeder de Muun üs de Förring, en meent, dat et en hollönds Aast (Essen) wiar (C. P. Hansen, Fries. Sagen 1858. 128). Trotz dieser Märchen, in denen der Mondkäse eine so lächerliche Rolle spielt, bleibt derselbe als eine Himmelsgabe in unsern Bräuchen noch immer geheiligt. Das Glück der Ehefrau und des Kindes Wachsthum knüpft sich an ihn. Mit Butterbrod und Käse beginnt die wendische Hochzeit, beides wird den vor dem Fenster stehenden Zuschauern mit ausgetheilt (Haupt-Schmaler, Volksl. 2, 235). Bei der dietmarschen Hochzeit waren dem Brautwagen mannslange Brautbrode und Brautkäse aufgeladen (Neocorus). Im Emmenthal wird dem Täufling zum Kirchgange Brod und Käse ins Taufzeug miteingebunden, dann hat er dereinst nicht Mangel zu leiden (Wolf,

Ztschr. 4, 2. Nr. 23). Beim Taufmahl der Oberpfälzer müssen die Gäste, wenn das Kind ein Knabe ist, brav Käse essen, und vor der Thüre theilt die Pathin den herbeigekommenen fremden Kindern Butter und Käsebrod aus, das Dämerlbrod, damit dem Buben seiner Zeit der Bart wächst (Schönwerth 1, 171). Zu Türkheim in der bairischen Pfalz hat bis zur französischen Revolutionszeit das Käsekönigreich gegolten, und alljährlich wurde ein Bürgerssohn zum Käskönig erwählt. Mit großem berittenen Gefolge sammelte er am Pfingstmontag bei allen Almendberechtigten in den Gehöften um die Stadt den Zins in Käsen ein. Bei der Rückkehr empfieng ihn die bewaffnete Bürgerschaft, und eine Jungfrauendeputation tanzte mit den Reitern. Dies setzte sich nachher im Königreich weiter fort, denn so hieß das Wirthshaus, das dann drei Tage lang von allen Abgaben befreit war (Schöppner, Bair. Sagenb. Nr. 325). Die Bürgersfrau, welcher ihr geiziger Ehemann Wein und Brod im Hause verschlossen hält, hat einem bei ihr anklopfenden Bettler nichts zu geben als sich selbst, und da er nun mit dem Morgen ihr Lager verläßt, heißt es im Volkslied bei Uhland (S. 738, 7):

Er zog herfür sein Bettelsack,
Die Stücklein waren wohl geschmack.
„Se hin, mein Lieb, iß Käs und Brot,
Bis daß der Hunger dir vergat.

Auch die Kirchenlegende weiß von diesem Liebeszauber im Käse, sie ist in den „Ritterburgen der Schweiz" erzählt. Während die Gräfin Margarethe von Greyerz in der Kirche Thränen vergießt über ihre kinderlose Ehe, sieht ein armer Bettelmann ihren Kummer für den der Nothdurft an und giebt ihr ein Stück Käse und Brod für ihre hungernden Kinder. Margaretha verwahrt die beiden Stücklein daheim in zwei verdeckten Silberschüsseln und kann sie schon nach Jahresfrist bei ihrem Taufschmause den Gästen auf die Tafel stellen. So also hängt der Mond mit der Nahrung, mit der Erzeugung der Früchte zusammen, so wirkt er auf Zeugung und Geburt, und das Sinnbild für beides sind Käse und Brod.

Ueber die heilige Jungfrau Brigida aus Schottland, deren Tod um 521 angesetzt wird, erzählt die Kirchenlegende bei Canisius Thesaur. Eccles. I. 414 sq. eine lange Reihe solcher Mirakel und Erfolge, wie sie sonst dem Mondeinflusse zugeschrieben werden. Die prächtigen Rinderweiden zu Kyldare in Schottland waren die Brigidenweiden genannt und jener Jungfrau geweiht;

kein Pflug durfte dorten gehen. Dort weidet selbst der Wildeber zahm mit ihrer Heerde. Einst sitzt ein Mann auf den Hals gefangen, weil er unvorsichtig den zahmen abgerichteten Fuchs erschlagen hat, den sich der König hielt; da lockt Brigida ein Waldfüchslein an, trägt es in ihrem Kleide zu Hofe und läßt es alle die Kunststücke des getödteten nachmachen, so daß jener Gefangene frei ausgeht. Wildenten ruft sie aus dem Gewässer heraus und aus der Luft herab, streichelt und liebkost sie und läßt sie wieder entfliegen. So konnte man schon aus diesen Zeichen entnehmen, sagt die Legende: quod omnis natura bestiarum et pecorum et volucrum subjecta ejus fuit imperio. Nur auf ihre Hülfe kann ein ungemeiner Waldbaum von der Art der Zimmerleute bewältigt und dann vom Platze geschafft werden, nachdem an seiner Last bereits alle Zugthiere zu Schanden geworden sind. Sümpfe werden auf ihren Beistand ausgetrocknet, wegbar gemacht, überbrückt; Mühlsteine werden auf der First des Gebirges ausgehauen und springen, wenn man keine Zugthiere hinauf bringen und vorspannen kann, auf der Jungfrau Wink unversehrt in das ihnen bestimmte Mühlethal hinab. Ein solcher Mühlstein ist auch an der innern Klosterpforte neben der Kirche der heilige Brigida zu Kyldare aufgestellt und wird von den Gläubigen bei Krankheitsfällen als wunderthätiger Heilstein berührt. Den bei ihr übernachtenden Reisenden zu Liebe schlachtet sie das eine Lieblingskälblein, und weil es eben an Brennholz fehlt, nimmt sie das Gerüste ihres Webstuhles und kocht das Fleisch damit. Des Morgens springt ihr Kälblein heil herum, der Webstuhl steht in voriger Form da. Der von Körperbau große Luguidina hatte zu seiner Zwölfmännerstärke auch einen Zwölfmännermagen und verschlang an jedem Tage die Speise allein, die für zwölf Knechte hingereicht hätte. Ein Segensspruch der Jungfrau belieſs ihm seine Stärke, heilte aber seinen Heißhunger. Ein Hund frißt ihr den Speck aus dem Kessel, den sie für die kommenden Gäste siedet, doch das Stück wird auf Gottes Wink wieder ganz. Sie wird von ihrer Mutter zur Heerde hinaus geschickt, um zu buttern. Obschon sie da alle Butter an die Armen verschenkt, hat sie dann am Abrechnungstage ebenso viel Anken als die anderen Almerinnen aufzuweisen. Kommt sie des Abends mit nassem Kleide von der Schafweide heim gegangen, so hängt sie das Gewand noch an einen Sonnenstrahl zum Trocknen. Ihre eine Kuh kann sie des Tages dreimal und mit solchem Erfolge melken, als ob sie drei besäße. Blindgebornen giebt sie das Augenlicht wieder, das Badewasser bereitet sie den Aussätzigen und verwandelt es ihnen in nahrhaftes Bier. Die von ihr gedungenen Schnitterknechte haben stets einen regenlosen Erntetag, mag es auch in der Nachbargegend gleichzeitig so heftige Regengüsse geben, daß die Bäche austreten. Sie soll auch zur Ehe mit einem vornehmen Manne gezwungen werden; doch sie fleht zu Gott, sie an Gesicht und Gestalt ins Abscheuliche zu wandeln: **Mox audita est, et oculos ejus crepuit et instar aquae liquefactus est.** Sie nimmt hierauf den Nonnenschleier und als sie Gott dankend an den hölzernen Stufen des Altares sich niederwirft, fängt dieser an in Aeste, Rinde und Laub auszuschlagen: **et mox lignum viruit, et oculus ejus restitutus est sanitati, cum velum accepisset.**

Hier haben wir also alle die schon in der Sage vom Mond vorgefundenen Gleichnisse wieder, und schließlich treffen wir neben der Holz fällenden, Thiere weidenden, Butter und Milchgewinn besorgenden Heiligen, welche Sümpfe trocknet und Mühlsteine bewegt, eine Spinnerin, deren Wohlgestalt sich plötzlich zur bärtigen Jungfrau umwandelt. Ganz entschieden das kirchliche Abbild jener vom Volksliede besungenen Frau Breide (d. i. Brigitte), zu welcher Orendel über den Strom brautwerbend gefahren kommt. Brigida hängt ihr nasses Gewand zum Trocknen an dem Sonnenstrahl auf. Dasselbe thut mit ihrer Wäsche die Bleicherin (Wolf, Hess. Sag. Nr. 57), die eine heilige Frau im Kloster Nadelkissen war. Wenn die Leute um den Badeort Soden bei Frankfurt dies Wunder mit ansahen, liefen sie Alle vor die Thüren, konnten sich nicht satt schauen und hielten es für ein Vorzeichen von schönem Wetter. Aehnliches bei Panzer (Bair. Sag. Nr. 9. 14. 157. 205). So erfüllt sich in der Kirchenlegende das Sprichwort über den Mond, welches bei Augustinus (de discipl. christ. 8) heißt: frange lunam et fac fortunam.

13.

Die Hasenfrauen.

Der Hase backt, sagt man am Zurzacher Rhein, wenn kleines Gewölk Morgens an den Waldbergen in Jura und Schwarzwald hängen bleibt, das Nachmittags im Regen niedergehen wird. Denselben sommerlichen Vorgang schiebt man zu Gansingen im Frickthal auf die Zwerge: Die Erdmännchen backen im Eisengraben. Gegenüber am badischen Rheinufer heißt es: Die Hexen am Feldberg spinnen, sie backen Wähen (Pfannen- und Brodkuchen), gleichwie man dafür am Harze sagt: Die Bergmutter braut oder kocht (Kuhn, Feuerraub 164). Der Hase gehört also zur alten Bergfrau, und die Hexe oder er selbst stehen im Dienste dieser Göttermutter, sie haben gleich einer Tempelpriesterin Kuchen zu backen, Fleisch zu kochen und Bier zu sieden für alles Volk, das an den großen Mai- und Herbstfesten zusammen strömt. Wer nun dieser Hase und seine Hasenfrau im Glauben der Vorzeit gewesen ist und welcherlei Einflüsse man beiden zuschrieb, dies geben die nachfolgenden Erzählungen zu erkennen.

Noch ist zu Bremgarten ein Weib in Erinnerung, das man dorten unter dem Namen der alten Siegristin kannte und das zugleich eine Hasenfrau gewesen ist. Sie wußte die schmackhaftesten Brodkuchen und Zwiebelwähen zu backen. Während sie die Eier dazu schon in die Pfanne geschlagen, den Teig zum Einschießen in den Ofen schon fertig hätte, fuhr sie in ihrer Backmulde auf dem Reußflusse erst noch bis ins Nachbarstädtlein Mellingen, andere sagen, bis nach Basel hinab, um da die größten Zwiebeln einzukaufen und auf ihre Schmalzkuchen zu streuen. Während man sie aber zu Mellingen entfernt vermuthete, konnte man sie doch gleichzeitig in ihrer Wohnstube wirthschaften und schelten hören, und ihrem Manne, der ein schlimmer Wirthshausläufer war, geschah es dann öfters, daß sie ihn unvermuthet in der Schenke überraschte und mit dem brennenden Ofenscheit heim trieb. In Gestalt eines stets an gleichen Waldstellen gaukelnden Hasen neckte sie den herrschaftlichen Jäger und besonders den Ehrenkaplan (Argau. Sag. Nr. 290); allein statt des wohlgetroffenen Hasen vermochten die Schützen nichts anderes am Platze zu finden, als eines Weibes Haarschnur. Die Hasenfrau hatte sich also mittelst der Schnur in die Gestalt jenes Hasen gebunden gehabt, wie man sich mittelst eines Wolfsriemen Währwolfsgestalt anzaubert; beides aber weist auf den Gürtel der Priesterinnen zurück.

Einst wiederholte die Siegristin auch jenen Wettlauf, den das Märchen vom Schweinigel und Hasen erzählt. Zwei Bremgartner Bürger waren auf dem Marsche nach Luzern begriffen, als sie in den Waldungen des Frauenklosters Hermetschwil auf die Alte trafen. Auch sie sei gerade auf der Reise nach Luzern, äußerte sie, aber einer Vergeßlichkeit wegen müsse sie noch einmal in ihr Haus zurück, hoffe jedoch, gleichzeitig mit den beiden am Orte eintreffen zu können. Der Weg nach Luzern beträgt einen Tagmarsch und dazu der Umweg der Frau ein paar Stunden. Als nun die beiden Männer gegen Abend zum Stadtthor hineinschritten, kam ihnen wirklich die Alte bereits vom Seeufer her entgegen, wie einer, der seine Geschäfte am Orte zu Ende gebracht hat, grüßte höhnisch und schritt durchs Thor hinaus auf Bremgarten zu. So war sie also im Stande, mittelst des Wunschgürtels sich in Thiergestalt zu verzaubern, und fuhr im Backtrog bis Basel, oder lief in die Wette bis Luzern, ohne daß mittlerweile daheim ihr Brod im Ofen kalt wurde. Es läßt sich daher die Hasenfrau, in Thiergestalt spukend, gewöhnlich bei alten Kapellen, bei Frauenklöstern, und wenn diese Beziehungen schon geschwunden sind, bei Metzelsuppen und besondern Gastereien betreffen.

Der Abt von Einsiedeln war im aargauischen Frauenkloster Fahr erschienen, das noch unlängst unter seiner Inspection stand. Ueber Tisch erzählte ihm der Klosterbeichtvater von einem Hasen, der allen Jägern der Umgegend in den Schuß laufe und gleichwohl noch nie habe getroffen werden können. Der Abt entschloß sich alsbald zu einem Jagdgang, aber als ein gelehrter Herr lud er die Flinte vorher mit etwas Gesegnetem. Denn wenn der Jäger Osterkohlen vom Osterfeuer, am Charfreitag am Kirchhof angezündet, im Flintenkolben mit sich trägt, so kann ihm die Begegnung der Hasenfrau keinen Schaden thun. Draußen am Stand erschien ein übergroßer Hase, neckte und hänselte; ein Schuß, und er lag todt. Da sie heimkamen, war im ersten Hause beim Kloster großer Lärmen; denn in dem Augenblicke, da der Schuß gefallen war, war hier ein Weib todt umgesunken, das bei den Leuten die Hasenfrau geheißen hatte. Man hatte große Mühe, dem Abt diesen Unfall zu verbergen. (Weißenbach von Bremgarten.)

Daß im Frauenkloster die Göttin und der ihr geheiligte Hase ursprünglich verehrt waren, daß beide entweder in Stein gehauen oder abgemalt dorten zu sehen waren, wird sich nachher erweisen; hier schon zeigt sich die Hasenfrau als Priesterin der Heidengöttin und erliegt unter der noch stärkeren Zaubergewalt des gegen sie auftretenden Christenpriesters.

Von der Winterhalde hin gegen Meienberg liegt der Brandwald. Dieser war ehedem durch die Räubereien vieler Landesverwiesener verrufen, welche man nach älterer Ausdrucksweise Banditen nennt. Die Landstraße führt eine Stunde weit hindurch bis zur Wegscheide, wo man von Aettenschwil nach Sins hinabgeht. Hier in Waldesmitte liegt ein Weiher, dicht mit Röhricht überwachsen, von schreienden Fröschen voll und voll großer Schlangen, die im Herbste jeden Schilfmäher verscheuchen. Man nennt ihn Saddöniweiher, denn das Bild des Sankt Antonius ist auf einem dabei stehenden Feldkreuze zu sehen, er selbst hat als kräuterkundiger Einsiedler hier lange gelebt und den Bauern jedes erkrankte Stück Vieh geheilt. Schließlich erbaute er hier Kloster und Kirche, doch die Banditen verbrannten es und erschlugen den Einsiedler. Auf diese Frevelthat entlud der Himmel alle seine Regenströme, der Waldboden spaltete sich und verschlang die Banditen mit Weib und Kind. An die Stelle trat dieser schlammige Teich, der von unermeßlicher Tiefe sein soll. Seitdem lebt hier ein alter Hase, jedem Jäger wohlbekannt. Wer ihn einmal erblickt hat, der will gewiß nicht mehr in dieser Gegend jagen. Die Flinte versagt, so oft man auf ihn anlegt, bolzgerade bleibt er vor dem Schützen stehen. (Seminarist J. Villinger von Aettenschwill.)

Die Sage kennt solcher Thiere bei Klöstern manche. Wo Hohensem untergegangen ist, hört man noch die Kirchenglocken unter der Erde läuten, aber ein gefürchteter dreibeiniger Hase verscheucht die Neugierigen (Seifart, Hildesheim. Sag. 2, Nr. 38).

König Wittekind wurde von einem Hasen, der ihm wie ein Hündchen voransprang, des Weges von Enger nach Schildesche gewiesen. Hier baute er eine Kirche und seine Schwester wohnte da als Klosterfrau. Von diesem dahinführenden Hasenpfad lebt heute noch das Reimwort:

Dat is de Hasenpad,
den könig Weking tratt.

(Kuhn, Westfäl. Sag. 1, Nr. 288, 304.)

Daß der Hase ein Weib ist, die in dieser Gestalt unter dem besondern Schutze Gottes steht, darüber giebt Walter Scott eine eigne gerichtliche Erzählung im 9. Brief über Dämonologie und Hexerei. Isabella Godwin nämlich bekannte vor den schottischen Hexenrichtern, sie sei in Gestalt eines Hasen auf dem Wege zu ihrer Freundin gewesen, und habe den sie verfolgenden Jagdhunden dadurch entkommen können, daß sie den Entzauberungsspruch hersagte:

Hase, Hase, Gott steh' dir bei!
Ich bin jetzt in Hasengestalt,
Wandle mich aber zum Weibe bald.

Der gespenstische Hase in Beinwil am Hallwylersee führt einen so abenteuerlich lautenden Namen, daß die Leute daselbst, die von ihm erzählen, noch nicht vermocht werden konnten, ihn in ihrer Mittheilung auszusprechen. Er ist ein Weib aus dem Lenzburger Amte gewesen, die zu Beinwil in unglücklicher Ehe lebte und schließlich in einem seichten Wässerchen todt gefunden wurde. Von ihrem ehemaligen Wohnhause aus geht der Hase am frühen Morgen durchs Dorf, immer den gleichen Weg, immer die Begegnenden foppend. Am öftesten zeigt er sich mit Eintritt schlechter Witterung. Der Ehemann hat wieder geheiratet, lebt aber wiederum in unglücklicher Ehe und alle Welt weiß, daß dies in Folge jener ersten Frau geschieht, deren Geist nicht zur Ruhe kommen kann. (Pfarrer Hemmann.) Eine Versündigung gegen die Ehegöttin Hulda hat hier den Tod der Ehefrau zur Folge, und die mißhandelte Frau wird von der rettenden Göttin in Gestalt eines Hasen hinweggenommen. Die Beziehung dieses Thieres zur Göttin sprechen nordische Erzählungen noch deutlicher aus.

Asbjörnsen (Huldre Eventyr 2, 128) erzählt die Sage von einem gespenstischen Trollhasen, den man in Norwegen immer vergebens gejagt hatte, bis man ihn endlich unter Anwendung folgenden Zaubermittels erlegen konnte. Nur mit einem Spürhund von ganz rother Farbe, der rothe Rapp genannt, konnte man ihn aufzujagen beginnen. Dann legte man auf die Schwanzschraube Rinde vom Vogelbeerbaum; auf die Patrone aber that man drei Gerstenkörner, Abschabsel vom kleinen Fingernagel und drei Späne von einem silbernen Erbgroschen, der schon mit im

Kriege gewesen war. Nachdem man damit den Schuß gethan, blieb der Hase todt. Auf derselben Jagd war auch ein Jäger, der sich zu rühmen pflegte, er kenne dieses Revier so gut wie seine eigene Hausdiele. Gerade damals nun verirrte er sich, und lief zuletzt der Altmutter in die Hand, der Huldre. Die trug einen schwarzen Rock, eine lederne Pekesche, und hatte ein Tuch über den Kopf. Sie stützte sich auf ihren Krückenstock und sprach zu ihm: Höre, Lars, du hast viele Hasen von mir in dieser Mark bekommen und ich habe dir immer nur Gutes gewünscht und erwiesen, da hättest du wohl auch meinen Sennhasen gehen lassen können; du hättest ihn auch nicht bekommen, hättest du nicht deinen rothen Rapp gehabt. — Als nun der Hase, der ungewöhnlich klein und von Farbe sehr dunkel war, zerwirkt ward, blutete er ganz außerordentlich wie eine kleine Kuh*), die noch nicht geworfen hat, und so blutete er drei ganze Tage lang im Keller, wo er aufgehangen worden war, in einem fort. —

Die Opfer, welche früherhin der Göttin fielen, verlangt der Hase noch immer; er erscheint daher zur Zeit der Einschlachtung oder wird bei geizigen Leuten die Ursache von Viehseuchen.

Im aargauischen Dorfe Aettenschwil waren einem Bauern die Schweine öfters erkrankt, ohne daß sich ein Grund dafür entdecken ließ, doch geschah es wiederholt, daß wenn der Bauer Nachts noch nach den Ställen sah, dann ein Hase davon wegsprang. Letzteres beachtete er nicht, doch ließ er alle Schweine auf einmal abschlachten. Dies geschah im Winter, da eben die Berggegend tief eingeschneit war. Während der Metzger an seiner Arbeit stand, kam ein Weib, das man in der Umgegend für eine Hexe hielt, vom Dorfe Leuggern her, scheinbar aus der Frühmesse, und mußte, um in ihren Berghof zu gehen, gerade hier am Hause vorüber. Sobald sie aber aus der Ferne sah, was hier vorgieng, schlug sie einen unbegreiflichen Weg ein; sie stieg

*) Dieser Troll- und Sennhase der Altmutter Huldra blutet beim Abschlachten wie eine Kuh. Dies erinnert an die Sagen vom Fang des Ebers oder Dachses aus der Heerde des Wilden Heeres heraus, oder des Fisches aus dem Geistersee, lauter Thiere, die meistens einäugig sind und mit einem ihrer Art entgegen gesetzten Namen genannt werden. Als der Fischer im Wesendorfersee den einäugigen Hecht gefangen hat, kommt der Stier und fragt wüthend: Wo ist meine Kuh? Bei Kuhn, Westf. Sag. (1, S. 288. Ebenda, v. S. 322 an) sind solcherlei Erzählungen reichlich zusammengestellt, in denen Frau Harke, Frau Holle oder die den Beiden entsprechende Göttin Freyja das ihr gehörende Weihthier sucht und lockt. Vgl. Das Oerkenthier, S. 94.

die steilen Halden, die ohnedies Jedem unwegsam sind und damals mannshoch verschneit lagen, schnurgerade hinan und verschwand droben vor Aller Augen. Wenn der Eber, als Symbol der Fruchtbarkeit, der Liebesgöttin Freyja geschlachtet wird, so giebt hier die Hasenfrau den Anlaß, dieses Opfer gleichfalls darbringen zu lassen, mag dasselbe nun im Mittwinter geschehen, oder für die Göttin Ostara und Frouwa erst mit Frühlingsbeginn. Beide Göttinnen treten dadurch in eine für uns neue Beziehung und Verwandtschaft. Freyja's jagender Gemahl ist der Sonnengott Odhin und stirbt, von den Hauern des erlegten Wildebers getroffen, zur Zeit der sinkenden Sonnenwende. Ostara aber läßt den Osterhasen jagen, bis er die rothen Wunscheier legt, deren rother Schimmer die steigende Sonnenwende versinnlicht, und damit entzündet sie in den Herzen das Feuer der Liebe und im Boden die Fruchtwärme. Wenn daher der Nordriesen Wunsch einmal verlangt, die Freyja nebst Sonne und Mond zugleich in ihren Besitz zu bekommen, so verlangen sie damit nichts anderes, als alle drei Schönheitsgöttinnen, die Freyja nebst der Ostara und Holda, das Jahr sammt Tag und Nacht.

Es läßt sich nicht bezweifeln, daß die Kirche im Mittelalter dem Hasen eine religiöse Heiligung eingeräumt hatte. Unter den freilich sehr selten gewordenen Bildwerken, aus denen sich dieses wirklich verräth, seien hier einige angeführt. Im Nonnenkloster St. Joseph im schwyzerischen Muotathale zeigt die Grabkapelle ein zirkelrundes Deckenbild aus sehr alter Zeit, des Klosters Entstehung selber fällt ums Jahr 1280. Ringsumher sind Gebirge gemalt; größer als diese erscheinen drei Hasen, die sich im Kreise jagen. Jeder hat zwei ziemlich große Ohren, doch sind sie so angebracht, daß die Hasen zusammen nur deren drei haben und ein Dreieck bilden, aus welchem heraus das Auge der Vorsehung blickt. Und daher gilt dorten die Meinung, diese drei Hasen seien ein Symbol der Dreieinigkeit (Meyer-Knonau, der Kanton Schwyz 288). Wer sich eine theilweise Anschauung dieses Bildwerks verschaffen will, findet etwas Aehnliches als Holzschnitt in „Herrn Petermanns Jagdbuch“ 2, 44. (München bei Braun und Schneider) mit dem darunterstehenden Reim:

Drei Hasen und der Löffel drei,
Und hat doch jeder seine zwei.

Ein solches Bild in einem Nonnenkloster, noch dazu in den Ehren St. Josephs geweiht, also des Gemahls Unserer Lieben

Frauen, hängt sicherlich zusammen mit dem Bilde in der Dorfkirche von Thüngenthal. Diese ist eine Wallfahrtskirche, genannt Unsere Liebe Frau zum Hasen, und zeigt ein steinernes Marienbild, an welchem die Figur eines Häsleins emporstrebt. Man sagt, ein solches von Jäger und Hund verfolgte Thier habe hier einmal am Altare Mariens Zuflucht gesucht (Bechstein, DSagb. Nr. 881). Es giebt aber heidnische Denkmale solcher Art, und schon auf einem Steinbilde der niederrheinischen Göttin Nehalennia wird dieser ein Hase dargebracht (Wolf, Beitr. 1, 151). Unwillkürlich gedenkt man dabei jener antiken Eroten- und Dianenstatuen, denen in gleicher Weise ein aufrecht stehendes Häslein als Attribut beigegeben ist. In einem von Philostratus beschriebenen Bilde jagen Eroten nach Hasen, die unter Bäumen an den abgefallenen Aepfeln nagen. Auf einem Gemälde von Cosimo, in der königlichen Sammlung zu Berlin, deutet der an die Venus geschmiegte Amor hinüber auf den schlafenden Mars, zwischen beiden sitzt ein Kaninchen, das Sinnbild der Buhlerei (Friedreich, Symbolik 437).

Abbildungen gebrüsteter deutscher Göttinnen ohne das Attribut des Hasen gab es früherhin gleichfalls einige. Eine gebrüstete Göttermutter war auf dem Quader eines Tempelsteines ausgehauen, der im fränkischen Dorfe Emenzheim in einem Wirthsgarten aufgestellt war. Eine Zeichnung davon in Wolfs Beitr. (1, Tafel II). Bei Tuttlingen im Duttenthal herrscht die Sage von der Dutt und Duttsee, einer Göttin, deren Bild aus Sandstein mit einer Doppelbrust von ungewöhnlichem Umfange auf dem Stadtbrunnen stand, dann aber zerschlagen wurde. Man kennt noch Stücke davon, in Mauern eingeflickt. So liegt auch zu Schwäbisch-Gößlingen unter dem Dache des Thurmes noch ein hölzernes Weibsbild mit ausgebreitetem Mantel, auf deren beiden Seiten je eine Reihe von hölzernen Kinderköpfen angebracht ist; es sei das Wahrzeichen, daß hier eine Frau einst mit vierzehn Knaben zugleich niedergekommen (Birlinger, Schwäb. Sag. 1, Nr. 2. 341).

Aus einem helvetischen Heidengrabe zu Grächwil bei Bern wurde die berühmte Bronce erhoben, die abgebildet ist in den Zürich. antiq. Mittheill. „Etrusk. Alterthüm. v. Jahn.“ Es ist darauf dargestellt die gebrüstete Göttermutter unter ihrer Schaar von Thieren. An ihrer rechten Seite hat sie ein aufrechtstehendes Häslein, in ihrer linken Hand ein todt hinabhängendes; das eine deutet auf den in starrer Wintererde schlummernd liegenden Samen, das andere ist das wieder erwachte Frühlingsleben. Damit hängt der altrömische Glaube zusammen, man komme durch Genuß von Hasenfleisch zu körperlicher Schönheit. Freilich, sagt Plinius (H. N. XXVIII, 79) ist es wohl nur ein läppischer Scherz, wenn der gemeine Mann, um körperliche Schönheit zu erhalten, glaubt, er müsse neun Tage Hasenfleisch essen, indessen muß ein so allgemeiner Glaube doch wohl irgend einen Grund haben. Martial witzelt über die häßliche Gellia, sie wolle ihn durch einen überschickten Hasen auf sieben Tage verschönern und habe doch ihr Leben lang selbst noch keinen gegessen.

Dieser römische Glaube verbreitete sich mit dem Schulwissen in Deutschland. Von einem italienischen Curtisanen sagt Hutten im Gesprächbüchlein vom Fieber (Münch 5, 172): „Wenn er einen Hasen isset, meinet er bald hübscher davon zu werden.“ Troll in seiner Gesch. v. Winterthur 3, 221 erinnert sich, wie bei den öffentlichen Aufzügen in seiner Vaterstadt früherhin keine andere Kopftracht üblich gewesen sei, als eine mit Hasenpelz verbrämte. Studentenfreundschaften wurden zu Jena und Leipzig gleichfalls auf den Hasen hin geschlossen. Bei Gleditsch (Monatliche Unterredungen, 1692, Monat Mai) wird erzählt, man sei dabei niedergekniet, habe Blut aus dem Finger der rechten Hand geritzt und es, mit Hasenblut und Wein vermischt, einander zugetrunken. Aber auch schon ein Rezept des 12. Jahrhunderts (Mone, Anz. 1838, 609) verweist darauf: „Brenne daz bluot unde die hut des hasen unde gibiz demo siechen in vino“. Hasenschmalz streicht man auf den eiternden Finger, doch auf der heilen Seite des Gliedes und ohne Zeugen. Aargau. Abgl. Die Folge dieses Glaubens war, daß die Hexen mit Hasenfett gesalbt, sich in Hasen verwandeln könnten, und der Ketzerrichter Boguet berühmte sich, er habe 600 Jurassier während seiner richterlichen Thätigkeit erdrosseln oder verbrennen lassen, nachdem sie im Kerker sich nicht mehr in Hasen hatten verwandeln können, eben weil sie hier keine Zaubersalbe mehr bekamen. So wurde die Priesterin der Liebesgöttin bei verändertem Glauben zur Hasenfrau und zur Hexe erniedrigt, gleichwie diejenigen Volksstämme, die einem verkommenden Glauben allzulange oder zu ausschließlich ergeben blieben, mit dem Dümmlings-Spitznamen der Hasen verspottet wurden. Alle schwäbischen Anwohner des Bodensees heißt man Seehasen (Eiselein, Sprichwört. 564). Der Spitzname kann äußerst alt sein, denn schon in der Notitia dignitat. imper. (Lugd. 1608, 26b) werden die Schwaben vorgestellt mit einem laufenden Hasen im Schilde. Das gegen die Feinde gewendete Thier sollte für diese ein übler Angang sein, wie es noch Aargauer Glauben ist, daß ein Hase, der in die Nähe eines Heeres komme, selbiges sieglos mache. Begegnet ein Hase dem zu Markt fahrenden Bauern, so verliert dieser im Handel. Wem er auf dem Marsche begegnet, der kehre sich dreimal um, so widerfährt ihm kein Unheil. Kommt der Hase links her, so darf man nicht nachblicken und muß rechter Hand fortgehen, sonst geräth man in des Thieres Lauf und bekommt ein geschwollnes Gesicht. „Inauspicatum dat iter oblatus lepus.“ Brown, Essai sur les Erreurs populaires. 2, 192. Nach der Richtung aber, in der er seinen Angang nimmt, ist er ebenso siegbringend, und daher dann die weiteren Anwendungen des Thieres auf die Namen kampffähiger Völker, tapferer Geschlechter und günstiger Herbergen.

Der Schwank von dem bewaffneten Auszuge der sieben Schwaben gegen einen Hasen ist längst ohne Sinn. In Verfolgung des Thieres begriffen, steht ihnen plötzlich der Bodensee im Wege. Als den Verfolgern ein Frosch aus dem Wasser entgegenquakte: Wad Wad! meinten sie den See durchwaten zu können, und ertranken alle bis auf ihre schwäbischen Strohhüte (Simrock, Volksl. Nr. 343). So gerathen zwar hasenjagende Dänen gleichfalls in die Flucht (Neocor. 1, 353), aber da die Deutschen unter König Arnulph einen aufgeschreckten Hasen verfolgen, erobern sie darüber Rom (Liutpr. 1, 8).

Dem Bodensee benachbart liegt beim Schlosse Steineck im Thurgau ein besonderer Hasensee, und das älteste Wirthshaus der althabsburgischen Stadt Laufenburg am Oberrhein ist zu den drei Hasen geschildet. Das Zugerdorf Risch führt im Wappen einen Baum, an dem ein Hase aufsteigt. Der Spitzname des Dorfes Helikon im Frickthale ist Hasen, ohne daß man dorten einen Grund dafür kennt. Unter den in der Schlacht bei Tätwil Gefallenen nennt das Anniversarium der Badener Stadtkirche einen Badener Bürger Berchtold Haso (Hds. Birmenstorfer-Dorfchronik von Pfarrer Stamm, fol.

Daß das Thier der Frühlingsgöttin geweiht war, zeigt der auf Ostern in Kuchenform gebackene, eierlegende Osterhase; und daß sie zugleich bald die schöne Freyja, bald die gnädig bescheerende Hulda genannt worden ist, beweist der Volksglaube (Schönwerth,

Oberpfalz 3, 240), ein Hase am ersten Märzenfreitag geschossen, sei für Alles gut, sein Auge müsse gegen Erblindung angehängt werden, während es medicinischer Glaube in der Schweiz war, Hasenaugen zu essen, befördere den Frauen die leichtere Geburt.

Der Osterhase hat im Dorf Osterhagen seine eigene Lokalsage, sie steht in Pröhle's Harzsag. 1, 204. Ein Hirte entschläft im Harz am Weingartenloch und erwacht in einer großen Kaufmannsstadt, Venedig. Die Namen Weingarten und Venedig erinnern an die deutschen Himmelsnamen: Vineta, Winsele und Wingolf. Hier darf er sich wünschen, was er will, entweder einen Goldhirschen, oder einen goldenen Hasen. Den letzteren hat er bekommen und mit heimgebracht nach Osterhagen.

Frau Holda läßt sich bei ihrer nächtlichen Wanderung durchs Land von Hasen die Lichter voraustragen (Wolf, Zeitschr. für Mythol. 3, 84), Frau Harkes Heerde besteht aus lauter Hasen (Kuhn, Nordd. Sag. 113). Im Hasenteiche bei Altenbrak sitzen die ungeborenen Kinder (Pröhle, Unterharzsag. Nr. 35. Nr. 37). Der Bensheimer Kinderbrunnen liegt in der Hasengasse. In Schwäbisch-Kißleck und Wurmlingen holt man die Neugeborenen aus dem Hasenneste, gleichwie man die Ostereier in künstlich gemachte Buchsnester versteckt und den gebackenen Hasen zum Legen daraufsetzt (Birlinger, Schwäb. Sag. Nr. 219). Selbst am Nikolausenbäumchen, das man beim Unterwaldner Sennenumzug getragen bringt, hängen neben buntfarbenen Bändern und Goldnüssen ausgeblasene Eier. Findet sich in der Gupfe eines geschälten Ostereies ein kleines Grübchen, so heißt es, die Mutter Gottes habe sich ein Löffelchen voll davon herausgenommen, um ihrem Kinde das Mus damit zu kochen. Die Kleinen freuen sich dann darüber, wenn die Narbe in der Fleischspitze des Eies recht tief geht und also recht viel davon durch die Mutter Gottes verbraucht worden ist (Meier, Schwäb. Sag. 2, S. 392). Wenn so das Jesuskind vom Hasenei bekommt, damit es selber wachse und stark werde, so erklärt sichs, daß ein am Charfreitag gelegtes Ei dem Essenden riesige Stärke verleihe zum Heben von Lasten, und ihn gegen Leibschaden schütze. Ein Ei, sagt man erklärend, ist eine ganze Gabe, so viel werth, als ein Laib Brod; denn beide sind umschlossen und ohne Zuthat genießbar (Schönwerth, Sag. 3, 281). Das Ei ist also hier schon das Hasenbrod, das honigsüße, und daß die heilige Maria unsere Göttin Ostara gewesen ist, erweist das altdeutsche Schlummerlied (herausgegeben v. W. Zappert, Wien 1859) worin die Göttin dem Kinde statt des Wolfs weiße Schäfchen bringt, dazu Honigseim und Eier:

Ostara stellit chinde
honak egir suozziu.

Das Osterei, welches ein Mädchen dem Burschen schenkt, dient ihm zum Zeichen ihrer Gunst, denn Ei und Hase ist ein Symbol der Liebe. Hierüber wird im Jägerhörnlein (des Jägerbreviers anderer Theil, 1861) aus dem Angenehmen Nachtisch eine Jägerlüge erzählt, die nun erst zu ihrem Sinne gelangen kann. Auf der Pfingstweide zu Frankfurt, da eben die Bäcker ihren Pfingsttanz abhielten, gieng ein Schustersgeselle mit seiner Jungfer spazieren und stieß auf einen schlafenden Hasen. Da er weder Stock noch Degen bei sich hatte, griff er rasch nach einer Erdscholle und warf damit den Hasen todt. Doch sowie er ihn aufnehmen wollte, lag zugleich ein Rebhuhn dabei, eben noch einmal flatternd und dann gleichfalls todt. Demnach sah er, daß er in der Hitze statt einer Erdscholle ein Rebhuhn aufgegriffen und sich nun einen doppelten Braten erworfen hatte, zu dem er alle seine Gesellen zu Gaste laden konnte. Aber noch mehr. „Durch dieses künstliche Hasenwerfen hatte er seine Begleiterin, die Jungfer, also verliebt in sich gemacht, daß er noch selbigen Abends das Ja von ihr empfangen.“ Mit dieser Erzählung stimmen die Gedankensprünge zusammen, die im Volksliede immer wechselnd zwischen dem Hasen und einem geliebten Mädchen gemacht werden, z. B. im Jäger aus Churpfalz:

Hubertus auf der Jagd,
Der schoß ein Hirsch und Has,
Er traf ein Mägdlein an
Und das von achtzehn Jahr.
Jetzt geh ich nicht mehr heim,
Bis daß der Guguck schreit,
Er schreit die ganze Nacht:
Ich hab dich zu meinem Schatz gemacht!

Eheglück und Anwachs des Besitzes verknüpfen sich daher gleichfalls unter dem Bilde des Hasen:

Bescheert mir Gott ein Hasen,
So giebt er auch den Wasen.
Giebt Gott Häschen,
Giebt er auch Gräschen.
Giebt Gott Kinder,
Giebt er auch Rinder.

Hat jemand überaus Glück im Kartenspiele, so sagt man an unserm Oberrhein: Der hat einen Hasenfuß im Sack. Aus dem Hasardspiele machte die ältere Sprache ein Haseхard, und weil französisch hasard der verlierende Wurf ist, so glaubt man, der Würfelspieler gerathe, einem Hasen nachlaufend, in des Teufels Hand. Die bezügliche Stelle im Renner citirt Wackernagel in Pfeiffer's Germania 5, 306:

Swer disem hasen jaget nâch,
Dem ist gên himelrîch nicht gâch.

Es gründet sich darauf der Glaube, man müsse dem Teufel Hasen opfern, um von ihm dafür den Wechselthaler oder Brutpfennig zu erlangen, nämlich Geld, das, vom Besitzer ausgegeben, stets wieder in seinen Beutel zurückkehrt. Die Erzählung hievon steht Nr. 388 der Aargau. Sag.

Auch versündigen kann man sich am Hasen. Wer seiner lacht, weil er im Bergablaufen soviel Männchen zur Unzeit macht, der wird alsbald selbst gefährlich hinstürzen. Wer dagegen eine Hasenbohne (Thierlosung) findet und verschluckt, kriegt auch ein Theil von selbigem Hasen. Hasenbohnen giebt man auch den Kühen ein, wenn sie nicht trächtig werden wollen. Ein bekanntes Stubenspiel heißt Häschen an der Wand. Man läßt ein um die Hand gewickeltes Tuch in zwei Zipfeln emporstehen, die Ohren des Hasen, hält die Hände zwischen Wand und Licht, mit den Fingerspitzen der einen die Bewegung der Kiefer darstellend, mit den zwei Fingern der darunter gehaltenen andern Hand die Vorderbeine, und läßt so Männchen machend das Häslein an der Wand herumspazieren. Man warnt aber, es ja nicht zu übertreiben, denn wenn man den Schatten erzürne, so schlage er von der Wand nach dem Spielenden. Die Hasenfrau hat auf diese Weise den Knaben geholt und ihn bei sich in eines der Kaninchen verwandelt, deren sie eine ganze Heerde bei sich hat, die ihr die Stube fegen, die Schuhe putzen, Kräuter suchen und Suppe kochen müssen. So wird im Hauffischen Märchen „Zwerg-Nase" erzählt. Sie wohnt im Feenschloß mit gläsernem Boden und goldenem Dach, sie giebt den Ihrigen eine aus tausend Kräutern gekochte Suppe zu essen, lebt aber selbst nur von Sonnenbrod und Rosenthau. Dies ist Gras und Kraut des Frühlings, woraus sich die Zeugungen gleich den Häschen unausrottbar und bis ins zahllose vermehren. Oder es ist gleich jenem Sonnenbrod, das Hasenbrod in der Kindersprache, das, wie alles unerwartet Neue, am allerbesten schmeckt, es sind die in der Bremgartner Ortssage erwähnten Zwiebelwähen, welche die Siegristin so unübertrefflich gut zu backen verstand. Es sind die landschaftlichen Redensarten, welche den Stand der Witterung und den befruchtenden Frühlingsregen an das Erscheinen des Hasen anknüpfen. Das hab' ich dem Hasen abgejagt, sagt der Bauer in der Magdeburger Börde, der seinem Kinde Gebäcke aus der Stadt mitbringt (Mannhardt, Mythen 410), während in gleichem Falle unsere Redensart heißt: Das hab' ich dem Nikolaus und seinem Esel abgejagt.

Ueber J. W. Wolf wird in seinen Beiträgen 2. Theil erzählt, wie er in seinen Kinderjahren zu Köln an einen alten Taglöhner gerathen war, der ihm von Legenden berichtete, und ihm dazu ein Stückchen Hasenbrod unter geheimnißvoller Miene mitzubringen pflegte; denn fremder Leute Brod ist den Kindern Kuchen, sagt das Sprichwort. Allein die specifische Benennungsweise ist sehr alt, lebt schon in unsern frühesten Kochbüchern und reicht von der Schweiz bis Westfalen. Hasenöhrli, Eieröhrli, Hüllweck und Heidenhüllen nennt man in oberdeutschen und schweizerischen Landstrichen katholischer Confession solcherlei mit dem Zackenrädlein gerändert ausgeschnittene kleine Schmalzküchlein und Nudeln, wie man sie auf Fastnacht und Hirsmontag überhaupt backt (Stalder 2, 150). Es sind länglich verschobene Rechtecke, gedunsen und zähe, in Baiern dagegen von dreieckiger Form (Bair. Köchin, Salzburg 1832, 324). Das älteste deutsche Kochbüchlein Kuchimaistrey Bl. 14 — eine Incunabel o. O. und J. — kennt sie bereits „die haszenor nit zu dick noch zu dünn.“ Hasenschwänzlein werden in Form einer häuserlosen Waldschnecke gebacken und auf unsern oberdeutschen Jahrmärkten feilgeboten (Landolt, Schweiz. Kochb. 514). Zuckerhasen nennt man ein macaronenartiges Kleingebäcke; man setzt Mandelnteig mit gesüßtem Eierschaum häufchenweise auf Oblaten „gleich als ob es der Hase gelegt hätte.“ (Konstanz. Kochb. 1, 298). Das Luzerner Hasenbrod ist ein Eierbrod und heißt auch Hüllweck und Heidenhüllen. Dasselbe ist deswegen bemerkenswerth, weil in Schwäbisch-Denkendorf jede Hausfrau, so oft sie ein Kind bekam, acht weiße Haiden aus dem dortigen Kloster erhielt (Schmid, Schwäbisch. Wörtb. 269), und weil mit der jährlichen Vertheilung des Hüllweckes, als eines gesetzlichen Pflichtbrodes, noch im vorigen Jahrhundert eigenthümliche Rechtssitten verbunden waren, von denen Bibra berichtet (Jour. v. u. f. Deutschl. 1787. 2, 20).

So weit es in der Schweiz noch Neujahrs-Brauch ist, Tirgelein zu backen, Eisenkuchen mit einer vom Backeisen aufgepreßten Figur, findet sich auch der Hase auf ihnen, bald vor einem frischausschlagenden Bäumchen ein Männchen machend, bald an den Hinterläufen vom Bauern heimgetragen. Auch in Hasenform gebackene Marktbrödchen sind im Aargau noch üblich.

Woher kommt nun das Hasenbrod und wer bringt es denn? Aus dem Hasenteiche kommt's und die Neugeborenen bringen's vom Hasen mit. Wenn man das Neugeborene seinen Geschwistern zum ersten male zeigt, hat es ein Säckchen anhängen, drinnen ist Zucker, Weck, Kuchen, 'Gut's (Wolf, Hess. Sagen Nr. 18, Anmerk. Nr. 211). In Holstein trägt es sein Säcklein an den Füßen, und das mitgebrachte Zuckerbrod heißt davon Kindsfuß (Wolf, Beitr. 1, 206).

Das dem Gott geweihte Thier scheint bei allen Völkern der alten Welt als uneßbar gegolten zu haben, und als ein geheiligtes wurde es daher frühzeitig unter die Sterne versetzt. Der indische Name des Mondes, zugleich auch seines Lichtbildes, das wir den Mann nennen, ist Çaçin, d. h. der mit dem Hasen versehene. In der indischen Legende ist es Gott Indra, in der buddhistischen ist es Gott Buddha selbst, der als hungernder Wanderer zu Sakyamuni hintritt, welcher in einer früheren Existenz ein Hase war, und ihn um Nahrung bittet. Da das Thier nichts aufzubringen weiß, will es ein Feuer anzünden und sich selbst zur Nahrung hineinwerfen, wird aber vom dankbaren Gott in die Gestirne versetzt. Diese Ansicht über den Hasen im Mond hat sich bis nach Aethiopien (Bohlen, Alt. Ind. 1, 243) zu den Buddhisten auf Ceylon und zu den Chinesen verbreitet (Julien, Mémoires 1, 275), und die Märchenerzählung sammt der Literatur der indischen Legende hat Benfey in der indischen Märchensammlung (Pantschatantra 1, 348) neuerlich uns vorgelegt. Allein diese Heiligung des Thieres scheint überhaupt der vorgeschichtlichen Periode eigen gewesen zu sein und reicht wie in unsern Hochnorden hinauf, so zu den Indianerstämmen der Neuen Welt hinüber. Dahin gehört schon Cäsars Meldung (B. G. V, 12), daß die Britannier den Hasen, statt ihn zu verzehren, züchteten und zu allgemeinen Volksvergnügungen hielten, und noch gegenwärtig ist es englische Volkssitte, bei den Osterwettläufen Stallhäschen mitloszulassen, die dann der mitspringende Knabenhaufe wieder einzufangen sucht (Kuhn, Nordd. Sagen S. 516). Ein religiöses Spiel zu Rom war es, am Frühlingsfeste der Göttin Flora von Mädchen junge Hasen verfolgen zu lassen. Unter den Knochenresten fast aller möglichen zahmen und wilden Thiere, die im Moder und Küchenabfall der schweizerischen Pfahlbauten erhoben worden und nun wissenschaftlich bestimmt sind durch Rütimeyer (Thierreste aus Pfahlbauten. Zürich 1860, 34) vermißt man in allen bisher untersuchten Lokalitäten sehr unerwartet nur die Ueberreste vom Hasen. Ebenso ist in dem Küchenmoder der altnordischen Wohnstätten bis jetzt nicht ein einziger Hasenknochen erkannt worden. Man hat es als etwas Charakteristisches wahrgenommen, daß die Lappen und andere Völker des Hochnordens eine abergläubische Scheu vor dem Hasen haben. In Grönland z. B. ist der Schneehase so furchtlos, daß er leicht mit Steinwürfen erlegt werden kann. Trotzdem aber, und obschon die Eingeborenen mit nie endigenden Hungersnöthen zu ringen haben, wählt ihn die Bevölkerung doch nicht zum Nahrungsmittel, so daß er dorten nur den Dänen der Colonie zu gute kommt. Am auffallendsten ist, daß sogar die glänzendweißen langhaarigen und feinen Hasenpelze dorten keine sonderliche Anwendung gewinnen können (Etzel, Grönland aus dän. Quellenschriften 204. 206). Die Ehsten sprechen nicht einmal den Namen des Hasen aus, damit ihnen der junge Roggen nicht abgefressen wird (Myth. Abgl. Nr. 76). Loskiel (Missionsgesch. der evangel. Brüder in Nordamerika 1789, 53) berichtet von den Indianern der Delawaren- und Irokesenstämme, daß sie dem Hasen opfern, weil ihr Stammvater den Namen dieses Thieres gehabt habe. Sie nennen den Großen Geist auch den Großen Hasen, der im Frühlingswinde über die Felder laufe (J. G. Müller, Amerikan. Urreligion 1855). Selbst bei den afrikanischen Negern findet sich ähnliches. Die abyssinischen Bogos hatten vor ihrer Auswanderung etwas vom Christenthum kennen gelernt und führen daher jetzt noch Namen wie Jesus und Maria im Munde; allein beim Namen des Hasen befürchten sie Zauber, und Hasenfleisch essen sie nicht. So berichtet Werner Munzinger, der unter ihnen gelebt und ihre Rechtssitten 1860 beschrieben hat. Mannhardt (Mythen 413) zeigt deutliche Spuren, daß auch der Germane den Hasen zu essen verschmähte und Sittengesetze darüber aufgestellt hatte. Nur hat dabei die Sage den Namen des Hasen in den des Esels verdreht. Die den Hasen essenden Schlesier (Slaven) und Göttinger (Wenden) tragen den Spitznamen Eselsfresser. Die gegen den Festbrauch sich Vergehenden werden in Esel verwandelt, denn wer die vorgeschriebene Honigspeise am Gründonnerstag, oder zu Weihnacht Bohnen zu essen unterläßt, wer die Fastnachtbrezeln verachtet, wird zum Esel, bekommt Eselsohren. Auch hier also wäre das Ergebniß, daß der Hase unter die uneßbaren Thiere gehört.

Dieser alle vorgeschichtlichen Völker so überraschend einigende Glaube ist auf die Orientalen übergegangen. Das Gesetz der Juden verbietet den Genuß des Hasenfleisches, eben so Mahomeds Gesetz; das Thier erscheint also unrein (Büffon, Sämmtl. Werke 1836. 5, 303). Allein dies Verbot wird auf dem Glauben beruhen, wornach das Leben des Hasen unvertilgbar ist. Lied und Märchen erzählt davon. In Curtze's Waldecker Volksüberlieferungen 1860 bekommt der Hasenhirte, der die Grafentochter heiraten will (Märchen Nr. 4 und 18), die Aufgabe zu lösen, sieben Hasen zu hüten, bis sie fett geworden. Mit der Querpfeife, die ihm ein altes Weib geschenkt hat, kann er jeden entspringenden Hasen wieder herbeilocken. Der Graf und die Seinen wollen ihm ein Stück wegfangen, wegschießen, abkaufen, alles mißlingt. Zuletzt kommt der König selbst und bietet tausend Thaler; abermals vergebens. Endlich läßt er sich fünfundzwanzig aufmessen, da fängt der Hirte einen Hasen, schlägt ihn todt und bringt ihn im Sacke dem König an den Sattel. Doch als er denkt, nun möchte der Reuter mit ans Schloß gekommen sein, bläst er auf der Pfeife, da reißt der Hase den König sammt Sattel und Roß um und kehrt heil zum Hirten zurück. Derselbe Glaube wiederholt sich in dem bis heute noch nicht erklärten Volksliede (Simrock Nr. 173): „Wenn ich schon kein Schatz mehr hab" und ist da abermals in Verbindung gebracht mit der Göttin des Liebesglückes:

Zwischen Berg und tiefem Thal saßen einst zwei Hasen,
Fraßen ab das grüne Gras bis auf den Rasen.
Als sie satt gefressen waren, setzten sie sich nieder,
Bis daß der Jäger kam und schoß sie nieder.
Als sie sich nun aufgesammelt hatten und sich besannen,
Daß sie noch Leben hatten, luffen sie von dannen.

Mannhardt hat in seinen Germanischen Mythen von S. 404 an mehrere westfälische Kinderreime über den Hasen mitgetheilt. Sie wiederholen wortgetreu immer folgenden Gedankengang: „Hinter dem Kirchhof stob der Sand auf, von Engelland bis Brabant wehend; da kam die Jungfrau mit den Todten und will die Welt aufschließen; da kamen auch zwei Häschen heran, liefen über das Sommerkorn, sprangen mit bis nach Spanien, von Spanien nach

Oranien, von Brabant bis nach Engelland." Den Inhalt erkläre ich mir so. Ein Sturmwind deckt auf einem sandigen Kirchhof die Gräber ab und weht die Leichen bloß; der Wind macht also Hasennester, wie man fehlerhaft gepflügte Stellen des Ackers nennt (Sanders, Wörtb. Hase); und wie nun die Todten erstehen, da ihr Grab aufgeschlossen ist, und nach Engelland gehen, geführt von der Seelenjungfrau, so gehen auch die zwei Hasen, die zu ihr gehören, mit in das Seelenland nach Brabant, Spanien, Oranien und Engelland hinüber. Ist dies geschehen, so ist das Wunder vorüber, und der Spruch schließt daher mit dem stehenden Reim: „Engelland ist zugeschlossen und der Schlüssel abgebrochen. Hier haben wir die Naturerscheinung einer Windhose, die den Sand der Ebene aufwühlend erst eine Sandhose, dann über das Meer hinziehend bis Engelland zur Wasserhose wird. Statt der Sand-, Wind- und Wasserhose erlaubt unsre Sprache und Sage je den Namen Sand-, Wind- und Wasserhase zu unterlegen, denn der Gewitter brauende Hase bringt eben alle drei. Wohin fährt nun Hase und Wind mit den Kirchhofstodten? Unser schweizer. Kinderspruch sagt, ins Oberland und nach Engelland. Engelland und Britannien gelten aber schon in einem altdeutschen Schwank (mitgetheilt von Wackernagel in Haupts Ztschr. 6, 192) als das Land der Seelen, und erschöpfend ist es als solches nachgewiesen durch Mannhardts German. Mythen. Die Seelen der Ungeborenen kommen aus Brunnen und Teich; Die Seelen der Abgeschiedenen fahren über das Meer; der Hase bringt sie und führt sie fort. Als Götterherrin dieses Hasen nennt der Reim öfters die heilige Maria oder unsre L. Frau. Um dies Verhältniß zu erläutern, hat Wolf (Beitr. 1, 151) daran erinnert, daß die Muttergottes im Fahrzeug dargestellt und Maris Stella genannt wird. Auf diesen Ehrennamen ist das Kloster Wettingen zum Meerstern gegründet. Marias Stellvertreterin ist die heilige Gertrud, Patronin der Schiffer. Wie wir nun die heilige Maria zum Hasen kennen, so hat das Heidenthum theils eine Frau Holla mit dem Hasen, die im Teiche wohnt, theils eine Schiffergöttin Nehalennia, die auf niederrheinischen Steindenkmalen die Attribute des Schiffes, des Hundes und des ihr dargebrachten Opferhasens führt. Es läßt sich von dieser, dem Wind und Wasser gebietenden niederrheinischen Schiffsgöttin ungezwungen zurückfolgern auf die von Tacitus genannte Germanengöttin Isis, die zu Schiff thronend, über Flüsse und Festland Deutschland festlich durchfuhr. Weil sie noch im Jahre 1193 eine öffentliche Venus und ihr Schiff ein „Teufelsschiff" gescholten wurde, so wird sie wohl das gleiche Aussehen der Mater mammata gehabt haben, wie jene vorhin erwähnte schwäbische Duttfee. Diese Göttinnen zusammen sind verschiedene Namen eines Wesens und Cultus, mütterliche Beschützerinnen der Zeugungen, der Fruchtsaaten, der Rinderzucht und des Milchgewinns, speciell dann des Flachsbaues und der Webekunst. Ihr im Schwange gewesenes Frühlingsfest, die Umfahrt in dem auf Rädern laufenden Segelschiffe, ist bei uns geschichtlich nachgewiesen von der Insel Walchern an bis in die Schwabenstadt Ulm. Weil sie als Schiffsgöttin Fahrwind verleiht, so kommen in Cortryk und einigen andern niederdeutschen Städten die Neugebornen zu Schiffe (Wolf, Beitr. 1, 164). Weil sie im Binnenlande Flachs und Roggen zeitigt, dient ihr hier der Hase, wie dorten der Windhund. Man holt die Kinder in Schwaben im Hasenteiche, und Springsteine schief über das Wasser tanzen lassen, nennen die Kinder Häschen machen. Weil sie flachszeitigend ist, so wird der Spinnfaden der unter ihr stehenden Nornen zugleich der Lebensfaden der Menschen. Weil sie zu See und Land zugleich waltet, so verwickeln sich zuweilen die Symbole, unter denen sie erkannt sein will. So muß der Schloßjunge in Herrleins Speßharts-Sagen 179 drei Jahre lang bei der Frau Holle das Flachsfeld bauen, aber auch Schiffsstangen für die Mainschiffer und Rebpfähle für die Mainwinzer hauen. So müssen auch die schwäbischen Roß- und Kornbauern, in langen Reiterstiefeln und mit der Reiterlanze bewaffnet, zu Siebent auf den Hasen los; da lockt er den Wind und läßt den Grund des Bodensees aufwühlen, ohne Schalte ertrinken sie und geben damit allen Anwohnern den Namen der Seehasen. Nichts als ihre Strohhüte schwimmen oben auf, ein Zeichen, daß Frau Holle, die Hasenfrau, ihnen auch ferner die Kornsaat gedeihen lassen will. Dies ist der Inhalt des bekannten Märchens, vielleicht daß es nebenher noch auf eine uns unbekannte große Wasserfluth mit hin deuten will. Denn in ähnlicher Weise verzeichnet Neocorus in seiner Dithmarschen Chronik (2, 478) ausdrücklich: als im Sommer 1634 ein Hase durch die Melldorfer Kirche hindurch gesprungen, sei bald darauf die große Ueberschwemmung in Friesland erfolgt. Auch die Indianer nennen den Großen Geist den Großen Hasen, er schwebt als Weltschöpfer über den Wassern (Müller, Amerikan. Urreligion. bei Schwartz, Ursprung der Myth. 229). Wolf (DMS. Nr. 55) hat bemerkt, daß der in Flandern und Brabant so äußerst vielfach erwähnte Gespensterhase, das Karnikel, seinen Lauf gegen Kirchhöfe und Liebfrauenkirchen zu nehmen pflegt, deren Brunnen zugleich als Kleinkinderbrunnen gelten. So hat auch beim bairischen Dosbrunnen und Dosweiher ein Nonnenkloster gestanden, nun spukt der dreibeinige Hase dorten, und eine Redensart sagt, wenn man den Dümmling in diesen Dosbrunnen werfe, so könne man ihn gescheidt wieder heraus ziehen (Panzer, Bair. Sagen 2, Nr. 202). Der Hase haust also an solcherlei Brunnen und Wassern, an die sich der Glaube von Geburt und Wiedergeburt anknüpft.

Das Neugeborene muß aufgesäugt werden, die Kindergöttin Holda behütet die Milchthiere, ihre Priesterinnen besorgen den Milch- und Buttergewinn. Daher denkt man sich die Hexen in Gestalt des dreibeinigen Hasen, der dem einen Hause den Nutzen der Milchthiere entzieht, um ihn einem andern zuzuwenden (Seifart, Hildesheim. Sagen 2, 165. Pröhle, Harzsagen 1, 273. 288), oder man sieht in ihm den Geist einer unglücklich liebenden Nonne, eines betrügerischen Milchmädchens; und doch verbreitet er zugleich nächtlich solchen Glanz, daß der Schimmer seines Balges von der Gasse aus durch die verstopften Schlüssellöcher herein strahlt (Wolf, DMS. Nr. 55). Diese Verwandlung der Milchzauberin in Hasen findet eine uralte Beurkundung in einer Stelle aus Giraldus Cambrensis, welche Liebrecht in seinem Gervasius von Tilbury (Otia Imper. S. 63) anführt: Vetulas quasdam tam in Gwallia quam in Hibernia et in Scotia se in leporinam transmutare formam, ut lac alienum occultius surripiant, vetus quidem et adhuc recens frequensque querela est. Damit erklärt sich die Buße, die Karl der Große festsetzte gegen den, der einen andern einen Hasen schalt; er wurde um sechs Goldgulden gebüßt, einer aber, der in der Schlacht den Schild wegwarf, nur um drei (Schlosser, Weltgesch. 5, 405). Der Vorwurf des Zauberschadens, der in dieser Schelte lag, gieng also doppelt über den der Feigheit. Die Zauberer heißen demgemäß Hasengreifer und Nachthasen bei Ioan. Scultetus cap. 7, in Hildebrands Zauberey (Frkft. 1631, 26). Und ebenso hat der urkundliche Schloßname Hasinacker in der Oberpfalz jetzt den Namen Althexenacker (Panzer, B. S. 1, Nr. 147). Das erscheinende Götterthier muß sich in der Gestalt schon von seinesgleichen unterscheiden; dazu dient die Einzahl oder die Dreizahl seiner Glieder. Wie Odhinn einäugig ist, so läuft der gespenstische Hase einäugig (Aargau. Sagen 2, Nr. 291) mit in der Heerde der Wilden Jagd, und wer ihn da aufhalten will, an den ergeht die Geisterfrage: wo ist die einäugete Häsin? (Panzer, B. S. 2, Nr. 97). Wie Odhinns Jagdroß achtfüßig ist, so läuft der dreibeinige Hase mit dem krummen Jäger Hopperli daher (Aargau. Sagen 1, 69) und heißt davon Luntschebein und Klumpfuß (Kuhn, Nordd. Sagen Nr. 101, 126). Gleichwie Frau Holla sich durch die Tracht einer altmodischen weißen Weiberhaube kenntlich macht, so trägt der dreibeinige Hase einen Dreiröhrenhut, einen Nebelspalter auf dem Kopfe, einen dreitimpigen hôt (Kuhn, Westfäl. Sagen 2, 30). Diese Nebelkappe der wetterbrauenden Zwerge und Hasen, ihre Tarnkappe, vergleicht sich als Timphut dem schweizerischen Windnamen Dimmerföhn, der die Gegend einschleiert. So sitzt die Hasenfrau in Spinnweben verschleiert auf einem Baumstock im Walde (Panzer, B. S. 2, Nr. 157). Man sagt im Aargau: Wo drei Hasen beisammen sitzen, ist es nicht geheuer; gleichwie ein schlimmer Mensch ein dreihaariger Kerl heißt (Grimm, Wb.). Dem Teufel im Märchen werden drei goldne Haare ausgerauft; von drei Blutstropfen hängt des Menschen Lebensdauer ab; dreimaliges Ernießen deutet auf Glück, ein dreimal sich wiederholender Traum auf Erfüllung; wir haben eine Dreiheit der Götterbrüder und Nornen: impari numero Deus gaudet. Der Zaunhase in Bösinghausen bei Göttingen ist so groß wie ein Hund. Sein Erscheinen gilt nur den Leuten am Rumannschen Bauernhofe, so oft jemand aus diesem Hause sterben soll. Das ist noch jedesmal eingetroffen (Harry, Ndsächs. Sagen Nr. 15).

Bringt der Hase die Neugebornen, so kann er zugleich auch der Todesbote sein. Dies führt hier am Schlusse noch auf die Mythen von Hinrichtungen, deren Ursache der Hase wird. Sie sind in ihrem hohen Alter bereits in den Aargau. Sagen (2, Nr. 271, 287) nachgewiesen. Hier werden sie mit neugefundenen Erzählungen vermehrt und finden dadurch eine weiter reichende Erklärung.

Wenn eine Gesellschaft in ein verfängliches Gespräch geräth und demselben dann eine andere Wendung zu geben sucht, so sagt man, sie lassen einen Hasen nach dem andern laufen, sie lassen schon wieder einen Hasen aufstehen. Auf neugierige Fragen des Wunderfitz antwortet man ihm dann:

Was? En alte Has
Mit langen Ohre,
Het s' Füdli verlore.

Dies Sprichwort hat sich zu folgenden Sagen verkörpert.

Ein Eichbaum, der noch vor zwanzig Jahren an der Straße zwischen Muri und Sins im Freienamte gestanden hat, hieß die Galgeneiche und war für die Dörfer Muri und Merenschwanden der gemeinsame Galgen. Daran stößt das Galgenholz, das früherhin dem Weidgang offen gestanden hat. Indessen die Weidbuben, die hier zu hüten hatten, das Vieh Futter suchen ließen, machten sie zusammen das Räuberspiel. Der Dieb wurde eingefangen, verurtheilt und zum Schein mit einer Weidenruthe an den Baum aufgeknüpft. Indessen nun der Henker mit dem Schelm beschäftigt war, hüpfte in kurzen Sätzen ein Hase über den Spielplatz, Henker und Richter zugleich ihm nach. Allein der Hase war nicht zu erwischen, dagegen war bei ihrer Rückkehr der im Stich Gelassene an seinem Baume wirklich erhängt. Daher soll der Wald seinen Namen haben (R. Moos von Merenschwand). Beim Frickthalerdorfe Magden liegen auf der linken Bergebene des Gemeindebannes zwei zusammenstoßende Gelände, Z'Galgen und Im Strîte genannt. Ihr Name bezieht sich gleichfalls auf die Geschichte von jenen Weidbuben, die hier das Henkergericht spielten, darin durch ein Wildschwein fortgeschreckt wurden und so ihren bereits aufgeknüpften Spielkameraden zu todt zappeln ließen (Fürsprech P. Stäuble von Magden). Dieselbe Begebenheit spielt in den Dörfern Würenlos und Rieden (Aargau. Sagen Nr. 271).

Joh. Haller und Abrah. Müslin, in ihrer Chronik vom Jahre 1550 bis 1580 erzählen nachfolgende Geschichte als einen Rechtsfall, welcher im Jahre 1579 das Berner Gericht beschäftigt hatte.

Mehrere Roßbuben, die in der Nähe von Mülen bei einem Walde ihre Thiere weideten, stellten, von Kurzweil wegen, einen bösen Buben, den sie unter sich hatten, vor ein peinliches Gericht, weil er übel geschworen und darzu einem unter ihnen etwas gestohlen hatte. Er wurde zum Tode verdammt, daß man ihn sollte henken. Sie machten ihm ein Seil unter die Arme und henkten ihn daran an einen Baum auf, desgleichen auch eines um den Hals, das aber nicht hart zusammen gezogen war und nur als ein Zeichen dienen sollte. Als sie ihn gehenkt hatten, fragten sie ihn, wie es ihm thäte. Er lachte und sprach: „er reite wohl.“ Indessen lief ein Hase neben ihnen vorbei mit drei Beinen, dem liefen sie nach und ließen den Buben hängen. Der Hase führte sie je länger je weiter. Dem am Baume ward die Zeit lang, das

Seil drückte ihn über das Herz und ward immer enger; deshalb reckte er sich hin und her am Seile, also daß es brach. Da hieng er nun an dem Seile, das ihm um den Hals gelegt war, und wurde erwürgt. Die von der Hasenjagd zurückkehrenden Gesellen fanden ihn todt. Darob erschraken sie sehr übel und wußten anfangs nicht, was sie mit ihm thun sollten, wurden jedoch eins, sie wollten ihn nicht vergraben, sondern ihn im Holz verbrennen, damit ihn niemand finde. Als nun der Leichnam in einem großen Feuer fast verbrunnen war, bis an wenig Bein, kam der Bannwart dazu und fragte, was sie machten. Da sprachen sie, sie hätten einen alten Rock verbrannt. Als aber der Bannwart mit einem Stecken in der Asche rührte, fand er die Bein, die noch nicht verbrannt waren, gieng deshalb ins Dorf und stürmte. Da liefen die Bauern hinaus und fiengen der Buben bei vierzehn, die übrigen entrannen. Die Ergriffenen wurden ins Gefängniß gelegt, und ist nachgehendes Dr. Amerbach (nemlich Basilius, der Sohn des 1562 verstorbenen oraculum juris prudentiae Bonifacius Amorbach von Basel) als ein vortrefflicher Jurist beschickt worden, zu rathen, wie sie zu strafen seien. Endlich sind sie doch wieder ausgelassen worden, weil ihrer so viele waren, die man nicht um eines willen tödten konnte, besonders weil es nicht ihr Wille gewesen war, ihn ums Leben zu bringen, und vielleicht die ärgsten unter ihnen entronnen waren.

Im Aargau. Dorfe Reitnau drischt der Bauer mit den Knechten in der offnen Scheune; da springt ein schwarzer Hase an ihnen vorüber durch die Tenne und dem nahen Walde zu. Man eilt ihm nach, ohne ihn erwischen zu können, am folgenden Morgen aber findet man in demselben Walde einen Mann erhängt. Und so verbreitet ist im Oberaargau hierüber der Glaube, daß man ringsum im Lande in einem durch die Tenne springenden Hasen die Vormeldung sieht, es werde sich in Kürze Jemand aus der Nachbarschaft erhängen. (Hunziker von Reitnau.)

Um nicht im Zusammenhange des Stoffes zu unterbrechen, folgen die verwandten Sagen sogleich hier, die Erklärungen dann zum Schlusse.

Während Belisar, Justinians Feldherr, Rom den Gothen entrissen hatte und diese unter ihrem König Vitiges (im Jahre 536) die Stadt wieder belagerten, ereignete sich ein Vorfall, welchen das römische Landvolk als eine Vorbedeutung über den Ausgang dieses ganzen Kampfes ansah. Es waren mehrere Samnitenknaben auf dem Felde, die Schafe weidend. Sie spielten allerlei, darunter auch das Kriegsspiel. Die zwei stärksten unter ihnen mußten mit einander ringen, den einen nannten sie Belisar, den andern Vitiges. Es dauerte nicht lange, so fiel Vitiges. Da knüpften ihn seine Spielgenossen zur Strafe an einem Baum auf. Während sie damit beschäftigt waren, zeigte sich nicht weit von ihnen ein Wolf. Da machten sie sich schnell auf, entliefen alle, der verlassene Vitiges aber zappelte noch eine Weile und starb. Als die Samniten dies vernahmen, straften sie die Knaben nicht, sondern sahen dies als ein Orakel an und sagten, daß Belisar zuletzt als Sieger aus diesem Kampfe hervorgehen würde (Procopius de bello Gothico 1, 13 ꝛc.). Zur einschlägigen Sagenliteratur ist hier noch folgendes anzumerken:

Zu Arfeld versucht man in der Spinnstube, ob sich eins am Zwirnfaden erhängen könne. Ein solcher wird an den Nagel in der Decke festgemacht und einem Burschen, der sich dazu auf den Stuhl stellt, um den Hals gebunden. Da entsteht draußen Musik und man springt vors Haus. Als man wieder zurück kommt, ist der Stuhl umgestürzt und der Bursche todt (Kuhn, Westfäl. Sagen Nr. 184). Bei Birlinger (Schwäb. Sagen 1, Nr. 154) ist es der hinkende Hase zu Wolfenhausen. J. P. Hebel erzählt es im Schatzkästlein als angeblich im Spessart geschehen (S. 200); Meier (Schwäb. Sagen Nr. 45) nennt dafür die Bubeneiche bei Tannenburg; Leoprechting (Lechrain 102) den sausenden Birnbaum in Scheuring; Panzer (Bair. Sagen 2, Nr. 244) die Ruine Windeck, wo noch alljährlich am 1. Mai ein Fest gefeiert wird. Die Namen dieser Bäume und Henkerplätze reden häufig vom sausenden Baume, von Wolfshausen und Windeck. Damit deuten sie auf Odhinn, den Herrn der Wölfe und Grauhunde, der sich selbst den Galgentod gab und deswegen von sich sagt: Neun Tage hieng ich am windigen Baum. Er heißt daher der Gott der Gehängten, Hângagoth, Hângatyr, und wahrscheinlich ists, daß die ihm dargebrachten Menschenopfer gehängt wurden. Der Landgraf zu Leuchtenberg ließ den Buhlen seiner Tochter an derjenigen Schloßstelle aufhängen, wo jetzt der Kalte Baum steht: Seitdem geht dorten der Wind bei Tag und Nacht (Schönwerth, Oberpfalz 2, 443). Dies führt uns auf den Sturmwind der Gehenkten, mit welchem sich die Erklärung vom dreibeinigen Hasen ergiebt und abschließt.

Der gespenstische Hase springt in den eben mitgetheilten Erzählungen entweder an Dreschern oder an Weidbuben vorüber, d. h. er erscheint entweder im Spätherbste oder im Frühjahr. Dann, fügt die Oberaargauer Volksmeinung hinzu, muß sich jeden Falls ein Mensch aus der Nachbarschaft erhängen. Unter dem Bilde des Hasen ist also vorerst der Wechsel der Jahreszeit ausgedrückt, aber auch die alsdann wachsende Schwermuth der Gemüthskranken, worauf sich ja die durch alle Medicinalstatistik begründete Thatsache stützt, daß im Frühjahr und Spätherbste die Selbstmorde am häufigsten sind. Wenn mit den Aequinoctialstürmen die Gottheiten des Gewitters und der Winde erscheinen, opfert sich ihnen der Mensch. Der windige November heißt in England the month of suicide. Folgt auf trübe stürmische Zeit plötzlich schönes Wetter, so sagt man in Schwaben: Hätte sich gestern einer gehenkt, so reuete es ihn heute ganz gewiß (Birlinger, Schwäb. Sagen Nr. 306). Beide, Süd- und Nordwind sind menschenfresserisch. Im Märchen Ohneseele (Wolf, DMS. Nr. 20) kommt der müde Wanderer zum Schlosse, wo die vier Winde wohnen, und wird da von der gütigen Windmutter ins Bette gelegt. Allein ihr Sohn, der Südwind, tritt herein und schreit: Mutter, ich rieche Menschenfleisch! So sitzen auch bei Homer (Il. 23, 195) die Winde zusammen eben beim Schmauße, da tritt die Iris herein und meldet ihnen des Achilleus Gebet: es möchten die Winde Boreas und Zephyr den Leichenbrand seines Freundes Patroklos in Flamme setzen. In unsern Schweizerchroniken wiederholt sich dieser Glaubenszug. Barthol. Anhorn (Zornzeichen Gottes. Basel 1665, 188) verzeichnet es, daß am 9. Juli 1620 ein erschrecklicher Sturmwind durch die ganze Eidgenossenschaft gegangen, daß aber an eben dem Tage desselben Jahres der sogenannte Veltlinermord verübt worden sei, da man im Veltlin die Reformirten in den Kirchen zusammen überfiel und nieder metzelte. Als in Folge des Wigoldinger Handels, der 1664 schon die ganze Schweiz unter die Waffen gerufen hatte, zwei Wigoldinger Reformirte als angebliche Empörer vor versammeltem Landgerichte enthauptet wurden — da, erzählt ein St. Galler Chronist, verdeckte sich in währender Hinrichtung der Himmel mit dicken Wolken und solch ein Sturmwind ergieng, daß zu St. Gallen die Leute aus den Häusern liefen und sprachen, das müßte seine Bedeutung haben (Krapf, Wigoldingerhandel. Weinfelden 1855, 92). Wie man im Aargau sagt, wenn der Wind mehrere Tage heftig weht, es hat sich sicher wieder einer erhängt, so pflegten die Einwohner auf einer der Sporaden bei großem

Windsbrausen zu sagen, jetzt sei ein Mächtiger gestorben. Diese Stelle aus Plutarch ist ausgehoben in Mannhardts Mythen 270. Als sich plötzlich der Föhn erhub, sagte einst mein Fährmann am Wallenstattersee: die Oesterreicher geistern. Er dachte dabei an die in der Schlacht bei Näfels Gefallenen, einen histor. Vorgang, von dem man dorten in allen Kinderschulen lehrt. Aber französ. Aberglaube besagt: der Sturm legt sich nicht, wenn Leichen vom Meere ausgeworfen unbeerdigt bleiben (Wolf, Beitr. 1, 253). Seitdem der krumme Jäger Hoperli zu Lupfig sich am Holzbirnbaum erhängt hat, schüttelt ein Brausen die Aeste dieses Baumes, wenn ringsum die Büsche unbewegt in ruhiger Luft stehen, und stets zeigt sich dorten ein Hase auf drei Beinen (Aargau. Sagen Nr. 56).

Dies führt uns endlich auf den Hasen zurück. Er gehört, wie gezeigt wurde, der Frau Holda an, und ist zugleich von schlimmem und von gutem Angange; wie die Göttin eine freundlich bescheerende Frühlingsgottheit ist und dann eine mit dem Wilden Heere fahrende Windsbraut, die Hollehoh in allen Lüften, die haarzerzauste Heuel. Deshalb schimmert das weiße Kaninchen Nachts durch alle Schlüssellöcher herein, und deshalb wieder kehrt der dreibeinige Hase den Schnittern ihre Kornwagen um, daß die Räder gen Himmel stehen (Kuhn, Nordd. Sagen Nr. 119). Der Amerikanische Indianer hält den Nordwest für den Großen Hasen, der im Frühling über die Felder lauft (J. G. Müller, Amerik. Urreligion. Basel 1855), und der Niederdeutsche läßt ihn als dreibeinigen Hasen am Todtenberge herumspringen, wo manche Missethäter gerichtet worden (Harry, Ndsächs. Sagen 1, Nr. 29).

Beide Sagen zielen auf den Zeitraum, in welchem der Hase weidmännisch gejagt wird, vom September bis zum Februar. Während dieser Frist wirft die Häsin viermal, das Karnikel aber so oft, daß die Kaninchenzüchter in Ostende wöchentlich 50,000 bis 100,000 Stück auf den Londoner Markt liefern (Leunis, Synopsis 1, 140). Dieses in einem Halbjahre viermal rammelnde Thier, das zudem, mit Ausnahme von Neuholland, über die ganze Erde verbreitet ist, wird zum Gleichnisse für den buhlerischen Wind. „Der Wind hat die Weibsbilder auf'm Strich, er hebt ihnen die Röcke auf" (Birlinger, Schwäb. Sagen Nr. 304). Der Hase vermag also dem Naturmenschen beides auszudrücken, die frühe und späte Jahreszeit, Geburt und Tod, offene Schiffahrt auf den Flüssen und losbrechenden Wintersturm im Hochlande, Wuchs der Roggen=

und Leinsaaten, und zugleich den mitreifenden Henkerstrick; Gedeihen der Weidethiere, Milch= und Buttergewinn, die ganze Fructuation; aber auch Zauberschaden, verübt von der in Gestalt eines dreibeinigen Hasen die Kühe vormelkenden Hexe. Sein Erscheinen ist ein vielförmiges, vielgestaltiges, sich scheinbar aufhebendes, wie ja die zwei Jahreszeiten, denen er angehört, ihr eigner Contrast sind. Als schön singender Vogel unter rauschender Musik kommt er geflogen; oder als heulender Wolf kommt er zur Stelle gerannt; er lockt die Spielenden auf seine Fährte, oder scheucht sie erschreckt auseinander, und sie verlassen den da hängenden Spielkameraden. Da bricht mit dessen Sterben ein furchtbares Windestosen los und meldet seinen Tod ins Dorf hinein, während zugleich die andere Meinung allbekannt ist, daß sich Erhängende im Anhören einer entzückenden Musik den glücklichsten Tod stürben. Auch auf die Frühlingsgewitter darf man mit den Einzelheiten und dem Bildwerke in diesen Henkersagen eingehen, ohne daß man die sich ergebenden Gleichnisse selbst wie einen Hasen müde zu hetzen braucht. Das blitzende Henkerschwert und das Rasseln mit der Galgenkette entspricht dem Blitz und dem Donnerschlag. Mit einem Bindfaden, Strohhalm, mit einer Weidenruthe und Geißelschnur wird der Knabe aufgeknüpft — auch dies mögen theilweise Sinnbilder sein für den im Zickzack sich schwingenden und klatschenden Blitz, wie man ja ganz positiv vom Peitschenknall des Wilden Jägers und von dem Klatschen der Fangschnur und der Lederriemen spricht, mit denen er seine Jagdhunde schlägt. Der Strohhalm, an dem der Wettende sich erhängt (Aargau. Sagen Nr. 287), scheint allein in diese bildlichen Anschauungen sich nicht zu fügen. Doch muß man dabei wissen, daß unser Landvolk eine aus der Wetterwolke büschelweise hervorbrechende Blitzentladung Garbe nennt: „sie schießet Garbe, es schüßt Aehre.“ Gegen die das Wickelkind anscheinende Sonne sagt die Mutter den Segensspruch:

Ha g'meint, es sig e Burdi Strau;
's isch nummen eusi Liebi Frau!

Verschiedene Thiere sind in der Mythe die Stellvertreter des Hasen, dessen Erscheinen den Tod des im Spiele Gehenkten veranlaßt, stets aber sind es Gewitter= und Sturmkündende Thiere. Ist es ein herbeirauschender Vogel mit Rollaugen, rothschimmerndem Gefieder und prächtigem Gesang, so gleicht dies dem die Nachtwolke unter Donnerdröhnen zerreißendem Wetterleuchten, wie ja das Wiggli und die Tuturschel als Eulen des Wilden Heeres gelten. Auch nimmt die nordische Fabel an, daß der Wind von den Schwingen eines Adlers herkomme (Grimm, RA. 39); aquilo stimmt zu aquila. Weil der Wind pfeift, so wird auch dem günstigen Fahrwinde gepfiffen auf der Bootmannspfeife. Wenn der Pfarrer Sera Halfdan nach den vier Himmelsgegenden pfiff, kenterten die Schiffe (Maurer, Isländ. Sag. 133). Der naturgeschichtliche Pfeifhase ist der wegen seiner pfeifenden Stimme sogenannte Lagomys. Veranlaßt ein dazwischen kommendes Wildschwein das Unglück, so läuft bekanntlich der fauchende Eber mit seinen zwanzig Jungen mit in der Heerde des wilden Heeres, und um die Saaten gegen den fressenden Wind zu schützen, muß man bei uns Schweinemist auf die Aecker breiten. Säuzagel! Säudreck! ruft der Schnitter dem Wirbelwind entgegen (Aargau. Sag. 2, 187). Fällt die Rolle dem Wolf zu, so unterstützen drei Gründe gerade die Wahl dieses Thieres. Gott Loke, der feuerschnaubende Gluthwind und Gotteslästerer, hat einen noch schlimmeren Sohn, den Allen verhaßten Fenriswolf. Als man ihn durch List unschädlich zu machen suchte, mußte man erst das Maß seiner Stärke erproben. Die Götter banden ihn erst mit der Fessel Leding und dann mit dem noch stärkeren Bande Droma, doch er zerriß beide. Die dritte Fessel Gleipnir war weich wie ein Seidenband und hielt. So liegt er nun gebunden mit weit geöffnetem Rachen bis zum Weltende; doch dann ist der Höllenwolf wieder los, entzündet die Erde und verschlingt Sonne und Mond. An ihm wird also die Henkerscene selbst vollzogen, die sein Erscheinen in unsern Sagen theilweise veranlaßt. Aber auch sein Name spricht die durch diese Sage spielenden Begriffe von Wind und Feuer aus. Der Gluthwind Föhn führt zu goth. fôn, altnord. funi, Feuer, ahd. fun-cho. Im Schlesischen ist Funze, im Fränkischen Fonse die Lampe (Weinhold, Schles. Wörtb. 24, zugleich in Kuhns Ztschr. f. Sprachf. 1, 248). Die Hinrichtungsformel beim Henken befiehlt ausdrücklich: Den Verurtheilten dem Erdreich zu entfremden und ihn der Luft zu befehlen (Satzung der Stadt Brugg v. J. 1620). Des Menschen Seele ist ihr Athem. Des Sterbenden letzter Hauch kehrt in die Lüfte als in ihr ursprüngliches Bereich zurück, um hier als Geist im Windhauche oder beim Seelenherrn fortzuleben.

Sachregister.

Die Zahl bezeichnet die Blattseite.

Erklärung etlicher in diesem Buche gebrauchten Abkürzungen.

Die Schriften der Gebrüder Grimm sind nach der von ihnen selbst eingeführten Abkürzungsart folgendermaßen citirt: Jr. ElfM.: Irische Elfenmärchen. KM.: Kindermärchen. DS.: Deutsche Sagen. Myth.: Die Deutsche Mythologie, in erster und zweiter Auflage. RA.: Rechtsalterthümer. Weisth.: Weisthümer. — Die Werke von J. W. Wolf heißen hier: Beitr.: Beiträge zur deutschen Mythologie, 1. und 2. Band. DMS.: Deutsche Märchen und Sagen. Ndl. Sag.: Niederländische Sagen. DH.: Deutsche Hausmärchen. Dazu desselben Verfassers Ztschr. f. Mythologie. — Die Niedersächsischen Sagensammlungen von Harry und die von Müller-Schambach werden bezeichnet mit Ndsächs. S. — Bechsteins Deutsches Sagenbuch, und Schöppners Bairisches Sagenbuch sind verkürzt in DSagb. und BSagb. — Zingerle's Sagen und Märchen aus Tirol, sowie desselben Sitten zc. des Tiroler Volkes erscheinen als Tir. SM. und als Tir. Sitt. — Simrocks Kinderbuch ist Kindb., Meier's Schwäb. Kinderreime, Fiedler's Anhalt-Dessauische Volksreime sind hier mit Kinderl. und Volksr. angegeben; Elsaß. Volksb. bezeichnet Stöber's Volksbüchlein in Elsaßischer Mundart u. s. w.

www.ingramcontent.com/pod-product-compliance
Lightning Source LLC
Chambersburg PA
CBHW060808310726
48980CB00002B/280
* 9 7 8 3 8 4 6 0 8 4 9 9 1 *